天下一の軽口男

木下昌輝

幻冬舎時代小説文庫

天下一の軽口男

目次

序章　天下一のお伽衆

えー、このたびはこんなにもたくさんのお客様にお集まりいただき、まことに光栄でございます。座主《ざぬし》の榊屋喜太郎《さかきやきたろう》も大変喜んでおると思います。座主にかわり、厚く御礼申しあげます。

あ、ちなみにあそこにお座りで、ぎこちなく笑ってはるのが座主です。その横がお方様ですね。で、隣のくそ生意気、いえかわいいのが孫娘です。

おー、こわ、そんなに睨まんといてくださいよ。

気を取りなおして、ただいまより『天下一の軽口男』と題しまして、米沢彦八《よねざわひこはち》なる男の一代記を口上させていただきます。

軽口という言葉からもわかりますように、米沢彦八なる男が笑話を極めるまでの物語でございます。彦八の名が大坂で最初に鳴りひびいたのは、貞享《じょうきょう》の時代ですよって、つまり今から三十年ほど前ということになりましょうか。

そもそもこの人様を笑かす笑話ですが、最初は殿様などの限られた人しか楽しめませんでした。それが大衆のあいだに広まるのですが、まずは話芸ではなく書物から広まったんですな。太閤秀吉さんの時代に活躍した、安楽庵策伝《あんらくあんさくでん》なる坊さんが『醒睡笑《せいすいしょう》』なる本邦初の笑話集なるものを著したのでございます。そうやって、徐々にですね、今私が皆様の前で喋るような、咄《はなし》や笑話の形ができあがったのでございます。

そんなこともあり、まずこの『天下一の軽口男』なるお話は、笑話の祖である安楽庵策伝老僧のもとを、虎丸《とらまる》という少年が訪ねる場面からはじまります。

で、勘のいいお客様はきっとこう考えはったと思います。

きっと、この虎丸という少年が、米沢彦八に成長するのだろう、と。

ああ、やっぱり。大勢のお客様がうなずいてはりますわ。

かっくんかっくんって、ししおどしみたいに頭がなってはる。

尾張名古屋のお客様は、大坂のお客様とちがって賢い。

ただ、ここで残念なお知らせがあります。

最初に出てくる虎丸、ごっつい美少年で頭も切れて、武道もできて、人柄も抜群なんですが、成長しても米沢彦八にはならないんですよ。ほんまに残念なお知らせなんですが。

ほな、どうしてそこから咄をはじめるかですよね。さっさと主人公の彦八を登場させえ、と。

もちろん、お気持ちはよくわかります。

とはいえ、これは笑話を極めた男の話。まずは笑話を切り開いた安楽庵策伝和尚と、その弟子ともいうべき虎丸少年の出会いを、さわりとしてほんのすこぉしだけ口上させてもらいます。

では、、

天下一の……

軽口男ぉ

はじまり、

はじまりぃ。

とぉおざぁぁいいい

とぉうざぁぁいいい

初代安楽庵策伝の憂鬱

一

　淀川を気だるげに下る三十石船の上で、虎丸はまっすぐ前を凝視していた。時折、隣の客と肩をふれあわせながら、舟はゆっくりと進む。左右には丘や堤、竹林が広がっており、大坂の町の様子はまだ遠目にも見えない。

　数艇《てい》の小舟が近づき、「食らわんか、食らわんか」と声を張りあげてきた。三十石船に乗った客たちに、茶や酒、菓子などを売りつける『くらわんか舟』だ。

「おーい、そこの小さなお侍さん、さっきなんも買わへんかったやろ。饅頭《まんじゅう》でもいらんか」

　くらわんか舟が、中央にすわっている虎丸に声をかけた。虎丸は、前髪をふるようにしてことわる。気にした素振りもなく、くらわんか舟は身なりのよさそうな商人や町人たちに次々と呼びかける。

最初こそは何人もの客が酒や饅頭を購《あがな》っていたが、一度味わってしまえばもう目新しさはないようだ。晴れた空へあくびを吐きだしたり、火のついていない煙管《キセル》を無意味にいじったりしている。

風も水の流れも順調なのか、船頭たちものんびりと櫂《かい》を操っていた。客の何人かは、それにあわせるように頭を前後にゆらして微睡《まどろ》んでいる。

そんななか、この少年は高鳴る胸の鼓動を抑えることができなかった。


——もうすぐ、大坂につく。


そう思うと自然と尻が動き、十二という年齢には不釣りあいな長い二刀をもつ手に、力がこもる。

隣の女が手を口にやって、嚙み殺し損ねたあくびを漏らした。横目で虎丸が見ると、

「あら」とはにかむように笑う。

「いややわ。お侍はん、変なとこ見んといて」

「これは失礼いたしました」

虎丸は素直に頭を下げた。顔をあげたとき、「まあ」と女が嬉し気な声を漏らす。

「よう見たら、随分若くて凜々《りり》しいお侍はんやわ。えらい、綺麗な瞳して。どこからきはったん」

虎丸は、古老たちから南蛮人のようともいわれる茶色い瞳をもっている。その容姿が異性を惹きつけることも、若いながらも承知していた。

己の瞳を相手の目に映すようにして向きなおり、「飛驒《ひだ》高山から」と答える。

「へえ、そんな山国から」

「はい、飛驒から京の都までは歩いて。京からは、舟です」

虎丸は道中を思いだした。

出奔《しゆつぽん》同然で飛驒高山を飛びだし、京都誓願寺《せいがんじ》の塔頭《たつちゆう》竹林院を訪ねたが、想い人は大坂に旅立ったところだった。五日もすればもどってくるという留守の僧侶の言葉をふり切り、三十石船に乗りこんだ。

「おや、まあ。こんな色男が、そんなに必死になって。大坂にええ人でもおるん」

大きくうなずいてみせると、女の頰がさらに赤くなる。

「うわあ、妬《や》けるわぁ。こんなお侍はんに惚れられるなんて。女子《おなご》冥利につきるわ。誰なん、その幸せもんは。名前教えてや」

虎丸が笑うと、女は頬だけでなく耳までも赤くした。

「拙者が恋い焦がれる方の名は、安楽庵策伝といいまする。御年は八十すぎ、笑話の名人でございます」

荷のなかから、風呂敷につつまれたものを取りだす。

『醒睡笑』と書かれた八冊の書物があらわれて、女は目を丸くする。

「拙者、この笑話集に腹がよじれるほど笑わされました。これを著した安楽庵策伝和尚に弟子入りし、あわよくば二代目策伝たらんと欲する馬鹿者でございます」

虎丸は、ゆっくりと本の表面をなでる。

安楽庵策伝――「天下一のお伽衆《とぎしゅう》」の異名をとる、笑話の名人だ。その兄の金森法印《ほういん》（長近《ながちか》）は、天下人である織田信長、豊臣秀吉、徳川家康につかえ、名将として名高い。虎丸の生まれた飛驒高山金森家の家祖でもある。

弟の安楽庵策伝は、幼いころから仏門にはいり、茶人・古田《ふるた》織部《おりべ》の高弟として知られていた。変わり者の和尚で、笑話を得意とし、秀吉に呼ばれ御前で天下人を抱腹絶倒させたところから、「天下一のお伽衆」と呼ばれるようになる。

秀吉没後は、京都所司代・板倉重宗《いたくらしげむね》の求めに応じて、『醒睡笑』という笑話集を著した。

今、虎丸が手にしているものが、それである。

「もし、よかったら読まれますか。退屈の気も散じまする。名のごとく『睡《ねむ》り』を『笑い』で『醒ます』と評判でございます」

虎丸が生まれた飛驒高山金森家では、初代金森法印の弟の著した笑話集ということもあり、多くの人が『醒睡笑』に親しんでいる。

第一巻を差しだすと、女が狼狽《うろた》えはじめた。

「お侍はん、気持ちは嬉しいけど、うちあかんねん。字ぃ、読めへんねん」

唇を噛んでうつむいてしまった。

「それは、失礼しました。では、一緒の舟に乗ったのも何かのご縁。罪滅ぼしに、拙者のお気にいりの笑話を読んで差しあげましょう」

「そんなに気ぃ遣わんといて。それにゆれてる舟で字ぃ読んだら、気分悪くなるし」

「大丈夫ですよ。『醒睡笑』は見ませんから」

差しだしていた一冊を、残りの七冊と一緒に荷のなかへもどした。背筋をのばし前をむく。

「え、ちょっと、書物も見んと何する気」

「必要ありませせぬ。全て、覚えておりますから」

女が身を仰《の》け反《ぞ》らす。『醒睡笑』は全八巻、千余話からなる。文字が読めぬ女にも、一冊の厚さからどれだけの量か想像がついたのだろう。

「ですので、ご心配は無用です。そうですね、折角、京からの舟に乗りあわせたのですから、都の人を材にとった笑話を……」

頭をめぐらすと、すぐに第五巻にある笑話を思いついた。京の一条通で酔い潰れていた尼崎屋という商家の男が、親切だが間のぬけた旅人によって、荷車と船便で摂津国《せっつのくに》の尼崎へと連れていかれる話だ。

これなら舟旅の今の風情ともあうだろう。

『師走《しわす》の十日ごろ、一条の辻に大酒に酔って……』

詠《うた》うように笑話を口ずさみはじめたときだった。虎丸の視界に、ひとつの城が映る。山のような堅牢な石垣に、雪のような五層の白壁、緑がかった瓦《かわら》が美しい。

徳川幕府によって再建された、大坂城である。

槌《つち》をふるう音が聞こえてくるのは、堀を掘削しているのだ。大坂の陣で豊臣家が滅んだのが二十数年前。焦土と化した大坂だが、天守閣を再建し急速に復興しようとしていた。南船場にあった芝居小屋を移した道頓堀は、歓楽街としての活況を取りもどそうとしている。

——あの大坂の町に、笑話の名人、安楽庵策伝和尚がいる。

そう考えるだけで、虎丸の舌の動きは躍るように滑らかになる。

ふと気づくと、横にいる女や客たちが怪訝《けげん》そうな顔をしていた。虎丸の得意の笑話に笑うこともなく、ただただ見つめている。

二

「ほっほっ、こら傑作や。この安楽庵策伝の弟子にしてほしいてか」

虎丸が押しかけた宿で、小柄な老僧侶は顔中にしわをよせて笑いかけた。満月のように丸い顔には胡麻粒を思わせる目鼻があり、何ともいえない愛嬌がある。小柄な体は枯れ木のようだが、背筋は弓弦《ゆづる》のように心地よくのびていた。

「天下一のお伽衆」と呼ばれた安楽庵策伝その人である。

「やれやれ、金森の家は、けったいな変わり者ばっかりやなぁ」

しわをなぞるように、策伝は顔をなでた。変わり者というのは、戦国大名の実弟でありながら、笑話にのめりこんだ策伝自身のことをいっている。また亡き兄の金森法印も実子がいながら、養子に家督をつがせた奇矯の殿様だった。

さらにその養子の嫡男《ちゃくなん》も金森家を捨て、茶人として一流派を打ちたてた変わり者である。

安楽庵策伝と同じ変わり者と一括《ひとくく》りにされて、くすぐられたような嬉しさが虎丸の脇の下からこみあげる。

「で、虎丸とやら。どうして、笑話なんぞに目覚めたんや。大方、学問がでけへんからやろう」

策伝の眼には、いつのまにか真剣味が宿っていた。

「四書五経、孫子、韓非子《かんぴし》、呉子を暗誦《あんしょう》するほどに読みこみました。が、読めば読むほど拙者の心は虚ろになるばかり。そんなときに出会ったのが策伝和尚の……」

「こら、嘘つくもんやない」

これから『醒睡笑』と出会った感動を語ろうかというときだった。

「四書五経に孫子に韓非子を全て覚えたやなんて、大げさなことというたらあかん」

心中で「呉子もでございます」とつけ加えるだけで、あえて策伝が語るがままにまかせた。

「虎丸よ、お前の年でそれだけの書を覚えんのは無理や。ええかっこしよう、思たんやろうけどな、そういうのはわし好かん」

「嘘ではございませぬ」

機嫌を損ねぬために、満面の笑みとともに反論する。

「ふん、強情な奴《やっ》ちゃ。ほな、論語の郷党《きょうとう》第十をいうてみぃ」

四書五経のうちでも、最も難しい論語を読みあげろと策伝はいう。

だが、虎丸は動じない。胸をはり、朗々と語りはじめる。

「孔子郷党に於《お》いては、恂恂如《じゅんじゅんじょ》たり。言うこと能《あた》わざる者……」

最初は冷笑していた策伝の口元が、徐々に開きだす。

「……子路《しろ》之《これ》を共《きょう》す。三たび嗅《か》ぎて作《た》つ。ここまでが、郷党第十でございます。つづいて先進第十一。子曰《しいわ》く、先進の礼楽《らいがく》に……」

「ま、待て、待て」

策伝が両手をあげ制止したので、虎丸は微笑をむける。素早く手をつき、上目遣いで見た。

「信じていただけましたか。このように古《いにしえ》の書は穴が開くほど読みこみ、覚えました。しかし、拙者が目から鱗《うろこ》が落ちる思いで読んだのは、『醒睡笑』だけでございます。この世にこれほどおもしろい書があるのかと、瞠目《どうもく》いたしました。特に拙者が好きなのは、手に『虎』と書いて犬の災難から逃れる逸話。そう、第二巻にある笑話でございます。策伝和尚の話を読んでいると、四書五経では得られぬ、何ともいえぬ生きる喜びのようなものが、胸からこんこんと湧きあがってくるのです」

「ああ、もう、やめえ。そんないわれたら、恥ずかしいがな」

顔を赤らめている策伝を見て、虎丸は内心でほくそ笑んだ。

「言葉に、嘘偽りはないとわかっていただけましたか。では、拙者を弟子にしていただけますな」

膝をにじって近づくと、「あかん、あかん」と、策伝は手と首を盛大に横にふる。

「わしの弟子になりたいいうから、どんな出来損ないかと思ったら、とんでもない小僧やで。けど、それほどの才やからこそ、弟子にはできん」

「なぜでございます」

すこし怒気を含ませて問う。

「お前ほどの才は、飛騨高山金森家のためにあるべきや。それをわしの笑話の弟子にしてもうたら、あの世の法印兄貴に怒られてまうわ」

演技とは思えぬほどの困惑で、顔をゆがめる。えもいわれぬ可愛げがたち昇り、虎丸は思わず吹きだしそうになった。

「それほどの才やったら、かならず金森家でも用いられるやろう。幕閣からも一目も二目もおかれるはずや。阿呆なことは考えんとき」

たしかに虎丸は文武に絶倫で、若年にして飛騨の麒麟児《きりんじ》と評判だ。

だからこそ、策伝がことわることは予想のうちだった。必要以上に肩を落としうつむいて、気落ちしたふりをする。こうすれば、年相応の少年に見えることを虎丸は知っている。

「で、では、策伝和尚は、せ、拙者を追いかえすのですか」

いいつつ、旅塵《りょじん》にまみれた着衣の袖を、掌《てのひら》でにぎりしめた。力をこめると手首がふるえて、さらに非力な少年らしさが増す。空いた手で尻を思いっきりつねると、涙がにじんできた。

策伝の気配を探ると、案の定、動揺しているようだ。あとは、むこうが根負けするのを待つだけである。

「ま、まあ、きてすぐに帰れとは、さすがに大人気ないかもしれんな」

虎丸は心中で快哉《かいさい》を叫ぶが、まだ顔はあげない。

もう一押しで言質《げんち》がとれる。さらに強くつねると、涙がひとつふたつと落ちた。すこしわざとらしいが、洟《はな》もすする。

「し、し、しゃあない。旅塵が落ちるまでは、ここにおれ。きっと飛驒高山から、お前の家の使いが連れもどしにくるはずや。それまでは世話見たる」

虎丸は大げさに感謝の言葉を述べつつ、額を床にこすりつけた。

弟子入りをすぐ許してもらえるとは、思っていない。家の使いが、虎丸を呼びもどしにくるまでが勝負だ。それまでに、策伝和尚に弟子にすることを認めさせる。自信はあった。暗誦できるのは、四書五経や孫子ばかりではない。『醒睡笑』全八巻にある、千におよぶ笑話もそうだ。

己以上に、策伝和尚の著した『醒睡笑』を愛している者などいない。

三

策伝の懐《ふところ》にはいるなど、虎丸にとってはたやすいことだった。

あったその日のうちに勝手に頭を剃りあげて、用意した僧服に着替えたのだ。唖然とする策伝をよそに、ともに京都にもどってからは、炊事洗濯掃除と、身の回りの世話を甲斐甲斐しくする。

「天下一のお伽衆」と名を轟《とど》かせたといっても、所詮は八十歳をすぎた翁《おきな》だ。母直伝である山菜づくしの朝粥《あさがゆ》をうやうやしく給仕するころには、策伝が己を手放し難いと感じている
ることを悟る。

その後にやってきた家の使いの者と協議した結果、虎丸が元服するまでのあいだ、策伝のもとにおいて見聞を広めさせることが決まった。

虎丸も胸を撫《な》でおろした。いかに童《わらべ》とはいえ、勝手に国をぬけるのは罪に問われかねない。安楽庵策伝のとりなしで、己や家族に累がおよぶことなく京に滞在することができるようになったのだ。

そして虎丸は成人しても、飛驒高山にもどるつもりはない。

笑話を極め、二代目安楽庵策伝の名をつぐのだ。

「策伝和尚、前田家のご使者様が参られました」

竹林院の書院の前で膝をつく虎丸の背後には、糊のきいた裃《かみしも》をきた武士がたっている。腰の二刀の造りは豪華で、質にもっていけば高山にある山ひとつくらいなら買えるかもしれない。さすがは徳川御三家をもしのぐ、百万石の加賀前田家の家老である。

「うむ、はいってもらいなさい」

策伝の声を待って襖《ふすま》を開け、庭の見える部屋へと誘《いざな》う。庫裏《くり》（寺の台所）にもどり、茶と菓子の用意をして、また部屋の前へといき、静かに襖を開く。

「わが前田家は、策伝和尚をお伽衆として、お迎えしたいと思っておりまする」

裃には梅の花を象《かたど》った紋を染めぬき、それを見せつけるように武士は胸をはっている。

「加賀百万石の城下町金沢は、小京都と呼ばれておりまする。その城にはべるお伽衆は、天下広しといえど策伝和尚以外にはおりませぬ。殿は無論のこと、家中の者全てがそう考えておりまする」

自信を漲《みなぎ》らせる家老とは対照的に、策伝はしわのよった坊主頭をなで、時折庭に目をやる。

「俸禄の件でございますが、千石ということでいかがでしょうか」

虎丸は、思わず皿の上の菓子をとり落としそうになった。お伽衆全盛期の秀吉時代にも、千石の禄を食《は》んだ者は少数だ。

だが、一方の安楽庵策伝に動揺はない。

「そこまで過分な俸禄をいただいたら、恐縮しますわ」

穏やかだがしっかりした声で、策伝は家老の話をさえぎった。

「それはそうと、加賀のお殿様は、拙僧の『醒睡笑』はお読みにならはったんですか」

家老のまぶたが微かにふるえるのを、虎丸は見逃さなかった。

「無論でございます。殿はもちろんのこと、家中の者すべて、貴僧の『醒睡笑』を読んでおりまする。大変ありがたい書であると」

「はあ、『ありがたい』っていわはるか」

目尻を下げつつ、策伝は語りかける。

「では、お殿様はどのへんのお話を、特にお気にいりでっしゃろか」

首を突きだして策伝がたずねると、自信満々だった家老の上体が後ろに傾《かし》いだ。

「そ、そうですな。どの話も、みなありがたく、何が一番とは、殿も決めかねておられるようです」

家老の額に汗がにじんでいる。

「それやったら、わからへん。なんか、ひとつくらいはご感想を聞いてはるでしょう」

顔に笑みを貼りつけたまま策伝が近寄ると、家老の額から汗がしたたり落ちた。

「お殿様やなくて、ご家老殿がいっちゃんおもろい、いやちゃうな、『ありがたい』って思った話はどれか、教えていただけませんか」

「い、い、いや、そうですな。あの兎《うさぎ》の話などはよかっ……」

「兎、そんな話あったかいな」

家老はしどろもどろになりつつ、誤魔化そうと必死だ。

前田家も同じか、と虎丸は醒めた目でやりとりを見ていた。安楽庵策伝をお伽衆にかかえようという大名家は、笑いを求めているのではない。秀吉を抱腹絶倒させた名声を、宝石のように蔵したいだけだ。だから、みなろくに『醒睡笑』を読みこんでいない。

「なんや、さっきとちごうて、えらい歯切れが悪うおますなぁ。まあ、自画自賛するわけやないけど、拙僧が最も気にいっている笑話は『醒睡笑』第九巻にある馬糞《ばふん》の話じゃ」

家老が大きな動作で膝を叩いた。

「無論のこと、存じております。第九巻にあるあれは、まことにありがたい話でありました」

聞いている虎丸は、顔をおおいたくなった。

『醒睡笑』に第九巻はない。そして、全八巻の『醒睡笑』に、馬糞を題材にした笑話もない。

「おお、ご家老殿もそう思わはるか。で、馬糞の話のどのへんが、ありがたかったでっか」

勢いづいていた家老の顔に、また脂汗が浮かぶ。策伝は対面の武士の困惑を十分に堪能した後、顔を虎丸へとむけた。

「のお、虎丸、『醒睡笑』の第九巻にある、馬糞の話はどんなやったかなぁ」

問いかけられて、体が固まった。

「第九巻の馬糞の笑話でございますか」

「せや、お前やったら覚えてるやろ。教えたってくれ」

昏を悪戯《いたずら》小僧のようにねじまげ、策伝は笑いかけてくる。

試されているのだと、虎丸は悟った。

あるいは、ここで師を笑わせれば、弟子にしてもらえるかもしれない。

虎丸は、策伝の正式な弟子ではない。遊学のために、京都の竹林院に滞在しているだけだ。弟子のように甲斐甲斐しく世話を勝手にしているだけで、笑話の手解《てほど》きはうけていない。

策伝の目が、こういっている。

――何か、おもろい話を披露して、家老を……否、この策伝を笑わしてみぃ。

ぶるりと、虎丸の体がふるえた。武者震いといいたいところだが、ほんの少しだけ怖くもあった。だが、それ以上に胸が興奮と快楽で高鳴っている。

望むところだ、と虎丸は丹田に力をこめた。

給仕しようとしていた茶を床におく。腕の見せどころだ。

麒麟児と呼ばれた己が、見事に師をうならせる。

さて、どんな話をしようか、と首を傾け、手をあごへとやった。

…………。

どうしたことだろうか。

おもしろ可笑《おか》しい咄《はなし》が、何ひとつ思いうかばない。

四書五経を諳《そら》んじろ、といわれれば躍るように動く舌が、石のように固まってしまっている。

下がっていた策伝の目尻があがり、眉間《みけん》にしわが刻まれようとしていた。

背中に流れる汗を感じつつ、虎丸は焦る。師を失望させてはならぬと、何度も己にいい聞かせる。

「は、『醒睡笑』第九巻にある馬糞の話とは、ですな」

虎丸は必死に舌を動かした。

笑ってもらわねばと、精一杯おもしろ可笑しい表情をつくり虎丸は話しはじめる。

『ある村の百姓が、普通の倍はあろうかという馬糞を見つけたのでございます。往来の邪魔になりますゆえ、木板と鍬《くわ》で肥《こえ》だめに落としました。次の日にその糞を畑にまいたのです』

ここで虎丸は間をとった。ゆっくりと安楽庵策伝と前田家の家老に目をやる。麒麟児と呼ばれるいつもの自分の平静さを取りもどしたことを、虎丸は確かめていた。大きく胸をそらすと、安楽庵策伝と前田家の家老が固唾《かたず》を呑んだ。

『すると、あら不思議、その年の秋には、たくさんの作物が実りましてございます』

庭から吹きぬける風が、なぜか肌を斬るかのように感じられた。

策伝と家老の目が、穴ぼこのように表情を失っていく。

一体、どれくらいのあいだ、沈黙が流れただろうか。

「虎丸、それ、ただ馬糞を肥だめにいれて、肥やしにしただけやんけ」

師の冷たい言葉に、虎丸の顔が一気に熱くなった。

「さ、策伝和尚、今のは何なのですか。あれが、ご自慢の笑話なのですか。一体、どこがおもしろかったのか、拙者はさっぱりわかりませぬ」

動揺する家老を「しゃあないな」と無理やりに策伝がさえぎった。

「第九巻、馬糞侍の笑話を、誰も覚えてへんのか。やれやれやで。ご家老殿、これはな、あるとき、前田利家公が馬に乗っておったという話じゃ」

前田家家祖の名がでて、家老は嬉しそうに腰を浮かした。

家老に顔をむけるでもなく、虎丸に目をやるでもなく、策伝は滔々《とうとう》と気負わずに話す。


『あるとき、利家公が尾張の村の道を馬で進まれていた。

すると、馬が突然止まり大きな糞をひりおったんや。

しかし、豪傑の利家公、泰然自若《たいぜんじじゃく》として、こう言いはなったとな』

安楽庵策伝はうすい胸を、滑稽《こっけい》なほど反らした。

『さすがわが愛馬、糞も普通の馬の倍の働きよ』

大きな音をたてて、家老が膝を叩いた。

「そうそう、その話でござる」

調子よくあいの手をいれる家老の顔が、次の瞬間に蒼白になる。

『笑いすぎた利家公、鞍《くら》から尻を滑らせて、その馬糞の山に頭から突っこんで、糞まみれになりおった』

家老の表情が、凍りついた。

口をあんぐりと開けて、喉ちんこをのぞかせている。

徐々に、家老の顔が変わりはじめる。血が昇り、頬や額がどんどん赤く染まっていく。

いつのまにか、拳《こぶし》が細かくふるえていた。

その様子を一瞥《いちべつ》し、策伝は深々と頭を下げた。

「申し訳おまへんけど、さっさと帰ってくれへんやろか。あんたが糞まみれになった利家公の話を『ありがたい』っていうてたことは、内密にしたるさかいに」

そして首をひねり、虎丸を見る。

「どや」といいたげな表情で唇をゆがめてみせた。


肩を怒らせて帰る前田家家老の背中を、策伝と虎丸は門のすぐ外で見つめていた。

「惜しいことをしましたな。千石とりのお伽衆の話を、蹴ってしまいました」

「なんや、お前、わしをどっかの大名家につかえさせたいんか」

虎丸の言葉に策伝は鼻で笑う。

策伝は、お伽衆として大名に雇われたことはない。これまで孤高を貫いてきた。にもかかわらず、太閤秀吉を笑わせたことから「天下一のお伽衆」と呼ばれている。

この通り名に実体をもたせたいと、虎丸は思っている。が、さきほどの前田家のように、策伝の笑話を知らぬ大名家にはつかえてほしくない。

「次は将軍家がこられるかもしれませぬな。万石といわれたら、どうされます」

策伝は渋面《じゆうめん》をつくり、腕を組む。

「虎丸、笑わんと聞いてくれるか」

虎丸は戸惑った。

笑話の名人が「笑うな」とは、どういうことか。

「わしはな、笑いで人を救いたいんや」

一瞬、策伝が何を言ったのかわからなかった。

「人を救うのですか」

「そうや。仏の教えでは、切支丹《キリシタン》を救うことはでけへん」

目をまっすぐ前にむけたままいう。

「切支丹の教えもまた、仏法の徒を救うことはでけへん」

いつにない真剣な表情に、虎丸はうなずきを返すこともできない。

「けど、笑いはちがう。仏法の徒も切支丹も関係ない。おもろいことというたら、みな等しく笑う」

風が、ふたりのあいだを吹きぬけた。

「わしはな、笑いで人を救いたいんや。日々の暮らしに疲れた民の顔に、ほんの一時かもしれへんけど、笑いという花を咲かせたい。そうすることで苦しみや痛みを、しばし忘れてもらうんや」

策伝は、盛大にため息を吐きだした。

「笑いに、仏法も切支丹も関係ない」

あらためて同じことをつぶやいた。

そういえば、大坂の陣で切支丹の多くが豊臣方として参戦し、戦後は過酷な責めをうけ棄教させられた。道頓堀や長堀など堀を掘削し、奇跡的に大坂が復興した陰には、転び切支丹がもつ南蛮渡来の土木技術が活躍したという噂もある。

あるいは、安楽庵策伝が大坂に宿をとっていたのは、転び切支丹の民を慰労したいと思ったからではないか。そんな想像が、虎丸の頭に浮かんできた。

「もし、将軍様が天下をとり仕切る重荷を一時忘れるために、わしをお伽衆として迎えたいというなら、喜んで江戸へいく。禄の多寡など、どうでもええ」

策伝の瞳は、いつのまにか寂しげな光をおびていた。

「けど、わしにお伽衆になってほしいと願う者はちがう。ただ、天下一という名に惹《ひ》かれただけや。救いなんか、これっぽっちも求めてへん」

背をむけて、策伝は門をくぐった。いつもはまっすぐのびた背は曲がり、腕が外れるかと思うほど肩を落としている。

「わしはただ人を救いたいだけなんや。人笑わすのは、出世のためでも名声のためでもない」

足取り同様に弱々しい言葉を残して、策伝は寺のなかへと消えていった。

四

前田家の使者が去ってからも、月に幾人かは大名家の使者がやってきた。だが、虎丸は策伝に取り次ぐ際、用件をよく吟味するようになった。名声を欲するだけの使者とわかったときは、適当な理由をつけて引きとってもらう。そうやって、策伝との日々はすぎていった。

積もる落ち葉を箒《ほうき》で払っているとき、虎丸は懐かしい声に呼び止められた。

振りむくと、見覚えのある男がたっている。立派な月代《さかやき》をもった侍は、父の同僚で金森家の家老ではないか。

「虎丸、久しいな。坊主頭も様になっているではないか」

無骨な手で乱暴に頭をなでられた。

「ありがとうございます。それにしても、わざわざ何用でございますか」

箒を強くにぎりしめたのは、己を飛騨高山に連れもどす使者と思ったからだ。

「心配するな。お前には用はない。安楽庵策伝和尚を訪ねたのだ」

「まさか金森家も、師をお伽衆としてお雇いするつもりですか」

家老は笑顔を消して、重々しくうなずく。

「申し訳ありませぬ。ご期待にはそえぬと思います。策伝和尚がいかに金森家所縁《ゆかり》の方とはいえ、師の意志は固うございます」

「策伝和尚が名だたる大名家の誘いをことわっているのは、わしも知っている。だからといって、門前払いをされるわけにはいかぬのだ」

家老は硬い表情で間合いをつめる。

数度の押し問答があったが、どちらも退《ひ》かなかった。

「虎丸、金森家は策伝和尚を必要としているのじゃ。金森の家を助けると思って、取り次いでくれ。我々は、策伝和尚に救ってほしいのじゃ」

家老の言葉に反応したのは、虎丸ではなかった。

「救ってほしいじゃと」

門の陰からでてきたのは、安楽庵策伝和尚だった。家老は誰であるかを目敏《めざと》く悟る。

虎丸を押しのけて前へと進みでて、深々と頭を下げた。

「はっ、金森家を救うために、ぜひ当家のお伽衆になっていただきたいのです」

救うという言葉を、家老は一際《ひときわ》大きく発した。

心なしか、しわだらけの師の頬が紅潮しているような気がする。

「ふむ。そこまでいわはるなら、お話だけでも聞かせてもらいまひょか。飛騨高山にいる親戚の近況も聞きたいしな」

家老の月代にやっていた目を虎丸に移す。

「書院にお通しせえ。お茶と菓子も用意するんやぞ」

そういって、策伝はきびすを返した。虎丸は、師匠の後ろ姿を見つめる。いつもと、足取りがちがう。笑いで人を救う。その望みを叶えられるかもしれない。そんな期待が、師匠の足を少年のように軽やかなものに変えていた。

金森家の家老と書院で対面した安楽庵策伝は、落胆を隠そうとはしなかった。

手にもつ茶碗を重たげに床におく。

「金森家を救うとは、そういう話なんか」

苦しげにこぼした言葉が、師の体から精気も一緒に奪いとったかのようだ。顔のしわが深くなり、数歳も老けたように見える。

「はっ、何とぞ、策伝和尚のお力で、わが金森家にある珠玉の金山をお救いいただきたいのです」

唾《つば》を飛ばしつつ、家老は頭を下げた。

やはりか、と虎丸は思った。金森家が求めたのは、策伝の笑話の才ではなかった。

飛驒高山七万石の金森家は富んでいた。実質、数十万石の財を所有している。その理由は、良質の金山をもっているからだ。

だが、金山は諸刃の剣である。金山奉行には財が集中するので、敵も多い。常に金山がらみの権力闘争を、金森家は抱えこんでいた。金山奉行周辺の不審な事故や失踪も多い。家祖金森法印が重用した金山奉行は、法印死後に屋敷に火を放ち越前（福井県）に逐電《ちくでん》しているほどだ。

虎丸が笑話の世界に惹かれたのも、それがきっかけだ。仲のよい子弟も長じるにしたがい、親の権力闘争とは無縁でいられなくなる。いずれ大人になれば、かつての幼馴染みと争うことになる。そんなことを考えているときに出会ったのが、安楽庵策伝の『醒睡笑』だ。笑話の虜《とりこ》になるのに、半日と必要なかった。

「実はご公儀（徳川幕府）が、金森家の金山を狙っております」

家老の言葉に、さすがの虎丸も我にかえった。

「このままでは、改易させられた安芸《あき》広島の福島家、肥後熊本の加藤家の二の舞いです。難癖をつけられ、所領と金山を没収されてしまいます。この難局を乗り切るには、幕閣に人脈をもつ人物が必要なのです」

安楽庵策伝が『醒睡笑』を著したのは、京都所司代の板倉重宗の依頼があったからだ。ほかにも高名な茶人、高僧、公卿らとも親しく交際している。

「なんとか、策伝和尚の力をお借りしたいのです」

何度もこすりつけて赤くなった額を、また床に押しつけた。

その前で、策伝は固まったかのように動かない。

一体、どれくらいそうしていただろうか。

音のない笑いが、策伝の小さな体から漏れる。

「なんや、お殿様はわしに笑かしてほしいわけやないんか」

強がって空笑いをする策伝を、虎丸は正視し難かった。

「当たり前でございます。笑いなどという些事《さじ》のために、どうしてここまで参りましょうか。策伝和尚のご人脈を、ぜひ当家を救うために活かしてくださいませ」

『救う』という言葉を、また強く発した。

「そして、これは亡き金森法印公のご遺志にも適いましょう」

実兄の名をだされて、策伝は老いた胸を苦しげに押さえる。

咳きこむように、背を丸めて表情を隠した。

「申し訳ないけど、無理ですわ。窮状はお察しするけど、お力にはなれまへん」

策伝は立ちあがろうとして、均衡を崩す。音をたてて片膝を床についた。

走りより、手をとる。あまりにもうすい掌に、虎丸は息を吞んだ。落ちくぼんだ目は、病人のようだ。

「策伝和尚、当家を見捨てるのか」

書院を退室しようとする策伝の背中に、声が飛んだ。怯《おび》えるように大きく肩をふるわせたが、老僧は決して振りむかなかった。

それ以来、安楽庵策伝は床に臥《ふ》すことが多くなった。冬を迎えると、起きあがっていることの方が珍しくなる。新春がきても、容態は変わらなかった。

「虎丸よ」

か細い声で呼ばれた。骨と皮だらけの手を優しくつつみ、「ここにおります」とささやく。

「わしが死んだら、どないする……つもりや」

思わず力がこもり、つつんだ策伝の手をきしませそうになる。

「わしは……もう長くはないやろ」

すぐに返事はできなかった。

「どうなんや、正直に答えてみ」

虎丸は、ふるえる唇を必死の思いで開いた。

「笑話を極めたい――そう思う心があります。ですが……」

「金森の家を救いたい、とも考えているわけか」

うなずくかわりに、優しく手をにぎりしめる。

「思えば、好きな道にのめりこんだわしは幸せもんやった。死んだ兄貴には、ようけ嫌味いわれたわ」

策伝のもう一方の手が、虎丸の手の甲の上におかれた。

「文箱《ふばこ》をもってきて、開けてくれ」

師の両手を布団の上におき、いわれたとおりに漆塗りの箱を開けた。

思わず虎丸は刮目する。

「こ、これは」

なかには、一冊の書物があった。驚くべきは、『真筆《しんぴつ》　醒睡笑』と墨書されていることだ。

『真筆』とは、いかなる意味なのか。推察しようとすると、手に脂汗がにじむ。

「形見としてやる。お前以外には、誰にも見せてへん。京都所司代の板倉様には、第九巻ともいうべき最高傑作の『真筆　醒睡笑』があることだけはいうてる」

「は、拝見して、よろしいでしょうか」

策伝は、かすかにうなずいた。

書を開く。目に飛びこんできたものを見て、思わず声をあげて笑ってしまった。しわだらけの策伝の顔がすこしだけ綻《ほころ》ぶ。

「どや、おもろいやろ。どっちの道へいくにしても、それは弟子のお前にやる」

弟子という言葉に、不覚にも虎丸の視界がにじんだ。

「い、今、なんとおっしゃいました」

「弟子のお前にやる、といったんや。なんや、わしが師匠やと嫌なんか」

虎丸はあわてて頭《かぶり》をふった。

「本当に、私を弟子として認めてくださるのですか」

「ああ、全然、人笑かす才のない弟子やけどな。特に、あの馬糞の話は寒かったわ」

策伝の顔に柔らかいしわがよる。

「欲しいなら、安楽庵策伝の名もやる。漬物石くらいの重さはあるはずや」

「私が金森の家にもどると決断しても、この書と名をくださるのですか」

策伝のもとに、息子を飛騨高山にもどしたいと、毎月のように書信がきているのは知っていた。にもかかわらず、策伝は己を手元においてくれていた。

策伝に恩はある。だが、幕府の謀《はかりごと》を聞いた今、家を見捨てることはできない。策伝には迷っているといったが、武士にもどらざるをえないと、半ば覚悟していた。

「ようけ悩んだんやろ」と、優しく策伝は語りかけた。

「その結果、武士にもどるんならしゃあない。わしの弟子は、お前ひとりや。『真筆醒睡笑』と、わしの名はもってけ。まあ、武士になったら、策伝は名乗れへんけどな」

虎丸は腕で強く目頭をこすった。

「武士にもどります。お許しください。しかし、いつの日か頭を丸め、かならず師の名をつぎます」

策伝は短い吐息を漏らす。

「阿呆、人笑かすのに、武士も町人も関係あるかい」

「仏教も切支丹もですな」

「うふ」と、唇を弾《はじ》くように策伝は笑った。

「よう、わかっとるやないか。やっぱりわしの……」

最後の声は聞きとれなかった。策伝は力つきるようにまぶたを閉じる。

か弱い寝息が、虎丸の耳に聞こえてきた。

翌日、「おもしろきこと天下無類」とも「天下一のお伽衆」とも称讃された安楽庵策伝は、静かに息を引きとった。

第一章　難波村に彦八あり

さて、このようにして安楽庵策伝《あんらくあんさくでん》の想いを、少年虎丸《とらまる》は受け継いだのであります。

と、ここまで聞いたお客様は、こう思わはったでしょう。

やっぱり、虎丸が米沢彦八《よねざわひこはち》とちゃうのん、と。

残念ながら、ちゃうんです。

虎丸は、この物語の主人公やないんです。ほんま、ごめんなさい。

もちろん、成長した虎丸はでてきます。けど、この『天下一の軽口男』の主人公である彦八はまた別におります。

いよいよ、次からこの物語の主人公、米沢彦八が登場です。

が、ここで謝らななならんのです。

この彦八という男、なんちゅうか、その……

虎丸と比べると、ですが、すこしだけというか、かなりというか、
まあ、有り体《てい》にいえば、ぼんくらなんですわ。

それも筋金入りのぼんくらです。

顔もようありません。

頭も悪いです。

喧嘩も弱いのに、問題ばかりおこす。

女癖は悪いのに、女にはもてへん。

どケチの親不孝で、口も臭くて、もちろん二枚舌。

嘘つきのお調子もん。

あいつのために、どんだけの人が泣かされてきたか。特にわしなんか……

おほん。

いや、失礼。ちょっと色々あって、興奮してしまいました。

まあ、さきほどの彦八評はちょっとだけ悪くいいすぎました。けど、口が臭い以外は全部ほんまでです。

とまあ、悪口はこのぐらいにして、と。

それでは天下一の軽口男、いよいよ主人公の米沢彦八の登場でござぁぁい。

彦八と里乃

一

「ご破算で願いましてぇはぁ〜」

文机《ふづくえ》がならべられた部屋のなかで、算盤《そろばん》の師匠の声が高らかにひびいた。口元の細い髭《ひげ》がふるえ、上をむいた鼻の穴が大きくなる。

「八十七文なぁり、三十二文なぁり、ひいては十九文なぁりぃ」

彦八の周りの童《わらべ》たちが、一斉に算盤を弾《はじ》きはじめる。珠が打ち鳴らされる音が小気味よく飛びかうが、彦八の小さな指は動かない。頬杖をついて、じっと開け放った襖《ふすま》の先を見る。たまに、左右の鬢《びん》から跳ねた癖毛を指でつまんで、ひとり遊びに興じていた。

庭があり、塀は低い生垣だ。大坂難波《なんば》村の野菜畑が広がり、色づいた柿の木が植わっている。そのむこうには、道頓堀の芝居小屋の甍《いらか》が秋の陽光をうけて優しく輝いていた。

時折、芝居の開演を知らせる太鼓が聞こえてくる。さらに先には大坂城の石垣がポツンと見えた。天守閣はない。六年前、彦八が五歳のときに、落雷で焼失してしまったのだ。

師匠が読みあげる数はだんだんと大きくなり、拍子も速くなる。数を発するたびに、師匠は首の付け根を中心に、左右の肩で円を描くような仕草をした。ついでに鼻の穴も大きく広がる。

ぷっ、と彦八が吹きだしたのは、先日里に下りてきた猪《いのしし》そっくりだったからだ。散々悪さをして、最後は案山子《かかし》を人間と間違え、驚いて岩に頭を打ちつけ気絶した。肩を回し鼻の穴を広げるお師匠の仕草が、村人を威嚇《いかく》した猪そのものだ。

「二百三十文なぁり、七十五文なぁり、では」

師匠がいい終わると、珠を弾く音も止む。

「わかる者」と、師匠がきくと、彦八の周りの童たちが一斉に手をあげた。満足気に見つめる師匠の目が、急に吊りあがる。葦《あし》のように茂る腕の隙間に隠れていた彦八を見つけたのだ。

「彦八っ」と怒声が飛んで、みなの目差《まなざ》しが集中する。

「たちなさい」

あごをくいっとあげる仕草をする。やっぱり畑を掘りかえす猪にそっくりやなあ、と思いつつも恐る恐る立ちあがった。後ろから「くくく」と含み笑いが聞こえた。

「阿呆が。彦八の奴、また怒られるぞ」

志賀屋の竹蔵《たけぞう》という童が、隣の童と嘲《あざけ》っている。

「さあ、答えなさい。いくつになった」

彦八は後ろをむいて、竹蔵にふんと鼻を鳴らした。

「なんや、お前、わからんくせに偉そうにしやがって」

「竹蔵、お前と一緒にすな。この難波村一の軽口男の彦八を侮《あなど》るなよ」

彦八は、自分のこめかみを指で示してみせた。その所作に、さすがの竹蔵もたじろぎを見せる。

そうしているうちに、師匠が大股で歩いてきた。

「この算盤はなんじゃ」

彦八の机の上の算盤の珠はまっすぐにそろっていて、弾いた形跡がない。

「お前、また怠けとったな」

「怠けてまへん。お師匠の読みあげを足してひいたら、ちょうど零になりましてん」

「ど阿呆」

師匠の拳骨《げんこつ》が、雷のような勢いで彦八の頭に落ちた。

「いったぁ」

彦八は大げさにうずくまると同時に、童たちの笑いが弾けた。彦八は自分の頬が柔らかくなるのがわかった。耳朶《みみたぶ》をなでる童たちの笑いが、彦八には何より心地いい。

「今までみっつもの手習い小屋を、追いだされたんやろう。うちでも、同じ目に遭わせたろか」

「お師匠、それもちゃいます」

「何がちがうんや」

「追いだされたんはみっつやなくて、五つです」

指を五本突きたてると、さらに笑いが増した。師匠の顔が、怒気で真っ赤になっている。これはまずいぞと思いつつも、舌は性懲《しょうこ》りもなく動きつづける。

「剣術や雅楽、四書五経の手習いもいれると、こうですわ」

両手の指を全部開くと、「阿呆っ」と、一喝された。

「お前は漬物屋の次男坊やろう。手習いで教養を身につけへんかったら、養子にもいけへんぞ」

ふたたびにぎり拳《こぶし》で殴られた。頭が寺鐘に変じたかのような衝撃に、さすがの彦八も不機嫌になる。

「いうてみぃ。今まで何を身につけたんや。読み書きも算盤も、ろくにでけん次男坊が、何になるつもりや。物乞いか」

師匠の剣幕に、さすがの彦八も反論できない。

「笑ってる暇あるんやったら、お前ももっと身をいれんかい」

隣で腹をかかえていた童の文机を、師匠が乱暴に叩いた。大きな音がして、童の両肩が跳ねあがる。注意された童は、うつむいて唇を嚙んだ。

できないのも当然である。つい半月ほど前に、入門した子だ。珠の弾き方など、基本もろくに教わっていない。そのくせこの師匠は、裕福な商家の子や歳暮の多い農家の子には手をとって教えている。

「お前も、彦八みたいになりたいんか」

平手だが思い切り童の頭を叩いたのを見て、自分が殴られたような衝撃が脳天に走る。

「お師匠様、できんで当然ですわ。珠の弾き方も教えてませんやん」

彦八の言葉に、師匠は鋭く振りかえった。

「教えるのが仕事ですやん。ただ数読むだけなら、生まれたばかりの隣の子ぉでもでけるわ。畑耕さん百姓と同じや」

「お前、口答えするのか」

「口答えちゃいます。ほんまのことですやん。みんな知ってますで。歳暮の多い家の子には、親切やて」

師匠の顔がゆがんだのは、図星だったからだ。遠くの席から含み笑いが聞こえてきて、

「黙れ、笑うな」と、あわてて一喝する。

「この無礼者が。漬物屋風情の次男坊が、師に歯向かいおって。外にでて、頭を冷やしてこい」

舌打ちとともに師匠が背をむけた。

漬物屋風情といわれては、彦八も黙っていられない。

「ふん、いわれんでもでていくわ」

指を使って鼻の穴を大きく広げて、師匠の真似をしてやった。何人かが口に手をやって、必死に笑いを嚙み殺す。気配に気づいて、師匠が振りむこうとしたので、あわてて手を後ろにやった。

二

時刻を告げる捨て鐘が、みっつ鳴りひびいていた。つづいて、刻限の数だけ鐘が鳴る。

ひとつ、ふたつと、彦八には数えている暇はない。

竹蔵の大きな体が馬乗りになり、かたい拳を彦八めがけて振りおろしていたからだ。

「算盤もよう弾かん、ぼんくらのくせに。生意気ぬかすな」

彦八の鼻先に勢いよく拳が当たった。生温かいものが、鼻の奥から流れてくる。唇に垂れる前に思いっきり吸いこみ、ごくんと飲んだ。鉄の味が喉から這いあがってきたが、気にしている余裕はない。

馬乗りになった竹蔵の大きな体を、気合いとともに腰ではね飛ばす。すかさずおおいかぶさろうとしたら、背中を硬いものでしたたかに殴られた。

「いったいいやんけ」

振りむくと、竹蔵の手下が太い棒をもってかまえている。その背後には、算盤の師匠に散々いびられていた童が尻餅《しりもち》をついていた。大きく腫《は》れあがったおでこをかかえ、泣いている。

「畜生、ふたりがかりは卑怯やぞ」

手下に摑みかかろうとすると、後ろから竹蔵にだきつかれた。すかさず、頭に棒が打ち下ろされる。

「どや、竹蔵はん、志賀屋に楯突く奴はおいらがやっつけたるで」

手下は口ずさむようにいいつつ、棒で彦八を打擲《ちようちやく》した。

竹蔵は、志賀屋という屋号をもつ難波村の漆塗りの次男坊だ。家が裕福なおかげで、手習いの師匠から優遇されていることが、彦八には気に食わない。しょっちゅう喧嘩をする仲で、今日も手習い小屋を追いだされた後、新入りの童をいじめている竹蔵を見つけて、取っ組み合いになったのだ。

竹蔵にだきつかれたおかげで、彦八は思わず膝をついた。

「よし、やってまえ」

背中や腕に、容赦なく木の棒が振りおろされる。支えきれなくなって、両手を地面につこうとしたときだった。

「こらぁ」

怒声というには小気味よいひびきに、手下の振りあげた棒が止まる。

彦八がゆっくりと首をあげると、白い稽古着と紺袴《こんばかま》を身につけた子供がたっていた。後ろで結った髪は秋風にふかれて、心地よさげにゆれている。額にかかる前髪が、眼の形を際立たせるかのようだ。

背は彦八よりもすこし大きいだろうか。すらりとのびた腕には、六尺（約百八十センチ）ほどの長い棒がにぎられていた。

「あんたら、何してんの」

形のいい眉をよせて睨みつける。

「げ、里乃《さとの》やないか」

うめいたのは、彦八に組みつく竹蔵だった。

「なんじゃ、お前、男みたいな格好して」

手下が棒を突きだした瞬間に「阿呆、やめとけ」と、竹蔵と彦八は同時に叫んでいた。

ふわり、と手下の足が地面から浮く。

里乃と呼ばれた娘の体が沈みこみ、棒を突きつける乱暴者の腹の下へと潜りこんだのだ。袴におおわれた腰が跳ねあがったかと思ったすぐ後には、手下は柔らかい畑の上に背中から叩きつけられていた。

ふんっ、と鼻息を吐いて、里乃は呆然とする手下を見下ろす。つづいて、彦八を組み伏せる竹蔵を睨みつけた。

「あっ、阿呆ぅ、こいつが〝玉潰し〟の里乃って呼ばれてること、忘れたんか」

手下に叫ぶ竹蔵の腕の力は、もう半分ほどに緩んでいた。

里乃の家は淀屋橋で米商いなどを手広く営んでいるが、もともとは武家である。刀を捨て、大坂の陣で捨て身の商売をして財を築いた。全財産を投じて火縄銃の玉薬《たまぐすり》を仕入れ、勝つと見込んだ東軍に無償でゆずったのだ。大坂の陣が終わった後に無一文になったが、東軍に認められ、大坂で商いをする権利を得た。心斎橋の由来となった岡田心斎など、破産覚悟で東軍を援助し、戦後に商いの利権を勝ちとった商人は多い。そのなかには、元武士という出自の者もすくなくない。

「た、玉潰しって、本当やったんですか」

地に叩きつけられた手下の問いかけに答えたのは、里乃だ。六尺棒を拾い、強く地面を打つ。

「あんたら、その綽名《あだな》で呼ぶなっていうたやろ」

里乃は半眼になって、竹蔵と手下を睨みつける。竹蔵の顔から血の気がひくのがわかった。

難波村に限らず、男色にふける僧侶は多くいた。ある日そんな僧侶のひとりが、里乃を侍の若衆と勘違いし、声をかけたのだ。稽古帰りだった里乃は、棒を一閃《いっせん》して僧侶の股間をしたたかに打ちつけて以来、「難波村の玉潰し」の綽名で呼ばれるようになった。

とはいえ、里乃にとっては男と間違えられた不名誉な綽名でもある。

「どうする竹蔵、次はあんたが相手してくれるんか」

玉潰しの凶器である棒を突きつける。竹蔵は彦八にからめる腕を離して、あわてて後ずさった。極限まで内股にして股間に両手をそえ、「えへへへへへ」と愛想笑いをしつつ後退し、とうとう姿を消してしまった。

「里乃、おおきに」

彦八が手をのばすと、音が聞こえるほど強く頭をはたかれた。

「あんた、こんなとこで何やってんの。約束、忘れてるんとちゃうやろな。とっくの昔に八つ（午後二時ごろ）の鐘は鳴ったで」

「あっ」と小さく叫ぶと、また手が飛んできた。喧嘩の最中の鐘は、八つ刻を示すものだったのかと、今さらながら気づく。

「せっかくみんな集めたのに、こんなに待たせて。はよせな、日が暮れてしまうやん」

「か、堪忍やで、今日は色々とあってん」

弁解しようとしたら、泣き声が耳についた。竹蔵にいじめられていた童が、声をあげて泣いている。

「ほら、あんたもいつまで泣いてんねん」

里乃が手を差しのべて立ちあがらせた。

それを見て、なぜか彦八の喉には米がつまったような、嫌な気持ちが広がった。

三

べか車と呼ぶ荷車に、百姓たちが野菜をいっぱいに積んでいた。縄を使ってひとりが前から引っぱり、もうひとりが後ろから押している。朱の塗料が半分以上はげた、稲荷《いなり》明神の祠《ほこら》の横をとおりすぎる。その裏には木立に囲まれた広場があり、車軸のきしみが彦八の耳にも聞こえてきた。

「さあ、ひとり十六文ですよぉ」

さきほどとは打って変わった、優しい声音で呼びかける里乃がいる。

祠裏の広場には、里乃のように稽古着をきた武士の子や、手足を泥だらけにした百姓の子、算盤を小脇にかかえた商人の子たちが、列をつくっていた。里乃が広げた巾着《きんちゃく》袋の口に、やってきた子供たちが何かを次々といれていく。

実際に銭を払っているのではない。丸い小石を一文、貝殻を十文と見立てた遊びだ。たまに形の悪い小石や汚い貝があると、里乃はつまみだして「はい、やり直し。ちゃんとしたの拾ってきて」と指示している。そんなところを見ていると、商家の嫁になったら、きっと辣腕《らつわん》をふるうのだろうと、彦八は末恐ろしく思う。

「彦八の滑稽《こっけい》芝居がはじまるでぇ。道頓堀の芝居座なんか目やないでぇ」

里乃が大声で告げると、集まった童たちがやんやと喝采を浴びせた。

「どんだけ待たせるねん」

「ほんまや。もうすこしで帰りそうになったわ」

算盤やら鍬《くわ》、竹刀《しない》をふりつつ、童たちが目を輝かせる。

舞台ともいえぬ落葉が舞う地面の上で、彦八はひとりたっていた。

わざとらしく、咳払いをひとつする。

大事そうに石ころのつまった袋をかかえて、里乃が最前列の中央にすわるのを待った。

袴についた砂を女子《おなご》らしく手で払う。

彦八はあごを上にむけ、口を開く。

「とおぅざあい、とおぅざあいぃぃ」

滑稽芝居の開演を告げる声が、高らかにひびいた。

間髪をいれず、彦八は「よよよよ」と声をだす。体を傾けて、こけそうになりながら鍬をふるう。

「あ、権太とこの親父や」

誰かがいった瞬間に、笑いがおこる。次は腰を曲げて、必要以上に口のなかで唾《つば》をなめると、「うわぁ、うちとこのおばあや」と悲鳴がおこり、また笑いが弾けた。

難波村の百姓、町人、職人、武士、老若男女の真似を、彦八は次々とやっていく。そのたびに火縄銃を撃ち放したような笑いが、あちこちでおこった。

横目で里乃を見る。大きく口を開け、白い歯を見せ、破顔している。女子らしくない仕草だが、彦八は里乃が笑う姿を見るのが好きだった。喉ちんこが見えるほどに口を開けて、大きな目を糸のように細めて目尻に涙を溜めている。

彦八の胸が春の日なたのように温かくなる。

こぼれそうになった涙を里乃が指でふきとったのを見て、彦八は思う。


――指でぬぐう間も惜しいほど、笑かしたい。


すかさず、剣術道場の師匠の物真似に移った。裏声で面を打つ仕草をすると、稽古着に身をつつんだ童たちが肩を叩きあい、彦八を指さす。里乃も膝を叩いている。

よっしゃと思ったとき、彦八の視界のすみにふたりの大人がむかってくるのが見えた。

小太りの男の方は、彦八の兄だ。早くに両親を失った彦八にとって、何より怖い存在だ。

そして、横にいるのは豚鼻に細い髭をたくわえた算盤の師匠だった。

まずい、と心のなかで叫んだ。

彦八が手習いを怠けたことを、師匠が告げ口したにちがいない。

天を仰ぎそうになった。

不穏な空気を感じとったようで、徐々に童たちの笑い声が小さくなっていく。

あかん、笑いが消える、と思ったとき、閃《ひらめ》いた。同時に、大人ふたりの激昂《げっこう》する顔が思い浮かぶ。頭に浮かんだことをやってしまえば、きっと手習いは追いだされる。

さすがの彦八もふるえた。そうなれば、兄からどんな折檻《せっかん》をうけるかわからない。

目差しを感じた。

里乃が首をかしげ、不思議そうな表情でこちらを見ている。涙が浮いていた目は乾き、口元からは柔らかさが消えつつあった。


——あの顔に、もっぺん花を咲かせたい。


そう思った瞬間には、もう決断していた。

指で鼻を押しあげて、みなに見せつける。

もう一方の腕を地につけ、ブウブウと叫びつつ動き回った。

「あ、猪や。この前、悪さしよった猪やで」

百姓の子が指をさす。

狼狽《うろた》える兄と算盤の師匠を確かめてから、彦八は高らかに叫んだ。

「ご破算で願いましてぇはぁぁ」

声の抑揚と上にむけた鼻から、算盤の師匠の真似と瞬時に悟ったようだ。地が割れるような大爆笑がおこる。

先日、村で悪さをした猪の真似をしつつ、師匠の声に似せて「二十文なぁりぃ、三十八文なぁりぃ」と叫び、動き回る。

途中で、首の付け根を中心に左肩から右肩へと円を描くように肩をすくめると、一際《ひときわ》大きな笑いが弾けた。最後に、案山子に驚いて岩に頭を打ちつけて気絶する真似をする。何人もの童たちが腹をかかえていた。そのなかのひとりに里乃がいて、目尻から真珠のような涙の粒が落ちる。

「やった」とつぶやいたとき、影がさした。

顔を真っ赤にした兄が仁王立ちしている。太い腕を振りあげようとしているところだ。背後には、算盤の師匠が肩を激しくふるわせていた。

「この、ど阿呆がっ」

「破門だ。うちの手習いには、一歩たりとも足踏みいれさせん、顔も見せるな」

大人ふたりの罵声《ばせい》とともに、拳骨が飛んできた。

西の空に浮かんだ一番星をかき消すように、彦八の視界に無数の火花が散る。

その様子を見て、童たちがさらに笑う。

里乃の鈴のような笑い声も聞こえてきた。

ああ、今日は晩飯ぬきやろなぁ、と後悔しつつも彦八は満足だった。

四

畑に挟まれた難波村の道を、彦八はひとり歩いていた。

「こらぁ、彦八、畑、手伝うんちゃうんか」

遠くから村人の罵声が届いたが、聞こえないふりをして足を進める。手習い小屋を追いだされてから、近所の農家を手伝うように兄からいわれたが、五日もすればあきてしまった。

「あー、誰かを笑かしたいなぁ」と、つぶやきつつ歩く。

左手を見ると葦原と新田が遠くにあり、奥には大坂湾に浮かぶ船がいくつもならんでいた。白い紙切れを思わせる帆が、滑るように動いている。

　彦八は足を止めた。前から、着流し姿の青年が歩いてくる。

「痛てて」と、顔の右側を見せるように首をひねっていた。右目や右頬が赤く腫れ、鼻血もでているではないか。左肩を下げ気味に歩く姿に覚えがある。

「糞親父め。本気で殴りやがって」

「志賀屋の左衛門《さえもん》はんやん」

　彦八の呼びかけに、顔の右半分を手でおおっていた男が左目を細めた。

「おお、彦八やんけ」

「どないしたん。顔真っ赤やで、役者にでもなるん」

「阿呆、化粧ちゃうわ。親父に殴られたんじゃ」

　そう愚痴《ぐち》る男の目鼻眉のつくりは、細く長い。もうすこし華があれば、役者にでもなれそうな顔立ちである。

「へえ、おいらも五日前に兄貴に殴られたで」

「ふん、大方、うちの竹蔵と喧嘩したんやろ」

　この左衛門という男は、志賀屋の竹蔵の実兄である。

「それより左衛門はん、なんでこんなとこにおんの」

といったのは、左衛門は堺の漆職人のもとで修業しているはずだからだ。いずれは、難波村の志賀屋の跡をつぐと聞いている。

「ふん、漆塗りなんて、あんな辛気くさい仕事なんかできっかい。飛びだしたったわ」

「それで親父さんに殴られたん。けど、修業先飛びだして、どうするつもりなん」

左衛門の無傷の左顔が笑った。

「漆はあかん。ちっこいころから、肌がかぶれるねん。自分でいうのもなんやけど、それさえなければ、まあまあの腕なんやけどな」

嘘をつけ、と彦八は心中でつぶやいた。左衛門が塗った器を見たことがあるが、とても商いの品として通用しない出来だった。

「それになんや、みみっちいやろ。おれは、もっとでかい仕事したいねん」

「お侍さんになりたいん」

ちなみに志賀の家も里乃と同じく、もともとは武家の出である。

「はっ、侍なんかあかん。戦さがなかったら、ただの穀潰《ごくつぶ》しや。何より上手く養子になったり武家株を買えたりしても、戦さがないと出世する手ぇがない」

「じゃあ、何になりたいん。お大尽《だいじん》か」

「おれはなぁ、女子にちやほやされる男になりたいんや」

さすがの彦八も「はぁ」と呆れてしまった。

「お前のいうように商いでお大尽になったら、まあええ女ははべらせられるやろ。けどな、それは女子に好かれてるわけやないんや。おれは銭がのうても、女に好かれる仕事がしたいんや」

左衛門は細いつくりの目鼻を、彦八に見せつけるようになでてみせた。

「せやから、おれは役者になりたいって、親父にいうてん。中座か角座《かどざ》か、いや弁天座でもかめへん。そしたらこの有り様や。困ったわ。大坂で役者になるのは無理かもしれん」

難波村から芝居小屋のある道頓堀は、すぐそこだ。左衛門が大坂で役者になっても、すぐに見つかり連れもどされてしまう。

「京か江戸にでよかなぁ」

船の帆を眺めつつ、志賀屋の左衛門はいう。

「そんな夢みたいなこというてたらあかんで。真面目に働きや」

殴られた方のまぶたを見開いて、左衛門が睨みつけてきた。

「お前がいうな。聞いたぞ、また手習い追いだされたんやろ。お前こそ、何して飯食うつもりや。算盤弾けんかったら、百姓の手伝いぐらいしかできんぞ」

「おいらなら、大丈夫やで。ちゃんと、なりたいもんあるもん」

「なんや、それ」

左衛門は鼻の穴をほじりつつきく。ぬいた指先には、乾いた鼻血の欠片《かけら》がついていた。

「人笑わして、銭もらうねん」

指先からポロリと鼻血の欠片が落ちた。

「お前、何いうとんじゃ」

「左衛門はんは知らんやろ。おいらな、ごっつい人笑わすの上手いねん」

「なんや、門付けの万歳でもするつもりか」

万歳というのは、正月などの吉日に家の門前にたち、「ばんざい」と叫ぶだけの大道芸だ。

「やめとけ、万歳では一年通して食うんは無理や」

たしかに、ほかに職をもつ者や別の大道芸人が、正月や祭日にだけ万歳と叫んでいることが多い。

「ちゃう、そんなんじゃないねん」

身振り手振りを交えて、彦八は説明する。大勢客を集めて、おもしろ可笑《おか》しいことをいって、銭をもらう。芝居小屋のようなものをつくって、そこで芸を披露するのもいいだろう。

「お前、それ本気でいうてんのか。笑いが、銭になると思てんのか」

「なんで。おもしろかったら、銭払うやろ。うちの兄貴も、旅の傀儡師《くぐつし》（人形遣い）や講釈師に銭投げてるで」

「じゃあ、傀儡師や講釈師が笑いとってるとこ、見たことあるか」

たしかに客はみな口角をあげて喜んでいたが、それは彦八の目指す笑いとは種類がちがう。

「笑いで銭稼ぐなんて、無理や。まあ、でけるとしたら、笑話集をだすことぐらいか」

「しょうわしゅう」

「せや、笑いの種本や。有名なとこで安楽庵策伝ゆう、太閤さんも笑かした偉い和尚の書いた笑話集があるそうや。なんちゅう名前やったかな、たしか『醒睡笑《せいすいしょう》』やったかな」

左衛門は、地面に『醒睡笑《しゅつぱん》』と書いてみせた。

「まあ、笑話の書き物を出板してやな、銭稼ぐのはありやろな」

「うーん、それもちょっとちがうねん。それやったら、笑てるお客さんの顔、見れへんやん」

左衛門は、困惑の色を浮かべた。

「講釈師みたいに、目の前に客をたくさんならべて、笑かして銭もらうねん。まあ、ひと笑い十文くらいやろか」

「だから、そんな仕事はないっていうてるやろ」

「そんなん、わからんやんっ」

盛大にため息を吐《つ》いて、左衛門は指を北へとむけた。道頓堀の芝居小屋の甍が、秋の穏やかな陽光を反射している。

「そんなにいうんなら、いってこいや。大坂は天下の台所や。日本中から、色んなものや人が集まってくる。そこで客笑かして、銭もろてるもんがおるか探してこい。あっこにないんやったら、江戸や長崎にいっても見つけられへんわ」

五

道頓堀には、寺の本堂を思わせる巨大な芝居小屋が建ちならんでいる。どれも大きな櫓《やぐら》をもち、まるで砦《とりで》のようだ。赤、黄、緑の色とりどりの幟《のぼり》がたち、役者の名前や芝居座の屋号が白で染めぬかれている。最近では人形操りと呼ばれる芝居も流行していて、その名人として評判の『井上播磨掾《いのうえはりまのじょう》』といった文字も視界に時折はいってくる。

彦八は、大人たちのあいだをすりぬけていく。

仇討ちものの芝居が終わったのか、肩を怒らせた客たちを吐きだす芝居小屋があった。威勢のいい足取りに、さすがの彦八の歩みも止まる。大人たちに交じって、細身の肩を勇ましく動かす娘がいた。最近流行の寛文小袖《かんぶんこそで》と呼ばれる藤紫の着物をきて、髪には琥珀《こはく》色の鼈甲《べっこう》の簪《かんざし》をさしている。

形のいい瞳と威勢のいい態度に見覚えがあった。誰かに似てるなぁ、と考えていたら、むこうも「あっ」と声をあげた。

「なんや、彦八やん、こんなとこで何してるん」

声を聞いて、素早く頭のなかで目の前の娘に稽古着と袴をきせると、いつもの里乃の姿になった。

「あー、さてはまたお手伝い怠けたんやろ」

図星を指されて、彦八は頭をかくしかない。

「里乃こそ、どうしたん。芝居見物？」

「うん、とう様とかあ様と一緒やねん。今日は、そのまま淀屋橋の方で泊まるわ」

里乃の両親は、大坂の淀屋橋で米商いをしている。難波村にいるのは里乃の祖母だ。元武家の老女傑として有名で、商売を息子夫婦にまかせて、田舎暮らしを楽しんでいる。里乃は祖母になつき、一緒に難波村で暮らしているのだ。里乃が武芸に励むのは、武家の暮らしが忘れられない祖母の影響が強いらしい。

「いくら道頓堀と難波村が目と鼻の先ゆうても、はよ村にもどらんと怒られるで」

「そんなんより、もっと大事なことあるねん。おいらの一生が、かかったことやねん」

「なんなん、珍しく真面目な顔して」

客を笑かして、銭稼いでる人を探さなあかんねん、と叫びたいが、舌が上手く回らない。よく考えれば、馬鹿げたことかもしれない。芝居小屋の演目は、ほとんどが仇討ちや人情もの、悲恋ものだ。たまに滑稽を題材にしたものもあるが、それは十回に一度もない。

「とにかくや、おいらは客を笑かしてる人、探してるねん」

首をかしげて、里乃は「どうして」と目できいてきた。

「ちょっと説明は難しいけど、おいらの将来のためにも、絶対に見つけなあかんねん」

「ふーん、ほんなら、あっちの辻にいってみたら。ほら、笑い声がするで」

竹刀を毎日にぎっているとは思えぬほど細い里乃の指先を目でたどると、たしかに人垣ができている。

「おおぉ」という感嘆と笑い声が、彦八の耳に届いた。

「これは、ちゃう」

人垣の股のあいだを四つん這いで進んで、最前列ににじりでた彦八はつぶやいた。

目の前には、三方《さんぽう》と呼ばれる檜《ひのき》造りの台の上に、片足をのせてたつ浪人がいる。小僧が野菜を宙に放りなげると、居合いが一閃。たちまち、まっぷたつになった。

喝采が沸きおこり、人々の顔に笑みが広がるが、彦八の唇は逆にねじまがる。

「ちゃうねんなぁ」といいつつ、また大人たちの股の下をぬける。

人垣をぬけると、里乃が両親と歩いているのにまた出くわした。

「なんや、どっかで見たことあると思ったら、米沢屋さんの坊主やないか。大きゅうなったのぉ」

語りかけたのは、武士のようなしっかりとした体つきをした里乃の父親だ。彦八の家はもともと出羽国《でわのくに》の米沢という町の出のため、米沢屋という屋号をもっていた。

「へー、えらいご無沙汰してます」

道頓堀にいたことを、兄に告げ口されたら大事なので、如才《じょさい》なく挨拶をかえす。

「どう、彦八、笑かしてた」

里乃が目を輝かせてきいてきたが、首を横にふる。

「うーん、もっとちがう笑いやねんな」

手で表せるわけでもないのに、胸の前で粘土をこねるような仕草をしてみせる。

「まあ大坂にはいっぱい辻で芸を披露する人おるから、大丈夫ちゃう。あれやろ、次の滑稽芝居のねた探してるんやろ」

本当はもっと切実なのだが、説明が難しいのでうなずいて誤魔化した。

「すごいやん。そしたら、次の彦八滑稽芝居は、二十文でも人呼べるわ。しっかり、笑える芸を探してくるんやで」

里乃は手を叩いて喜んでいる。

「がめつい女やなぁ」と思ったが、いってしまえば足払いでもされそうなので、曖昧に笑うだけにする。

「ほな、そういうことやから。あ、あっちで笑い声聞こえるから、いってくるわ」

「彦八、頑張りや。あきらめたら、あかんで。絶対、探してる笑いは見つかるから」

しばくように強く背中を叩かれて、里乃の父が「これ」と窘《たしな》めた。肩甲骨のあいだが熱くなったが、不快ではなく、すぐに全身を火照《ほて》らせる熱にかわった。

六

辻で芸をする様々な人を見た。

首にかけた台の上で人形芝居をする傀儡師、穴の開いた籠を横にして飛びぬける籠抜け、砂で絵や文字を描く砂文字、太平記や三国志を読む講釈師、歯でくわえた米俵を持ちあげる歯力《はりき》、琴や浄瑠璃《じょうるり》を吟じる辻琴や辻浄瑠璃、いくつもの箱枕を空中で操る枕返し。なかには己の腕を嚙んで血を流し、憐れみを乞う腕香《うでごう》という、訳のわからぬ芸もあった。

客はみな笑っている。

だが、彦八は人垣の最前列で腕を組み、「なんか、ちゃうねんなぁ」と、首をひねった。芸の途中で、四つん這いになって人垣をぬける。膝についた砂埃《すなぼこり》をはたきつつ、

「困ったなぁ」とため息を吐いた。

たしかに、辻で芸を売る人は多い。笑いもおこっている。

が、滑稽や可笑しさで破顔しているのではない。

彦八が目指すのは、もっと根源からの笑いなのだが、それを上手く言葉にできない。もどかしさで、地にある石を蹴った。途中で石造りの天水《てんすい》(雨水)桶《おけ》に当たり、跳ねかえる。

長くなりかけた影を、ひきずるように歩いた。

道にはいくつも人垣ができ、笑いがおきているが、彦八は見向きもしない。

ちがいが、わかるようになってきた。

難波村でみなを笑かすときと、芸の見事さで喜ぶときとは、音がちがうのだ。彦八が

村で滑稽なことをすると、顔だけでなく腹も使って体全体で笑う。生じる音の大きさと厚さは、今まで見た辻の芸の笑いとは段違いだ。

——笑いが、銭になると思てんのか。


志賀屋の左衛門にいわれた言葉が頭によみがえり、足取りがさらに重たくなる。

突然のことだった。

大きな笑い声が、彦八の耳を襲う。

今までの感心するような笑いではない。もっと根源からの、言葉が指になって聴衆の体をくすぐり、腹をよじらせる笑いである。

「こっ、これや、これやって」

笑いの在《あ》り処《か》を目指し、彦八は地面を蹴った。


大人の太もものあいだから見えたのは、黒い僧服をきた坊さんだった。地につきそうな長い袖がゆれている。剃りあげた頭は青々としており、顔にはしわがひとつもなく、まだ二十代前半という若さだ。真っ黒な目玉をせわしなく動かし、何事かを言いはなつと、囲む客たちがどっと笑いだした。

「これやん、これ。おいらがやりたいんは、こういう笑いやねん」

犬が駆けよるようにして、彦八は四つん這いで近づく。

読経《どきょう》で鍛えたと思《おぼ》しき若い僧の声が、彦八の耳に心地よく届いた。


『とあるところに、お殿様がおりまして……。

この殿様が、ひとり新しく小姓をおくことになったんですなぁ。

ところが、どうもこの小姓ゆうんが鈍《どん》というか、なんというか。

そのわりには、自分が賢《さか》しいように装おうとするんですわ』

坊主が相槌を待つかのように、間をとった。

「ああ、うちとこの餓鬼もそうやわ。知らんくせに、知ってる風な体《てい》を装いおる」

聴衆のひとりのぼやきに、何人もの客がうなずいた。

それを見て、若い僧の目尻が満足気に下がる。

『ほんでですなあ。まあ、ものは試しということで、お殿様は、その賢しそうな真似する小姓に、茶ぁ挽《ひ》かせてみることにしたんですな』

右に左に如才なく顔をやりつつ、僧侶はつづける。

『で、やらしてみたんです。

ごぉろ、ごろってなもんですわ。

けど、これがまずい。

やっぱり賢しいふりしてても、根が鈍やから、全然粉になってへん』

若い僧侶は左の頬を大げさにゆがめて、困惑顔をつくった。

何人かが「さもあらん」という具合にうなずいている。

『しゃあないから、「この挽き方では粗い」って殿様が注意したら、その小姓、何ていうたと思います』

何人かがにじるようにして、坊主へと近づく。

『その小姓、「殿様、これは粗挽きです」っていうんですわ』

小さく笑いが弾けた。僧は困惑顔をつくって、殿様の表情を演出してみせる。

『この殿様も、むかっとしたけど、怒るのも大人気ない。

せやけど、このままにしてたら調子のって、つけあがると思ったんですな。

こう、ぐーって胸はって威厳だして、いわはった』

若い僧は聴衆ひとりひとりに目をやるようにして、見回した。

『おや、まあ、お前は日ノ本に、ふたりとおらぬうつけやなぁ』

『いや、日ノ本も広うございますから、お探しになれば、ほかにもまだ愚か者はございます』

囲む人々は身をよじらせて笑っている。彦八もあごを突きあげて笑い、思わず後ろに倒れそうになった。

姿勢をもどしつつ、「これや」と心中で叫ぶ。

これこそが、彦八の探していた笑いだ。口ひとつで滑稽話を披露して、鉄砲が弾けるような笑いを生む。

ぶるりと、彦八はふるえた。

やっと、目指すべきものが見つかったのだ。

「えー、阿呆らしい小姓の話は、これくらいにしてですね。本番に移らせてもらいましょか」

僧侶の言葉に、彦八は「えっ」と大きな声をあげた。

たちまち、みなの視線が集まる。

「坊さん、さっきのまだ本番やないの」

すこし戸惑いつつも僧侶は、「当たり前やないか」と、たしなめる。

「嘘やろ。さっきのより、もっとすごい話、聞かせてくれんの」

「さっきのは、おまけみたいなもんや。今から、もっと大切でありがたい話をするんや。そのために、みんな集まってるんやで」

僧侶の言葉に、彦八は膝を何度も叩いて驚いた。

「せやから、小僧、耳の穴閉じんと、大きく開けとけよ」

若い僧侶は彦八を見下ろした後に聴衆に目をやって、「周りの旦さんたちは、耳の穴だけやなくて、財布の口も開けといておくれやす」といって、またひと笑いおこした。

七

いつのまにか、彦八は頰杖をついて居眠りをしていた。手が頰からはずれ、頭が落ちかけたところで目を覚ます。顔をあげると、若い僧が必死に話をしていた。

「つまり、『宝塔偈《ほうとうげ》』というのは、法華経見宝塔品《けんほうとうほん》第十一の偈文《げもん》であるところの……」

僧侶の口からは、呪文のような言葉が次々と飛びでてくる。さきほどまでの軽口や滑稽話が嘘のようだ。しかし、集まっている人たちは真面目にうなずいている。

「此の経は持《たも》つこと難《かた》し。若《も》し暫《しばら》くも持つ者は……諸仏も亦然《またしか》なり。是《かく》の如きの人は諸仏の歎《ほ》めたもう所なり……」

いつ滑稽話が再開されるのかと、重いまぶたを必死に持ちあげるが、呪文はさらに難解さを増す。

「仏の滅度《めつど》の後《のち》に能《よ》く其の義を解《げ》せんは……一切の天人皆《みなまさ》応に供養すべし」

滑稽話の催促の意味をこめて、彦八は大げさに貧乏ゆすりをする。しかし、「方便品《ほうべんぽん》、寿量品《じゆりようほん》こそが法華経の肝心」と、僧侶の話が終わる気配はない。気づけば、青々とした坊主頭に夕陽が射していた。

「なあー、ちょっとちょっと、待ってえや」

右手で地面を叩いて、彦八は説教をやめさせた。

「これから本番っていうたのに、話が全然おもしろないんやけど」

はあ、という形に僧侶は口を開けた。

「なあ、もっと、さっきみたいに笑える話してや」

垂れていた僧侶の目尻が、ゆっくりと元にもどる。聴衆に顔をむけ、苦笑した。

「小僧、笑い話はおまけや。この坊さんは、辻談義やぞ」

ひとりの客が、彦八に教える。

辻談義とは、仏教の話や説法を辻で解説する僧侶のことだ。

「せや、笑い話ばかりしとったら、辻談義やあらへん」

別の聴衆も口を挟むと、みなが深くうなずいた。

「じゃあ、なんでさっき説法やなくて、笑い話してたん」

「あら、説法の合間の息抜きや」

諭《さと》すように、僧侶は彦八に語りかける。

「かたい話ばっかりやったら、みなあきるやろ。できるだけ多くの人に、最後まで聞いてもらうための工夫やねん」

「せや、息抜きなかったら、途中でみんな消えてもうて、銭もらえへん」

人夫風の男の言葉に、みながどっと笑った。

「阿呆、いわんといて。一座六文、半座三文、すこし聞く鳥渡《ちょっと》でも、一文もらわんとやっていけへんわ」

僧侶の必死な態度に、さらに笑いが高まった。

「たった六文しかもらえへんの」

「な、なんやて」

彦八の言葉に、僧侶は勢いよく振りむいた。自分の難波村の滑稽芝居は十六文だと教えてやると、若い顔に似合わぬしわを刻んで、僧侶は苦笑する。

「阿呆なこと、いいなさんな。誰が滑稽話に銭払うんや。笑話だけでは、飯食ってけへんわ」

「嘘やん。ひとりくらい笑話で食べてる人、おるやろ」

僧侶は青い頭を横にふる。その顔がひどく真剣だったので、彦八は二の句を呑みこまざるをえない。

「わしは昔、京におって、兄弟子は江戸の人やったけど、京にも江戸にも、軽口や滑稽話で飯食うてる人はおらん。まあ、よくて拙僧のように説法の合間に諧謔《かいぎゃく》を挟むくらいやろな」

聴衆も目を虚空にやって、「たしかに滑稽話の辻芸人は知らんな」とか「滑稽話に銭払うとか、考えもせんかったわ」などとつぶやいている。

大人たちの言葉に、嘘やからかいは感じられなかった。

急速に彦八の心が冷めていく。

「小僧、悪いことはいわん。軽口や滑稽話を仕事にしようなんて、太平の世に戦さで手柄たてるようなもんや。算盤なり、読み書きなりをしっかり学べ」

隣にたっていた大人の言葉には、同情の気配が濃くにじんでいた。

気まずい静寂が流れる。沈黙は彦八の体にのしかかり、頭がずしりと重たくなった。

前をむいていられずに、地面に目を落とす。

「そんなにしてまで、人を笑かして食うていきたいんか」

うつむいたまま、あごをめりこますようにうなずいた。

「せやったら、ひとつだけ手があるかもな」

ゆっくりと顔をあげた。聴衆も興味深げに僧侶を凝視している。

「お伽衆《とぎしゅう》や。大名や将軍様のお伽衆になるんや」

おお、そうか、その手があったか、と誰かが手を叩いた。僧侶は、彦八に説明する。

あの太閤豊臣秀吉は八百人ものお伽衆をかかえ、その日そのときの気分によってお伽衆を呼びよせ、腹をかかえて笑う毎日を送ったという。

「その話、ほんまなん」

彦八は思わず立ちあがり、僧侶の黒服にしがみついた。

「ああ、嘘やない。お伽衆は太閤様を笑かして、禄をもらってたんや。千石、噂では万石もらってた人もおるらしい」

若い僧侶は、お伽衆の名をあげていく。

金森法印《ほういん》、織田有楽斎《うらくさい》、今井宗薫《そうくん》、稲葉重通《しげみち》、古田《ふるた》織部《おりべ》、山名禅高《ぜんこう》。

「金森法印は聞いたことある。飛騨《ひだ》高山の大名や。あと、古田織部はごっつい茶人で、ええ庭をたくさん造ったんやろ」

　彦八でさえ知る武将茶人たちも、お伽衆として天下人を笑わせていた。

「そのなかで、いっちゃん太閤さんを笑わせた人は誰なん。やっぱり古田織部、それとも金森法印」

　あるいは、信長の弟の織田有楽斎か。

　彦八の問いかけに、若い僧侶はあごに手をやって考えこむ。

「天下一の笑話の才となると、そやな、やっぱり安楽庵策伝和尚やろうな」

「知ってるで。『醒睡笑』とかいう、お笑いの書をだしたんやろ。やっぱり、その人もお伽衆やったん」

「ほお、小僧、『醒睡笑』を知っとるんか。さすがやな。けど、安楽庵策伝和尚は、正しくはお伽衆やあらへん。誰にもつかえず、孤高を貫いた笑話の名人や。小僧、もしほんまに客笑かして銭稼ぎたいんやったら、お伽衆になることや。今でも、江戸では談判《だんぱん》衆《しゅう》っていって、将軍様を笑かしてる人らがいるしな」

　その言葉は、彦八の体を熱くする。

　うすい胸のなかで、心臓が蛙のように飛び跳ねだした。

「わかった、坊さん、決めた。おいら、安楽庵策伝いう人の弟子になる。ほんで、日本一のお伽衆になるねん」

「ははは、そりゃ無理や」

「なんでよ。やってみな、わからへんやん」

「安楽庵策伝和尚の弟子になるのは、無理や。たしかに、あのお方は天下一のお伽衆の名をほしいままにして、将軍家だけでなく色んな大名家から誘いがあったそうや。けど、三十年ほど前の寛永十九年（一六四二年）に、御年八十九歳で亡くならはったんや」

掌《てのひら》をあわせ、僧侶は「南無妙法蓮蓮華経」と小さく題目を唱えた。

大坂の陣から六十年近くたち、今は四代将軍家綱の治世である。豊臣秀吉の時代のお伽衆が生きているはずがない。

「なあ、小僧、そんなにお伽衆になりたいんか」

考えごとをしていたのを落胆と勘違いしたのか、客のひとりが呼びかけた。

「なら、二代目安楽庵策伝に弟子入りすればええねん」

「に、二代目安楽庵策伝？」

「せや、最近、京の方で、そういう奴がでてきたって噂を聞いたで」

「おっちゃん、ほんま」「これっ」

彦八の問いかけにかぶせるように、僧侶がたしなめた。

「変なことを吹きこんだりな。たしかに、二代目安楽庵策伝和尚はいてはる。幻といわれた『真筆《しんぴつ》　醒睡笑』なる、初代策伝和尚の直筆の笑話集ももっているとも聞いた」

説法を披露したとき以上の難しい顔を、若い僧侶はつくる。

「しかしながら、あの方は笑話が好きなのはたしかやけど、肝心のあっちがな……」

よどんだ僧侶の言葉とは裏腹に、彦八の頭に刻みこまれたものがある。

――お伽衆

――二代目安楽庵策伝

そして、

――真筆　醒睡笑

彦八は首をひねり、町家のあいだからのぞく大坂城の石垣を見る。かつてはそこに、天守閣があった。白い壁と瑠璃色をおびた瓦《かわら》が輝いていたという。想像でしか知らぬ大坂城に、彦八は天下一のお伽衆になることを誓った。

八

「難波村一のお伽衆、八さんこと米沢彦八なぁりぃ」

彦八が小さな胸を思いっきり反らすと、「待ってました、八さん」と、はち切れんばかりの声援が飛んだ。朽ちかけた祠裏の広場には、ぎっしりと童たちがひしめき、喝采を浴びせている。

今日も彦八の笑いは好調だった。畑を耕していて雨に降られた百姓の真似から、偉そうに歩いていて、肥《こえ》だめに足を突っこんでしまった小役人の真似まで。さらに、あいだに小話を挟むことを忘れない。

これがまた好評だった。

笑い声が、あちこちから沸きあがる。舞台にひとりたつ彦八には、その様子は野に咲く花を見るかのようだ。

喜ぶ観衆のなかに、ぽっかりと空隙《くうげき》があることに気づいた。ひとりだけ笑っていない客がいる。さりげなく目をやると、白い稽古着に身をつつんだ里乃がしゃがんでいた。首を落とすようにうなだれて、横の地面を見つめている。

　――どないしたんやろう。珍しい石ころでも落ちてるんかな。

　なんとか、こっちに振りむいてほしくて、里乃のかよう道場の師範の真似をする。夕立のような笑いが巻きおこるなか、里乃はずっと地面を見ていた。

「今日の米沢の八さんの芸は、あかんかったなぁ」

「あー、ほんまに。最初はよかったけど、後の方は空回りしてたな」

「こういうことがつづくと、難波村一のお伽衆の名に関わるでぇ」

　童たちが好き勝手いうのを、彦八は背中で聞いていた。彦八の滑稽芝居は終わり、腕を組んで難しい顔をつくっていた。

　しくじったなぁ、と首をひねる。

　最初は好調だった。辻談義の僧に出会ったのをきっかけに、物真似だけでなくさげ（オチ）のある笑話もふんだんにいれたのが功を奏した。

　しかし、中盤にさしかかったとき、笑わぬ里乃を見て、調子がおかしくなった。里乃が笑ってくれそうなねたを繰りかえすうちに、場の空気が沈み、最後は愛想笑いが申し訳程度におこるお寒い舞台となってしまったのだ。

「彦八」と呼びかけられて、まぶたをあげた。

稽古着姿の里乃が、巾着袋を差しだしている。

「ああ、親方、おーきに今日のあがりですね」

彦八の滑稽芝居においては、里乃は女興行主ということになっている。いつも芝居が終わってから、見料の石と貝がつまった巾着袋の中身を分配するのだ。

「うわ、えらい重たいやん。見料二十文にしたのは、正解やったな」

巾着袋の口を開けると、彦八は自分の眉間《みけん》がかたまるのを自覚した。

石ころや貝が、ぎっしりとつまっている。いくらなんでも、多すぎる。見料は、芝居ごとに里乃が六、彦八が四の割合で分ける。ちなみにひと月前までは、里乃ががめつく七割をもっていっていたが、交渉の結果、やっと彦八の取り分が四になった。

「なあ、これ多すぎへん。里乃の分、ちゃんともらってるか」

里乃は首を横にふる。

「なんで？　そういや、今日は全然笑ってへんかったやん。どないしたん」

彦八が目分量で里乃の取り分を手で掬《すく》いとろうとしたら、「ええねん、全部あげるわ」と投げつけるようにいわれた。

「なんで、まさか芝居ごっこあきたん。それやったらさ、次、もっとすごいことするから。おいら、これからどんどん笑話を取りいれようと思ってるねん。だから、読み書きも身ぃいれてやってる。いつか『醒睡笑』を買うねん。ほんで、笑話の勉強しようって思ってな。そしたら、舞台ももっとおもしろなるで」

「ちゃうねん、彦八」

「なにがちゃうの」

苦しそうな里乃の返答に、彦八の両手にある石がこぼれ落ちる。

「心配せんでも彦八の滑稽芝居、すごくおもしろかったで。うちは大好きやで。難波村のお伽衆って看板にしてから、特に」

「じゃあ、なんで今日、笑ってくれへんかったん」

首を傾けて頭をかく仕草が、里乃らしくない。何より今日は、一度も目をあわせてくれない。

「もしかして、どっか具合悪いん」

道場で、変なところを打ったのだろうか。立ちあがろうとすると、「いらん心配はせんといて」と笑いかけられた。

白い歯を見せているが、笑っていない。里乃が笑うときは、目を糸のように細める。

最高に嬉しいときは、喉ちんこが見えるくらい口を大きく開けるはずだ。

「実はさ……おばあちゃんにな……そう……怒られてん。こんな汚い石や貝は捨てなさいって」

本当だろうか。途切れ途切れにいう様子は、言い訳を考えつつ口にしているように見える。

「だからな、彦八にあずかってほしいねん」

「まあ、それやったら、ええけど」

「よかった。ちゃんともっといてや。なくしたら、承知せえへんで」

いつもは、にぎった拳を顔の近くにあげてみせるはずなのに、今日はなぜか優しく懇願する。

九

彦八の家は、米沢屋という漬物屋を営んでいる。その米沢屋の軒先には、大根が隙間なくならんでいた。大坂の大根は江戸とちがい、丸くて短い。奇妙なのは、どれもゆがんでいることだ。地面に落とした粘土のような形をしている。

米沢屋は、農家から形の悪い野菜を大量に仕入れているのだ。

難波村は、野菜の産地として名高い。農家から形は悪いが質のいい野菜を安く仕入れて漬けこみ、大坂三郷《さんごう》や堺、天王寺などの料理屋や料亭に売る。農家には売れない野菜を買いとってくれると喜ばれ、料理屋には味のいい漬物だと評判は上々だ。地味ながらも、堅実な商いを五代にわたって営んできた。

軒先の不揃いな大根に見守られつつ、彦八は両手に大きな石をかかえている。石を漬物樽の上におこうとする。すでに何個かの石が積まれており、その上にそっとのせる。が、いくらもしないうちに石の山は傾きだし、樽の上から崩れ落ちてしまった。

「お前、何やってんねん」

兄が、呆れた声をだした。小太りの体をおり曲げて、ばらまかれた石を拾う。

「わしがお前くらいのときは、もっと上手くでけたけどな」

慣れた手つきで、兄は樽の上に石をならべはじめる。時折、むきを整えつつ、組みあげるようにおく。重さが偏らぬように万遍なく配置し、山をつくった。

どんなに均等に重りをのせても、野菜の繊維の強弱で傾いてくる。そのとき、山の頂上の石が落ち、荷重のゆがみを教えてくれるのだ。地味ながら経験の必要な仕事だ。

「いうまでもないけど、殺した（塩漬けした）野菜を漬物として活かすんは、石の積み方次第やねんぞ」

聞きあきた言葉で彦八を説教しつつも、兄は手を止めない。

「さっきからお前、なにを惚《ほう》けてるねん。いつもは下手なりに、もうちょい上手くやるやろ」

崩れた山を整え終えて、兄はまた自分の仕事にもどろうとした。半分ほど野菜が敷きつめられた樽にむかい、塩を手にとる。

「なあ、兄貴、里乃の様子がおかしいねん。病気かな」

塩をふる手を止めて、兄が目だけをむけた。

「長崎屋の里乃お嬢様のことか」

彦八はうなずく。里乃は、彦八の滑稽芝居で笑わなくなったままだ。沈んだ目で見当違いの方を見て、時折あわてて愛想笑いを浮かべ、誤魔化している。

「あれやろ、女の人は大きくなると色々と難しいねやろ。そやから、里乃も元気ないんかな」

「女のことなんも知らんくせに、ませたこというな。あれは、きっとそういう類いのこっちゃない。あっ、しもた」

塩をふりすぎたようで、兄は大げさに顔をしかめた。

「兄貴、知ってんの」

「まあな。うちはでけた漬物を、料理屋の裏口から届けるやろ。女中や料理人から、色んな噂が聞こえてくるねん」

いれすぎた塩を掬いだしながら、兄がいう。里乃の父は、祖父の代からの米商いではもの足りないと、野菜や魚市場にも手をだしたという。市場のある天満《てんま》や雑喉場《ざこば》町（現在の阿波座《あわざ》）に、大きな店をだしたのだ。

「もともと、今の長崎屋の旦那は、家つぐ前に『死一倍《しにいちばい》』の借財があったんや」

『死一倍』とは、商家の後継に対する高利貸しである。放蕩息子に金を貸し、その父親の死後に家をついでから返済する仕組みになっており、かなりの暴利で有名だ。

「若いときの借財、かえさなあかんと思ったんやろな。米商いもとんとんの商才やのに、でっかい借財こしらえて、新しい商売はじめてもうたんや。本人は岡田心斎や先代を気取ったかもしれんけどな」

岡田心斎や里乃の祖父は、破産覚悟の博打《ばくち》で利権を手にしのし上がった。

「先代の博打好きの悪いところを受け継いで、ええとこはなぁんも学ばんかったって、料亭や遊郭の厨《くりや》で陰口叩かれてはるわ」

塩まみれの手で兄が頬を大きく打ったのは、当主の己を戒めるためだろうか。

「次の節句はしのぐやろうけど、その次は危ないって噂やな」

大坂では一年をみっつの節句に区切って、まとめて支払いをする。

「じゃ、じゃあ、次の節句がきたら、里乃はどうなんの」

身代を潰した商人の行く末は、彦八もよく知っている。みな、夜逃げして大坂から消えた。たまに、消息が聞こえてくることもある。親子が体に筵《むしろ》を巻きつけて寒風の下でふるえていた、と村人は怖気《おぞけ》と好奇が相半ばした顔で教えてくれた。

彦八の視線を避けるように、兄は漬物樽のなかの野菜に手をやりはじめた。

「お前はそんなこと心配すな。大人たちが、あんじょうやるはずや。せやから、今は野菜を美味しゅう漬けることにだけ、集中せえ」

十

やっぱり、この坊さんは説法より笑話の方がおもろいなぁ、と彦八は考える。

以前と同じ辻で、若い坊主が身振り手振りを交えておもしろ可笑しいことを話していた。

『あるとても高名な住職の弟子がですね、夜中に長い竿をもっとったんですね。そして、庭でこうやって、その竿を一生懸命、空にむかってふってはるんです。そしたら、住職はんがその様子を見て、こういいました』

『そんな長い竿を振りまわして、何をしておるのじゃ』

『はい。夜空にある星が欲しいので、竿に当てて落とそうとしておりました』

『……。お主、今、何と申した』

『はい、夜空にある星を、この竿でとろうと思いました』

『夜空の星を……か』

『はい、この竿でもって、こうやって』

『いやはや、鈍な奴よのお』

『和尚さま、どうして、私が鈍なのでございますか』

『なんや、そんなこともわからんのか』

『わかりません。教えてください』

『屋根に登らんかい。その竿の長さでは、屋根からやないと星には届かん』

あごを仰《の》け反《ぞ》らせるように、全員が笑った。

その様子を見つつ、やっぱりこの坊さんに相談しよう、と彦八は決めた。

またつまらない説法がはじまりかけたので、声をかけた。

「なあ、坊さん、大事な大事な話があるねん。そこの柳の下で待ってるから、説法終わっても、帰らんといてや」

いい捨てて、膝と手をついて人垣の足のあいだをぬけていった。

「なんや小僧、話って」

若い坊主は、腕を組んで睨んだ。説法は終わり、地においた編笠には嵩《かさ》の半分を超える銭がはいっている。人夫風の野次馬が数人、彦八と若い談義僧のやりとりを、からかうような笑みとともに見ていた。

「わしの説法を、ただ聞きしてることを悔やんでるんやったら、簡単や、これもってこい」

二本の指で銭の丸い形をつくると、数人の野次馬が吹きだした。

「ふざけんといて、めっちゃ深刻な悩みやねん」

「なんや、えらい真面目な顔して。まあ、いうだけ、いうてみい」

彦八が相談したのは、里乃のことだ。無論、彦八が借財をかえせるとは思っていない。

せめて、里乃に滑稽芝居を見ているときだけでも笑ってほしい。

「けど、あかんねん。おいらの芸では、愛想でしか笑ってくれへん。心ここにあらず、ゆう感じやねん。なあ、坊さん、あんたは説法はつまらんけど、笑話は抜群や。策伝和尚の『醒睡笑』も読んだことあるんやろ。なんとか、里乃を笑わせる芸を教えてくれへんやろか」

「説法はつまらんは余計やねん」

口にしつつも、若い僧は感心したように洟《はな》をすすった。

「小僧、ええ心がけや。けどな、悪いけど教えれることはあらへん」

青みがかった頭に手をやる仕草は、まるで謝っているかのようにも見えた。

「なんでなん。あんなにおもしろい話できるやん」

僧侶は首をゆっくりと横にふる。

「現《うつつ》の世は、残酷や。実際におきたことの前には、笑話は無力や。だからこその法華経や南無妙法蓮華経やがな」

「嘘やろ。そんなことないって」

ことわられるとは思ってもいなかったので、彦八は僧侶に詰めよった。

「すまんな。すくなくともわしは、家が潰れそうになって苦しんでる女子に、馬鹿話は

いた。


腕まくりした人夫がたっていた。

ようせえへん」

「坊さん、それはちゃうんとちがうか」

野次馬の声に、僧侶と彦八は同時に顔をむける。腕まくりした人夫がたっていた。

「苦しいからこその笑いやろ。小僧のいってる方が、正しいと思うで」

僧は、静かに首を横にふるだけだ。

「ふん、たよんない坊さんやで。おい、小僧」

人夫が刺すように指をむけた。

「そんなに女子を笑かしたいんか。せやったら、道頓堀やなくて堂島へいってみい」

「堂島、なんでなん」

「今、堂島の辻には、二代目の安楽庵策伝いうお人が辻芸してるらしいわ」

「えっ、ほ、ほんまに」

思わず、彦八は人夫に駆けよる。

「ああ、わしは通りがかりに見ただけやけど、たしかに『二代目安楽庵策伝』と名乗ってはったわ。年はそこそこいってたけど、えらい男前の坊さんやった。異人さんみたいな、茶色い目ぇしててな……まあ、異人なんて見たことないけど。ほんで、足下には編笠と一緒に一冊の書物もおいてたわ。『真筆　醒睡笑』と書かれとった」

胸を激しく打ったのが、最初は自分の心臓だとは気づかなかった。

――二代目安楽庵策伝

そして幻の笑話集『真筆　醒睡笑』が、この大坂にある。

「これ、あんさん」と、談義僧が人夫をたしなめた。

「たしかに二代目策伝和尚は、はるばる飛驒高山の地から大坂にきてはるらしい。けど、あんまり期待するようなこと、いうたら酷やがな」

だが、人夫は僧侶の忠告を無視して、彦八に語りかける。

「天下一のお伽衆と呼ばれた人の名をつぐほどの坊さんが、この大坂におるねんぞ。きっと、とっておきの笑話を知ってるはずや。ほれ、なにをつったたっとんねん。さっさと行かんかい。今からなら、日が暮れる前に二代目にあえるがな」

十一

堂島の辻にたっていたのは、長身の僧侶だった。袈裟《けさ》の上からもわかる、引きしまった体軀と長い手足をもっている。年のころは、四十になったかならぬか。老いよりも、鍛錬で培った精悍《せいかん》さを感じさせる。彫りの深い顔立ちと茶色がかった瞳は、まるで役者のようだ。

足下には書見台があり、看板がわりだろうか一冊の書物がおかれている。

『真筆　醒睡笑』

飛びこんできた文字に、幼い彦八の血が滾《たぎ》った。走って汗ばんだ体がさらに火照る。

「おい、あれ、安楽庵策伝の二代目やて。今から笑話を披露するらしいで」

「ほんまか。けど、説法の合間に笑話をやるんやろ」

「ちゃうちゃう。説法はないらしいわ。笑話だけやて」

彦八は、声の方を振りむいた。商家にいた大人たちが、周囲の人間を呼んでいる。

「笑話だけてか。そんな辻芸、初めてやで」

「太閤さんを抱腹絶倒させた話芸を聞けるんか。これは新しいかもな」

「せや、大名気分を味わえるってことやで。考えてみれば、お伽衆の咄《はなし》聞く機会なんかあらへんしな」

次々と人が集まってくる。彦八は素早く走り、人垣の最前列に陣取った。

囲んだ聴衆を見て、二代目安楽庵策伝はゆっくりと頭を下げた。堂々たる所作に、人々から感嘆の声が沸きおこる。

「さすが、天下一のお伽衆と呼ばれた人の弟子やで。ちゃうなぁ」

群衆のひとりの感嘆に、みなが「ほんまや」と声をそろえた。

「では、先代安楽庵策伝の名に恥じぬよう、これより皆様に精一杯笑話を披露したいと思いまする」

はりのある声に、女たちが頰を赤らめ、「あの茶色い瞳がたまらんわあ」と甘い声でささやきあっている。

喝采のなか、二代目安楽庵策伝の笑話がはじまった。

『あるところに、百姓がおりました。
せっせと自分の畑を耕しておるときのことでございます』
笑話がはじまるや否や、彦八は猛烈な違和感に襲われた。
目を輝かせていた群衆の顔にも、戸惑いの色があらわれる。
『やっと鍬仕事も終わり、耕した畑に種をまいておりました。
そこへ、隣村の百姓がとおりかかり、こうたずねたのでござる』
二代目安楽庵策伝は、端整な顔を卑屈にゆがめて笑みをつくっていた。きっと柔らかい雰囲気を醸そうとしているのだろうが、意図が露骨で鼻白《はなじろ》んでしまう。

彦八の皮膚は汗ばんだままだったが、体の火照りは完全に消えてしまった。そんな彦八ら観衆の反応に気づかぬのか、安楽庵策伝は喋りつづける。

『これ、お主、何の種をまいておるのじゃ』

時折、武家訛《なま》りが交じるのも興ざめである。全然、百姓らしくない。

『声が大きいでござる。もっと小さな声でいうのじゃ』

またしても、武家訛りだ。

みながざわつきはじめた。

『隣村の百姓、さては唐《から》伝来の珍しい野菜の種でもまいておるに相違ないと思い、近くまでいき、小声でたずねんとしたのでござる』

あちゃあ、と彦八は手で顔をおおった。

急に大きくなった声と無理やりな抑揚から、笑いどころが近いことがばれてしまっている。これでは、どんなにおもしろいことをいっても、笑いをとるのは不可能だ。

『隣村の百姓、声を小さくして何の種かを教えてもらったのでござる』

今からおもしろいこと喋りますから、笑う仕度をしておいてくださいね、と表情がいっている。二代目策伝の顔立ちが端整なだけに、そういう意図が表にでると、余計に下品になる。

『大豆の種をまいておるのじゃ。よって声を低くせよ。鳩に聞かれたら、どうする』

「は、ははは……は」と、微妙な笑い声がうすくおこり、すぐに消えた。

嫌な沈黙が流れる。

人垣の後ろの方から、人が次々と去っていくのが見えた。その様子に焦った策伝が、「鳩が人の言葉を解せると思うておる、百姓の可笑しい話でござる」と、笑話の説明をしだした。

嘲りの笑いがおこり、二代目策伝の顔に脂汗がいくつも浮く。

彦八は、がっくりとうなだれた。

笑話の内容は悪くないが、喋りが駄目だ。あれではどんな話をしても、客は笑えない。

二代目策伝はあわてて次の話を披露するが、さらに場の空気は冷めて、客が次々と去る。

まるで風に飛ばされる洗濯もんやなぁ、と彦八はその様子を眺めていた。

――このおっさんはあかん。人を笑かす呼吸がわかってない。

腰をあげようとしたら、風が頬をなでた。視界のすみに、『真筆　醒睡笑』があった。表紙が、ゆらゆらとゆれている。

――けど、喋りが下手糞なだけで、内容は悪くないねんなぁ。ちゅうことは……。

僧の足下にある書物を睨んだ。

――あの『真筆　醒睡笑』は、本物ということや。

強めの風が吹いて、書物の中身が見えそうになる。手をついて、顔を『真筆　醒睡笑』と同じ高さに下げた。目を細めるが、やはり見えない。

どないしょう、と途方に暮れたとき、里乃の顔が思い浮かんだ。なぜか、里乃の像がぼやけている。目を糸のようにして喉ちんこをあらわにする快笑を、彦八は上手く思いだせない。

彦八はゆっくりと近づいた。よし、とつぶやいて、そっと手をのばす。

――見るだけや。里乃が笑ってくれる芸を思いつく、きっかけを探すだけや。

指が書物の端にふれようとしたとき、手首に恐ろしい圧を感じた。あわてて顔をあげると、二代目策伝が彦八の手首をきつくにぎりしめているではないか。

「小僧、どういう了見だ」

凛《りん》とした声は、笑話を披露するときとちがい、威厳に満ちていた。茶色い瞳は、さきほどまでとちがい強い光に満ちている。

「ちゃ、ちゃう。盗《と》ろうとしたんやない……んです。なかをのぞこうとしただけです」

「問答無用」

二代目安楽庵策伝の一喝が聞こえたとき、彦八の体は宙に浮いていた。

なぜか足下に青い空があり、頭上に赤茶けた大地がある。

いつ投げられたのだ、と思った刹那《せつな》、景色が瀑布《ばくふ》のように激しく流れた。頭上の大地が迫ってくる。

目をつむり、歯を食いしばる。骨を砕くような衝撃がくる……かと思ったがちがった。尻と両足が、優しく地面に当たった。

まぶたを開けると、彦八の帯を二代目策伝がにぎっている。激突の直前に手加減してくれたのだ。

「痴《し》れ者め。どうせ、『真筆　醒睡笑』を盗んで、小銭に換えるつもりであったのだろう」

決めつけるような口調に、彦八の小さな頭に血がのぼる。

跳ねるように起きあがり、「ちゃうわっ」と吠える。

「勝手に見ようとしたんは、謝る。ごめん。けど、盗もうとしたわけや決してない」

「嘘をつけ。見てどうするつもりだった。見るだけでは、一銭にもならぬではないか」

腕を組んで見下ろされ、彦八はたじろぐ。笑話のときとは雰囲気が一変していた。

「どうした。いってみろ。『真筆　醒睡笑』を見て、いかにするつもりであった」

茶色がかった瞳に睨まれて、彦八の身がすくんだ。

「いえぬなら、番所に突きだすまでだ。少々可哀想だが、お灸《きゅう》をすえねば、ろくな大人に育たん」

彦八の首根っこに腕がのびたとき、「笑わせたい子がおるねん」と思わず叫んでいた。

見えぬ壁に当たったかのように、二代目策伝の手が止まる。

「どういうことだ」

彦八は、ふるえる唇を必死に動かした。里乃との滑稽芝居のこと、里乃の父の商売と莫大な借財、そして笑わなくなった里乃。いつのまにか、二代目安楽庵策伝は両膝をついて、彦八の話に耳を傾けていた。

逞《たくま》しい掌が、彦八の両肩におかれた。

「彦八とやら、つまりお主は、その里乃と申す娘を、笑いで救ってやりたいのじゃな」

『救う』というほど、大げさなことかわからなかったが、あわてて彦八はうなずく。

「ようういってくれた。苦しみを笑いで和らげる。これこそが、わが師・初代安楽庵策伝和尚の悲願でもあった」

いつのまにか、二代目策伝の体に異変がおこっていた。体が小刻みにふるえ、茶色い瞳は潤いさえおびつつある。

――この坊さん、大人のくせに泣くんか。

彦八は不思議な生き物を見る思いで、二代目安楽庵策伝の前に立ちつくすのだった。

安楽庵策伝の悲願

一

二代目安楽庵策伝は、夕焼けに染まる大坂の道をひとり歩いていた。十二歳のころ、師である初代安楽庵策伝のもとを訪れた。あのころは、大坂全体が童のように未熟だった。道頓堀にある芝居小屋には、若衆歌舞伎などの淫靡《いんび》なものも多かった。が、今はちがう。新しくできた多くの橋、血管のように張りめぐらされた水路を中心に、町が青年へと成長している。

残念なのは、と大坂城の石垣を見る。

かつてあった天守閣が、今はないことだ。

大坂の城と、在りし日の師の姿を思いつつ、たたずむ。

——師よ、拙僧はひとりの童にあいました。

幻に語りかける。難波村に住む彦八という少年、そして幼馴染みの里乃という娘の境遇。二代目策伝は明日、娘を笑わせることを彦八と約束し別れた。

——師の成せなかったことを、かならずややり遂げてみせます。

拳を強くにぎりしめたとき、背後で草鞋《わらじ》が土を噛む音がした。

無意識のうちに、策伝の体が沈みこむ。振りむくよりさきに、視界のすみに赤いものが映った。夕陽を浴びて輝く刀だ。

黒覆面の男が、抜き身をふりかぶり、密かだが強い気合いとともに二代目安楽庵策伝を害さんとしていた。

赤く波打つ刃紋が、策伝に襲いかかる。

手には杖しかもっていないが、かまわずに捨てた。

振りおろされる刀を恐れず、一気に間合いをつめた。

覆面の男の両腕が、途中で静止する。刺客《しかく》の両肘を、策伝の手がにぎっていたのだ。

うめき声が策伝の耳朶をなでた。

摑まれた手をふりほどく〝手ほどき〟が、日ノ本のあらゆる武道の基本ならば、手をふりほどかれぬことは、武道の奥義に相当する。刺客のもがく腕を、二代目策伝は完全に制していた。

「いぃやあっ」

気合いとともに策伝は体を回転させ、足を払う。相手の体を地面に叩きつけ、素早く肘関節を極《き》めて、刀を奪いとった。

「ま、参った」

寝転ぶ刺客の声を聞き、二代目策伝は「どういうつもりだ」と問いかける。刺客は上体をおこし、覆面を剝《は》ぎとった。

「さすが、飛騨高山の麒麟児《きりんじ》。腕は落ちておらんな」

襲ってきたのは、安楽庵策伝のよく知る男だった。ともに飛騨高山の金森家につかえた朋輩《ほうばい》である。

名を、森四郎右衛門《もりしろうえもん》という。

「四郎よ、何用で大坂にきた」

刀をわたしつつきくと、「いわねばわからぬほど、お主は鈍なのか」と逆にたずねられた。策伝は、不機嫌な表情をあえて隠さない。

「もし、わが太刀に不覚をとるなら、お主を飛騨高山に連れもどすのはあきらめてやろうと思っていたが、どうして、どうして」

関節を極められた腕をさすっているが、森四郎右衛門の顔は、晴れ晴れとしていた。

「三年前より、鋭くなったのではないか」

かつて虎丸と呼ばれていた二代目策伝は、師の死後、飛騨高山にもどり、家をついだ。田島藤五郎《たじまとうごろう》と名乗り、鉱山を狙う幕閣の執拗な陰謀や暗躍するお庭番（忍者）と戦い、金森家を必死に守ってきた。

金森家を存続させるため、このまま田島藤五郎として生き、二代目安楽庵策伝の名を死蔵させることも覚悟した。だが、三年前に飛騨高山でおこった鉱山騒動と呼ばれる事件が、藤五郎の人生を狂わせる。

金山奉行である茂住平左衛門《しげすみへいざえもん》が、主君の手によって成敗されたのだ。茂住平左衛門が金山の富を着服していると、金森家五代頼業《よりなり》公が疑心暗鬼に駆られたせいだ。もし、幕府の刺客によって茂住平左衛門が殺されたなら、藤五郎は金森家を守るために、それまで以上に働いたはずだ。

しかし、醜い内輪もめの末の粛清劇に、藤五郎は激しく失望した。

職を辞し、頭を丸め旅にでて、今は二代目安楽庵策伝と名乗り大坂にいる。

「藤五郎、わが家中が危急存亡の秋《とき》にあるのは知っておろう。飛驒の麒麟児が隠居したと知り、公儀は多くのお庭番を放ち、小細工をしてきおる。幕閣どもも無理難題を次々ともちかけ、失策を虎視《こし》眈々《たんたん》と狙っておる」

森四郎右衛門の顔には、投げ飛ばされたときの何倍もの悔しさがにじんでいた。

「お主がいれば、理と論で幕閣を封じられる。無法をするお庭番どもも、お主の武があれば容易に動けぬはずだ」

森四郎右衛門は、袖をまくりあげた。思わず策伝は見入る。二の腕に、深い刀傷が刻まれていた。

「お庭番にやられたのか」

「ああ。残念ながら尻尾を掴ませてくれぬから、斬られ損よ」

森四郎右衛門は、地面を強く叩いた。その様子を見て、策伝の胸に苦いものが溜まる。己が逐電《ちくでん》しなければ、朋輩は深手を負わずにすんだかもしれないのだ。

すまぬ、という言葉は呑みこんだが、森四郎右衛門は二代目策伝の心中を汲みとったようだ。

「気にするな、といいたいが、正直もう限界かもしれぬ」

朋輩は無念そうに腕の傷をさすった。それほどまでに幕閣の陰謀は執拗なのかと、刃をむけられても感じなかった怖気が、策伝の背をはう。

「藤五郎、わしは鉱山を守りたい――とは思わん。ただ、故郷の山と河を失いたくないだけだ。このままでは、金森家はとり潰されてしまう」

その言葉は、二代目策伝の肺腑を貫くのに十分な鋭さをもっていた。森四郎右衛門とは、幼きころ天狗《てんぐ》を探すといって山河を駆けまわった仲だ。故郷の草や土の匂いが鼻腔の奥でよみがえり、強固だった意志がゆらぎそうになる。

「藤五郎、悪いがお主の笑話を聞かせてもらった」

思わず、策伝の体が強張《こわば》った。

「わしに多くはいわせるな。たのむから飛騨高山に……」

「すまぬ」

「嘲りをうけるのが、貴様の成したかったことか」

負わされていた荷の重みを、思いださせるかのような言葉だった。

「老中さえも認める知恵者のお主が、なぜ理解できんのじゃ。笑話の才がないと知りつつ、なぜ辻にたち嘲りをうける」

「わしは……笑いで、人々の苦しみを和らげたいのじゃ」

笑話の才がないのは、虎丸という名のころから承知していた。ただ、師の成せなかったことをしたい。そうすることで、初めて恩をかえせるのではないか。

「もどらぬ、とは答えぬ。ただ、今しばし、猶予をくれぬか」

二代目安楽庵策伝は、朋輩に背をむけた。彦八の話を聞いた今、第一に救うべきは飛驒高山の金森家ではない。

師ならば、どうしたか。そう考えると、答えはすぐにでた。

間違いなく、彦八と娘のために動いたはずだ。

二

二代目安楽庵策伝は、己を不思議そうに見つめる何十という瞳にさらされていた。どれもつぶらで丸いのは、難波村の童たちだからだ。大人とちがいすんだ瞳は、なぜか己の無能な芸を映す鏡のように感じられて、背筋が寒くなる。

策伝は、難波村の彦八滑稽芝居の舞台にたち、必死に笑話を披露していた。さりげなく視線を彷徨《さまよ》わせると、前列中央あたりに白い稽古着に身をつつんだ娘が、膝をだくようにしてすわっている。顔はかろうじて正面にむけているが、目差しは地に落ち、心ここにあらずという感じだ。

焦るほど、策伝の話は空回りする。つまらぬ芸を聞かされて、ひそひそと声を交わしていた童たちの無駄口が、どんどん大きくなる。

視界のすみに、頭を盛大にかかえる彦八の姿が目についた。口を鯉《こい》のように開け閉めして、何事かを指示しようとしているが、焦る策伝には何をいっているかわからない。


——負けてなるものか。


笑いどころがきたので、大げさなほど身ぶりを激しくして口調を強めるが、誰も見向きもしない。どころか、童たちのお喋りの声は、ますます大きくなるだけだ。

さげが近いので、たっぷりと思わせぶりな間をとっていると、こめかみに衝撃が走った。つづいて、眉間にも何かが当たる。

地に落ちた丸い石を見ても、何がおこったか理解できない。

「引っこめ、下手糞」

「そうじゃ、全然、おもんないいんじゃ」

「ま、待て、次はとっておきのものをやる」

石がふたつ飛んできて、あわてて策伝はよける。

「さっきから、とっておきっていうときながら、全然笑えへんやんけ」

「見料の二十文、かえさんかい」

さらに四方八方から石が飛んできた。

「みんな、やめえ。石投げるな。見料はかえすから」

止めにはいる彦八にかまわず、石はあられのように降りそそぐ。

「やめなさい」

凜とした声がひびいて、両手で守っていた顔を策伝はあげる。

里乃が立ちあがり、叫んでいた。

「お坊さんに、乱暴したらあかんやろ。うちのいうこと聞けへんのか」

近くにいる童たちは、石をもつ手を頭の上で止めた。しかし、遠くの子供たちに制止はきかない。一番外側の子が大きな石を振りあげているのを見て、里乃は「こら」と口にしつつ、童たちをかきわける。

「危ない」

二代目策伝が叫んだとき、最後列の童が投げた石が、娘と交差するところだった。

鈍い音が策伝の耳にとどいた。里乃の膝がおれて、上体が前に倒れる。

「小僧ども、石を投げるな」

策伝の一喝に、童たちの体が金縛りに遭ったようにかたまる。

駆ける彦八の姿が見えた。うずくまる里乃にしがみつくように「大丈夫か」と叫ぶ。

娘は右のこめかみを両手で押さえ、きつく目をつむっている。遅れて策伝が駆けよったとき、指の隙間から赤いものが線をひくように流れ落ちた。


何度も何度も頭を下げて、里乃の祖母が住む難波村の屋敷をでると、走る彦八の姿が策伝の目に飛びこんできた。

「なあ、里乃は大丈夫なん」

袈裟をにぎりしめて、まっすぐに見つめる。

「ああ、すこし休めば、じきによくなるそうだ。ただ、こめかみに傷は残ってしまうそうだ」

「傷って、どのくらいの」

「大きくはない。生え際だから、きっと遠目にはわからないぐらいだ」

なぜか言い訳するような口調になっており、策伝は激しく己を嫌悪した。

「すまぬ、わしがいながら、こんなことになって」

何度目かわからぬほど下げた頭を、ふたたび深く沈める。

袈裟を摑んでいた彦八の手が離れた。

「なあ、なんで『真筆　醒睡笑』をやらへんかったん」

もどろうとした頭が、止まる。

「今日、やったんは、前に見たんと同じやん。あんなんで、里乃が笑うわけないやん」

「すまぬ」

彦八が策伝の懐《ふところ》を鋭く指さす。襟の隙間から、『真筆　醒睡笑』がのぞいていた。

「おいら、『真筆　醒睡笑』をやると思ったから、舞台にたたせたんやで。なんで、やらへんかったん」

策伝の唇は、縫いつけられたかのように閉じたままだ。

「なあ、なんでなん。『真筆』やってくれたら、今日の舞台はあんな無茶苦茶にならへんかったんちゃうん。里乃が怪我することも、なかったんちゃうん」

打擲する礫《つぶて》よりも激しく、彦八の言葉は策伝の臓腑を痛めつける。

「これは……わしにはまだ荷が重い。もし、これで笑いがとれねば、師の名に消えぬ穢《けが》れをつけることになる」

策伝の弁解に、彦八は険しい目差しをかえした。

「ふん、かっこええこというて。それ、ほんまは偽物ちゃうんか」

「なに」

「偽物やから、今日の舞台でやらんかったんやろ」

「ちがう。断じて、そんなことはない。これは師が身罷《みまか》る間際に、わしに託してくれたものだ」

「ふん、いうだけやったら、お代はいらんわ。大方、偽物は『真筆』だけちゃうやろ」

「ど、どういうことだ」

「あんた、安楽庵策伝の二代目ゆうのも嘘ちゃうんか。策伝の名前で、金儲けしたいだけのいかさま師やろ」

気づけば拳を頭上に振りあげていた。

目の前には、小さな体の彦八がある。驚愕《きょうがく》で開く口とは対照的に、目はきつくつむっていた。柔らかい顔を、華奢《きやしゃ》な両腕で必死に守ろうとしているではないか。

すんでのところで、策伝は己の拳を虚空で止めることができた。

肩で大きく息をする。

そうしなければ、また激情に五体が支配されそうだった。

彦八はゆっくりとまぶたを上げて、顔の前にあった腕をのばし、指を策伝に突きつけた。

「ふん、図星やから拳振りあげたんやろ。もう、ええわ。里乃はおいらが笑かす。とっとと、去《い》ね。偽者は、二度と難波村に足踏みいれんといてくれるか」

彦八の全身が、策伝を拒絶していた。

言い訳はおろか、謝罪の声さえかけるなと、意思が伝わってくる。

策伝は背をむけた。走ろうとする足をかろうじて制止したのは、ちっぽけな自尊心のせいだ。

「この大嘘つきが。なにが、二代目安楽庵策伝じゃ。人笑わせんと怪我させてたら、世話ないわ」

背を打つ彦八の声が、二代目安楽庵策伝の足を速める。

芝居小屋がある道頓堀の方へと進むと、喧噪が聞こえてきた。徐々に大きくなる。

村はずれに柿の木があったので、足を止めた。

一際盛大な喝采が、策伝を襲ったのだ。

肌をふるえさせるような大歓声を、拳を強くにぎりしめてやりすごす。奥歯が鳴るほどに、食いしばる。

柿の木の樹皮の陰影が、誰かの顔に見えた瞬間、策伝は思い切り拳で殴りつけていた。

枝がゆれ、葉擦《はず》れの音が落ちてきた。

骨がきしみ、痛みが腕から肩、首と這いあがるが、かまわずに殴りつづける。左右の拳を潰さんばかりに、腕をふるった。

刺客を装い斬りつけた友の顔が浮かんだ。

――わしは鉱山を守りたいとは思わん。

――ただ故郷の山と河を失いたくないだけだ。

拳を貫く痛みは、さらに強くなる。狼狽える彦八の小さな体が浮かぶ。次にこめかみに掌を当ててうずくまる少女があらわれたとき、膝が崩れた。

無様に顔が幹に当たる。鼻の奥から鉄の臭いがこみあげた。

「なにが、二代目策伝だ」

木にだきついた。

「なにが、『真筆　醒睡笑』だ」

友も救えず、彦八の期待も裏切り、娘に無用な傷を負わせた己に、何の価値がある。

樹皮に顔をめりこませるように、両腕に力をこめた。目と鼻からしたたるものが、唇の端で混じりあう。

「大人のくせに、何しててんねん」

背後からの声に、腕の力を弱めた。

「ほんまに、けったいな坊さんやな」

ゆっくり振りむくと、そこに小僧がたっていた。両側の鬢が盛大に跳ねている。

「彦八、すまぬ」

「もう、ええよ。策伝の名ぁは怪しいけど、笑いが好きなんは、ほんまそうやし。それに、木にだきついてる今の格好は、結構笑えたで」

「ははは」と、だらしなく笑って、策伝は木に摑まる腕の力を完全にぬいた。


「そもそもな、策伝のおっちゃんは、勘違いしてるねん」

策伝は木の根元に、彦八と尻をならべていた。

「笑かすとき、できるだけ抑揚をつけて、間をとっていおうとしてるやろ」

彦八の指摘に、策伝は素直にうなずく。そうしないと、笑いどころを聞き逃されてしまうと心配だからだ。

「声だけではないぞ。できるだけ表情も豊かに、仕草もおもしろ可笑しく……」

「それがちゃうねんて」

彦八が小さな頭をかかえた。

「笑いは剣術と一緒やねん。面を打つとき、『今から面打ちまっせ』っていわんやろ。おっちゃんがやってることは、それと同じやねん。今からおもしろいこといいますって、体全部使って、白状してもうてるねん。それじゃ、誰も笑わへん」

剣に喩《たと》えられると、腑に落ちた。

面を打つふりをして、小手。小手を斬るふりをして、胴。相手の虚をつくのが武道だ。

「じゃあ、どうすればいいのだ。まさか、つまらなそうにしろというのか」

「そう、ようわかってるやん」

策伝は、彦八を見つめる。嘘をいっているようにも、からかっているようにも見えない。

「あんなぁ、楽しそうな雰囲気だして笑かすのって、実はめっちゃ難しいんやで。笑いの基本は、一本調子に喋ることや。できるだけ抑揚なくして、顔も無表情にすんねん」

眉に唾を塗りつけたくなったが、我慢する。

「あと、話の間合いも変にためたらあかん。これも、前振りと同じ調子で喋らんと。焦るでなく、ゆっくりでなく、一本調子でええねん」

ふと、思いだすことがあった。師である初代安楽庵策伝の姿だ。なんでもない普通の顔でつぶやいた師の言葉に、何度も笑わされたことがある。

彦八のいっていることと、師のやっていたことが割符《わりふ》のように一致した。

「なあ、いっぺん、おいらのいうやり方で笑話をやってみぃや」

彦八の目は策伝の顔ではなく、襟のあいだからのぞく『真筆　醒睡笑』を見ていた。

「それで『真筆』の方をやったら、絶対うけるよ。里乃も笑ってくれるかもしれんで」

三

抑揚をつけようとする己の声を、策伝は必死に押しとどめる。癖で大げさな表情をつくろうとする顔を、石のように硬くした。奈良の大仏の顔を思い浮かべつつ、語調も淡々とつづけていく。

『お前様はこれを〝ザクロ〟といい、お主様はこれを〝ジャクロ〟と呼んで、互いに喧嘩しておるというのか』

策伝は手に柘榴《ざくろ》の実をもつふりを控え目にした。

ジャクロが柘榴の別称であるのは、みなが知っている。

『おふたりとも間違っておる。本当の呼び方を、拙者が教えてしんぜよう』

さもつまらないことを口にするようにして、台詞《せりふ》を読む。

『ニャクロと呼ぶのが正しい』

何人かが音が聞こえるほど吹きだしたので、思わず策伝は顔をむける。客の半分ほどが、楽しげに笑っているではないか。

さらに策伝は別の話をする。

今度は、さっきよりももっと無表情で、少々無礼に思えるほどにした。

『おお、これは見事なお葬式じゃ。仏具などに、信心の篤《あつ》さがわかる。

仏道にはいって二十年、市井《しせい》の人でこれほどの心ができるとは。

きっと故人の生前の行いゆえだろう。

もし、そこのあなた』

『はて、何でしょうか』

『失礼ながら、喪主さまとお見受けしました。

大変、ご立派なお葬式で感服しました。失礼ながら、どなたが――』

『はい、亡くなったのは、私の妹の婿の舅《しゅうと》です』

策伝がいい終わるや否や、「それ、自分の親父のことやんけ」と、予想もしないあいの手が聴衆からはいり、さっきの何倍も大きな笑いが広がった。

聴衆が人垣を崩して去るころ、足下の編笠には銭がうすく積もっていた。ほかの辻芸人に比べればすくないが、策伝にとってはいまだかつてない快挙である。

「策伝のおっちゃん、なかなかよかったやん」

いつのまにか彦八がたっており、感心したように見つめている。

「ゆうたとおりやろ。鰹節を小刀って誤魔化す坊さんの話なんか、おいらも思わず笑ってしもたわ」

熱した石をだいたかのように、策伝の体の芯が温かくなった。

「上手くいったのは、お主のおかげだ」

正直に伝えると、鼻の下をかいて、彦八は童らしく照れている。こうして見れば、年相応の子供にしか見えないのが、策伝には不思議だ。

策伝は得度《とくど》しているから、わかることがある。仏法の徒のなかには、修行の年数に関係なく、教えられずとも悟りに近いものを体得している者がいた。空海や最澄といった偉人らも、かつてはそうだったと聞く。彦八には、彼らに通じる素養があるのではないか。

武道にしろ学問にしろ、学ばなければ切り開けぬ己とは、決定的にちがうところだ。彦八は、師である初代安楽庵策伝をも超える器なのかもしれない。

「なあ、明日、難波村きてや」

こちらの気も知らずに、彦八は瞳をまっすぐにむけてくる。

「里乃も傷治って、元気になってん。けど、相変わらず愛想笑いしかしてくれへんけど……。おいらの教えたやり方で、『真筆　醒睡笑』を披露してや」

策伝の長い袖を、千切れんばかりに彦八は引っぱる。

快諾するつもりが、「もうすこしだけ待ってくれ」と答えていた。

今日の芸を反芻《はんすう》する。中くらいの笑いがふたつに、小さめの笑いがよっつ、まったく駄目だったのがふたつ。彦八に教えてもらったやり方に、策伝は慣れていない。笑いどころが近づくと、無意識のうちに抑揚をつけてしまう。聴衆に笑いどころを教えてしまい、まったくうけなかった。

もっと大きな笑いをとりたい、そんな欲望が湧きでていた。己の未熟さの具体を悟った今、この欲求には抗《あらが》い難い。

「難波村で『真筆』を披露するのは、もっと笑話を磨いてからにしたいのだ」

今の己は、竹刀のにぎり方を教えてもらった剣術の弟子のようなものだ。手のまめが潰れるほど竹刀をふった童のころのように、もっと辻にたち笑話を磨く。

そうすれば、里乃も愛想でなく、本当に笑ってくれるはずだ。

「そ、そっか……せやな……。ぶっつけでしくじったら、あかんもんな」

彦八は納得したのか何度もうなずいたが、手はまだ未練がましく策伝の袖をにぎったままだった。

四

笑話の台詞をつぶやきつつ、二代目安楽庵策伝は準備に余念がない。聞き手は朱の塗料が半分はげた祠と、まばらに植わっている木立だけだ。難波村の広場に、二代目策伝はひとりたたずんでいる。

あれから十日余り辻にたちつづけた。針の筵とはこのことか、と思うほどのしくじりを何度も繰りかえし、爆笑で全身が火薬に変じたかと思うほどの感動を数度味わった。

——とにかく力まぬことだ。

今では、笑わせるにも様々な形があることがわかった。なかには、顔いっぱいに笑みを貼りつけて、大げさに抑揚もつけて、策伝と正反対のことをして笑わせる者もいる。しかし、それはもって生まれたものだ。

南蛮人のような茶色がかった瞳と、端整な顔立ちをもつ策伝には無理だ。逆に容姿を活かして極力物静かに、笑話など微塵も語らぬという雰囲気を漂わせる方法が性にあっている。

そして昨日、彦八と約束して、難波村で滑稽芝居をすることに決めた。

重い鐘の音が策伝の頭上を通過し、東の彼方にある生駒山《いこまやま》に吸いこまれていく。

夕七つ（午後四時ごろ）を迎えたのだ。

策伝は首をかしげた。彦八とは、一刻（約二時間）前の昼八つに集まって、滑稽芝居をはじめる段取りだ。

見覚えのある童が走っている。以前、策伝に石を投げたひとりではないか。どうしたのだろう。蛇行する道ではなく、畑を突っ切るように駆けている。

「これ、童、なぜ急ぐ。それに、今日の滑稽芝居はどうしたのじゃ」

驚いたように立ちどまったのは、石をぶつけた坊主と気づいたからだろう。

「どうしたのだ。彦八は昼八つといっていたが、なぜみな姿をあらわさぬ。肝心の彦八はどうした」

「阿呆、それどころちゃうわ。また石ぶつけられたいんか」

さらに駆けようとしたので、「待て」と武士のころのように一喝した。

「うっさいなぁ。芝居どころちゃうねん」

「なんだ、何があったのだ」

「夜逃げや」

「え」

「里乃の家が、長崎屋が夜逃げしたんや。里乃のばあちゃんとこにも、いっぱい人が押しかけてる」

童がいい終わる前に、策伝は地を蹴っていた。

怪我をした里乃を送りとどけたので、屋敷の場所はわかっている。童を追い越して、策伝は必死に駆けた。

「あかんわ。逃げられた。蔵にも金目のもんはあらへん」

目つきの悪い男たちが、屋敷の門から大勢吐きだされてきた。不機嫌そうに唾を吐き捨て、「糞ったれ、絶対捕まえてやるからな」と吠えている。

その様子を、村人たちが遠巻きに眺めていた。

策伝は、「もし」と声をかける。「米沢屋」と染めぬかれた法被《はっぴ》をきた小太りの若者が、振りかえった。

「一体、何の騒ぎです。どうされたのですか」

問いかけると、かすかに糠《ぬか》の臭いがした。漬物でも商っているのだろうか。

「あぁ、夜逃げですわ。可哀想に。ここには、年端のいかん女子とばあさんが住んでたんやけどね。淀屋橋で商売してる両親と一緒に消えたみたいですわ」

「拙僧も、この家の商いのことは聞いたことがあります。次の次の節句あたりが危ない、と耳にしました。どうして、こんなに早く」

米沢屋の法被をきた男は、顔をゆがめるようにして笑った。

「そんな噂がでたらお終いですわ。こわぁて、長崎屋さんと節句払いの取引はできひん。

ただでさえ、今のご主人は遊び好きの商売下手って評判やったからね」

「つまり、借財で首が回らぬ相手に、現銀《げんぎん》でものを仕入れろと」

「冷たいなんて、いわんといてや。うちは漬物屋やから、長崎屋さんとは取引なかったけどな。けど声かけられてたら、半金前払いでしか商売はせえへんはずやで」

　眉間が強張るのを、策伝は自覚した。

「坊さん、そんな顔せんとってや。情で商いしてたら、家族は守れん。噂を知ってなお、節句払いで取引したら、大坂中の笑いもんや。逆に変な噂流されて、こっちの店が潰れる」

　最後の方は苦しげに説明する。

「自分だけならええけど、うちは出来損ないの弟を食わせなあかんのですわ。けど、あいつ仕事怠けて、どこにいったんや。ここなら、おると思ったけど」

　半ばから愚痴になり、最後は独り言になった。「米沢屋」と書かれた法被が、屋敷から離れていく。

　ふたたび前をむく。門から吐きだされる人はもうおらず、静まりかえっている。半月ほど前にくぐったとは思えぬほど、長崎屋の隠居老婆の屋敷は、他人行儀に策伝の前に屹立《きつりつ》していた。

五

「そうか、やっと決断してくれたか」

宿所の畳に手をついて、友である森四郎右衛門は策伝の顔を見上げた。

「ああ、待たせてすまなんだ。大人しく飛騨高山にもどる」

「おおお、藤五郎がいれば百人力よ。ともに戦って、幕閣やお庭番どもに目にもの見せてやろうぞ。そうだ、このときのために、お主のきるものを用意していたのじゃ。もちろん、腰のものもな」

大きな行李《こうり》を両手でかかえて、策伝の前においた。

「すまぬ。今、きていいか」

万が一にも決心を鈍らせぬために、そういった。

「無論じゃ。なんなら、ふんどしも替えるか。恥ずかしがることはない。童のころから、お主の一物のことは、よう知っておる」

苦笑いしつつ、袈裟を肩から外した。黒い僧衣を脱ぎ、襦袢《じゅばん》を肌から引きはがす。

袴と小袖を慣れた手つきで身にまとい、かたくきつく腰紐を締める。

最後にわたされた二刀を受けとり、腰に差した。

「おおおお」と、感嘆の声があがった。

相好《そうごう》を崩す友を横目に、おり畳んだ僧衣の上にあるものを取りあげる。『真筆　醍睡笑』だ。わずかについた埃を、手で払う。

「四郎よ、今すぐ飛騨へ帰ろう、といいたいところだが、すこし外出《そとで》させてくれ。大坂にやり残したことがある。なに、夜になる前にはもどる」

「今まで待った月日に比べれば、短いものじゃ。で、行き先は新町の遊郭か。まだ日が高いというのに、この破戒坊主め」

友の冗談を背に、策伝こと田島藤五郎は宿所をでた。久方ぶりの重みを腰に感じつつ、足を南へむける。

目指すは難波村だ。

彦八は地に座りうつむいていた。右手をしきりに動かして、雑草を千切っては、空に投げている。

策伝はゆっくりと近づき、横で膝をおった。腰の二刀がゆれて、硬い音を奏でる。

気づいた彦八が、気のぬけた目をむけた。

頭のてっぺんから足のつま先までを眺める。

「坊主なんか、侍なんか、ようわからん格好やな」と毒づかれた。

「彦八、すまなかった」

一体、この小僧に何度謝っただろうか。しかし、あと一日早く、辻での笑話を切りあげ、難波村へむかっていればという思いが、策伝こと田島藤五郎の頭を下げさせる。

「もう、ええよ。笑かしたかて、長崎屋の借財が減るわけやないからな」

彦八の右手がまた雑草にむかうが、千切ることはできず指が泳いだ。

「わしは、武士にもどることにした」

許せ、という言葉は呑みこんだ。

「辻で笑かすのあきらめるん。やっぱり、笑いで銭を稼ぐのは無理なん」

策伝は曖昧に笑う。

「彦八、感謝している。お主に教えてもらい、わしもすこしは笑話というものを身につけることができた。が、だからこそわかった。わしは、師には遠くおよばん」

心中で「そして、お主にもな」とつぶやいた。

「難波村一のお伽衆と名乗っていたな」

「別に、大げさやとは思ってへんよ」

躊躇《ちゅうちょ》なくそういった彦八の目差しは、誇り高い武士のものとよく似ていた。

「天下一のお伽衆になる、ともいっていたな。その夢に、偽りはないか」

無言だったが、たしかにうなずいた。

彦八ならばかならずや成しとげる。そう、策伝は確信した。

狼《おおかみ》や鷹《たか》が教えられずとも獲物を狩るように、彦八は笑いの呼吸をすでに体得しつつある。釈迦が自ら悟りを開いたように、彦八はきっと己の力で笑話の極みにたどりつくはずだ。

「ならば、彦八、見事、天下に名をはせるお伽衆になってみせよ」

彦八は無言だ。ただ、瞳の力が強まったのだけはわかった。こんな目をする男は手強いことを、飛騨高山の麒麟児・田島藤五郎は知っている。

「わしがいっているのは、ちっぽけな将軍や大名、武士を笑わせるようなお伽衆のことではないぞ。まことの天下人のためのお伽衆となり、わが師が叶えられなかった悲願を成しとげてくれ」

なぜだろうと、策伝こと田島藤五郎は思う。

どうして、己の声が掠《かす》れているのだろうか。

「見事、まことの天下人のためのお伽衆となったときは、『真筆　醒睡笑』をお主に託す」

立ちあがりつつ、いった。彦八は眩しそうに見上げている。

「いわれんでも、おいらは笑話を極める。そう、里乃と約束した」

『真筆　醒睡笑』を強くにぎりしめようとする手を、必死に自制する。しばしのあいだ、ふたりで辻にたった日のことを話したが、話題はすぐにつきてしまった。別れれば、二度とあうことはないであろう。たとえあったとしても、そのときは田島藤五郎は二代目安楽庵策伝ではない。

「彦八、達者でな」

「策伝のおっちゃんもな」

ゆっくりと歩み、彦八から離れる。

途中で、朱の塗料が半分ほどはげた小さな祠があった。葉の落ちた木々が周りを囲っている。滑稽芝居の行われた広場だ。当然だが、誰もいない。

昼八つを告げる鐘が、聞こえてきた。

田島藤五郎は、目をつむる。

ぼんやりとまぶたに浮かぶものがある。滑稽芝居を演じる彦八があらわれる。

その姿は、すでに童ではなかった。

背は高いが、体つきは華奢だ。かすかに首をかしげている。左右の鬢が、猫の髭のように跳ねていた。

青年になった米沢彦八が、大勢の群衆と対峙《たいじ》している。侍もいれば、商人もいる。職人や僧侶、板前、百姓、職人、女房に童、赤子を背負った若い母もいた。城攻めのようにひしめく客たちを前に、米沢彦八は不敵な笑みを浮かべる。

昼八つの最後の鐘がやってきた。

鐘の音と夢想のなかの笑声が重なり、和する。

木霊《こだま》する快哉《かいさい》を嚙みしめるかのように、二代目安楽庵策伝は立ちつくしつづけた。

第二章　彦八、江戸へ

初代安楽庵策伝《あんらくあんさくでん》、二代目安楽庵策伝こと田島藤五郎《たじまとうごろう》、このふたりの想いを引き継いだ少年米沢彦八《よねざわひこはち》。いかにぼんくらとはいえ、主人公が登場するとやはり話が引きしまります。

ほっといたしました。

さて、天下一のお伽衆《とぎしゅう》にならんと、少年彦八はいなくなった里乃《さとの》のためにも笑話の精進を重ねます。そうして成長した彦八が目指したのは、どこか。

そう、ここ名古屋――ではなくて江戸です。

天下一たらんと欲する彦八は、天下一の町をまず目指したのでございます。

そこで、ある意外な人物と巡りあうことになります。

えっ？　誰ですかって。前章にもでてきた、あの男です。いえ、二代目安楽庵策伝じゃないです。

あの彦八と同じ、ぼんくらの……おっと、これ以上いうたらお楽しみがなくなります。

さぁ、はたして、彦八は江戸の地で笑話の花を咲かせることができるのか否か。

耳をかっぽじって、お聞きください。
では、気持ちを改める意味もこめて……

とぉおざぁぁいぃぃ
とぉうざぁぁいぃぃ

ぼんくら、江戸へいく

一

「痛ってぇえ」

思わず彦八は頭をかかえる。

衝撃で視界がにじんでいた。頭に手をやりつつ振りむくと、軒先に吊り下がった研ぎ包丁屋の看板がゆれている。

「お兄さん、看板の包丁でよかったな。本物なら、首が飛んでたぜ」

威勢のいい江戸言葉が、乾いた冷風とともに通りぬけた。

「大方、どっかの田舎からでてきたんだろう。よそ見してると、そのひょろ長い体をまたぶつけるぜ」

初めての江戸ということもあり、周りを見つつ歩いていたのはたしかなので、「へえ、ご忠告おおきにです」と殊勝にかえした。

「なんだ、上方からか。そんなにのんびりしてると、大八車《だいはちぐるま》にひかれるぞ。蟹《かに》の脚みたいな鬢《びん》を引っぱられるぜ」

彦八は思わずこめかみに手をやる。宿所をでるときに念入りに油で撫《な》でつけたが、看板に当たった拍子で崩れてしまったようだ。

軒先の看板に頭をぶつけるほど背丈は大きくなったが、鬢の毛癖だけは童《わらべ》のころのまだ。唾《つば》をつけて髪を撫でつけていると、車輪が地面を削る音が近づいてきた。頭を屈《かが》めて軒先を避《よ》けつつ、後ろをむく。

「なんや。これが、江戸のべか車（荷車）か」

彦八が思わず仰《の》け反《ぞ》ると、今度は後頭部に別の看板が当たる。

大坂のべか車は縄で引っぱるようにして動かすが、江戸はちがう。大八車と呼ばれていて、荷車の前方に把っ手のようなものがあって押すように引いて荷を運んでいる。

引き手の様子も変わっていた。

「おうたかほう、そこたかえい」

白い息と一緒に妙なかけ声を吐きだしつつ、大八車を転がしている。

荷を見ると、筵《むしろ》にくるまれた野菜が束になっていた。まだ、泥や朝露がついている。

土の匂いは難波《なんば》村と変わらんなぁと思いつつ、大八車とならんで歩く。

「これ、なんなん。大根なん」

荷車の野菜のひとつを指さした。

「ばっかやろうっ、これがごぼうに見えるか」

大八車を押していた人夫は、顔を前にむけたまま怒鳴る。江戸の大根は大坂とちがう。大坂は蕪《かぶら》のように丸みをおびて短いが、こちらは子供の太ももぐらいの太さで長い。

これ漬物にしたら、どんな味や歯触りやろうと想像する。唾が湧いてきた。頭のなかで、炊きたての飯を妄想しつつ歩いていると、またしても体に衝撃が走る。今度は、臑《すね》に強く何かが当たった。

「畜生」と自身を罵倒《ばとう》して、下に目をやる。足にぶつかったのは、天水《てんすい》(雨水)桶《おけ》だ。陽光でとけかけた氷が浮いている。石造りの大坂とちがい、木造りだ。大坂の天水桶だったら、悶絶していたはずである。江戸でよかった、と胸を撫でおろす。

「大坂と江戸は、こんなにもちゃうんか」

性懲《しょうこ》りもなく、顔を右へ左へやりながら歩く。珍しいものを見つけると、つづらおりに右の店、左の店と、せわしなく道をわたる。

一方、料理屋の行灯《あんどん》は軒先に吊るしている大坂のものとちがい、地上から根が生えたかのようだ。「こんなおき方してたら、盗人に盗《と》られてまうで」と、いらぬことをいって、女中に水をかけられた。

「江戸は変わってるなぁ」

跳ねる鬢をもう気にしなくなっていた。同じ日ノ本なのに、こんなにもちがうのか。逆に、同じところを見つける方が難しいのではないか。

この大坂とまったくちがう町で、今日から彦八は暮らすのだ。

ちなみに、今年の七月に徳川綱吉が第五代将軍となった。先代将軍からつづく文治政治の賜物《たまもの》だろうか、大坂よりも武士の数は多いが、威勢のいい町人の姿が目立つ。

大波が打ちよせるような笑い声が聞こえてきた。

黒漆喰《くろしっくい》が塗られた江戸の竈《かまど》に感心していた彦八は、思わず振りむく。頬が蕩《とろ》けるように柔らかくなる。「うふふふふ」と、漏れる笑いを止めることはできない。

駆けたい足を必死に押しとどめて、何でもないようにゆっくり歩いた。江戸の人になめられたらあかん、と思いつつ、さきほどとは打って変わって鷹揚《おうよう》さを演出する。

やがて辻が見え、人が壁をつくるように囲っていた。なぜ走らぬと責めるように、心臓がせわしなく動く。体に流れる血が、熱をもつのがわかった。

彦八は人々の頭の隙間から、前を覗きこんだ。

「うわぁぁ」と、声をあげてしまった。群衆の中心にいるのは、ひとりの芸人だ。三十代手前の、茶人風の道服をきた男が喋っている。何かをいうたびに、囲む人たちが腹をよじらせて笑っていた。

間違いない、今、辻でやっているのは笑話だ。道服をきた男が、群衆を見回しつつ口上を述べている。ひとつの笑話がはじまったところのようだ。京に滞在する姫が所領の田舎に帰り、村人の接待をうけるという筋だとわかった。


『大変じゃ、誰かおらぬか。姫様から難題を申しつかった』

『なんじゃ、そうぞうしい』

『おお、よいところに。姫様がてうづのこ（石鹸粉《せっけんこ》）をご所望じゃ』

『てうづのこ?』

『そうじゃ、てうづのこじゃ』

『はて、困ったのぉ。てうづのことというが、わしらは田舎もんゆえ、さっぱりわからぬ。誰か知っているものはおらぬか』

道服をきた男は顔を前へとしっかりと向け、朗々と話を展開する。

『それならわしが存じておるぞ。多分、あれのことじゃろうて。まかせておけ』

『おお、知っているか。でかした』

『では、さっそく姫様のところへいってまいる。

ああ、姫様、ご機嫌麗しゅうございます。さて、ご所望のてうづのこでございますが』

『ああ、はよう用意してたもれ。今すぐ汗を流したいのじゃ』

『実は、てうづのこですが、先年おこった大坂の陣で死にました』

とぼけた口調に客たちがどっと笑った。

『てうづのこが、死んだのかえ』

悲鳴のような姫様の声に、さらに客が喜ぶ。

『はい、大坂方の後藤又兵衛の槍《やり》に刺されてしまいました。まことに惜しいことをしてしまいました』

さらに客たちの笑いがます。

雅《みやび》な京の姫様と間抜けな田舎の老人のやりとりが、小気味よくつづいた。客たちは心地よく笑い、隣同士で肩を叩きあってもいる。

『てうづのこが死ぬとは、さてもさても、うつつなひ（呆れた）ことよのぉ』

『そのうつつなひも、関ヶ原で鉄砲に射たれて死にました』

さげの言葉に、空が揺れるかと思うほどの笑いが巻きおこる。

「やるやんけ。江戸の辻咄《つじばなし》も大したもんやで」

彦八は腕を組み感心した。

「ちょっと、あんた。次は、前に笑わせてくれた村の長者の咄をやっておくれよ」

「おれは、うつけな小姓の咄がおもしろいって、隣の旦那から聞いたぜ」

「野暮なこというな。どっちも、耳にたこができてらぁ。新作の咄をやっておくれよ」

客たちは、芸人に次々と笑話をせがむ。

彦八が童のころ、笑話は辻説法のおまけにすぎなかった。

しかし、今はちがう。

二代目策伝や里乃と別れてから数年ほどして、京で笑話をうりにする僧が登場したのだ。辻にたち、昼は普通の説法をして、日が暮れると夜談義と呼ばれる笑話を披露しはじめた。この夜談義が大評判となる。

僧は還俗《げんぞく》して『露の五郎兵衛《ごろべえ》』と名乗り、京大坂だけでなく江戸にも名が知られるようになった。

『辻咄』という、純粋な笑い話だけで銭を稼ぐ辻芸人の登場である。

彦八が首をめぐらせると、あちこちの辻で人だまりができ、笑い声がおきている。

天下一のお伽衆を目指す彦八にとって、願ってもない時流であった。まずは辻にたち、辻咄で一旗あげる。そして、大名や将軍家から声がかかるのを待ち、二代目安楽庵策伝のいった「まことの天下人のためのお伽衆」となるのだ。

彦八は腰に手をやった。古びた巾着《きんちゃく》袋がくくられている。生地はうすくなり、開いた穴を彦八の下手糞な針仕事で継《つ》ぎ接《は》ぎしていた。手をもってきてさわると、丸い小石や貝殻が音をたてる。幼いころ、難波村の滑稽《こっけい》芝居でえた見料だ。里乃からあずかり、ずっともっていた。見知らぬ江戸へいくときも、道中で何度も巾着袋をにぎりしめて弱気を追いだした。いつか里乃に再会したら、この巾着袋をわたすのだ。

あちこちの辻にいる辻咄たちを見つつ、「江戸にきたのは、間違いやなかった」と確信する。江戸で名をあげれば、間違いなく日ノ本中に彦八の存在が知れわたる。もし、「米沢彦八」の名が江戸で高まれば、きっと里乃の耳にも届くはずだ。

二

「えー、蚤《のみ》取りぃ、猫の蚤取りぃ」

粉雪がかすかに舞う路地を歩きつつ、彦八は声をあげる。

「ちょっと、兄さん。猫の蚤取りって、いくらなんだい」

長屋からでてきた中年の女房は、どてらを厚く着込んでいた。袖からのぞく腕を、しきりにかいている。真っ赤な発疹《ほっしん》があちこちにできており、長屋の奥からは「ニャアゴォ」と、猫の鳴き声もした。

このころの江戸は犬を飼う習慣はなく、猫が長屋のあらゆるところで飼われていた。火鉢の前や布団のなかに一日中いる江戸の猫は、冬でも蚤が多くいて、思っていた以上に声がかかる。

「へえ、三文になります」

「本当かい。たったのそれだけで、蚤をとってくれるのかい」

驚いたのか、女房は何度もききかえす。三文といえば、茄子《なす》みっつ分の値である。

「へえ、上方流の蚤取りがありますねん。お湯沸かしてくれたら、すぐにやりまっせ」

彦八は腰にくくりつけた袋から、茶褐色の毛皮を取りだした。狼《おおかみ》の毛皮である。女房が沸かしたお湯に、嫌がる猫をいれてかるく洗う。あとは濡れた猫の体を狼の毛皮でつつみ、彦八がだくだけである。猫の濡れた体を嫌がった蚤が、毛皮に移るのだ。大坂にいたとき、蚤取りの親父と仲良くなり、教えてもらった方法である。

「大したもんだねぇ。本当に蚤がいなくなってる。助かるわあ。痒《かゆ》くて、難儀してたんだよ」

　蚤を取りおわった猫の毛を細かく検分しつつ、女房は何度も感心してくれた。

「お前さん、猫の蚤取りするために、はるばる大坂からきたのかい」

　三文を差しだしつつきかれたので、「んな、阿呆な」と彦八は吹きだした。

「蚤取りは、とりあえずの日銭稼ぎですわ。ほんまはおいら、辻咄の芸人になりたいんです」

「へえ、たしかに近頃はお伽衆みたいに、おもしろ可笑《おか》しい咄をしている人は多く見るね。私も、よく聞きにいくよ」

「そう、それ。おばちゃん、おいら、天下人のお伽衆になりたいねん。笑話を極めたろう思ってな。ほんで、まずは人がいっちゃん多くて、将軍様のいる江戸にきてん」

　女房は口を開けて感心しているが、だかれている猫はつまらなそうに何度もあくびをしていた。

「若いのに、奇特なことだねぇ。けど、辻芸にも縄張りとかがあるんじゃないの。大丈夫かい」

「それやったら、心配いらん。知り合いが、一年前から江戸で辻咄してるねん。その人に、最初は面倒見てもらおう思てる」

蚤が体につかないように、慎重に狼の毛皮を袋のなかにいれる。

「志賀屋の左衛門《さえもん》、ゆう人やねん。今は江戸の小舟町に住んで、辻咄で生活してて。おばちゃん、知ってるか」

難波村にいた漆塗りの跡継ぎである。彦八の喧嘩友達、竹蔵《たけぞう》の兄だ。結局、漆塗りの仕事を嫌がり、実家を飛びだした。当初は、役者になるために江戸へとむかったらしいが、辻咄の隆盛で鞍《くら》替えしたという。彦八は竹蔵にたのみこんで、志賀屋の左衛門の厄介になることが決まっていた。

「さあ、辻咄で志賀屋左衛門って名前は、聞いたことがないわね」

考えこむ女房をよそに、毛皮をいれた袋を腰に巻きつける。

「まあ、これを機会に、『志賀屋左衛門』の名前を覚えたってや。あと、おいらは『米沢彦八』ゆうねん。近々、辻にでて滅茶苦茶笑わせることになってるから、よろしくやで」

満面の笑みで語りかけた。

「ヨネザワのヒコハチ、米沢の彦八、猫の蚤とってくれた、米沢の彦八」

何度も復唱する女房に一礼して、彦八は長屋を後にする。朝から、二十匹ほどの猫の蚤をとっただろうか。上方流の蚤取りの珍奇さもあり、まずまずだ。数をこなしても稼ぎは知れているが、名を売るにはもってこいなので、彦八に不満はない。

まだ慣れぬ町に迷いながら、彦八は進む。

彦八の住むのは浅草寺《せんそうじ》のほど近くにある並木町だが、それよりずっと南の日本橋あたりをうろついている。目指すのは辻だ。短い江戸滞在で見つけた、腕のたしかな辻咄がいる辻へとむかう。

空を見ると、すこし雲がでていた。雨混じりの雪が降りそうな気配だ。彦八は足を速める。雨が降れば、辻咄は聞けない。芝居小屋のようなところで、笑話をする習慣はないからだ。

「あれ、なんでなん」

目当ての辻で、彦八は立ちどまった。いつもは厚い人垣ができているはずなのに、今日はまばらだ。目を細めて様子を窺うと、見たこともない辻咄が笑話を披露していた。群衆以上にまばらなのは、笑いである。首をかしげた客たちが、次々と離れていく。

聴衆が十人を割ると、辻咄はあきらめて笑話を打ち切った。当然のことながら、投げ銭はほとんど放りこまれない。

「またや、どーゆうことなん」

彦八が江戸にきてひと月ほどになるが、不思議なことがあった。それは、おもしろい辻咄がいないことだ。町を歩き回って、やっと見つけたと思ったら、何日か後には姿を消してしまっている。辻咄が終わった辻に、もう立ちどまる人はいない。野良犬がやってきて、小便を引っかけて帰っていく。

「なんで、消えてもうたん。あんなにおもしろくて、みんな笑ってたやん」

江戸の町にふきつける風は冷たさを増し、暮れ六つ（午後六時ごろ）の刻を教える鐘が大きく鳴った。彦八の疑問に答えたわけではないだろうが、袋のなかで蚤が飛び跳ねる。

三

志賀屋の左衛門が住んでいるという小舟町界隈《かいわい》は堀が多く、雰囲気がすこし大坂の町中に似ていた。水と潮の匂いが懐かしい。そんなことを考えつつ、彦八は歩く。ふと足を止めた。五歳くらいの童が、箒《ほうき》のような棒をもち立っている。何かの遊びでもしているのだろうか。

遠くでは別の童たちが、ちゃんばら遊びに興じていた。歓声に背をむけて、垂れる青《あお》洟《ばな》をぬぐおうともしない。一心不乱に、棒で足下にあるものをいじっていた。

その必死な様子に、「モモンガ」と叫んで驚かしてやろうかと、悪戯心《いたずらごころ》が湧きあがる。

「モモンガ」とは、童を怖がらせるために流行《はや》っているかけ声のことだ。空を飛ぶリスの仲間のモモンガが、いつのまにか化け物の名に変じてしまったのである。

足音をたてずに近づく。童がもっていた棒は、漆塗りの刷毛《はけ》だった。

「へえ、坊主、なかなか上手いやんけ。立って漆塗るのは、上方のやり方やぞ」

声をかけたのは、後ろ姿が懐かしかったからだ。江戸にも当然ながら漆塗りの職人はいるが、地面に器をおいてみなすわって塗るのだ。そのため、刷毛などの道具も大坂と江戸でちがう。大坂は柄《え》が箒のように長い。一方の江戸は短い。

戯《たわむ》れで塗る真似をしているだけだが、なかなかに筋がよさそうだ。頭でもなでてやろうと思ったが、やめる。遊びとは思えぬ真剣な目差《まなざ》しをしていたからだ。

「しっかり、気張れよ」というだけにして、童から離れた。

小舟町の適当な一軒を探し、声をかける。

「志賀屋の左衛門はんって人、探してるんですけど。知ってはりますか」

だが、なかの住人は首をひねるばかりだ。彦八も同様に頭を傾ける。

ここに志賀屋の左衛門はいないという。竹蔵に一杯食わされたのかもしれない。往来にもどろうとすると、漆塗りの道具をもった童が、こちらをじっと見ていた。

「なんや、坊主、顔に何かついてるか」

反射的に、鬢の癖毛を確かめてしまった。やはり、毛が二、三本逆立っている。

「うん」と、首を下へのばしたのは、童が何かを口ごもったからだ。

「なんや、何かいうたか」

膝をおって、目線をあわせる。小僧が青洟をすすった。

「志賀屋の左衛門なら、おいら知ってるよ」

刷毛を両手でにぎりしめて、童はいう。

「ほんまか」

「うん……おいらのお父ちゃんだから……」

消えいりそうな語尾だったが、彦八は「お父ちゃんやて」と叫んでしまった。

「ほな、左衛門はん、今は所帯もってるんか」

童は、曖昧に首を動かした。うなずいたようにも、横にふったようにも見える所作である。さきほどたずねた長屋の住人がでてきて、相好《そうごう》を崩す。

「あら、梅若ちゃんじゃないの。そうか、志賀屋の左衛門さんって、何か耳にひっかかると思ってたら、鹿野武左衛門《しかのぶざえもん》さんのことなのね」

彦八は戸惑う。頭のなかで、住人が発した名前を反芻《はんすう》する。

「鹿野武左衛門って、何ですか、それ。ほんまに志賀屋の左衛門はんなん」

「ええ、きっと間違いないわ。もともとは、大坂難波村で漆職人してたって。ね、梅若ちゃん」

刷毛で顔を隠すように、童は恥ずかしがる。

「鹿野武左衛門さんなら、堺町の石川さんのところにいってるわよ」

堺町といわれても、どこにあるかわからない。彦八は、盛大に頭をかいた。

「はあ、困ったな。小舟町探すだけでも、一刻（約二時間）以上かかったのに」

彦八の住む浅草から小舟町までは、一里（約四キロメートル）に足らぬ距離だ。が、道に不案内なうえに、珍しいものがあると寄り道してしまうので、必要以上に時間がかかってしまう。

「それに、知らんうちに左衛門はん、名前まで変わってるし。なんていうんやっけ」

「鹿野武左衛門」

「なんか、調子狂うわ。宮本武蔵と戦って、すぐにやられそうな中途半端に強そうな名前やなあ」

荒事《あらごと》とは無縁の細面の鹿野武左衛門の顔を思いだしたのか、住人が破顔する。思いどおりの笑いを引きだしたことに満足していた彦八の膝が、崩れそうになった。後ろをむくと、梅若と呼ばれる童が、しきりに彦八の太ももの裏を殴っていた。

「お父ちゃんを馬鹿にするな。お父ちゃんは、すごいんだからな。辻咄させても、芝居させても、漆塗らせても、天下一なんだから」

さきほどまでの内気はどこかへ消え、顔を真っ赤にして怒っている。

「すまん、すまん、悪かった。せや、お前のおとんにも謝りにいくわ。せやから、堺町ってとこまで、おいらを連れてってくれや」

まだ両手を暴れさせる童を、彦八は無理やりだきあげた。

四

梅若を肩に乗せて、彦八は小走りに進む。頭の上で「右」とか「左」とかいう梅若の指示どおりに、江戸の寒風を突き破る。そのうち、じっとりと体が汗ばんできた。

梅若が案内したのは、顔料や膠《にかわ》の臭いが漂う長屋だった。戸枠や格子のあちこちに、赤や黄や緑の染料が染《し》みついている。きっと、絵師が住んでいるのだろう。

「だから、これじゃあ、あかんのですわ」

聞き覚えのある声がしたので、格子の隙間からなかを窺う。

「葦《あし》の簾《すだれ》とはいえ、辻に小屋をかけてしもたんや。その分は取りかえさなあかん。この笑話では、座敷にはあがれへん。たのむわ、石川はん、もっとおもしろいこと考えてぇや。このままやったら、おれはまた漆塗りにもどらなあかん」

苛立たしげに、男は板張りの床を殴っている。細身の体と、すこし左がさがり気味の肩に見覚えがある。役者のような切れ長の目、形のいい鼻と口は、ほとんど変わらない。よく似合う大きな月代《さかやき》に、細い髷《まげ》を上品に頭の後ろで結っている。三十を目前にひかえて、首の皮膚にすこしたるみができていることだけが、彦八の記憶と変わったところだ。

「お父ちゃん」と嬉しげに叫んで、梅若が彦八の肩から飛び降りる。

「おお、梅若やないけ。どうしたんや」

「あの人、連れてきてあげた」

小さな指を、彦八にむける。

「これは、えらいすんまへん。どなたか存じませんが、うちの息子が迷惑かけて。こら、梅若、連れてきてあげた、ちゃう。連れてきてもろた、や」

両膝に手をそえ、頭を下げる仕草は別人のようだった。人の親になると、こうも変わるのかと、彦八は感心する。

「お父ちゃん、おいらが連れてきてあげたの」

胸をはった梅若が、彦八に同意を求める目差しをむけた。

「阿呆、いいな。ほんま、世話かけやがって」

志賀屋の左衛門こと、鹿野武左衛門が梅若の頬をつねるが、指先に優しく力をいれているだけだ。

「左衛門はん、ちゃいます。あんたの息子のいうとおり、おいらが連れてきてもろたんですわ」

彦八に目をむけた。立ちあがっても、今は彦八の方がすこし背が高い。

「あんた、上方の人」

返事のかわりに、唇をもちあげて笑ってみせる。

「あっ」と、鹿野武左衛門が発した。人差し指をもってくる。彦八の顔の中心ではなく、そのすこし外側あたりをさし示した。

「なんで、鬢の癖毛を見て、『あっ』やねん」

彦八は、あわてて髪を撫でつけた。

「お、お前、彦八か。米沢屋の彦八か」

両肩をむんずと摑まれたので、ゆっくりとうなずいた。

「ほんまにきてくれたんか。江戸に辻咄しにくるなんて阿呆なこと、ほんまにしてくれるとは思ってへんかった。めっちゃ、嬉しい」

両手できつくだきしめられる。

「あの」と声をかけたのは、この長屋の住人だろう。顔の輪郭は狸のように丸いのに、目鼻口は狐のように細い。

「武左衛門さん、申し訳ないですが、どなたでしょうか」

きっと絵師なのだろう。男の背後の壁には描きかけの絵、床には筆や顔料などの絵具が整然とならんでいる。爪のあいだには、顔料がかすかにこびりついているのもわかった。

「あ、ああ、すんまへん。石川はん、こいつは同じ難波村の奴で、おれの弟の幼馴染みです。名を彦八といいます」

「米沢彦八です」

礼儀正しく頭を下げた。

「はあ、彦八か彦九か知りませんが」

顔をずらして、不審そうな目をむけてきた。

「なにが、彦九やねん、おもんないいんじゃ」という言葉は呑みこんで、彦八は必死に笑顔をつくる。

「こちらのお方は、石川流宣《とものぶ》さんや。浮世絵師・菱川師宣《ひしかわもろのぶ》様のお弟子さんや。おれのこと気にいってくれて、一緒に笑話を考えてくれてはるんや」

ごく浅く、石川流宣が頭を下げた。

「絵師の性《さが》でしょうかね。わたくしは整っているものが好きでございまして、鹿野武左衛門さんが役者のような姿で辻咄をするのに、心を奪われたのでございます」

石川流宣は、背後から一幅の絵を取りだした。ひとりの男が辻にたち、おもしろ可笑しい咄をしている図だった。面長の顔と整った目鼻から、鹿野武左衛門だとわかる。見事な筆致で、まるで役者絵のような大げさな色遣いだ。だが、周りの聴衆に鹿野武左衛門ほど手をいれていないのが気になる。辻咄においての主役は、あくまで笑う客ではないのか。

「整ったんがお好きなら、おいらはあきまへんな」

場を和ますための彦八の言葉を、石川流宣は受けながした。

嘘でもええから、そんなことありませんっていえや、と心中で毒づきつつ、話の接ぎ穂を探して、石川の描いた絵の数々に目をやった。なるほど、画題は美男美女ばかりである。役者、武者、力士、女人、どれもみな、眉目秀麗な顔立ちをしている。

ふと、彦八の視線が、ある一枚の絵に吸いこまれた。

若武者の絵だろうか。前髪をゆらす武士が刀をもっている。いや、ちがう。胸がうっすらと膨らんで、腰も細い。これは女武者だ。妙齢の女性が、男装して刀をもっているのだ。どこかで見たことがある、と思ったとき、かぶせるように鹿野武左衛門の辻咄の絵がおかれた。

「石川さん、こいつがきたからには百人力や。葦簀張りの小屋も、あっという間に屋敷にできるで。なんちゅうても、こいつは難波村一のお伽衆やからな」

彦八の背中が乱暴に叩かれた。

「難波村で一番。それは、それは。江戸の辻咄の番付でいえば、関脇ほどのものですかな」

おもしろくもない自身の冗談に、石川流宣は口を開けて笑うのだった。

五

中橋広小路の辻の一角が、葦でできた簾で囲まれていた。そのなかに彦八はいた。鹿野武左衛門が、葦張りの小屋といっていたものである。天を仰ぐと、くすんで高くなった冬の空があった。簾や筵で壁をつくっただけのもので、屋根はない。

江戸の寒さに馴染めない彦八にとっては、寒風をさえぎる葦の壁があるだけでもありがたかった。

入口ごしに、足を止める人々の姿が見える。ひとりふたりと物珍しそうにはいってきて、すぐに七割ほどが人で埋まった。彦八は素直に感心する。みな、はいるときにさきに六文の木戸銭《きどせん》を払っているのだ。普通はおもしろければ払い、つまらなければ一文も投げずに帰るものだ。

一方の鹿野武左衛門は、石川流宣と一緒になって渋い表情をつくり、顔をよせあっていた。

「今日はいてはるか」

「まだ、それらしい人はおりませぬな」

丸い顔のなかの細い目をゆがめて、石川流宣は小声で答える。

「しゃあない。とりあえず、今日の舞台をしっかり笑わせたるわ」

鼻を親指でこする。そんな芝居がかった仕草も、端整な顔立ちの鹿野武左衛門がやれば絵になる。

「そうすれば、いずれ、あの方たちの耳にもはいるはずや」

己の張り手で気合いをいれ、鹿野武左衛門は聴衆の前を横切った。すかさず、「待ってました」と歓声が飛ぶ。中央で立ちどまり、客たちと対面する。ゆっくりと視線をめぐらし、鹿野武左衛門は口を開いた。

「とうざぁいぃ、とぉうざぁいぃ」

開演の声に場の空気が一変し、客たちの顔に心地よい緊張が走る。

いつもの上方言葉はどこへやら、武左衛門は流暢な江戸の口調で咄をはじめる。

『あるとき、ひとりの老いた旅の人が通町《とおりちょう》三丁目を歩いておりました。

この老いた旅の人、水戸からはるばる人を訪ねて参ったのです。

しかし、困ったことがありました。

年をとって耄碌《もうろく》したせいか、尋ね人の名を失念してしまったのでございます』

左右の客を見回しつついう。なかなかの話芸で、聴衆は真剣に聞きいっている。

『ちと、ものをたずねたし』

『何事ぞ』

『ここらに尋ねたき人あり』

『尋ね人の名はなんと申すのじゃ』

『忘れました』

どっと笑いが沸きあがった。

『ならば、尋ね人の家の屋号は』

『忘れました』

とぼけた言い様に、何人かが身をよじる。

『さて、途方もないことをいう人じゃ。それでは、どうにも教えられぬ』

『そこを、なんとか。はるばる水戸から参り、尋ね人にあわずに二日の道を帰るは惨め』

『そこまでいうなら、名の雰囲気を申されよ』

『そうですなあ。名も屋号も、刺すような、痛そうな感じでした』

『刺すような、痛い名前。刺す、痛い。ああ、松の葉と蟻《あり》は、刺すゆえに痛い。上下宿《じょうげしゅく》の松葉有介殿のことか』

『ちがいます』

鹿野武左衛門が首をふると、どっと笑いがおこった。

『では、鏡屋播磨守《はりまのかみ》』

播磨の播と針をかけた洒落《しゃれ》に、笑いの嵩《かさ》が増す。

『そのような立派な名ではありませぬ。もっともっと、ふれることさえできぬくらい棘《とげ》があります。刺されれば、腫《は》れ物ができるような痛い名前でございました』

『では、イガグリのイガと蜂で、伊賀屋八兵衛殿か』

『ちがいます』

『では……』


耄碌した老人と親切な住人の珍妙なやりとりがつづき、そのたびに客たちが大きく笑った。

咄が終わると、木戸銭を払ったはずなのに、銭が礫《つぶて》のように客たちの手から放たれる。気をよくした鹿野武左衛門は、次の咄へと移る。

ふと、彦八は気づいた。

喝采する聴衆のあいだに、笑いの空隙《くうげき》があることに。身なりのいい商家の番頭風の男が、じっと鹿野武左衛門の舞台を凝視している。左手に大福帳のようなものをもち、右手ににぎる筆で何事かをしきりに書きこんでいる。鹿野武左衛門がおもしろいことをいうたびに、手元をせわしなく動かす。

気づけば、石川流宣が番頭風の男をじっと観察していた。男が硬い顔を見せれば、同じように表情が険しくなり、男が微笑を浮かべれば、石川流宣は安堵の息を吐《つ》く。

「あの、すんまへん。あっこの、ほとんど笑わん客は何者でっか」

ただの気難しい客ではなさそうだ。時折浮かべる微笑は、鹿野武左衛門の笑いどころと一致している。笑話に造詣が深い人物なのは間違いない。

「あのお方こそが、本当の客ですよ。集まった六文の木戸銭払いの衆など、いくら笑わせても仕方ないのです」

大笑いする客たちを、石川流宣は忌々《いまいま》しげに見つめた。

「すべては、あのお方を笑わせるために、この野立ての辻咄小屋を誂《あつら》えたのですからね」

いい終わるや否や、石川流宣の顔がゆがんだ。見ると、番頭風の男が背をむけている。まだまだだな、といわんばかりに首をかしげている。芸の途中だというのに、ゆっくりとした足取りで、葦でできた小屋をでていってしまった。

「くそ、また駄目か」

らしくない罵《のの》りを、石川流宣は小さく吐きだした。

編笠のなかに集まった銭を手で掬《すく》い、音をたててまた下に落とした。

「すごいやん。一日でこんなに儲かんの。猫の蚤取り何匹分やろ。こんだけ稼ごう思たら、狼の毛皮が蚤だらけになるで」

鍋をかきまわすようにして腕を動かし、集めた銭で遊ぶ。

「そういうお前も、巾着袋が銭でいっぱいやがな。案外、儲けてるんやろ」

鹿野武左衛門の声に、彦八は目を自分の腰へやった。たしかに、継ぎ接ぎだらけの巾着袋は、布が千切れそうになっている。

「へへ、すごいやろ。これ、おいらが童のころに、難波村の滑稽芝居で稼いだ銭やねん」

彦八は、切れかかった紐の結びめを解いた。覗きこんだふたりの表情が険しくなる。

「なんですか、この汚いのは」

顔を背けつついったのは、石川流宣だ。

「なにって、遊びの銭ですわ。貝殻が十文で、小さい石ころが一文」

片手ですくって、巾着袋のなかにはいっていた丸い小石や貝殻を突きだす。鹿野武左衛門は腹をかかえて笑ったが、石川流宣は手であっちへやれと邪険にあつかった。払った掌《てのひら》が彦八の腕に当たり、床にばらまかれる。

「ちょっと、なにすんの。これ、めっちゃ大切なもんやねんから」

あわてて、拾いあげる。石川流宣が何個かを捨てようとしたので、引ったくるようにして奪いかえした。

「これ、半分以上はあずかりもんなんやから。いくら、石川はんでも、勝手に捨てたら承知せえへんで」

「なんなんですか。こんな汚い貝や石に必死になって、みっともない」

紐をしっかりと結んで、彦八はだくようにして巾着袋を懐《ふところ》にいれた。

それにしても、と彦八は気を取りなおして編笠のなかの銭を見た。巾着袋の玩具《おもちゃ》の銭よりも、はるかに多い。

「左衛門……やなかった武左衛門はん。この要領でやれば、いずれはどっかの大名のお伽衆になれるで」

編笠を片手にとり、右に左に傾けて音をたててみせた。

「おい、彦八、今何ていった」

真剣な顔で、鹿野武左衛門が彦八を見つめる。思わず、銭をもてあそぶ手を止めた。

「なにって、この調子でやってけば、いずれどっかの大名のお伽衆になれるっていうたんやけど。やっぱり夢は、天下人のお伽衆やろ」

鹿野武左衛門と石川流宣が目を見合わせる。

「お前、天下人のお伽衆って、冗談ちゃうかったんか」

「へっ、当たり前やん」

嘲笑《ちょうしょう》を浮かべた石川流宣を見て、己がひどく見当外れのことを口走ったと悟った。

「お伽衆――まあ、こっちの将軍様のお相手するのは談判衆《だんぱんしゅう》っていうんやけど、今はそんなもんになりたい奴はおらんぞ」

若干の哀れみを感じさせる瞳で、鹿野武左衛門が彦八を見る。昨日とった猫の蚤が、体にまとわりついたかのような居心地の悪さを感じた。

「武左衛門さん、百聞は一見にしかずですよ」

何かを説明しようとする鹿野武左衛門を制したのは、訳知り顔の石川流宣だった。丸い顔に、品のない笑みを浮かべている。

「先月、紀州徳川家のお伽衆になった辻咄がおりましたでしょう。その者の住まいを見せれば、一目瞭然」

六

連れてこられた長屋を前にして、彦八は呆然と立ちつくした。

さすがに彦八が間借りする四畳板間の長屋よりは立派だが、造りは一間多い程度で簡素だ。格子の隙間から見える室内には、色褪《いろあ》せてうすくなった畳が敷かれている。

僧形《そうぎょう》の男が何やら咄の稽古をしていた。長屋の外にたつ彦八のもとにも、呪文のような言葉が聞こえてきた。間違いなく、笑話である。

「彦八、お前も大坂におったからわかるやろ、もう、武士の時代やない」

その言葉は、彦八にもよく理解できた。

大坂の大商人のもとには、様々な大名が借財に訪れる。なかには、大名家の財政を牛耳《ぎゅうじ》っている商人もいるとの噂だ。

「景気の悪い大名家にお伽衆としてつかえても、あれぐらいが精々や。まあ、実際あいつはそこそこの辻咄やったから、御の字やろうけどな」

鹿野武左衛門の言葉を引きとったのは、石川流宣だった。

「ふふん、まあ大名で潤っているのは鉱山をもつ飛騨《ひだ》高山の金森家くらいのものですよ。二十年ほど前におこった明暦の大火でも、巨大な檜《ひのき》一千本をたちまち江戸に運んできたほどですからね。焼ける前より家が立派になったと、評判になったほどです」

貧乏ゆすりで寒さを紛らわせつつ教えてくれた。

「こんなところでいつまでも立ってたら、怪しまれるわ。さあ、いくぞ」

鹿野武左衛門は手をふって、彦八と石川流宣を先導し歩きだす。

「わかったやろ。大名のお伽衆や将軍様の談判衆になったかて、微禄で飼い殺しや」

「じゃあ、どうするん。そうか、辻に立ちつづけるんか」

「阿呆」という言葉と、背後の石川流宣の失笑が重なった。

「ひとり六文の木戸銭やぞ。六文では、うどんも食えんわ。おれの芸はそんなに安うない」

たしかに、鹿野武左衛門の笑話が猫の蚤取り二匹分では割にあわない。しかし、様々な辻咄を聞き、実際に銭を投げた彦八は、それが相場であることも知っている。十文とるといえば、人は集まらない。そこが辻咄の難しいところだ。

「所帯もってへんから、お前はわからんやろうけど、今日の稼ぎだけではあかん。正直苦しい」

後ろで石川流宣がうなずく気配がした。

「もっと銭がないと、梅若が可哀想なんや」

鹿野武左衛門がつぶやく。青洟を垂らしひとりぼっちで遊ぶ少年の姿が、彦八の頭に浮かんだ。

「じゃあ、どうやって稼ぐん。辻にいっぱいたつんか」

「たちたくても、雨や雪が降ったら駄目や。この商売は先が読めん」

鹿野武左衛門の顔が、苦しげにゆがんだ。

「けど、ひとつだけ大きく稼ぐ手ぇがある、座敷や」

彦八は立ちどまる。

「座敷ってなんなん」

鹿野武左衛門が笑った。

「そんなことも知らんようなら、彦八、お前不思議に思ったことないか。どうして、おもしろい辻咄の連中が次々と姿を消すかって」

「せやねん。おもろい咄聞きにいこうとしたら、お気にいりの辻咄、おらんようになっててん。なんでなん」

「それはな、商人の座敷に呼ばれるようになったからや」

気づけば、鹿野武左衛門の背後に駕籠《かご》かきが止まっていた。法仙寺駕籠と呼ばれ、町人が使う駕籠のなかでも最上級のものだ。まるで大名が乗るかのように、黒光りする漆で彩られている。

賑やかな声がして、大きな屋敷から人々がでてくるのが見えた。みな、豪華な黒羽織をきていた。

「おお、これはこれは。誰かと思ったら、鹿野武左衛門殿ではないですか。わが屋敷の前でおあいするとは、奇遇ですな」

黒羽織の一団から、ひとりの男が呼びかけてきた。太い眉とがっしりとした体格は、まるで道場の師範を思わせる。目だけは上弦の月のように丸みをおびており、彦八はこの男が辻咄の芸人だと悟った。その後ろには、二重顎《にじゅうあご》に三段腹を容易に想像させる太った男がひかえている。

鹿野武左衛門の片足が、半歩後ずさる。

「聞いておりますよ。立派な咄小屋をお造りになったとか。筵でできて、随分と風通しがいいそうですな」

背後にいる太った男と取巻きたちが、一斉に笑い声をあげた。

「誰なんすか、あれ」

「伽羅小左衛門《きゃらこさえもん》と、小太りの方は弟子の四郎斎《しろうさい》。師弟どちらも売れっ子の辻咄です」

石川流宣は吐き捨てるようにいう。

見ると鹿野武左衛門は、拳《こぶし》をにぎりしめていた。まるで殴りつけるかのように、力をこめている。

「なんか、武左衛門はんと因縁でもあんの」

口に指をもってきて、石川流宣はたしなめた。

「師匠、羨《うらや》ましいですねぇ。我らも屋根のある座敷ではなくて、空の下で思い切り啖をしてみたいですよ」

肥満した四郎斎が卑屈に身を屈めるが、口先からでる言葉には険があった。

「おい、口を慎め」

伽羅小左衛門が弟子の四郎斎を注意するが、目が笑っている。

「弟子のしつけが行き届かずに、まことに申し訳ない」

浅く頭を下げるが、目は離さない。皮肉に対する鹿野武左衛門の反応を、楽しんでいるのだ。

「我々は、これから上州屋さんと駿河《するが》屋さんの座敷に呼ばれておりますので、これにて失礼いたします」

上州屋と駿河屋は、彦八でさえ知っている豪商だ。伽羅小左衛門師弟の後ろにいる駕籠かきが、駕籠の乗り口を開けた。内部は豪華な朱漆に彩られ、金色の意匠があちこちにあしらわれている。貂《てん》だろうか、分厚くも柔らかい毛皮の敷物も底に敷かれていた。

「待たんかい」

駕籠にむかおうとしていた伽羅小左衛門師弟に、鹿野武左衛門が声をかけた。

「今はまだ、おれらには座敷はかからん。けどなあ、すぐにお前らに追いついたるからな」

片頬をゆがめて、ふたりは笑った。

「それはそれは、楽しみですな。上州屋さんは『座敷比べ』も、お好きな方。同じ座敷で咄の優劣を競えたら、これに勝るものはないですな」

言葉とは裏腹に、上弦の月のようだった目尻が吊りあがる。

「師匠、そうはいうものの、所詮我らは鹿野武左衛門様に比べたら、馬の足のようなもの。座敷比べになれば、敵わぬでしょう」

四郎斎が太った体をゆらしつついうと、取巻きたちが手を叩いて笑った。

「阿呆ちゃうか。何が馬の足や、馬の骨の間違いやろ」

彦八の言葉に反応したのは、鹿野武左衛門だった。首を千切らんばかりの勢いでひねり、彦八を睨みつける。

「え、なんなん。おいら、何かいうたらあかんことというた」

石川流宣が横で頭をかかえている。彦八は、何が何だかわからない。伽羅小左衛門たちは顔を天にむけて、さきほどの何倍もの勢いで哄笑《こうしょう》をまき散らす。

「鹿野殿、師匠想いのよいお弟子さんですな」

伽羅小左衛門たちは玉手箱のように輝く駕籠に体を押しこめて、彦八たちの前から去っていった。

七

「えー、蚤取りぃ、猫の蚤取りぃ」

彦八は腰に狼の毛皮をいれた袋をくくりつけていた。

往来を歩きつつ、考える。

笑話の頂点はお伽衆ではない。それを、昨日まざまざと見せつけられた。伽羅小左衛門師弟のように、大店《おおだな》の主人の座敷に呼ばれることの方が重要なのだ。

大名をしのぐ商人たちに一晩呼ばれるだけで、百姓の稼ぎ一年分以上の手当がもらえることも珍しくない。大尽《だいじん》と呼ばれる大店主人の座敷に呼ばれれば評判となり、大名の座敷にも声がかかる。大名は大尽ほど頻繁には呼ばないが、それでも日ノ本には四百もの大名家がある。お伽衆としてはした金で一生飼われるより、商人や大名の座敷に呼ばれた方が、はるかに稼ぎがいい。

あの伽羅小左衛門も、昨年までは鹿野武左衛門のように長屋暮らしだったが、大商人の座敷に呼ばれるようになると、あっという間に屋敷をもつ身分になった。

おもしろい辻咄が次々と姿を消す理由もわかった。みな、座敷に呼ばれるようになると、辻にたたなくなるのだ。

立ちどまったのは、料理屋の前に見覚えのある駕籠があったからだ。漆を厚く塗り、純金の意匠があちこちにあしらわれている。乗り口からは、温かそうな貂の敷物がはみでていた。

「四郎斎の兄さん、見事な咄でした。旦那衆も大笑いしてましたな。お手当が楽しみですよ」

料理屋からでてきたのは、黒羽織に身をつつんだ肥満した男、伽羅四郎斎である。上気した頬を冬の空気で冷やすかのように、顔を上にむけつつ歩く。

彦八は素早く、物陰に隠れた。

「なに、後半の咄をしくじれば、元の木阿弥《もくあみ》だ。そのためにも、今は小休止して英気を養おう。あぁぁ、それにしても、ひと笑いさせた後の夜風は、また格別よな」

風流人を気取った口ぶりに、彦八は胸が悪くなりそうだった。

「それにしても、昨日の鹿野武左衛門の一行は傑作でしたな」

取巻きの言葉に、四郎斎の野太い笑いが重なる。

「それはそうと、どうして『馬の足』なのでございますか」

「なんだ、貴様、わからずに笑っていたのか」

詰問するような四郎斎の声だった。

「まあよい。新入りの貴様を責めても、仕方がない。実はな、あの鹿野武左衛門、もとは芝居の役者だったのよ。それが、馬の足と大いに関わりがあるというわけだ」

彦八は耳をすます。武左衛門が役者になるために江戸にいったのは聞いていたが、なぜその夢をあきらめたかまでは知らない。

「といっても、下っ端の下っ端よ。どころか、奴め、とんでもない失態を演じおったのだ」

問われてもいないのに、四郎斎は楽しげに語りだす。

まだ、鹿野武左衛門が志賀屋左衛門と名乗っていたころのことだ。容姿を活かして、左衛門は江戸の芝居小屋のひとつに入門した。そのとき、最初にもらった役が馬の足だったのだ。

ふたりの男が馬の胴体の被り物をつけて、それぞれ前足と後足を演じる、つまり誰でもできる端役だ。そんな恥ずかしい舞台にやってきたのは、志賀屋左衛門の悪友たちだった。悪ふざけで芝居小屋に豪華すぎる花（贈り物の花輪）を贈り、桟敷《さじき》席からやんやの喝采を送ってからかった。

その結果、どうなったか。いたたまれなくなった志賀屋左衛門は、衆人環視の舞台を途中で逃げだしてしまったのだ。呆然と立ちつくす馬の前足役の男が取りのこされ、芝居は台無しになった。

「以来、奴は落ちぶれてしまったのよ。貧乏役者を支えてくれた妻に逃げられ、名も変えねばならなかった」

下品な笑い声が聞こえてきた。

「それにしても四郎斎様、よくそんなことをご存じで」

「なに、簡単なことだ。伽羅小左衛門師匠の奥様は、何を隠そう元は鹿野武左衛門の妻だったからな」

みなが「まことですか」と声をあげた。

「本当だとも。伽羅小左衛門のお師匠と鹿野武左衛門は、両左衛門と呼ばれ男伊達《おとこだて》を競い、ひとりの女子《おなご》を取りあった仲よ。いっておくが、わしは反対したのだぞ。なんといっても、鹿野武左衛門めの妻には子があったからな。子持ちは昆布だけで十分というていたのに、師はわしのいうことを聞かなんだ」

忌々しげに扇子を叩く音がする。

「まあ、梅なんとかという辛気くさい餓鬼は、一年もすれば居づらくなって、鹿野武左衛門のもとへ帰っていったがな」

彦八の脳裏に浮かんだのは、寂しげにひとり遊びをする梅若の姿だった。

「ほー、それはそうと気になることが。馬の足をからかった悪友というのは……」

扇子で人の体を打擲《ちょうちゃく》する音が、大きくひびいた。

「ははっはは、それはきくな。わしだけでなく、師匠の名にも傷がつく」

「四郎斎様も伽羅小左衛門のお師匠様も、人が悪いですなぁ」

幇間《ほうかん》のような取巻きの口調につづいて、哄笑が巻きおこる。

料理屋から呼びだしがかかり、四郎斎たちの声は遠くなっていく。いつのまにか、辺りは暗くなっていた。彦八が道にでると、料理屋の二階から灯りとともに笑いが降りそそぐ。

彦八は、視線を横にやった。四郎斎が乗ってきた駕籠がある。乗り口からはみでた毛皮の柄は、暗くてもうわからない。

「駕籠かきのお兄さん、毛皮落ちてるよって、なかにしまっときまっせ」

談笑している駕籠かきたちに声をかけて、彦八はしゃがみこむ。腰にくくった袋をはずし、なかから蚤だらけの毛皮を取りだした。もともと敷いてあった皮の上にかぶせる。暗いので、狼の毛皮とは気づかれないはずだ。商売道具の毛皮をくれてやるのは惜しいが、それよりも怒りの方がはるかに大きい。
「おお、あんた、すまないね」
駕籠かきの礼に愛想よく会釈をして、彦八は離れていく。
――おれの仲間を虚仮《こけ》にした報いじゃ。猫三十匹分の蚤に体喰われてまえ。
くくく、と彦八は含み笑いを漏らす。
――けど、これで終わりちゃうぞ。
否、まだはじまってさえもいない。
鹿野武左衛門を座敷にあげて、伽羅一門に笑話で勝つのだ。

八

葦で囲まれた小屋に、今日も番頭風の男がきていた。帳面をもって、睨むように鹿野武左衛門の芸を見ている。いつもとちがうのは、今日はひとりではなくふたりいることだ。

「あれが、座敷に呼ぶ辻咄を検分している、上州屋さんの使いですか」

心配そうに見つめる石川流宣にきく。

「ええ、そうです。きっと、いまひとりは、駿河屋さんか桔梗《ききょう》屋さんの使いでしょうね。伽羅小左衛門が座敷に呼ばれる前には、五つほどの大店の使いが芸を検分してたそうですから」

笑いどころでいつもより大きな反応があったので、石川流宣は「よし」とにぎり拳をつくった。

鹿野武左衛門は背をのばし、掌を腰の前で行儀よく組んで、必死に咄をしている。

『ご飯を食べてたさかいに……』

なんでもないところで、くすぐられたような笑いがおこった。さりげなく交じった上方言葉が可笑しかったのだ。石川流宣が顔の半面をゆがめる。

これは、彦八の発案である。舞台でたまたまでた上方言葉がうけたことがあり、意図的に交ぜてみてはどうかと提案したのだ。「笑わせるのではなく、笑われる芸」と、石川流宣は嫌な顔をしたが、彦八は強引に口説いて鹿野武左衛門の咄に上方言葉を取りいれた。

おかげで、咄の間延びがすくなくなった。無論、やりすぎると白けてしまうが、幸いなことにそういう塩梅《あんばい》を鹿野武左衛門は心得ている。

やがて、咄が半分ほどすぎたころ、大店の使いのふたりは顔を見合わせることが多くなった。何度も首をかしげる。


——せやねん、なんか、もの足りへんねんなぁ。


座敷に呼ばれた辻咄らと比べると、内容は悪くない。だが、何かいまひとつ、突きぬけるものがないのだ。

きっと、商人の使いも、彦八と同じことを考えているのだろう。

筆の尻でこめかみを掻いていたふたりだったが、最後は苦笑を浮かべてきびすを返す。

「あぁぁ」と、石川流宣が情けない声をあげた。

舞台の上の鹿野武左衛門の顔色が、彦八の目にもわかるくらい変わった。見る見るうちに、芸がだれていく。集中が途切れたのだ。咄が投げやりになり、垂れ流すように言葉を吐き、何度か台詞《せりふ》をとちり、最後は消えいりそうな声でさげをいって、舞台から逃げ去った。

――あーあ、こういうとこは、全然変わってへんねんなぁ。


自分のことは棚にあげて、彦八は頭を盛大にかいた。

堺の修業から逃げ、大坂の父の叱責からも逃げ、芝居の初舞台の悪意のある喝采にも尻をまくった。そして、今もそうだ。

けれど、そんな鹿野武左衛門を、なんとか座敷にあげてやりたい。でなければ、伽羅小左衛門師弟を見返すことができない。何より、子の梅若が不憫《ふびん》ではないか。


堺町の石川流宣邸で、彦八ら三人は火鉢を囲んで頭をかかえていた。

「なにか、もうひとつ、突きぬけたもんか。それがないと座敷には呼ばれへんのか」

火箸で灰を刺しつつ、鹿野武左衛門がうなる。

「では、もっときるものに凝ってはどうでしょうか。役者のように、派手で見栄えのするものを誂えるのです。そう、舞台の上の歌舞伎役者のように」

身を乗りだして、石川流宣が提案する。

「あきませんて、そんなん。そら、最初は珍しがられるかもしれへん。けど、半月もすればあきられますよ」

彦八の言葉に、石川流宣は露骨に顔を顰《しか》める。

「ま、まあきるものを新しくするのは、ええと思いますで。けど、あんまり派手なんはね」

彦八はあわててとり繕う。

「ごめんください」と、入口から訪《おとな》いを告げる声が聞こえてきた。丸い石川流宣の顔が縦にのびるかのようになり、「しまった、今日だったか」とうめき声を漏らした。入口に走りより戸を開けて、必死に頭を下げている。客が帰ってから、弁解するようにふたりに説明しはじめた。

「実は、浮世絵の図案を今日までに見せるようにいわれていたのですが、すっかり失念しておりまして」

額の汗をふきつつ、苦しげに石川流宣はいう。

「そら、あかん。おれらがおったら邪魔やろ。彦八帰るぞ」

立ちあがろうとした鹿野武左衛門を、石川流宣が片手で制する。もう一方の手は眉間《みけん》にやり、しきりに何かをつぶやいている。

「う、ぅん、そうだ。武左衛門さん、ちょっと人物の仕方（真似）をしてくれませんか。絵の当たりをつけたいんです」

彦八と鹿野武左衛門は、同時に目を見合わせる。

「今から、ほかの人を探すのは難しいんです。明日までに見せると、約束してしまったので」

部屋の中央で、鹿野武左衛門は様々な格好をとってみせる。武者が刀をかまえる姿勢、女がしなをつくる様子、火消しが屋根の上で勇ましく纏《まとい》をふる格好、そして役者の見得。

役者修業をしていた賜物だろうか、鹿野武左衛門がやると、どれも様になる。

「おのれ、父の仇、ここであったが百年めぇ」

「あなた、あっちとの契《ちぎ》りを忘れて、憎い人」

本人も興が乗ってきたようで、即興で台詞をつくって演じている。

黙って見ていた彦八も愉快になってきた。

「石川はん、おいらも何かしたるで。坊さんの真似とか得意やで」

「いえ、結構。整っていないお顔の人を見ると、絵心が失せますので」

視線さえもくれずに、憎たらしいことをいわれてしまった。

ふて腐れて、部屋のすみで鹿野武左衛門が役になりきる様子を見る。

「武左衛門さん、江戸についた旅人の仕方をしてください。老人の感じでお願いします」

見えぬ杖をついて、「はぁぁ、駿河から二日の道で参った江戸とは、こんなところかいなぁ」と、老旅人になりきる鹿野武左衛門を見たときだった。

「こっ、これや」

彦八は思わず立ちあがっていた。

ふたりが不審気な目をこちらにむけるが、彦八はかまわずにふるえる指を突きつけた。

「これやっ、これやって。武左衛門はん、突きぬける何かをとうとう見つけたでっ」

九

今日も商家の番頭らしき男が数人、葦造りの咄小屋にきていた。難しい顔で、舞台を睨んでいる。一方の彦八や客たちはしきりに腕をさすって、ふきつける冷風に耐えていた。

みなが見つめるさきに立っているのは、石川流宣が誂えた新しい着物をきた鹿野武左衛門だ。大小二種の縞で構成される子持縞《こもちじま》の紺羽織に、臙脂《えんじ》で格子柄の着流しが葦の舞台によく映えていた。そこだけ春がきたかのような、華がある立ち姿である。

「彦八さん、大丈夫でしょうか。あの方たちも、そう何度もきてくれるわけではないですよ。聞いたところによると、二回か三回ほどで座敷に呼ぶか否かを決めるとか」

今日が最後の検分になるかもしれない、と石川流宣はいう。

彦八も不安だ。いつもよりせわしない呼吸になるのを、必死に自制する。

たしかに、今からやる鹿野武左衛門の芸は、どんな辻咄もやったことがないものだ。

はたして、上手くいくかどうかはわからない。

石川流宣と同時に唾を呑んだ。それが合図だったわけではないだろうが、「とうざぁい、とぉざぁいぃ」と喉をふるわせて、鹿野武左衛門が辻咄の開帳を告げた。

『ここに、永く浪人する大和田源太左衛門という男がありました。

あるとき、とうとうこの大和田源太左衛門に、仕官の話が舞いこんだのです。

喜び勇んで、その屋敷を訪問し、主人と面会する座敷にとおされました。

さて、どうなることやら』

深く、面を伏せるように一礼して、鹿野武左衛門は間をとった。

顔をあげたときには、場の空気が変わっていた。

顔をすこし左にむけ、胸をはり、重々しくコホンと咳払いをしてから口を開く。

『よう、おいでなされた。今、主人は月代を剃っておられるところなれば、いましばらくお待ちくだされ。これ、お茶と干菓子をおもちしなさい』

老家臣の風情をだして、鹿野武左衛門はぱんぱんと手を叩く。子持縞の羽織の袖が心地よさそうにゆれる。

浪人の前に、盆を差しだす仕草をした。

顔を正面にむけ、いつもの武左衛門の表情にもどった。

『永らく貧乏暮らしがつづいた浪人・大和田源太左衛門、目の前の菓子にごくりと唾を呑みこめど、そこは仕官を目前にした大事な場。

ぐっと我慢して、お茶と山のように積まれた干菓子には、手をつけませんでした。

すると、この家の息子と思《おぼ》しき六、七歳ほどの童が、障子を開けてなかをのぞいたのです』

鹿野武左衛門が顔を反対の右にむけて、そっと手で障子を開ける真似をした。

悪戯小僧らしく白い歯を見せて、『へへへ』と笑い、鼻の下を指でひっかいている。

聴衆がいつもより前のめりになっていることに、彦八は気づいた。いつもはせわしげに帳面を書きつける商人の使いの手も、止まっている。芸に見入っているのだ。

鹿野武左衛門が童のふりをして、干菓子に何度も手をのばし、盗み食らう。その滑稽な仕方に、忍び笑いがあちこちでおきた。

次に、額に手をやって考えこむ浪人の真似に移った。

『さて、困ったものじゃ。

浪人ゆえに、ひもじさで干菓子を食べたと思われては、仕官の口に支障もある。かといって、屋敷の主人のご子息を厳しく叱るわけにもいかぬし』

胸の前で、手を大きく叩いた。

『よし、驚かせて、童を退散させん』

子持縞の紺羽織を頭にかぶせ、目を指で吊りあげ、歯茎を見せて化け物の顔をつくる。

『モモングワァ』

どっと客が沸いた。

何度か童が菓子に手をのばすふりをして、そのたびに『モモングワァ』と化け物顔をやる。

その必死な様子に、客たちは腹をかかえた。見ると、商人の使いたちも同様にしている。

石川流宣と目をあわせ、うなずきあった。

この咄は前にもやったが、客の食いつきがちがう。

取りいれたのは、仕方である。今までは話芸だけで表現していたが、身振り手振りを交え声色も変えて、役者が演じるかのように咄を展開したのだ。

鹿野武左衛門の四度目の『モモングワァ』は、『グ』で言葉がつまり、最後までいえなかった。

おや、という顔をして客たちが、さらに前のめりになる。

恐る恐る、鹿野武左衛門演じる浪人・大和田源太左衛門が顔をあげる。

『そこにいたのは童ではなく、月代を綺麗に剃りあげた、この屋敷の主人』

大筒が弾《はじ》けるような笑いがおこった。囲む簾がゆれるほどだ。

彦八は、拳をつよくにぎりしめた。

ふと、気配を感じて首を回す。ひとりの男が、群衆をかきわけるようにしてむかってくる。手には帳面をもっていた。商人の使いのひとりだ。

まだ、咄は途中である。

「すみませぬ、鹿野武左衛門様のお身内ですか」

「へえ、そやけど咄の途中に何の用です」

意地悪なきき方をしてしまったが、期待でにやつく彦八の表情は隠しようがない。

「こういうものは、人に先んじませんと意味がございませせぬゆえ、失礼はひらにご容赦を」

顔を後ろにやって、まだ笑っているほかの商人の使いたちを見た。

「上州屋のものです。ぜひ、次の座敷に鹿野武左衛門様をお呼びしたいのですが」

予想どおりの言葉だからといって、感動がないわけではない。

「よ、喜んで」

身を乗りだしたのは、石川流宣だった。肩で彦八を乱暴に押しのけ、使いの者の手をとる。

そのとき、鹿野武左衛門の最後のさげが弾けた。

すごすごと退出した浪人・大和田源太左衛門が門をでたところで、またしても悪戯っ子があらわれたのだ。

腹立たしさのあまり、『モモングワァ』とやって驚かす。

それを醒めた目で見つめる往来の群衆の仕方をしたところで、本日最高潮の笑いが冷風を吹きとばした。

十

彦八が料理屋からでると、空には黄金色の満月が傘を開くかのように輝いていた。薫《くん》酒《しゅ》で火照《ほて》り、美味なる肴《さかな》でとろけた顔を夜風がなでる。

「さすがは武左衛門様、お呼びしたわたくし上州屋の目に狂いはありませんでしたな」

後ろを見ると、商人たちに囲まれた鹿野武左衛門と石川流宣が、赤い顔で料理屋の廊下を歩いている。鹿野武左衛門の初めての座敷は、大成功に終わった。上州屋だけでなく、ほかの大商人もそろう大きな座敷で、見事に大爆笑をかっさらったのだ。

「何より、咄と仕方をあわせた芸が新しいと感心しました。上州屋さんの座敷だけでなく、わが高見屋の方にもきていただきたい」

さっそく石川流宣が帳面を開いて、「ひと月後の満月の夜なら、ちょうど空いておりますが」と、如才《じょさい》なく座敷の約束をとりつけている。

「いや、ひと月後はまずい」

厳しい声色でいったのは、今回の座敷を主催した上州屋だった。彦八だけでなく、みなの視線が旦那に集中する。

「お忘れか、高見屋さん、ひと月後はまさに『座敷比べ』の大事な日ではないか」

高見屋が大きく手を打った。

「おぉおお、そうじゃ、そうじゃ。半季に一度の座敷比べでしたな。これは、うっかりしておりました」

座敷比べとは、半年に一回、座敷にあがる辻咄の芸人を集めて、その場で誰が一等優秀かを決める会である。江戸だけでなく、大坂や京の豪商もつどう。この会で一番となれば、数年は座敷が途絶えないと評判であった。辻咄にとっては、座敷比べに呼ばれるだけでも名誉なことといわれている。

「何より、次の会は相撲の番付を取りいれ、一番から八番まで咄の巧者を位付けするのですぞ」

非難するような口調だが、上州屋の目は優しい。

「そうでございました、そうでございました。あれ、はて、しかし、ひと月後に鹿野武左衛門様を、我らの座敷に呼ぶな……というのは」

高見屋が首をおって、考えこむ。

「いかにも、座敷比べに武左衛門様にもでていただこうと思っている」

「ええっ」と、みなが声をあげた。

「驚くほどのことはありますまい。初座敷で、あれほどの芸を見せたのじゃ。きっと、座敷比べの場をおもしろいようにかき乱し、あるいは大番狂わせも見せてくれるやもしれませぬぞ」

扇子で口元を隠し、上州屋はくすぐったそうに笑った。

「無論、武左衛門様は嫌とはいいますまいな。咄番付の大関（当時の最高位）ともなれば、天下一の辻咄と認められたに等しいことですぞ」

口を大きく開けていた鹿野武左衛門は、顔を思いっきり左右にふった。沈澱する酔いを、必死に振りはらう。

「あの、あいつは、伽羅小左衛門はでるんでっか」

まだ顔は赤いが、鹿野武左衛門の目は爛々《らんらん》と輝いていた。

「当たり前でしょう。伽羅小左衛門殿は二季つづけての一等、つまり辻咄の大関でございます。でなければ、座が盛りあがりませぬ」

「なるほど、仕方咄の鹿野武左衛門ならば、あるいは伽羅小左衛門の天下をひっくりかえすやもしれませぬな」

「いや、いや、これからひと月で座敷比べは荷が重い。伽羅小左衛門殿に分があると見た。貫禄がちがいますぞ」

返事も聞かずに、商人たちは口々に言いあっている。

鹿野武左衛門は、勢いよく頬をはった。

「上州屋はん、嬉しゅうおます。ひと月後の座敷比べ、間違いなくださせてもらいます」

「おおきに」

上方弁を真似て、上州屋は笑いを誘ったかと思うと、一転して真剣な目で睨んだ。

「ただ、もし、座敷比べで無様な芸を見せたら、わかっておられますでしょうな」

目は芸を愛する好々爺《こうこうや》のものではなく、大名さえも畏怖させる豪商のものに変わっていた。

「座敷比べでつまらぬ芸をして、我らの顔を潰すようなことがあれば、座敷はおろか江戸の辻にも、鹿野武左衛門様の咄をする場はないと心得ていただきたい」

上州屋たちが手配してくれたみっつの駕籠は、黒く輝く漆にふんだんに金の意匠をあしらったものだった。白い斑点が美しい毛皮に尻を沈めるようにして、彦八は駕籠のなかにすわる。

ひと月後に、座敷比べがある。彦八は口を真一文字に結び、己の肚《はら》の底を探った。不安はほとんどない。それよりも気が高揚している。そして、すこしの嫉妬がある。鹿野武左衛門に先を越されてしまった。

だが、それは仕方がない。鹿野武左衛門の息子の梅若のためにも、伽羅小左衛門一門に一泡ふかせると決めた。

ゆれる戸の向こうから、「彦八」と声がかかった。

戸を開けて、顔をだす。冷たい風が気持ちいい。

見ると、隣にはもうひとつの駕籠がよりそうように並走し、鹿野武左衛門が顔をのぞかせていた。

「彦八、ほんまに助かったわ。おおきにやで」

「なんや、武左衛門はん、柄にもない。本番はひと月後やで、気ぃ緩めんといてや。江戸一番の辻咄になるんやろ。そしたら、梅若もごっつい喜ぶで」

鹿野武左衛門は、微苦笑を浮かべた。

「息子ながら、難儀な餓鬼やで。おれのことを、漆塗りも芝居も辻咄も日本一やと近所に言いまわってるそうや」

「武左衛門はんの塗った器見たら、たまげるやろな。日本一、下手って言いなおさな」

眉間にしわを刻んで睨まれた。

「まあ、そのとおりやで。ただ、おれは嬉しいねん。いつまでも辻でくすぶってたら、息子は嘘しかいうてへんことになるからな。まがりなりにも座敷比べに呼ばれた。辻咄だけは、梅若がほんまに自慢できるものになれそうや」

しみじみとした口調に、彦八は思わず聞きいってしまった。

「おれは漆塗りの職人も役者も、けつ割って逃げた。しょうもない男や」

鹿野武左衛門は、自分の膝を睨むように見る。

「けど、そんな男を梅若は手放しで褒めるんや。いや、褒めるしかないねんな。おれはわかってるねん。前の女房は伽羅小左衛門の糞ったれとのあいだに子ができて、梅若は追いだされた。同じ腹から生まれた兄弟やのに、種がちがうだけで一方は辻咄の売れっ子の坊ちゃんで、一方は……」

鹿野武左衛門は言いよどむ。

父が日本一の男と信じることで、梅若は必死に寂しさを慰めていたのだろう。

「お前もそうやけど、おれもたいがいどうしようもない男や。けつ割った昔が、子をもつ親になると、随分と肩にのしかかるんや」

「ええやん、今から立派な辻咄になって帳消しにしたら」

「そのつもりやけどな。ただ、自分なりに迷惑かけたことを、心のなかでちゃらにしたい。親はともかく、他人さんの分はな」

「芝居の馬の足のこと？」

「せや、誰から聞いた」

「四郎斎の阿呆や。料理屋の前で、大きな声で立ち話しとった」

鹿野武左衛門は、苦いものを口に含んだような顔になった。

「芝居でけつ割って、色んな人に迷惑かけた。その過去だけは、自分のなかで何とかしたいねん」

それが原因で、鹿野武左衛門は嫁に逃げられたのだと思いだす。

「彦八、たのみがある。ひとつ笑話を考えてくれへんか。座敷比べでやるやつをや」

「ええけど、おいらが考えてええんか」

「あぁ、おれは仕方を突きつめたい。今日の座敷で思ったけど、辻のようにたってやると、客を見下ろすことになる。すわって仕方咄をやりたいねん。たってやるのとは、具合が随分とちがうから、稽古の時間が欲しいねん」

たしかに、座位の仕方を完璧に近づけるのは、演じる鹿野武左衛門にしか無理だ。彦八は手伝えない。新顔の仕方咄の珍しさもあり、ひと月後まで連日のように座敷がある。鹿野武左衛門が、新しい笑話を考えるのは無理だろう。

「わかった。で、どんな笑話がええとかはあるん。浪人もの、それとも坊主もの」

「こっちへ、耳近づけろ」

駕籠から鹿野武左衛門が頭を突きだした。彦八も顔を横にむけて、耳をやる。

「正気か、武左衛門はん。そんな噺してもうたら、下手したらただ滑りやで」

鹿野武左衛門は駕籠のなかに顔を収めて、腕をかたく組んだ。そして、前を見つめたまま言いはなつ。

「しゃあないねん。今までけつまくりつづけたおれには、借りがいっぱい溜まってるねん。こうでもせな、梅若の父親として胸はって生きていけへん」

十一

絵具がならんだ石川流宣の部屋で、彦八は寝そべっていた。時折、頬杖をついて考えこむ。目の前には『軽口男』と書かれた帳面がある。彦八の噺のひかえ帳である。半分ほどは、自分の考案した笑話が書いてあり、のこり半分はまだ白紙だ。鹿野武左衛門から依頼された笑話を考えているのだが、筆が進まない。時折、馬の落書きを描いて、「うーん、ちゃうな」とつぶやく。

「彦八さん、もうすこし静かにならないですかね」

絵筆をにぎっていた石川流宣が、険しい顔をむけてきた。

「それに何です。その整っていない馬は」

帳面に描いた馬を筆先で示した後に、汚らしいものを見るような表情を露骨に浮かべる。

「しゃあないやん。次の座敷比べで使う咄を考えてるんやから」

「武左衛門さんも困ったことをいって。今の咄だけでも十分に勝負になるのに」

深いため息を吐《つ》く。

「あー、駄目だ。誰かさんが下手な馬の絵を描くおかげで、私の方の筆も進まなくなったじゃないですか」

絵筆をおいて、石川流宣は煙管《キセル》を取りあげた。

「奇遇やねぇ。おいらも全然筆進みませんねん」

下手といわれた馬の絵を描くのをやめて、立ちあがる。石川流宣も煙草を吸うために座をたったので、入れ替わるようにして描きかけの絵を眺めた。

「石川はん、また女武者か。おいら、この娘の感じは好きやで。幼馴染みによう似てるもん。凜《りん》とした感じとか、ええよね。やっぱり、こういう娘が好きなん」

足下にある絵の女武者は、かつての里乃によく似ていた。左の横顔の輪郭が美しい。

「凜とした女が好きなんじゃないですよ。整っていない顔の女が嫌いなだけです」

多分、この男は女にもてへんやろうなぁと思いつつ、背後にならぶ絵にも目をやる。

同じ女武者の絵が何枚かあるが、どれも左の横顔を見せるような角度だ。

「なあ、左の横顔だけやのうて、今度右か正面の顔も描いたってくださいよ。この子、どんな雰囲気か知りたいわぁ」

ぷかあと、石川流宣は煙の輪を吐きだした。己の顔の輪郭のような綺麗な円ができて嬉しいのか、細い目を糸のようにして笑っている。

「申し訳ないですが、そのつもりはないですね」

「なんで、もったいないやん。右のほっぺに、できものでもあるの」

「いえ、ちがいます。これですよ」

右のこめかみに、指で線をひくような仕草だった。傷があるということか。

「まあ、目立つものではないですが。ご存じのように、私は美しくないものが嫌いでね。里乃お嬢様自身は気にしていないし、右や正面の顔もと注文はうけるのですが……おや、彦八さん、どうしたんですか、怖い顔して」

気づけば、戸口のところにいる石川流宣に詰めよっていた。帳面を蹴飛ばしてしまい紙がよじれる音がしたが、両手が襟を摑むのを止められない。

「ちょ、ちょっと、何、するんですか。や、やめてください」

「石川はん、今、なんていうた。その子の名前、なんていいました」

石川流宣の肩が壁にぶつかった。

「な、名前ですか。里乃お嬢様のことですか。やめて、離れてください。暑苦しいなあ」

「その里乃って子、どこにおるん」

気づけば、石川流宣の首を絞めるように襟を摑んでいた。あわてて、手を放す。

石川流宣はわざとらしく咳をして、謝る彦八を睨みつける。

「米商いをしている、星見屋の養女ですよ。そういえば、上方の生まれっていってましたね」

「そ、その星見屋ってどこにあんの」

無意識のうちにまた摑みかかろうとして、「もう」と石川流宣の手で払われた。

「そんなに焦らなくても、教えますよ。そのかわり、その汚い馬の絵を、金輪際《こんりんざい》この家では描かないでくださいね。本当に筆が進まないんだから」

彦八の了承もとらずに、『軽口男』と書かれたひかえ帳の絵を、石川流宣は墨で塗りつぶす。

星見屋の屋敷は彦八が思っていたより、ずっと大きかった。底の浅い桶がいくつもならび、米が山の形に盛られ、刺さった短冊には「播磨」や「越後」などの産地が書いてある。

木造りの天水桶に身を屈め、彦八はじっと様子をうかがう。店先には身なりのいい小柄な老夫婦がたって、しきりに店のなかを窺っている。

「おぉい、里乃、早くしなさい」

呼びかける声を聞いて、あれが星見屋の旦那とお方さん、つまり里乃の養父母だとわかった。石川流宣の話では、人格者と評判らしい。

「まったく、薙刀《なぎなた》の稽古ばかりで、もうすこし女らしい手習いにも身をいれてほしいもんだ」

「まあ、いいじゃありませんか。小さいころに大変な目に遭ったんだし、好きなことをやらせてあげれば」

夫婦の会話が、なぜか彦八の身に染みる。

「お嬢様、いってらっしゃいませ。旦那様も奥様もお気をつけて」

そんな声とともに、店の奥から細身の影があらわれた。彦八は暫時、息の吸い方を忘れる。胸に手をやって、ゆっくりと呼吸をするが、心臓が波打つのが手にとるようにわかった。

髪を島田の形に結って、簪《かんざし》をさした若い女性だ。彦八は木造りの天水桶をきつくだきしめる。

形のいい瞳と、首からあごにかけての滑らかな輪郭に面影があった。右のこめかみにうっすらと小さな傷があって、彦八の胸がひしゃげそうになる。光沢のある白の綸子《りんず》地の着物は、肩と裾に梅の柄が上品にあしらわれていた。その後ろに回って髪や帯を丁寧に整える養母の姿を、使用人たちが朗らかに見守っている。

――よかった。辛い暮らしではないみたいや。

安堵したはずなのに、なぜか体が細かくふるえた。

三人の親子の後を、彦八はゆっくりと追う。小柄な老夫婦と長身の里乃は、遠目にもちぐはぐな親子だが、逆にそれが何ともいえぬ温かさを周りに発しているようだ。

「お、おい、新しい辻咄じゃないか」

里乃の養父が足を止めて、つま先立ちで輪をつくる人々を見た。

「あなた、嫌ですよ。また、寄り道ですか」

「かまわんさ。まだ、刻限まで余裕がある。すこしだけ聞いていこう」

妻の返答も聞かずに、懐から財布を取りだし、小銭を掌につつもうとしている。養母が里乃の方を見た。表情から「ええ」といったのだろう。白い歯を見せて、何事かを答えている。

やがて三人は、人の輪のなかへと吸いこまれていった。

彦八はゆっくりと歩いて、客の頭の隙間から里乃を観察する。


――なんや、女らしい笑い方をするようになったやんけ。


里乃は、手の甲を口に当てるようにして可笑しがっている。その様子を、彦八は凝視する。

なんか、ちゃうねんなぁ、とつぶやく。

童のころを思いだす。難波村の祠《ほこら》のある広場で、いつも里乃は最前列にいた。身を乗りだして聞き、体全体で笑ってくれた。

記憶のなかの里乃と、目の前の里乃はちがう。たしかに、喜んではいる。その笑顔に嘘はないだろう。

だが、と思う。

――おいらやったら、もっと大きく口を開けて、笑かすことができる。

――里乃の目を糸のように細めさせて、目尻に涙を溜めさせることができる。

引きはがすように、辻咄を囲む人たちから離れた。自然に早足になる。

石川流宣の話では、星見屋は年に何回か座敷に辻咄を呼ぶらしい。今日も新しい芸人を見て、わざわざ足を止めるくらいだから、かなり笑話が好きなのだろう。

もしかしたら、その場に星見屋の養女もいるかもしれない。

――里乃を笑かすんや。

童のころのように、屈託なく破顔させる。それができる者は、きっと己しかいない。

肌身離さずもっていたものが、懐のなかで音をたてた。襟を割るようにして、手をいれる。にぎったのは、巾着袋だ。生地ごしに、貝殻と石ころの感触がわかった。

里乃の目の前にたち、全力で笑話をぶつける。想像すると、体がふるえた。

そのためには、まずしなければならないことがある。

座敷比べで、鹿野武左衛門を勝たせる。

筆をにぎっていないにもかかわらず、手が何かを書きつけるように動いた。頭と体が、おもしろいことを身の外に噴出したいと全力で叫んでいる。

江戸の座敷比べ

一

料理屋のひかえの一室は、異様な雰囲気に包まれていた。

辻咄の芸人とその弟子や付きそいたちが大勢すわっている。火鉢はあるが、それよりも芸人たちが発する熱気がより濃く室内にこもっていた。

ある者は壁にむかい青い顔でしきりにつぶやき、ある者は地揺れのように貧乏揺すりをし、ある者は苛立たしげに右に左に同じところを歩き回っていた。

彦八と鹿野武左衛門、石川流宣の三人は畳の上にすわり、腕を組んで、同じ方向を睨んでいた。高価《いか》な黒羽織を着込んだ男たちが談笑している。伽羅小左衛門の一門だ。武士のように厳めしい顔をした伽羅小左衛門だけは小袖姿で、弟子たちに肩を揉ませている。

その後ろに、力士を思わせる体格の四郎斎がひかえていた。羽織からのぞく腕のあちこちに発疹があり、それをしきりにかいている。狼の毛皮による蚤攻めは、期待以上の効果をあげたようだが、それを喜ぶような心の余裕は彦八にはなかった。

一方の鹿野武左衛門は、石川流宣が誂えた臙脂格子の着流しに子持縞の紺羽織という姿だ。金襴《きんらん》のはいった新しい帯を時折なでて、小声で咄を口ずさんでいる。

滑るように、襖《ふすま》が開いた。

「では、これより座敷比べの会をはじめまする。立ち会い人は……」

ご丁寧に行司の衣装に身をつつんだ男が、次々と列席する豪商たちの名前をあげていった。

上州屋、駿河屋、高見屋、桔梗屋、鴻池《こうのいけ》、住友、紀伊國屋《きのくに》……。読みあげられた名前に、思わず彦八の体もぶるりとふるえる。

「さて、まずは一番手でございますが、西東《さいとう》太郎左衛門殿でございます。ご用意はよろしいか」

目をつむり、無言でしきりに唇を動かしていた男の肩が動いた。ゆっくりとまぶたをあげて、立つ。一本だけ差した短い脇差をなでているのは、精神を集中させるためか。

元旗本という出自で有名な辻咄である。袴《はかま》の衣擦《きぬず》れの音をひびかせつつ行司役が案内する先へと進むと、呑みこむようにして襖が閉まった。

彦八は忍び足で閉じられた襖までいき、目を隙間にやる。立ち姿で、西東太郎左衛門が必死に喋っていた。正面には、商人たちが堤を造るかのようにすわっている。後ろには文机《ふづくえ》があり、番頭風の男が何人もひかえていた。西東の笑話に、みな手を打ったり、扇子で膝を叩いたりして喜んでいる。

西東太郎左衛門の咄が終わるや否や、笑い声もピタリとやんだ。一斉にみなが扇子を口元にやり、後ろにひかえる番頭にささやきかける。筆が紙面を滑る音が、彦八のいる部屋にも流れこんできた。さきほどの芸に点をつけているのだ。

襖が開いて、西東太郎左衛門が姿をあらわした。額には、幾筋もの脂汗が流れている。

「しくじった」と、掠《かす》れる声でつぶやいたのが聞こえた。

「やはり、一番手はやりにくい」

顔をゆがめつつすわり、待っていたときと同じように目をつむり、縛《いまし》めるように腕を組む。

「次、休慶殿」

僧形の男が立ちあがる。周りの辻咄たちに一礼するが、仕草はぎこちない。

「笑いが柔らかくないな」

襖の向こうから漏れる音を聞きつつ、誰がいうでもなくつぶやいた。さきほどよりも、明らかに笑いがうすい。やがて、顔面を蒼白にした休慶が帰ってきた。

「駄目だ。なぜ、いつものように咄せない」

壁際まで進み、崩れるように膝をついた。

次々と辻咄たちが呼ばれていく。ある者は顔を赤らめて帰り、ある者は放心したかのようにもどり、ある者は目に涙を溜めつつ引きかえす。

「そろそろだな」と口にしたのは、伽羅小左衛門だ。肩を揉んでいた弟子が、すかさず手を離す。取巻きのひとりが黒い羽織をうやうやしくきさせた。

そして、閉じた襖の前に立つ。まだ、前の辻咄はつづいている。なかなか悪くない笑いが聞こえており、まるでそれをふさぐかのようだ。

襖が開いて、咄を終えた男が姿をあらわした。仁王に立つ伽羅小左衛門に驚きつつも、それをよけて自分の居場所へと帰る。

「いよっ、待ってました」

襖の奥から見えたのが伽羅小左衛門と知り、跡取り息子風の男が声をあげた。

「伽羅小左衛門、当代一の辻咄」

まだ行司が紹介もしていないのに、次々と声がかかる。戸惑う進行役を尻目に、ゆっくりと頭を下げ、座敷へと足を踏みいれた。

力強い一歩に客が喝采を送る。

閉まった襖に、四郎斎が太った体を膝行《しっこう》で近寄らせた。

「おい、小僧、見たいだろう。こいよ」

意地の悪い笑みとともに、彦八に声をかける。両腕の発疹は血がにじまんばかりだが、今ばかりは痒さも忘れているようだ。

「ふん、誰が見るか」といいつつも、腰を浮かして近づく自分が憎い。

「あっ」という声は、分厚い四郎斎の掌でふさがれてしまった。隙間からのぞく、伽羅小左衛門の後ろ姿が見えた。右をむいて、刀の柄をにぎる真似をしつつ、「おのれ、わしを武士と知っての狼藉か」と叫んでいる。

つづいて左をむき、狼狽《うろた》え、ふるえる百姓の様子を再現した。

「あれは仕方やないか」

肉付きのいい掌を口から剝ぎとり、小さい声で詰問する。四郎斎は人差し指を唇にもってきて、静かにしろとたしなめる。

「お前ら、おいらたちの仕方咄を盗んだんか」

「人聞きの悪い。それをいうなら、辻咄をはじめたのは、こちらが先。我らの仕方を禁ずるなら、お主らには咄を禁じさせるぞ」

太い人差し指で、彦八の額を強く弾く。

いつのまにか、鹿野武左衛門と石川流宣が近くにきていた。ふたりが襖の隙間から覗きこむと、顔色が一変する。特に鹿野武左衛門は眉間に深いしわを刻み、肩をふるわせていた。

険しい表情のまま、襖から顔を引きはがす。

「彦八、もどれ」

「けど」

「こんなところでやいやいいうてたら、心が乱れてまう」

首根っこを摑まれたとき、襖をこじ開けるような笑い声が聞こえてきた。笑話を終えた辻咄たちの顔が、たちまちゆがむ。何人かは、天井を見上げてため息を漏らした。

襖が開き、湯上がりのように上気した伽羅小左衛門があらわれる。腹をよじって笑う商人たちの姿が見えた。

「お見事です」

四郎斎の言葉に、伽羅小左衛門は満足気に深くうなずく。

「つづきましてはとりを務めまする、座敷比べ初顔見世の辻咄、鹿野……」

行司役の声にかぶさったのは、身も凍るような罵声だった。

「いよ、馬の足」

彦八のいるひかえの間ではなく、商人たちのいる座敷から聞こえてきた。

一瞬だけ、場は静まりかえる。その後にやってきたのは、嘲《あざけ》りの笑いだ。開くはずの襖の前で、鹿野武左衛門の体がかたまっていた。子持縞の文様が、まるできる者を縛《ばく》する縄に見える。

「お前ら、何したんや」

彦八が伽羅小左衛門たちを睨みつける。四郎斎が歯茎を見せつけて笑った。

「なに、鹿野武左衛門殿のかつての所業を、お客様にお伝えしただけじゃ」

拳をにぎりしめて、彦八は立ちあがる。

「いっておくが、嘘はひとつも述べておらんぞ」

四郎斎も、待ってましたとばかりに身構えた。

「むごいな」とつぶやいたのは、一番手で咄を披露した元旗本の西東太郎左衛門だ。

「嘲りと侮蔑の気で満ちている。こんな場で、笑話は無理だ」

同情の目差しを鹿野武左衛門にむけた。一方の鹿野武左衛門は、鼻先にある襖をじっと見つめている。

「鹿野殿、いや、志賀屋左衛門殿」

昔の名で呼びかける四郎斎の悪意に、周囲の辻咄たちも思わず顔を背ける。

「逃げるなら、今のうちですぞ。襖が開けば、むごいことになるは必定《ひつじょう》」

しかし、鹿野武左衛門は微動だにしない。「彦八」と、呼びかけられた。

「案外、おいしいんとちゃうか」

襖に語りかけるように、鹿野武左衛門がいう。

「そら、そうかもしれんけど、むかつくやん」

彦八が四郎斎を指さすと、「ほっとけ」と鹿野武左衛門が笑う。ふたりの泰然とした様子に、伽羅小左衛門一門にもかすかに動揺が走る。

「静かに、お静かに」

襖の向こうでは、行司の悲鳴がまだつづいている。

「けど、ちょっと咄の頭は変えた方がええな」

「せや、武左衛門はん。けど、中身の方は大きくは変えんでええ……」

助言しようとした彦八は、口を噤《つぐ》む。鹿野武左衛門は唇をせわしなく動かして、咄を復唱している。いや、頭をつくり直し、それに伴う後半の変更を確かめているのか。

「では、とりは鹿野武左衛門殿」

襖が滑るように動きはじめた。

「頑張りや、梅若のぼんも空から見守ってるで」

「阿呆、死んだみたいないい方すな」

座敷のなかへ、鹿野武左衛門はかろやかにはいっていく。

二

「ご存じのように、わたくし、かつては志賀屋左衛門という名乗りで、市村竹之丞大夫《たけのじょうだゆう》の一門にはいっておりました」

鹿野武左衛門の一言で、ざわついていた場が一気に静まりかえった。

行儀よく正座して、ゆっくりと客たちを見回す。

「今からしますは咄、『堺町馬の顔見世』は、まさに何の因果でしょうか、芝居座で大失態した、ある愚かな役者めのお咄でございます」

丁寧に一礼をした後、小気味よい柏手をひとつ打った。窓を開け放ったかのように、場の空気が一変する。

襖の隙間から見る彦八と石川流宣は、力強くうなずいた。

鹿野武左衛門は首を右にむける。

表情を引きしめると、「ほお」と客たちから声が漏れた。こうして見ると、器量のよさが際立つ。


『これ、よいか甚五郎』

『ああ、これは竹之丞大夫。わたくしのような入門したばかりの端役に、あなた様のような花形役者が声をかけてくれるとは、一体なんでございましょうか』

『うむ、芝居において大切なことを教示しようと思うてな。

舞台の上では客人たちの声に応えるのが、何より大事なこと。

名乗りを呼ばれれば、しかとお応えせよ』

『はい、わたくしも芝居好きですから、そのへんの呼吸は心得ております』

『うむ、ゆめゆめ、その心得忘れるでないぞ』

端整な顔のまま、腕を大きくふって立ちさる仕方が終わると、すぐに新入りの甚五郎の卑屈な顔にもどった。

『ああ、これは親方、今日はよろしくお願いいたします』

『甚五郎よ、お前に花が届けられておるぞ』

鹿野武左衛門演じる端役の役者が、体を仰け反らせて驚く。

あわてて芝居小屋の入口へいく仕方をする。

『そこには三尺（約九十センチ）ほどのつくり物の蛸《たこ》がのった花がおいてあったのです。

「甚五郎殿へ」と、墨書された紙まで貼ってあるではないですか』

客たちの顔から徐々に笑いが消えていく。

『友人から花を送られて、これには甚五郎はりきりました。

よし、見事に今日の役を演じきってやるぞ、と鼻息を荒くしたのでございます』

嬉しげに飛びはねる鹿野武左衛門とは対照的に、客たちの空気は限りなく重いものに変わっていた。

『親方、花を見ました。俄然やる気がでました。

それはそうと、今日の役は何ですか』

『うむ、馬の足じゃ』

『へ？』

『そう、馬の足じゃ。しかもただの足ではない。

馬の後ろ足の役に抜擢してやったのだぞ』
『馬の足でございますか』
『そうだ。馬の足だからといって、気をぬくなよ。
なんといっても竹之丞大夫を乗せるのだからな』
さきほど、鹿野武左衛門を冷笑した後ろめたさが、襖のむこうの彦八にも色濃く伝わってきた。
『さて甚五郎が馬の後ろ足として、主役の竹之丞大夫を上に乗せてでるや否や、沸きおこったのが悪友たちの大喝采』
『いよぉ、馬様、うまぁさぁまあ』
鹿野武左衛門は口に両手を当てて、悪ふざけをうるさいぐらいに叫んだ。
『困ったのは、甚五郎。
なぜなら、上に乗る竹之丞がしきりにこういうのです』
『何をしている、甚五郎。
馬様と声がかかっておるではないか、客の声に応えぬか』
客たちの緊張が極限に達したことが、襖ごしでもわかった。
そんな様子を尻目に、鹿野武左衛門はごく何でもない仕草とともに、立ちあがった。

両腕を曲げて、顔の高さにしていう。

『ヒヒーン』

襖のすぐ裏側で聞き耳を立てていた彦八は、一瞬、襖に巨大な何かが当たったのかと思った。遅れて、それが笑い声だと悟る。

甚五郎が逃亡するとばかり思っていた客たちは、完全に不意をつかれたのだ。

彦八は嬉しさの余り拳を畳に打ちつけるが、それさえも笑い声がかき消した。

振りむくと、歯ぎしりする伽羅小左衛門と四郎斎の姿が目にはいった。

放心したようにすわりこむ石川流宣の横に、膝をついた。

「やりましたね」

石川流宣からの返答はなく、かわりに落雷のような喝采が沸きおこった。見なくとも、何がおこったかはわかる。客の声に応えて後ろ足がいなないたために、馬の背にいた主役・竹之丞大夫が無様に転げ落ちた仕方を、鹿野武左衛門が披露したのだ。

「やるねえ」と、賞賛の声をあげたのは、西東太郎左衛門や休慶らほかの辻咄たちだった。その横では、黒羽織を着込んだ伽羅一門が顔を青ざめさせている。

三

小舟町の堀端で梅若が童たちと遊んでいるのを、彦八と鹿野武左衛門は柳の根元に腰を下ろして眺めていた。今日は風に冷気はなく、気持ちいい。横にある梅の枝には蕾《つぼみ》がたくさんついている。

「座敷比べの大関、鹿野梅若なぁりぃ」

指を天にむけて、誇らしげに笑っている。

「じゃあ、おいらは元旗本の辻咄、西東平太なぁりぃ」

負けじとほかの童たちも名乗りをあげる。

梅若たちの遊ぶ様子を見る鹿野武左衛門は、ひとりの父親でしかない。先の座敷比べで、伽羅小左衛門と鎬《しのぎ》を削ったのが嘘のようだ。

「けど、惜しかったな。西の大関やもんなぁ」

石を堀に投げこみ、彦八は悔しがる。先日あった座敷比べの結果は、惜しくも西の大関止まりだった。東の大関は、伽羅小左衛門である。

鹿野武左衛門の咄が終わった後、座敷ではすぐに番付を決める協議にはいった。隣室でひかえる辻咄たちにも声は聞こえてくる。酒と肴が運ばれるが、誰も手をつけず襖のむこうのやりとりに耳をすましていた。

一時は、鹿野武左衛門を強く推す声もあった。『おもしろさという意味では無類』とも評す商人もいた。が、『もうひとつ座敷を見たい』という意見がでると、風向きが変わった。

番付をつける初めての試みだけに、慎重を期すべきだというのだ。

そうなると強いのは、二季つづけて一等となった伽羅小左衛門である。結局、鹿野武左衛門は西の大関止まりであった。

「もうひとつ座敷を見たいって何やねん。それやったら、呼ぶなっつーの」

「ほんまやな。けど、どっかで聞いたことがあるような評やなぁ」

彦八と鹿野武左衛門は一緒に首をひねる。

「まあ、悔しいけど、ええよ。満足はしてる。おかげで、今月も座敷がいっぱいかかった」

鹿野武左衛門の芸は評判を呼び、一日にみっつもの座敷を掛けもちすることもある。

「何より肩の荷が下りた。芝居でけつまくった昔を隠すように生きてきたけど、ああして笑話にしてもうたら、もうそんなことする必要あらへん。おい、梅若、そこはもっと大きく手をふれ、せやないと仕方が目立たへん」

　鹿野武左衛門が身振りを交えて、遠くにいる梅若に教える。

「笑話って不思議やな。どんな恥ずかしいことも、勇気を振りしぼって馬鹿咄に変えたら、なんか救われる」

「けど、武左衛門はん、けつまくられた芝居座にしたら、たまったもんやないで」

　きつい冗談をあえていったのは、かつて鹿野武左衛門が馬の足として籍をおいていた市村座からも、座敷の声がかかったからだ。「ぜひ『堺町馬の顔見世』をやってほしい」とのことである。市村座も、鹿野武左衛門の人気にあやかろうというのだ。

「なあ、武左衛門はん、話あんねんけど」

　彦八に顔をむけずに、鹿野武左衛門は口を開く。

「みなまでいうな。そろそろ、ひとりでやろうっていうんやろ。まあ、こっちもぼちぼち弟子入りしたいいう子がきてるから、かまへんで。もし、邪魔する奴おったら、おれの名前をだせ。それでも無理なら、石川はんに動いてもらって、やりやすいようにしたるさかい」

「おおきに」

　腰と首を深く折りまげて、彦八は頭を下げた。

「ほな」と片手をあげた後に、背をむける。

「気張れよ」という声が、背を優しくなでた。

うららかな陽光を、堀の水面が跳ねかえす。梅若たちの仕方咄を「この大根芸人」と茶化しつつ歩く。

大きな往来にでた。侍、商人、職人、女中に童、旅人たちが大勢、行き来している。あちこちにある辻には、辻咄たちがたっていた。

みな、ただたって咄をしているだけではない。身振りや手振り、声色を人物ごとに変えた、仕方を取りいれている。鹿野武左衛門と彦八の考案した仕方咄は、またたく間に江戸中の辻咄のあいだに広まったのだ。

『ほお、京ではお前さんみたいな顔が流行っているのかい』

『女郎は何食わぬ顔で「まずわたしがたちましょう」と申したり』

さげの言葉が放たれるたびに笑いが立ちあがり、陽光に含まれる温かみが濃くなる。

往来に咲きほこる笑いのなかを、彦八はゆっくりと進んだ。

もう辻咄は耳にはいってこない。己が近い将来にやる笑話のことで、頭の中はいっぱいだった。

懐から巾着袋を取りだし、目の高さに掲げる。

最初に立った辻の銭は、全部、このなかにいれると決めていた。そして、なかにある石や貝と一緒に座敷で里乃にわたす。否、かえすのだ。

くすり、と笑った。

——もしかしたら、この巾着袋やったら、銭がはいりきらんかもしれへんな。

驚く里乃の顔を想像すると、愉快だ。

往来の笑いは、彦八の将来を言祝《ことほ》ぐかのように大きく膨らんでいく。

第三章　彦八、大坂へ

座敷比べで見事に、鹿野武左衛門《しかのぶざえもん》を西の大関につけた米沢彦八《よねざわひこはち》。

いよいよ、ひとり立ちして、辻にたつことを決意いたしました。

え、なんですか。

お客様、口上の途中で話しかけないでくださいよ。

「もうひとつ座敷を見たい」という台詞《せりふ》が、どこかで聞き覚えがある？

まるで、どこかの文学賞の寸評のようだ？

お客様は、ご詮索はご勘弁を。

なにより、文学賞はまだこの時代にはおまへんよって。

おほん。

さて、鹿野武左衛門一座を離れ、彦八はとうとう江戸でひとり立ちいたします。

天才少年といわれた彦八です。辻を爆笑につつみ、座敷に呼ばれるのもすぐ……と思いきや、そこで思わぬ試練に見舞われるのです。

さあ、米沢彦八の江戸での運命やいかに。

景気づけに、やっぱりやらせてもらいます。

とぉおざぁあいいぃ

とおうざあぁいいい

彦八、江戸を去る

一

堺町の夜の空気には、たっぷりと梅の香りが含まれていた。

通りに面した表長屋から、人があふれかえろうとしている。座敷比べで西の大関になった鹿野武左衛門の新しい住まいだ。それまでの小舟町の裏長屋から、浮世絵師、石川流宣《とものぶ》の住む堺町に移ったのだ。通りに面し部屋がいくつもある表長屋である。昨年からの不作で米価が高騰し、世情が暗くなりがちななか、鹿野武左衛門の出世は快事として江戸の民に受けいれられた。いずれは伽羅《きゃら》一門のような屋敷に住むだろうと評判だ。

その入口にたたずむのは、丸い顔に狐のような細い目鼻のついた石川流宣である。

「ようこそ、ようこそ、さっさ、なかへ。鹿野もお待ちしております」

石川流宣は、訪れる客たちを丁寧になかに請《しょう》じいれる。足を踏みいれると、思いどおりに感嘆の声が沸きあがったので、ほくそ笑んだ。

大きな肉筆浮世絵が飾られており、座敷で辻咄《つじばなし》をする鹿野武左衛門の姿が描かれている。眉目秀麗な鹿野武左衛門が、天下の豪商たちを相手に仕方咄を演じている様子だ。浮世絵の前では本物の鹿野武左衛門が盃を片手に出迎える、という趣向である。着衣を崩していても、どこか華というか艶《つや》があり絵になる。肩からかけた子持縞《こもちじま》の紺羽織の、なんと艶《あで》やかなことか。

鹿野武左衛門をとり囲む客たちを見て、石川流宣は何度もうなずいた。

浮世絵に辻咄を描いた絵師は、まだいないはずである。

正直、武者や美人、花鳥風月を描いて、ほかの絵師に勝つのは難しい。抜きんでるには、まったく新しい画題が必要だ。そこで目をつけたのが、役者のような顔立ちの鹿野武左衛門である。石川流宣は鹿野武左衛門の絵を描くと同時に、彼を江戸一の辻咄にすると誓った。全ては、絵師としての名声を得るためだ。

座敷比べの西の大関は残念だったが、いずれ間違いなく東の大関になる。そのときのことを考えると、石川流宣の顔は柔らかく綻《ほころ》んだ。鹿野武左衛門を早くから起用した己も、かならずや絵師としての名声を得られる。

だが、油断ならぬ敵がひとりいる。

「えらい、すんまへん。遅うなりまして。日暮れ前に、三匹も猫の蚤《のみ》取りをたのまれまして。暖かくなったら、蚤もわんさかでてきおりますわ」

癇《かん》にさわる上方言葉に、石川流宣の表情が崩れそうになった。振りむくと、蟹《かに》の足のように右の鬢《びん》を跳ねさせた若者がいる。長身の体を折りまげるようにして、はいってきた。

腹に力を入れて、石川流宣は無理やりに笑みを浮かべた。

「ああ、彦八さん、どうぞ、どうぞ」

客と同じように丁重に手招く。

鹿野武左衛門の転居と彦八の独立、今日はこのふたつの祝いの宴である。

「さあ、お荷物はこちらへ。手を楽にして、武左衛門さんも待ってますよ」

「ああ、おおきにです。あ、そっちの袋、蚤のついた狼《おおかみ》の毛皮はいってるんで、気ぃつけてくださいね」

小汚い袋を指さされ、全身に鳥肌がたった。

「どうも、どうもぉ」

そんな石川流宣の気も知らず、彦八はかるい調子で鹿野武左衛門のもとへと歩く。

「おおう、蚤取り名人、遅いがな。みなさん、こいつがおれの弟分の彦八ですわ」

鹿野武左衛門が盃を持ちあげて、招きいれる。

「やめてや、武左衛門はん。おいらは今日で猫の蚤取りは仕舞いにすんねんから」

「なんやと、まさか辻にたつつもりやないやろな。おれの飯の種を奪うつもりか」

「前とゆうてることちゃうやん。今日は、おいらの門出の祝いも兼ねるゆうたやん」

猫がじゃれあうような、彦八と鹿野武左衛門の即興のやりとりがはじまった。心得た客たちも、お喋りをやめて聞きいる。

「武左衛門はんがそんなにいうなら、ええわ。辻咄になんのやめるわ。ほんまは辻咄より、もっとやりたいことがあってん」

「嘘つけ。お前にやりたいことなんて、ないやろ」

「嘘ちゃう。猫の蚤取りや辻咄も、ほんまのやりたい仕事をするための元手稼ぎや」

「そこまでの覚悟やったんかいな。で、その仕事って何やねん」

「犬の蚤取りや」

「結局、蚤とるんかい」

客たちは手を打って喜びあう。

つづいては、鹿野武左衛門が、熊の蚤取りや鯨《くじら》の蚤取り、大仏の蚤取りなどを提案して、笑いをとっていく。とても、即興の掛けあいとは思えない。そんなふたりのやりとりに、石川流宣は胸騒ぎを覚えていた。心を占めるのは、どちらの笑才が上か、ということだ。今のところは、彦八が立てる形で鹿野武左衛門が笑いをとっている。

流れが変わったのは、彦八が、厠《かわや》にいくひとりの客の姿を見つけたときだった。

「武左衛門はん、もっとごっつい商売考えたで」

「ほう、なんやさっきと違って、えらい自信たっぷりやんけ。ちょっと、教えてくれ」

「小便屋や」

「な、なんやねん、その小便屋ってのは」

客と一緒に、鹿野武左衛門も身を乗りだした。彦八は得意気に語りだす。

遊郭や温泉街では、客たちはときに小便を面倒がる。座敷は二階が多く、厠はほとんどが一階だからだ。そんな男たちを相手に、商売をするのだという。

彦八の目尻は下がり、口角は極限まであがっていた。即興で思いついた咄を、自身がおもしろがっているのだ。そうなれば、彦八の独擅場である。

「え〜、小便屋ぁ、小便屋ぁ」

中身をくり抜いた長い竹をもつ男の仕方を披露する彦八に、客たちは一斉に破顔した。

次は、捧げられた竹竿にむかって二階から放尿する温泉客の仕方に移る。

彦八の軽口はどんどんと軽妙になり、笑いが途切れることはない。

「せや、武左衛門はん、あんたも辻咄なんて、さきの見えん仕事やめ。おいらが雇ったるわ」

「おれがお前の下で働くんか」

「せや、昔から小さい稼ぎは嫌やっていうてたやろ。大きく稼ぐんやったら、おいらの仕事手伝うんが一番やで」

「そんなに大きい儲かるんかいな。ほな、お前と一緒に小便屋しよかな」

「小便屋やない。小便屋は、おいらの仕事や」

「じゃあ、おれの仕事は何やねん」

「大きく稼ぎたい武左衛門はんには、大便屋さしたるわ」

花火のような笑いが、場に満ちる。

——彦八め、厄介な男だ。

鹿野武左衛門の下積みを支えたからこそ、石川流宣には彦八の才が痛いほどよくわかる。彦八が辻にたてば、遠からず伽羅小左衛門《こさえもん》や鹿野武左衛門以上の芸人になる。

天下一の辻咄の名が彦八のものになれば、鹿野武左衛門を起用した石川流宣の浮世絵の価値は下がってしまう。

大きく舌打ちをした。そして、両手にかかえた彦八の荷を見つめる。口の結び目から、一冊の書物がのぞいている。

『軽口男』と題されたひかえ帳に、彦八の咄が書きとめられていることは知っていた。

来客が一段落したのを見て、彦八の荷をかかえたまま通りへとでる。すこし歩くと、石川流宣の長屋がある。戸は閉まっていない。なかをのぞくと、力士を思わせる大男が、ひとりすわっていた。体のあちこちをせわしなくかいている。時折、「くそ、まだ痒《かゆ》みがとれねえ」と、忌々《いまいま》しげにつぶやいていた。伽羅一門の一番弟子・伽羅四郎斎《しろうさい》である。

「お待たせしました」

「遅いぞ、もう半刻（約一時間）は待った」

彦八の来訪が遅れたためだが、それは口にはせず深々と頭を下げる。

「まあいい。で、話というのは。つまらぬことなら、覚悟しておけよ」

太い二の腕を爪でかきつつ凄んだ。

「彦八が、もうすぐひとりで辻にたつのはご存じですか」

「木っ端芸人に興味はない」

とうとう四郎斎の肌から血がにじみだす。

「ちと事情がありまして、彦八めをどうしても江戸から追いだしたいのです」

「ふん、それはまたどうしてだ」

「鹿野武左衛門を、万が一にも超えぬようにです」

四郎斎は石川流宣をしばらく見つめていたが、突如身をよじらせて笑いだした。

「あのうつけが鹿野武左衛門を超えるだと。馬鹿馬鹿しい」

足をだらしなく崩し、前のめりになる。が、すぐに笑いはやみ、鋭い目を石川流宣へむけた。

「何より、そのいい草だ。伽羅一門など眼中にないかのようで、気に食わん。まるで彦八や鹿野武左衛門よりも、我らが下のようないい方ではないか。訂正しろっ」

口先だけだが、「申し訳ありませぬ」と謝った。

咄だけなら、伽羅小左衛門と鹿野武左衛門は互角だが、仕方も入れると鹿野武左衛門に分がある。石川流宣は、そう見ている。だが、そんなふたりよりも、咄も仕方も上なのが米沢彦八だ。

——この男は彦八の風下にたたないと、そのことを悟ることができまい。

石川流宣は、正攻法の説得を断念した。

「それより、蚤にかまれたお体はよくなりましたか」

四郎斎が大きく目をむいた。

「なぜ、それを知っている」

「蚤の悪戯《いたずら》をしたのは、彦八めです。奴めの荷、ご覧になってみなさい」

小汚い袋の口を慎重に開けた。覗きこんだ四郎斎の顔に、太い血管が浮かぶ。

「あ、あいつの仕業だったのか。ふざけやがって」

袋を摑みとろうとしたので、背中へ回す。振りまわされでもしたら、この家が蚤だらけになる。

「さて、そこでご相談です。彦八めに目にもの見せてやりませんか」

「いわれんでもだ」

腕まくりをし拳《こぶし》をかためた四郎斎を見て、密かにため息を吐《つ》く。

「拳にものをいわせても、彦八の痛みがひけば終わりでしょう。謀《はかりごと》には謀でございます」

まるで戦国の世の軍師のような口調に、思わず自嘲してしまった。が、四郎斎は石川流宣の言葉に惹《ひ》きつけられたのか、目を爛々《らんらん》と輝かせている。

もう一方の彦八の荷を前に出し、口を開いた。『軽口男』の帳面がのぞく。

「このひかえ帳に、彦八めは笑話を書きつけております」

まだ謀を理解できないのか、四郎斎は怪訝《けげん》そうに首をかしげた。

「伽羅一門は、お弟子さんが多いと聞きました」

「ふん、座敷がかかるのはわしと師匠のみ。あとは、足手まといばかりだ」

「このなかのものを、お弟子さんたちに辻でやらせるのです」

一瞬、四郎斎の顔がかたまった。

が、すぐにほぐれ、歯茎を見せつけるように笑う。

「あとひと月ほどはもろもろの用意があるので、彦八は辻にはたたぬといっておりました。そのあいだに、このなかのものを弟子たちに覚えさせ、さきに辻でやらせるのです。念のため、数人の弟子と、伽羅一門以外の芸人にも分担して教えましょう。そして、彦八が辻にたったときには……」

「なるほど、芸を盗んだ不届き者というわけだ」

「ご名答」と、大げさに褒めた。

「では急ぎ、ふたりで帳面を書き写しましょう」

「面倒だ。帳面だけ盗んで、荷を彦八めに返せばいい。どこかで落としたと思うはずだ」

「駄目です。彦八が用心して新作を考えてしまっては、盗作の濡れ衣をきせる謀が水の泡です」

手を打ちつけて、四郎斎は感心する。

「では、さっそく、はじめましょうか」

石川流宣は、絵具のなかから硯《すずり》と筆を取りだした。

二

いよいよ、明日、彦八は辻にたつ。

決意を踏みかためるように、彦八は歩く。左右には桜の木がまばらに植わり、風にふかれた花弁が儚《はかな》げに舞っていた。

彦八に気負いはない。逆に、群衆に囲まれることを想像すると、歓声をあげたくなるほどだ。事実、三回ほど奇声をあげて、岡っ引きに連れていかれそうになった。

「この道、右やったな」

目当ての場所が近づくにつれ、高揚よりも不安が大きくなる。何でもないでっぱりにつまずいて、「狼狽《うろた》えんなや」と足を叱咤《しった》した。

この坂のさきに薙刀《なぎなた》の道場があり、そこに里乃《さとの》が通っている。なんでも道場主から門弟まで、全て女性だという。

米沢彦八という名で、明日から辻にたつ。

このことを里乃に何がなんでも伝えたいはずなのに、なぜか足取りがどんどん重くなる。

辻咄を聞く里乃の姿を思いだした。硬い笑顔が、彦八の頭には焼きついている。

――怯《ひる》んで、どうすんねん。

前のめりになって、無理やりに自分の体を前進させる。

『と、そこにあらわれたのは貧乏神』

突き刺さるように、彦八の足が止まる。

振りむいたとき、笑い声が壁のように立ちふさがっていた。辻咄の芸人がいるはずだが、声と姿は笑いのむこう側にあって、わからない。

彦八がひかえ帳の『軽口男』に記した咄のなかにも、貧乏神がでてくる。『醒睡笑《せいすいしょう》』

などの笑話集を見るに、荒唐無稽《こうとうむけい》な咄はほとんどない。だが、彦八は違った。貧乏神や小舟ほども大きい大根など、架空や空想を積極的に咄にいれている。

「おいら以外にも、そんなこと考える奴がおんのか」

顔がゆがみそうになった。

客はかなり集まり、笑い声も大きい。聞くべきか否か、迷った。

「人は人、己は己や」

たまたま、貧乏神の題材がかぶることもある。笑い声が辻咄の台詞をかき消しているうちに、彦八は足を速めて辻から離れた。


「曲者《くせもの》、出会え」

彦八の額に竹製の薙刀が、思いっきり振りおとされる。半日かけて油でかためた鬢の毛が爆《は》ぜるのがわかった。

「ちょ、やめて、怪しいもんちゃうし」

弁明も虚しく背中を打擲《ちようちやく》され、次に臑《すね》を一撃されて、視界が大きく傾いだ。無様に尻《しり》餅《もち》をついて、痛む臀部《でんぶ》を手で押さえる。稽古着に袴《はかま》姿の女性たちが、彦八を隙間なく囲んでいた。

「私たちの稽古を、いやらしい目でのぞいておったでしょう。この不届き者め」

数本の薙刀が、彦八に突きだされる。

「誤解やって」とうめきつつ、目を前後左右にやる。囲む最前列に里乃はいない。

今日は休みなんか、と考えていると、仁王のように逞《たくま》しい女が薙刀を地に打ちつけた。

「さあ、名と住んでいる場所を白状しなさい。返答次第では、番所に突きだしますよ」

彦八は座したまま、ゆっくりと拳を頬の高さにもっていった。指を一本天にむける。

「さて、ここで判じ物（謎かけ）です」

予想もしなかった彦八の言葉に、囲む猛女たちが視線を彷徨《さまよ》わせた。

「天下一の辻咄の芸人といえば、誰でしょう」

みながざわつきはじめる。気がふれているんじゃや、という不安気な声も聞こえてきた。

「明日から辻にたち、江戸の人を笑わせる快男児は誰でしょう」

快男児といったところで、頭の後ろを打擲された。

「ふざけるのはよしなさい。真面目に答えねば、痛い目に遭いますよ」

かまわずに、彦八は矢継ぎ早に判じ物を語る。そして、そのたびに薙刀が飛んでくる。

身をかたくして、耐えた。

「では、最後。上方、大坂は難波《なんば》村一のお伽衆《とぎしゅう》といえば」

「もう、我慢なりませぬ」

仁王のような女武者が薙刀を振りあげたときだった。

「米沢……彦八」

降ってきた言葉が、薙刀を制止させる。

尻餅をつく彦八は腰を曲げ、首をひねり、声のした方を勢いよく指さした。

「ご名答、大当たりっ」

指先から何かが発せられているわけでもないのに、人が左右に割れていく。

「嘘やろ」

耳をなでるような上方言葉を、最後列の女人が発した。女武者たちがざわつきだす。

やがて、完全に人垣が割れた。

紺の袴に、すこし汗ばんだ白い稽古着。鉢巻きを締めているのは、傷を隠すためか。

以前は島田に結っていた髪は、稽古のためか後ろで結んで垂らしている。

そう、いつも童《わらべ》のころ、こんな姿で彦八の滑稽《こっけい》芝居を最前列で見守ってくれた。

むけられた薙刀を手で払いのけ、立ちあがる。

「里乃、久しぶりやな」

満面の笑みを浮かべたつもりが、頬が強張《こわば》っているのがわかった。まだむけられている薙刀を一本にぎり、思いっきり自分の頭をはたいて笑いなおす。

「な、なんで、こんなとこおんの」

ふるえる指を、里乃はむけてきた。

「へへへ」と、彦八は得意気に鼻の下をかく。

「決まってるやろ。江戸の民を、お前を、笑かしにきたんや。聞いてくれ里乃、おいら、明日から辻にたつねん。辻咄、極めるために……」

言いよどんだのは、里乃の目に光るものが溜まり、あふれそうになっていたからだ。薙刀をもった女たちが、どよめきだす。

見てはいけないのかもしれないと思い、彦八はあわてて目差《まなざ》しを里乃のつま先に落とした。

「そんなん絶対、嘘や」

里乃の声が聞こえてきた。

彦八の胸に、潰れるような痛みが広がる。

しばらく、ふたり無言でたたずんでいた。雲ひとつない天気なのに、里乃の足下に一滴二滴と雫《しずく》が落ちる。彦八はただ黙って、黒い染《し》みが増えるのを見ていた。

木の根っこに腰を下ろし、頭を幹につける。後ろの方から、洟《はな》をすする音と涙をぬぐう気配が伝わってきた。

「里乃、大丈夫か」

幹ごしにのぞこうとすると、「見んといて」と叱られた。里乃の上方言葉が意外なのか、薙刀をもって遠巻きにする猛女たちが小さくどよめいた。

「見たら、承知せえへんで」

玉潰しの異名をとっていたころの声質にもどりつつあったので、彦八はすこし胸を撫《な》でおろす。

道場はすこし高い場所にあり、眼下に江戸の町が広がっていた。

「おもろいなあ、江戸の町って。大坂とちがって起伏がある」

大坂は、大坂城の周りがへそのように盛りあがっているだけで、ほとんどが平地だ。橋は多いが、坂はすくない。その点、江戸はちがう。

「彦八、ずるいわ。なんで、あんたは泣いてへんの」

「ああ、ごめんやで。実は何月か前に、里乃のこと見てん。石川はんっていう絵師おるやろ。あの人にな……」

「私、あの人苦手やねん」

無茶苦茶な話の展開に、彦八は苦笑を漏らす。

「まあ、その気持ちもわかる。おいらも、すこし苦手やし」

頭をかきつつ同意した。

「なんで、そのとき、声かけてくれへんかったんよ」

すこし考えてから、口を開く。

「ちゃんと、辻咄でひとり立ちするまでは、顔だしにくくてな」

気づけば、木を挟んでふたりで町を見ていた。そうっと幹から顔をのぞかせようとしたら、「まだ、あかん」とぴしゃりといわれた。

ふと見ると、足下の辻に人が集まっている。

「おいら、前にな、里乃が辻咄、聞いてるとこ見たで」

洟をすする音の後に、うん、と声がした。

「お義父《とう》さんが好きやねん。たまに、聞きにいく」

「おもろかったか」

「もちろん」

「そうか」

「なんなん」

「いや、ちょっと、昔と笑い方がちがうなって」

いってから、しまったと思った。里乃が黙りこむ。

勇気をだして、幹のむこうの様子を窺おうとした。

「ほんまのお父さんとお母さん、今どうしてはるやろ」

彦八の体がかたまる。

「そんなこととか、やっぱり考えてしまうねん。そしたら、昔みたいには笑えへんわ。私だけ、苦労から逃げたみたいで」

彦八は体をもとの位置にもどした。尻の横にある雑草を引きちぎって、空へ投げる。

「かといって、全然笑わへんのも、お義父さんやお義母《かあ》さんに申し訳ないしね」

また洟をすすったが、さっきとちがい音は乾いていた。幹からはみでた影が動いて、里乃が立ちあがったのがわかる。

「ごめん、彦八、もう大丈夫やわ」

幹から顔をだした里乃の目は、うっすらと赤い。

まるで因幡《いなば》の泣き兎《うさぎ》みたいやなぁ、と彦八は思ったが、黙って立ちあがる。そうするともう、身長は彦八の方が高かった。里乃を見下ろす形になる。

「童みたいに泣いとったことは、大坂の奴らには黙っといたるわ」

「はぁ、泣いてないし」

乾いたばかりの目を吊りあげて、里乃はいう。口も尖《とが》らせようとしているが、上手くいっていない。

「怒るのも笑うのも下手糞やな。おいらが、一から教えたろか」

にぎって丸めた掌《てのひら》で胸を叩かれたが、全然痛くない。

「ええわ。手習い追いだされてばっかりの彦八に教えられたら、逆にもっと下手になるし」

今度の笑顔は、さっきよりずっとよかった。

「おう、ええやん。前見たときよりも、笑い方上手くなってるで。彦八流の笑いに近づいた」

「彦八流は嫌や。変な笑い方って、お義父さんやお義母さんに絶対叱られる」

今度は白い歯を見せてくれた。

もうすこしで、前みたいに、目を糸のように細めて笑ってくれるかもしれない。

「なあ、彦八はどこの辻で咄するつもりなん」

足下の辻を見つつ、里乃はきいてきた。かすかに笑い声も届く。

「昔みたいに私が親方したるから、教えなさい」

「取り分は七、三やろ。やめてや」

「八、二でもええで」

ああ、こんなときがずっとつづけばなあと思う。何より、里乃の笑顔がどんどんほぐれていくのがわかる。あともうすこしで、昔のような目になって笑ってくれるはずだ。

「ねえ、はよ教えてや。どこの辻にたつんよ」

「それやけどな。ちょっと、待っててくれへん」

里乃が首をかしげた。

「おいら、いつか座敷に呼ばれるような辻咄になる。里乃のお義父さんも、座敷に芸人呼ぶんやろ」

小さくうなずく仕草がいいなと思った。

「じゃあ、それまで待っててくれ」

辻で里乃を笑わせるのは、もったいないような気がした。最高の舞台で、練りに練ったとっておきの咄をぶつけて、あの笑顔を引きだしたい。

「最初に座敷に呼ばれたら、『星見屋さんからもう声かけてもらってます』っていうわ。そんときに里乃から、親御さんにたのんで、おいらを座敷に呼んでくれ」

「なんで、そんな面倒なことすんの」

「里乃には、辻とかやなくて、最高の舞台で咄を聞いてほしいねん。ええやろ」

宣言すると、彦八の体を血が激しく駆けめぐった。さきほどまであった薙刀の痛みが、嘘のようにどこかへと消える。

「ええの、そんな約束して」

かつての幼馴染みはくすりと笑った。

「座敷に呼ばれるのって、すごく難しいんやろ」

試すような、すこし意地の悪い目つきだ。

「心配すんな。一年とかからずに、いやひと月もあれば座敷の声がかかるはずや」

見上げる里乃の目差しが、彦八の体をさらに熱くする。

三

「とうざぁい～、とぉうざいぃ」

彦八のかけ声が、辻にひびきわたった。通行人たちの足が緩み、やがて止まる。

「おっ、見ない顔だねえ」

「なんでも米沢彦八って新しい辻咄らしいぜ」

「上方から、わざわざ笑わせにきたってよ」

最初の集まりは上々だった。江戸の人は初物好きとは聞いたが、どうやら本当のようだ。

さて、とゆっくりと見回す。

頭のなかにある『軽口男』の帳面を彦八はせわしなくめくる。止まった頁には、『貧乏神開帳』と書いてあった。

里乃の道場による前にも、辻咄が同じ題材の咄をしていたがかまわない。逆に、実力のちがいを見せつけてやればいい。

背をのばし前をむいて、滔々《とうとう》と語りだす。

『ある村に、貧しき寺がひとつありました。

隣の寺は、寺宝開帳でたっぷりと金銀を溜めております。

悲しいかな、この村の寺には、ありがたいお宝がなにひとつありませぬ』

おや、と思った。反応がおかしい。何人かが、怪訝そうな顔でささやきあっている。

背を曲げて咳払いして、彦八は住職になりきる。

『これ小僧、このまま寺宝なきからといって座していれば、じり貧。よき知恵はないか』

『和尚様、実は私も常々案じておりました。つきましては、ひとつ名案がございます』

『おお、その名案とやら、とくと披露せよ』

『はい。寺宝開帳の高札《こうさつ》にこう書くのでございます。

「当寺に代々伝わる貧乏神、夢枕にたち、七月十四日に開帳せよという也。

参詣なき家には、貧乏神取り憑《つ》くべし、とのご宣託なり」

どうでございます。名案でしょう』

彦八の背が凍る。ここで、ひと笑いおこるはずなのに、ない。

どころか、群衆のざわめきが大きくなり、ひとりふたりと辻から離れていく。

崩れそうになる間を、必死に持ちなおす。

『さて、開帳高札を出したところ、貧乏神に憑かれてはならぬと、近隣の村からも参詣の人がきて、思わぬ大繁盛となりました。

すると、あら不思議。

粗末な着物をまとったひとりの神が、坊主たちの前にあらわれるではないですか』

ざわめきがさらに大きくなり、人々は顔を見合わせる。

いつのまにか、彦八の背は脂汗でぐっしょりと濡れていた。

『我こそは貧乏神なり。

ぼろ寺ゆえにここに棲《す》まいしが、こたびの繁盛で、もはやおりがたし。

よって、退散せん』

笑いどころを迎えたのに、笑いがまったくおこらなかった。

「なんだ、こりゃ」

「人を馬鹿にするにもほどがある」

「こいつ、盗人《ぬすっと》よりもたちが悪いぜ」

人々の罵詈《ばり》雑言《ぞうごん》が剣となって、彦八の心を裂くかのようだった。次の咄を披露する間もあたえず、聴衆たちは四散する。


何度、咄をしても同じだった。

ひそひそと何事か言葉を交わしつつ、露骨に顔をゆがめて客たちは去っていく。彼らを引きとめようと、彦八は必死に口を動かし、身振り手振りを大きくする。

世の中の臭いを全て嗅《か》いだ男が、五重塔の頂上にある相輪《そうりん》の臭いを嗅ぐ『鼻自慢』。

小舟ほどの大きさの大根の咄、『ご進物の大根』。

仙人が女性の美しいふくら脛《はぎ》に見とれる、『久米の仙』。

温泉に棲む鯉《こい》を食べる、『分別の料理』。

とっておきの咄を繰りだせば繰りだすほど、尖った氷のような目差しが突き刺さる。

「聞き苦しいぞ。黙りやがれ、この盗人野郎」

さげにさしかかろうとしたとき、罵声《ばせい》が轟《とどろ》いた。険しい面相の男たちが、肩を怒らせやってくる。

「盗人野郎って、どういう意味やねん」

囲むように近づく男たちに負けじと、彦八も睨みつけた。

「よくもほざきやがったな。手前の咄は、人から盗んだものじゃねえか」

あまりのことに、最初は男が何をいっているかわからなかった。

「そうだ、おれたちも聞いたぞ。貧乏神の咄も大根の咄も、仙人の咄も、みんなほかの辻咄がやってたやつじゃねえか」

さすがの彦八もたじろいだ。

「そうだ。貧乏神の咄は、竹川町の伽羅要之助がひと月前からやってたぜ」

「五重塔の相輪のやつは、雷門の頓久の咄だ」

彦八が披露した咄を、次々と盗作と詰《なじ》りだした。

「咄の頭からさげまで一緒だぜ。これが盗作の何よりの証左だ」

群衆のひとりが、彦八に指を突きつける。

「ちゃ、ちゃう。何かの間違いや。これは、おいらがつくった咄や。誰の真似でもない」

「じゃあ、なんで今日初めて辻にたつ手前が、ひと月前からやってる他人の咄をしてるんだ」

いつのまにか、人が集まっている。容赦のない視線と罵詈雑言が、彦八の足をすくませた。

「見ろ、図星を指されて、ふるえてやがる」

「江戸っ子をなめやがって。こんな不届き者は、追いだしちまえ」

大柄な男が地面に落ちていた棒を摑んだ。そして、勢いよく棒を振りおろす。

逃げようとしたら、足が拒否した。

——ここで、逃げたらあかん。おいらは何も悪いことしてへん。

全身のふるえと戦うように、振りおろされる棒に向きなおった。歯を食いしばる。

衝撃とともに火の粉が爆ぜるような臭いが、鼻の奥でした。気づけば膝と手を地面についている。生温かいものが、鼻の奥から流れてくるのがわかった。

「辻咄たちが苦心した笑話を、横からかっさらいやがって。手前みたいな下衆《げす》、おれたちは大嫌いなんだよ」

どうしてだろうか、体を打ちつける棒よりも、言葉の方が彦八の心を深く抉《えぐ》る。

四

「嘘やろ」

傷ついた体をひきずる彦八は立ちつくした。辻では見たこともない辻咄が、笑話を披露している。大きな笑いが、あちこちでおきていた。内容も聞こえてくる。ある貧乏寺が、貧乏神を口実に金儲けをするという筋書きだった。

「どいてくれ」

人垣を乱暴にかきわけた。芸人が黒羽織を着ているのは、伽羅一門の証《あかし》である。

「お、おい、お前、それはおいらの咄やないか」

辻咄が驚いていたのは一瞬だけだった。まるで予想していたかのように、不敵に笑う。

「人聞きの悪いことをいうな。手前は何者だ」

「彦八や、米沢彦八。お前、その咄をどこで盗んだんや」

聴衆がざわめきだす。

「けっ、初見であうなり、泥棒あつかいか。この咄はな、伽羅四郎斎の兄貴からもらったもんよ」

彦八の頭のなかに、四郎斎の肥えた体がのしかかるようによみがえる。

「すっこめ。咄の邪魔だ」

「こっちは銭払って聞いてんだぞ」

戸惑っている彦八に、野次が投げつけられた。

「彦八さんとやら、文句があるなら、四郎斎の兄貴を訪ねればいいさ」

野次に紛れこませるように、辻咄は口にする。

「大した兄貴だよ。きっと、こういうこともあるとおっしゃって、唐変木《とうへんぼく》がいいがかりをつけたら、おれのところへくるように言えとさ」

手を乱暴にふって、彦八を追い払う仕草をした。彦八の襟が掴まれ、辻咄から無理やりに遠ざけられた。

「待て、待ってや。おいらの話を聞けや」

尻をひきずられながらわめくが、かまわずに辻咄は咄を再開する。小舟ほどの大きな大根の咄は、彦八の『ご進物の大根』ではないか。

「くそ、それもおいらの咄やないか」

彦八の叫びを、聴衆の笑い声がかき消した。


地べたに這いつくばりながら、血の味ってなんか久々やなあ、と彦八は場違いなことを考えていた。視界は、どちらも半分以上ふさがってしまっている。肌は熱湯をかけられたように、あちこちが熱い。

「四郎斎の兄貴、もうそのぐらいにしときましょう」

「ふん、可愛い弟弟子が、つまらぬいいがかりをつけられたのだ。まだ、手ぬるいわ」

彦八の喉からうめき声が漏れる。きっと、どこかを殴られたか蹴られたかしたのだろうが、もう場所もわからない。

ゆっくりと、きしむ上体をおこした。黒羽織を仲間にあずけた四郎斎の肥えた体があり、そのむこうに料理屋の灯りが煌々《こうこう》と輝いていた。肌をなでる歌舞音曲《おんぎょく》が、まるで彦八の境遇を嘲笑《あざわら》うかのようだ。

「四郎斎、勝ったと思うなよ。おいらは、なんぼでも新作を考えたる」

「馬鹿が、新作だと」

四郎斎は鼻で笑う。

「貴様は昨日今日、考えた咄が通用すると思っているのか。江戸の衆の目は、それほどまでに節穴と考えているのか」

切られた口のなかが痛み、視界がゆがんだ。

四郎斎のいうとおりである。彦八が童のころとちがい、笑話集は「あまた星のごとく」と形容されるほど出板《しゅっぱん》されていた。辻咄もあちこちにおり、互いに芸を競っている。笑話を楽しむ者の目は、昔よりはるかに肥えている。

「新作を考え稽古し披露するのに、どんなに早くてもふた月はかかろう」

四郎斎の言葉に反論できない。

「そのあいだに、米沢彦八という名を、盗作男として広めてやるわ」

太い体をゆらし、四郎斎は笑う。

「楽しみだな。ふた月後、悪名が知れわたった江戸で、はたしてお前の笑話を誰が新作と認めてくれるかな。いや、そもそもたてる辻があるか」

彦八の体がふるえだす。怒りゆえのふるえが、途中で恐れも加わっていることに気づく。一生、辻にたてないと想像すると、肌が凍りつくような怖気《おぞけ》に襲われた。

「さあ、四郎斎兄貴、早く座敷にもどりましょう。旦那様のご不興を買いますよ」

袖を引っぱられて、四郎斎は大きく舌打ちをした。顔の表情が、まだ殴り足りぬといっている。

「四郎斎よ、いつまで待たせるんだい」

頭上から落ちてきた声に、四郎斎の顔色が変わる。見ると、料理屋の二階の窓が開いて、ひとりの若い旦那が顔をだしていた。窓枠にだらしなく背をあずけ、襟からうすい胸板がのぞいている。

「こ、これは桔梗《ききょう》屋様、お待たせして相済みませぬ」

大きな体を折りたたむようにして、四郎斎が頭を何度もせわしなく下げる。

「退屈しのぎに座敷に呼んでやったのに、私を待たすのかい。お前、いつからそんなに偉くなったんだい」

彦八の目にもわかるほど、四郎斎の顔が青ざめる。

「桔梗屋様を待たせようなどと、とんでもありませぬ。この者がいいがかりをつけてきたのでございます」

地面に膝をついて、四郎斎は何度も謝る。

「うん」と、桔梗屋の若旦那は青白い顔を路地に突きだした。どこかで見たことがある、と彦八はぼんやりと考える。

「お前さんは、一度、あったことがあるね。そうか、前の座敷比べだ。ひかえの間にいたろう」

何がおかしいのか、「ひひひひひ」と笑い声を落とした。

「桔梗屋様、こんな奴のことを覚える……」

「うるさいっ」

窓から身を乗りだしつつ、若旦那が甲高い声で怒鳴った。大した迫力とも思えなかったが、四郎斎の顔からさらに血の気がひく。

「私に口答えするんじゃないよ。お前は早く座敷にもどりなさい。力士崩れのつまらぬ芸を、誰が買ってやっていると思っているんだい」

四郎斎は料理屋の暖簾《のれん》をくぐる前に彦八を睨む。が、その瞳の半ばほどを彩っている色は、屈辱だ。自分よりはるかに若年の旦那にあごでつかわれる憤りに、顔をゆがめている。

「なあ、お前さん」と、声が落ちてきた。冷笑を浮かべた若旦那が、彦八を凝視している。

「あの鈍牛は馬鹿な奴だと思わないかい。自分たちが、偉いと思っている」

優しげな声が、逆に気味が悪かった。

「所詮、辻咄どもなど、闘犬や軍鶏《しゃも》と変わらないのさ。私たち大尽《だいじん》の退屈しのぎの余興。あいつの師匠の伽羅小左衛門や、最近名をあげた鹿野武左衛門もおんなじ。それを芸がどうのこうのと、最近つけあがっている。私たちがつまらんといえば、たちまち座敷から追放されるというのにねぇ」

ふわあ、と口端から涎《よだれ》を垂らしつつ、若旦那はあくびをする。

「さて、今日は裸踊りでもさせるか。一度あいつの師匠にやらせたが、それはおもしろかった。弟子たちの前で、顔を赤くして踊っておった」

目線を座敷にやったのは、四郎斎が到着したのだろう。「遅いっ」と、甲高い叱責の声を飛ばす。すぐに振りむいて、彦八を見た。

「座敷比べのひかえの間にいたということは、お前さんも辻咄として座敷を目指しているんだろう。せいぜい、私たちが笑える芸を練っておきなさい。最近おもしろかったのは、盲目の男がけつまずく仕方だ。よぉく覚えておくんだよ」

桔梗屋の若旦那は障子を勢いよく閉める。

彦八は、路地にひとり取りのこされた。降ってくる歓声や笑いが、なぜかとても下品なものに思える。ふと見ると、何人かの町人が足を止めていた。生地のうすくなった着物は、夜風の冷たさを増すかのようだ。羨《うらや》ましそうな目でじっと座敷のある二階の障子を眺めていたが、あきらめたように肩を落としてどこかへと消える。

桔梗屋の若旦那の言葉を、彦八は反芻《はんすう》していた。

ゆっくりと起きあがった。

座敷から離れようとするが、ひきずる足では思うようにいかない。つま先が地面に当たって、つんのめり倒れる。

物乞いや貧民を馬鹿にする咄が、彦八の背中に降りそそいだ。

すぐそばから発せられているにもかかわらず、なぜかひどく遠いものに感じられる。

五

星見屋の中庭では、男たちが玉のような汗を流しつつ働いていた。威勢よく、米俵を担いで蔵のなかへと運びこんでいく。中庭に面した縁側で、里乃は頬杖をついてその様子を眺めていた。

彦八が薙刀道場に突然あらわれたのは、桜が咲く季節だった。あのとき、彦八はひと月もすれば座敷に呼ばれるといっていた。が、いまだそんな風評はない。もう梅雨《つゆ》をすぎて、桜の木は鮮やかな緑でおおわれてしまっている。

風がふきつけて、陽光で温かくなった里乃の簪《かんざし》をかすかにゆらした。

――ほんまに、彦八は何をやってるんや。ひと月ってゆったやんか。


濃くなる木々の緑が、里乃には恨めしい。

「よし、あとはおれが運ぶ。みんなは表を手伝ってくれ」

目の前では、喜太郎《きたろう》という若い男が米俵を担ぎつつ、丁稚《でっち》たちに指示をだしていた。

背は里乃と同じくらいなので、男性にしては高くない。腰から広がるような立派な肩幅をもっている。

よく働かはる男衆《おとこし》やな、と里乃は思う。何より、俵のもち方が上手い。普通なら持ちあげるときに膝を使うものだが、喜太郎は股関節を動かして軽々と肩に担ぐ。

「大したもんやねえ。うち、喜太郎さんが物を運ぶとこ見るの好きやわ」

足を止めて、喜太郎は振りむいた。実直そうな瞳で見つめられる。

「お嬢さん、上方の言葉にもどってますよ」

そして、蔵へ向きなおって、米俵を運ぶ。また、もどってきて米俵に語りかけるようにいう。

「旦那さんやお方様も、心配してましたよ。たまに上方の言葉にもどるから、何か昔の因縁につきまとわれてるんじゃないかって」

喜太郎は星見屋の遠い親戚で、実家は尾張の名古屋で同じように米商いをしている。今は修業のために、ここで住みこみで働いているのだ。縁戚ということもあり、養女の里乃の過去は耳にはいっているらしい。

彦八のことを勘ぐられるのも、上方の言葉を聞き咎《とが》められるのも億劫《おっくう》なので、唇を突きだして黙っておく。

「すみません。お稽古のお仲間から聞きました。幼馴染みの方が、辻咄やってるんですよね。聞きにいってやらないいんですか」

「彦八のこと聞いたん」

喜太郎の言葉に、思わず問いかえす。

「彦八さんっていうんですね」

また俵を担いで、早足で蔵へいく。きっと、力持ちの米泥棒がいれば、喜太郎みたいにして盗んでいくのだろう。

「お義父さんとお義母さんにはいうたん」

「いえ、私の口からいうことじゃないですし。ただ、訊かれたら……」

喜太郎は口ごもる。実直が鉢巻きを締めたようなこの青年は、多分誤魔化すことができない。

「彦八さんの辻咄、聞きにいかないんですか」

髪にさした簪が、急に重たくなった。

「聞きにくるなって、いわれてん。座敷に呼ばれるまで、待ってくれって」

「けど、聞きたいんですか」

「当たり前やん。めっちゃおもろいんやで、彦八は」

なぜか、論破するような口調になってしまった。

困ったように、喜太郎は微苦笑を浮かべる。

「じゃあ、お嬢さん、ちょっとお願いがあるんですが。私を、辻咄に連れてってくれませんか」

「喜太郎さんを、なんで」

目を逸《そ》らし、恥ずかしそうに頭をかいている。

「いえ、名古屋の親父からいわれてましてね。こんな性分じゃないですか。家をつぐなら、もっと愛想や軽口も覚えてこいって」

「ああ、だから辻咄で勉強すんの」

視線を逸らしたまま、喜太郎はうなずく。

「ええけど、もし彦八のいる辻に当たったらどうしよう」

口にして、それを期待している自分もいることに気づいた。

「いいじゃないですか。そのときはそのときですよ。犬も歩けば棒に当たるといいますし」

頬杖の手を替えて、考えこむ。たしかにそうかもしれない。

そもそも、彦八がどこで辻をやっているかわからないのだ。約束を完璧に守ろうとすれば、里乃は彦八が座敷に上がるまで外出できない。

何より、こうして待つだけなのは辛い。

「ええよ。じゃあ、いつにしよう」

「お嬢さん」と、真面目な顔で喜太郎が詰めよってきた。

「やっぱり、おもしろくなかったですか」

「えっ、え、何が」

「犬も歩けば棒に当たるってやつです」

「あれ、軽口やったん」

重々しくうなずかれてしまった。

梅雨明けを喜ぶように蟬《せみ》がやかましく鳴くなかを、里乃と喜太郎は歩いていた。ふたりが足を止めたのは、すこし毛色のちがう咄が聞こえたからだ。小舟のように大きな大根を京の御所に運ぶという、荒唐無稽な内容だった。

「へえ、懐かしい」と、里乃は思わずつぶやく。

不審そうな目を喜太郎からむけられた。

「昔、彦八も同じようなことといってってん。難波村で、どれだけ大きい大根がとれるかって。可笑《おか》しかったわ、あの咄も」

喜太郎は、真面目に何度もうなずく。まるで、寺子屋で学ぶ童のような風情だ。

懐かしさにつられ、その辻咄を聞くことにした。手に木戸銭《きどせん》の六文を用意する。

その横には堀があり、大勢の人足たちがいくつかの穴を囲むようにして作業をしていた。何人かは仕事の手を休めて、辻咄の芸を聞いている。

江戸言葉と声の調子から、彦八でないのは顔を見ずともわかった。安心したような、すこし残念なような複雑な気持ちを胸にしまいつつ、人垣の後ろにふたりならんでたつ。

黒い羽織をきた芸人が、辻咄を披露している。

人足たちの視線も、うなじごしに感じた。きっと彼らも辻咄を楽しんでいるのだろう。里乃はじっと咄に耳を傾ける。最後は、大きな大根がどうしても前に進まないので、人夫が大根にきくと、御所の階段を大根おろしと勘違いしたと答えるさげだった。もったいない、と里乃は思う。

――彦八やったら、お腹をかかえさせるほど笑かしてるはずやのに。

里乃にすれば、下手な百姓が実らせた作物を見るような思いだ。ふと横を窺うと、喜太郎が真面目な顔で何度もうなずき、ときに指に唾《つば》をつけて、掌に何事かをひかえようとしている。弾《はじ》けるような喝采がおこったときには、あわてて同じように口を開けて笑いはじめた。

――ええなぁ。なんか、この人の横におったら、ほっとするわ。

そして「どうしてやろ」と、考えた。

義父母と辻咄を聞くのは度々だが、いつもふたりを気にしつつ笑っていたのだと思いいたる。引きとられたときから、万が一にも心配させまいとしていた。

――この人が横におってくれたら、童のころのように笑えるかも。

頬はまだ硬いままだったが、胸の奥がじんわりと温かくなってくる。

――すこし、本気で笑う稽古をしてみよかな。

真剣な顔で必死に相好《そうごう》を崩す喜太郎を見て、そんな気持ちになった。

手を髪にやりつつ簪の位置を直したのは、背後からの視線を感じたからだ。気を取りなおして、辻咄へとふたたび注意をむける。

洗濯している女性のふくら脛の白さにつられた仙人が、天界から降りてくる様子を、おもしろ可笑しく咄している。

最後に仙人が洗濯女の顔を覗きこむ仕方をした後に、辻咄はさげを言いはなつ。

『ふくら脛の白さに騙《だま》された。いざ、天界へ帰らん』

横の喜太郎が、吹きだした。さっきまでと違い、自然な笑いだった。

頰や口元が真綿のように柔らかくなるのを、里乃は懐かしく感じる。

――もうすこしで、昔のように笑えるかもしれへん。

また背後からの視線を感じたが、もうほとんど気にならない。

漏れる自身の笑い声が心地いいと、里乃は久方ぶりに感じていた。

六

土に汚れた彦八の指先が湿ってくる。手は樹皮をかたくにぎりしめ、己の意思とは関係なく潰さんとしていた。指を伝う湿りは、きっと血であろう。無意識にもってきた手の甲が、無精髭《ぶしょうひげ》を荒くなでた。

目の前の辻には、人が大勢いる。いや、彦八が人足場にいるのを見越して、芸を盗んだ男が、わざとここで辻咄をはじめたのだ。

彦八の目が捉えたのは、ひとりの若い女性だ。細身で背は高い方だ。横にいる肉付きのいい従者と同じくらいである。右のこめかみに小さな傷があるはずだが、彦八の場所からは遠くて見えない。

たしかなのは、里乃が笑っていることだ。大きな瞳を徐々に細くして、手を口に当てている。頬は柔らかく上下して、目が糸のようになろうとしていた。

彦八が盗まれた咄で、快活に破顔しようとしているのだ。

やめてくれっ、と心のなかで悲鳴をあげた。

「おい彦八、手前、なにを怠けてるんだ」

あわてて振りむくと、人足頭が腕を組んで睨みつけていた。

「す、すんまへん」

人足頭の表情が、急に怪訝なものに変わる。

「ど、どうした、具合でも悪いのか」

「いえ、大丈夫ですわ」

「そうか、顔が真っ青だぞ。今日は休むか」

何をいっているのだろう、と思った。朝、長屋をでるころ、彦八は何ともなかった。

「いや、やります。体動かして、頭空っぽにしたいんです」

一番大きい穴の前へと行き、鍬《くわ》を取りあげる。背後からまた笑い声が届き、視界がゆがむ。

あれから、三月がたった。新しい咄も伽羅一門の妨害か、すぐに盗作の噂がたち、石を投げられ辻を追われた。鹿野武左衛門に助けを乞うているが、取次役の石川流宣は多忙を理由に、言を左右するばかりだ。

そして今日、彦八の咄を盗んだ男の軽口で里乃が笑う姿を見た。

鍬が明後日の方向へ刺さり、手に激しい痛みが走る。

口元が湿っているので、手をやると鼻水がたっぷりとついていた。いつのまにか肩で息をしている。

風邪でも引いたのだろうか。

気づけば、膝をついていた。立ちあがろうとするが、できない。体がわなわなと震えだす。

嗚咽《おえつ》が喉から漏れてくるのを、彦八は止めることができなかった。

思っていたよりも荷はかるかった。これが江戸にいたころの彦八の全てだ。

振りむくと、彦八の住んでいた長屋には、「空き家」という紙がもう貼られている。見送りは誰もいない。かるい荷を背負い直して、彦八は長屋を後にした。

しばらく歩いて江戸の郊外にでると、担ぐ荷から何かが落ちる。紙がほどけるような音がしたので目をやると、『軽口男』と題された帳面が地に転がっていた。

手をゆっくりとのばし、拾おうとする。

空気が動いて、紙面がめくられた。同時に、江戸での出来事が烈風のように脳裏をよぎる。

鹿野武左衛門と仕方咄を考案したこと、初めて座敷に呼ばれたこと。座敷比べで、伽羅一門に迫る西の大関になったこと。そして、勇気をだして里乃にあい、辻にたつことを誓った日の春の陽光を思いだす。

足下にある帳面は、文字を書き連ねた頁が開かれていた。

貧乏神や大根の拙《つたな》い絵もそえられている。

初めてたった辻で、盗作と詰られた思い出がよみがえった。

手を、強くにぎりしめる。

——もう、これはおいらには必要ない。

地に落ちた『軽口男』に背をむけて、彦八は西へと足を進める。さらに強い風がふいて、帳面がめくれる音が彦八の耳をなでた。

彦八、大坂へもどる

一

　丸みがあって短い大坂独特の大根を、彦八は樽のなかにならべていく。何度も顔をしかめた。さきほど野菜を洗ったせいで、指のあかぎれが痛むのだ。江戸から大坂にもどってきて三年になるというのに、いまだに冬の漬物仕事は慣れない。

　道頓堀の芝居が開演されたのか、蔵の入口から太鼓の音が流れてきた。きっと、竹本座だろう。今年の春に、竹本義太夫《ぎだゆう》という浄瑠璃《じょうるり》語りが立ちあげた芝居座だ。近松門左衛門と組んで、大いに好評を得ているという。

「彦八さん、それやったらあかんやん」

　背後から声がかかり、彦八の手が止まった。

「何回いうたらわかるん。ちゃんと、大根の繊維を考えてならべてっていうてるやん」

彦八よりも若い丁稚がやってきて、彦八の体を押しのけ樽の前にたった。

「もう、たまらんわ。これ全部やり直しや。たのむから、仕事増やさんとってくださいよ」

彦八の仕事を塗りかえるように、樽のなかの大根の列をならべかえる。

「どんくさいことで、すまんのぉ。おおきに、あとはおれがやるから」

「えーですよ。さきに休んどいてください。下手にやって、挙げ句、怒られるのは、おれなんでね」

樽の底を見たまま、手を止めずにいってくる。

「すまんなぁ」と、また謝る。しかし、一瞥《いちべつ》する様子さえない。仕方なく、蔵からでることにした。

何か仕事でもないかと店のなかをぶらつくが、みな忙しそうに働いていて、声をかけるのも憚《はばか》られた。三歳の甥の彦太が、木の玩具《おもちゃ》で遊んでいるぐらいだ。

「ほんまに、彦八さんには困ったもんやわ」

台所から聞こえてきた言葉は、兄嫁のものだ。彦八が江戸へいくのと入れかわるようにして、嫁いできた。

「この家の次男坊やのに、全然仕事できへん。あの人、江戸で何を修業してきはったんやろ」

「噂では、猫の蚤取ってたらしいですよ」

「まあ、そんな手で漬物あつかって大丈夫やろか」

「蚤取りやったら、まだましですわ。私が聞いたのは、辻で咄を披露してはったって」

「辻咄より、なんで蚤取りの方がましなん」

嫌な予感がする。足裏を摺《す》るようにして、彦八は後ずさった。

「実は、とんでもない辻咄やったそうです。なんでも、人の咄をね盗……」

あわてて背をむけると台に腰が当たり、干していた野菜が地面に落ちた。拾おうともせず、彦八は店をでる。

兄嫁や女中たちの言葉が、まだ耳にこびりついている。

くそっとつぶやいたときだった。

「誰や、野菜落としたんは。砂、いっぱいついてるやないか」

ひびいてきた怒声は兄のものだ。

「誰か、これ拾ってよう洗っといてくれ。それより、彦八はおらへんか。人が訪ねてきとんねん」

兄の大きな声が近づいてきたので、彦八はあわてて走りだす。

道頓堀の喧噪が大きくなるころになって、彦八はやっと足を緩めた。

酒でも飲まなければやってられない。

耳や心にへばりついた苦いものを、洗い流すのだ。

彦八は町へと足を踏みいれる。行き交う人々はすくなくはないが、みなうつむき加減だ。服装も地味なものばかりである。二年ほど前から、金銀の箔押《はくおし》や町人の華美な服装、はては辻の行商まで禁止する法令が次々と発布されていた。以前は大勢いた行商人たちが消えてしまい、町は一気に老けこんだかのようだ。

そんな冷え切った町に、所々火を灯すような活気がある。

辻咄たちだ。笑話を聞かせるだけで品物をもっていないので行商人とはみなされず、幸いにも商売をつづけることができている。

彦八は、内容が聞こえる前にきびすを返す。今、辻咄を聞いても、江戸での屈辱が際立つだけである。もう二度と——一生、咄にふれるつもりはない。

二

なめるように、酒を飲む。卓の上には漬物があるが、実家のものとちがい味も歯応えもいまひとつだ。さきほどたのんだめざしは硬くて、齧《かじ》ると歯がおれそうになった。仕方なく盃ばかりを呷《あお》るが、金がないので唾でうすめるような飲み方になってしまう。

「ちょっと、こんなんたのんでへんで」

いつのまにか、目の前には美味《うま》そうな卵焼きがおかれていた。立ちのぼる湯気に、ごくりと唾を呑む。

店の者を呼ぼうとすると、ひとりの男が勢いよく正面に腰を下ろした。徳利《とっくり》と盃を器用に片手にもち、笑いかけてくるではないか。

「いやあ、どうも。米沢屋の彦八はんですね」

大きく出っぱった下顎《したあご》が、何かの魚を思わせる。陽に焼けた顔を綻ばせつつ、男は自分の盃に酒を満たした。

「探しましたで。難波村の米沢屋に行ったけど、まさかお留守とは思いませんでした。あぁ、これ、ひとりで食うのもなんなんで、どうぞ」

温かい卵焼きを卓の中央に押しだし、自分の盃に入れた清酒をぐいと飲み干した。

「ねえさん、あと刺身も適当に見繕《みつくろ》って。ああ、気にせんと卵焼き食べたってください。かわりに彦八はんのたのんだもん、もらいまっせ」

男は漬物とめざしをつまみ、箸を砕きかねない勢いで咀嚼《そしゃく》しはじめた。

誰や、こいつ、と思ったが、きく前に箸を卵焼きにいれた。

口に放りこんだ卵焼きの生地がほぐれ、出汁の味がしみだしてきた。盃のなかの濁酒《にごりざけ》を飲み干すと、男はすかさず清酒をそそぎなおす。

「この酒は、ごっついいけまっせ。なんちゅうても、『いたみ諸白《もろはく》』ですわ」

名酒で有名ないたみ（伊丹）の諸白（清酒）は、さすがに彦八の飲む酒とは薫りからしてちがう。甘い匂いだけで、酔ってしまいそうだ。

「単刀直入にいいます。彦八はん、あんた、辻咄せえへんか」

卵焼きにのびようとしていた手が止まる。男は、彦八が遠慮したと勘違いしたようだ。

「ああ、まずは食ったってください。わしも彦八はんがたのんだもん、呼ばれてますから」

また、漬物とめざしを箸でつまみ、大きな歯で砕く。

「わし、よろず屋の竜兵衛《りゅうべえ》いいますねん」

相好を大きく崩していう。奥の方の歯が欠けている。若いころは、喧嘩自慢で鳴らした顔つきだ。

「生玉《いくたま》さんで興行やってます。彦八はんは江戸におったそうやけど、生玉さんはもういかはった」

彦八はうんともいわずに、運ばれてきた刺身を箸でつまむ。

生國魂神社《いくくにたま》——通称、生玉さん。神武天皇の時代からある古社だ。難波村と天王寺のあいだにあるが、彦八にとっては道頓堀の方が近くて馴染みがあり、生國魂神社に足を運ぶのは稀《まれ》だ。

「今、生玉さんの境内《けいだい》、ごっついことになってますで。講釈読みや箱枕、放下師《ほうかし》、傀儡師《くぐつし》、籠抜け、辻浄瑠璃とか、色んな芸人に小屋かけさせてますねん」

「縁日でもないのに、神社の境内で何しとんねん」

普通は、参道や門前町でそういうことをするものだ。

「大坂の神社は、格式よりも大切なもんがありますねん。実はけしかけたんは、わしですわ。今では『おもろいを九分、ありがたいを一分まぜて、十分の参詣』とまでいわれてます」

誇らしげに胸をはるが、彦八は無視して刺身をつまむ。自慢気な態度が気に食わないので、ひとりで八割方を平らげてやった。

「江戸では、座敷に呼ばれる辻咄が、えらいもてはやされてるようでんなあ」

彦八が咀嚼する刺身が、石のように硬くなった。

「大名や武士、お大尽が辻咄を独占して、あんまり庶民が楽しめてないそうですやん。嘆かわしいねえ。全ての民を楽しませてこその、政《まつりごと》であり商いやのに」

竜兵衛は大げさに首を横にふってみせた。

「つまり何がいいたいかっていうと、その江戸の座敷に喧嘩売ったろ思いましてね。大名やお大尽が独り占めしている芸を、庶民にもぱぁっと楽しんでもらおうって魂胆ですわ。まあ、大きな声ではいえんけど、このどうしようもない世のなかへの復讐やね」

十分に大きな声で叫びつつ、竜兵衛はなおもつづける。

「ほんで生玉さんの神主（現在の宮司）はん説き伏せて、わしがこれはと思う芸人に小屋かけさせたら、えらい繁盛してしまいましてん」

なぜか困ったような顔をして、竜兵衛は喋りつづける。

「なんか、口寂しいな。菜と温かいもん……」

彦八が言いおわる前に、竜兵衛は首を後ろにひねる。

「ねえさん、焼き魚とお浸しもってきて。この店で一番ええやつな」

威勢のいい声を飛ばし、また振りかえった。

「彦八はんもぜひ、生玉さんきてみて。すごいから。わし、道頓堀の芝居小屋や江戸の座敷、あまり好きちゃいますねん」

彦八の反応も窺わずに、竜兵衛は大きなあごを動かして喋りつづける。

「ああいう芝居小屋とか座敷って、無駄に格式が高いですやん。道頓堀の芝居はそれほどやないけど、百姓が気軽には見にいけへん。江戸の座敷にいたっては……」

「江戸の話はよしてくれ」

思わず、顔を背けてしまった。

「ああ、これは気配りが足らんで。まあ、わしは思いますねん。おもしろ可笑しいちゅうのは、江戸の座敷……いや、道頓堀の芝居みたいに特別なもんやったらあかんって」

焼き魚と菜のお浸しがきても、男の話は止まらない。

「庶民が何月かに一回、気張って聞きにいくもんやなくて、もっと気軽なもんやないと」

竜兵衛という男は、焼き魚にもお浸しにも手をつけない。また彦八がひとりで平らげてしまった。まだ話はつづくが、要は彦八に生國魂神社の境内で、辻咄をやってほしいということである。

「竜兵衛はん、酒も肴もなくなったし、店かえへん」

彦八は懐《ふところ》から財布を取りだした。

「あかんで、あかん。ここはわしが払いますよって」

「あ、そう、じゃ、ごっそさん。おれ、ちょい、厠いってくるわ」

「へえ、お勘定すませるんで、待っててておくれやす。次は女子《おなご》のいるとこ、いきますか。それとも蕎麦《そば》かうどん？　干物の美味しい店も知ってますんで」

「あんたの行きつけのとこでえーわ。厠は外らしいから、入口でたとこで待ってるで」

勘定を払う竜兵衛の背中に声をかけて、店をでる。路地にたつと、冷たい風が吹きつけてきた。酒場で温まった皮膚も、たちまち硬く強張る。

生玉さんか……とつぶやきつつ、戸口から離れた。

げっぷをこぼしながら、歩く。途中で、辻咄がたっていた辻にでた。夜の今は無論のこと、人はいない。黒犬が通りすぎるだけである。にもかかわらず、辻には熱としか形容できぬ何かが立ちこめている。彦八が吐きだした白い息が、溶けていく。

「あれ、彦八はん、彦八はん、どこいったん」

店の入口から、竜兵衛の呼びかけが聞こえてきた。ちょうど月明かりが建物の影をつくり、彦八を隠している。

「すんまへん、もう辻咄はやめてん」

手で「悪い」と謝るが、遠くにいるのでもちろんのこと竜兵衛には見えていない。

三

背に負った漬物樽が重い。縄が、彦八の鎖骨に食いこむようだ。

「なあ、兄貴、なんでおれが荷物持ちなんや」

自分の前を威勢よく歩く兄に声をかけた。両脇には、枯れ葉を舞わす木々がならんでいる。

「十五の丁稚より漬物漬けるの下手な奴が、何いうてんねん。荷ぐらい、喜んでもたんかい」

兄は小太りの体をひねって、彦八へ言いすてる。道に積もった枯れ葉を蹴り飛ばすような早足で、歩みを再開した。

「ええか、京の料理屋は最後にだす白ご飯と香の物を、ことさら大切に考えているそうや。うちらの漬物、売りこむ好機や。お前は、愛想ようしとけよ」

そんな兄の言葉を聞いていているうちに、町が近づいてきた。道が碁盤の目のように交差する京へと足を踏み入れる。

「なんか、大坂と違って、行儀がええなぁ」

格子造りの町家を眺めつつ、彦八は歩いた。

やがて、鴨川を背にした大きな料理屋にいきつく。兄が訪《おとな》いを告げているあいだ、軒先で彦八は待たされた。腕を組んで路地を行き来する人に目をやる。

着流し姿の顔の大きな中年男が、何人かの丁稚風の男を使い、縁台を運ばせていた。重い漬物樽を背負った彦八と当たりそうになったので、町家と町家のあいだに体をいれてやりすごした。

店の奥から、「どうぞぉ、米沢屋はん、おはいりやす」と声がかかる。

「ここで、お前は待っとけ。わしが呼んだら、漬物を皿にいれてもってくるんやぞ」

犬に命令するような兄のいい方に、縁台を運んでいた男たちがくすりと笑った。

かまわずに兄は、さらに彦八にいいつける。

「ええか、ぼーっとすなよ。難波村の米沢屋の看板背負《しょ》ってると思って、行儀よくしとけ」

縁台を運ばせていた、着流し姿の男が立ちどまった。大きな顔をむけてくる。よく見れば、目鼻口が人より大ぶりで、何ともいえない愛嬌がある。結えぬ程度の短髪も、目鼻のつくりを引きたてていた。

「まさかな」と口にして、またゆっくりとした歩みを男は再開させた。その後ろを、縁台を担ぐ若者がつづく。

料理屋にはいる兄の背中を見送ってから、彦八は最初のいいつけどおりに大人しく待っていた。ふと、横の辻を見る。縁台を運んでいた男たちが、立ちどまっている。角に縁台をおいて、その上に中年の着流し姿の男がすわる。その所作が実に堂々としていた。

まさか、と思っていると、辻の一角に続々と人が集まりはじめた。

――しもた。これ、辻咄やんか。

彦八は頭をかかえた。商談が弾んでいるのか、兄が料理屋からでてくる気配はない。辻咄など聞きたくはない。しかし、ただでさえ先日、米沢屋の仕事をすっぽかしたところだ。これ以上、失態を犯すと、実家にさえ居場所がなくなる。

「彦八、蕪《かぶら》の漬物持ってきてくれ」

やっとかかった声にすぐに返事をして、皿にいれてもっていこうとするころには、すでに咄ははじまっていた。

「彦八、怠けて店先から離れるなよ。今、ええ具合に話が進んでるねん。わしがいうたら、すぐにほかの漬物ももってこぃよ。だから、店先から絶対に離れたらあかんぞ」

参ったなぁ、と頭をかきつつ店の外にでる。風が吹きつけるような笑い声が襲ってきた。思わず首をひねり、辻を見る。

「へえ、京の辻咄はすわるんか」

思わずつぶやいてしまった。

縁台の上に正座して、咄をする男の姿が見えた。大きな目鼻口を表情豊かに動かし、咄を演じている。

目のすえ方が上手いな、と思った。なでるように目差しを配っている。大きな笑いがおきると、長く垂れた目尻がさらに下がり、見ているこちらが嬉しくなる。

「なあ、すんまへん、あれは誰なん」

辻にむかう客のひとりに声をかけた。

「誰って、露の五郎兵衛《ごろべえ》やないですか。あんさん、そんなことも知らはらへんの」

露の五郎兵衛——江戸で座敷仕方咄を完成させた鹿野武左衛門とならぶ、西の辻咄の名人だ。その名声は、松尾芭蕉をして「露の五郎兵衛めのせいで、秋の儚い季語である露が、滑稽なものに変わった」と、破顔しつついわしめたほどの名人である。

耳にはいってくる咄に、彦八は自然と聞きいっていた。

『昔々、あるところに、ある人がおりました。

その者の父親が、こう教えたのでございます』

説法僧を思わせる、露の五郎兵衛の声がほとばしる。

『よいか、もしも、他人様《ひとさま》からお料理を振るまわれることがあれば、とにかく褒めることが肝要じゃぞ』

『息子は「いかにも心得ました」と、訳知り顔で承知したのでございます。

あるとき、そんな息子が客として呼ばれ、料理を振るまわれることがありました』

露の五郎兵衛が、ここで少し間をとった。聴衆全員にゆっくりと目を配る。

『はてさて、これは結構な膳でございます。

まずはご飯の方ですが、こちらはきっと肥後か讃岐《さぬき》の米でしょう。

そして、椀物の味噌は、きっと四条烏丸《しじょうからすま》の老舗《しにせ》のものにちがいありますまい』

気づけば、彦八は一団の後方に立ちつくしていた。

上手いな、とつぶやく。鹿野武左衛門のような意図的な仕方はないが、咄に熱中するあまりだろうか、自然と仕草や手振りをいれている。江戸とちがいさりげない芸風が、京という土地にあっているようだ。

『ほお、これはこれは。あなた様は、細かいことにまでよく気づかれるようだ。まことに感心なことであります』

『主人の言葉に気をよくした男、最後に湯を一口飲みました』

『これは絶品。このあたりの湯ではありますまい』

『そこまで味のちがいがおわかりか』

『もちろんでございます』

京はよい水が湧きでることで有名で、神社などの名水をわざわざ汲みにくる料理人もいるのは彦八でも知っている。

『では、このお湯はどこから汲んできたものかおわかりか』

『いただいた湯は、有馬の湯とみたがいかに』

播磨《はりま》の有名な温泉地がでて、笑いがおこった。

何人かは、やられたとでもいいたげな表情とともに、手を叩いている。

客たちの歓声が小さくなるのを待って、さらに露の五郎兵衛は新しい咄を展開する。

次は判じ物を盛りこんだ咄だった。

ときに客たちは感心し、ときに口を天にむけて笑う。

「以上、露の五郎兵衛の拙い芸でございました」

一礼すると、縁台を運んでいた男たちがさりげなく笠を目の前におく。

「よろしければ、この笠のなかに銭を投げいれてくだされ。贅沢はいいまへん。ひと笑い、百文で結構です」

とぼけた口上に、また笑いがおこった。人々が次々に銭を投げていく。何人かは銀を取りだしたようで、砂中の金のように輝いている。

大したもんやなぁ、とつぶやいたとき、「彦八っ」と罵声が轟いた。

「やばい」と、振りかえったが遅い。つむじがひしゃげるかと思うほどの拳骨《げんこつ》が、振りおろされた。

「お前、あんだけいうたのに、何遊んどんじゃ」

さらにもう一発、殴られた。

「しかも、漬物ほったらかして、このざまか。難波村の米沢屋の屋号、穢《けが》すような真似しやがって」

耳を思いっきり引っぱられた。

「ちょっと、すんまへん」

声をかけられて、兄の指にこもる力が和らいだ。目鼻口のつくりの大きい男が、すぐそばにたっていた。手には、銭のつまった笠をもっている。露の五郎兵衛だ。近くで見ると、短髪に白いものが何本も交じっている。

「もしかして、おたく、米沢彦八はんでっか」

露の五郎兵衛が覗きこむように見たので、念のため彦八は自分の顔を指さした。

「はあ、一応、こいつは米沢いう屋号の家の彦八やけど」

答えたのは、兄の方だった。それがきっかけで、やっと彦八の耳を解放する。

「あんた、何で、こいつのこと知ってんの」

兄が、彦八の頭をしばきつつきいた。

「実は先月、所用で江戸へいってましてん。何や、江戸の座敷ゆうもんに、柄にもなく呼ばれましてな。そこで、鹿野武左衛門はんにおあいしたんどす」

思わぬ名がでて、彦八は絶句した。

「鹿野武左衛門はんが、教えてくれました。『もしかしたら上方で、米沢彦八ゆう凄腕の辻咄があらわれるかもしれん』って。なんや、わがの自慢するように、誇らしげでおしたな」

「はあ」といったのは、彦八の兄だった。

「こいつは、そんな、えーもんちゃいまっせ。漬物もろくに漬けられへん、ろくでなしです。江戸にもたしかにおったが、何してたかわかったもんやあらへん」

　露の五郎兵衛は、首を横にゆっくりとふる。

「江戸にいったことない人が、そんな風にいうもんやおへん。なんや、江戸でごっつい災難に遭ったようですな。鹿野武左衛門はん、えらい心配してはりましたで。知らんとはいえ、力になってやれへんかったって」

　彦八の腹から、苦いものがこみあげてくる。江戸で負った心の傷は、まだふさがっていない。

「災難がなければ、間違いなくおれと看板を争う辻咄になったはずやって、鹿野武左衛門はんはいうてました」

「お前、そんなすごい奴やったん」

　兄が露の五郎兵衛と彦八を交互に見る。

「や、やめてや。もう、咄の道はあきらめたんや。兄貴も知ってるやろ。真面目に漬物屋やるって」

「嘘つけ、全然真面目ちゃうがな」

　また頭をはたかれた。

　微笑みつつ見ていた露の五郎兵衛が、また口を開く。

「咄をあきらめたいうわりには、随分と真剣な目ぇでうちの舞台、見てくれはりましたな」

彦八は、言葉に窮した。

「お兄様がいうように、失礼やけど彦八はんは正真正銘のろくでなしです」

「あんた、それはちょっと言いすぎやで」

さすがの兄も、不機嫌な声で詰る。

「けど、こんな言葉が京ではおます。『放蕩の末は、露の五郎兵衛の手代とならん』って。ぼんくら息子は、わしの弟子ぐらいにしかなれへんってことですな。まあ、誇ってええことやないですが、彦八はんのぼんくら具合は、うちの手代で収まりきらん器どすな」

「どういう意味でっか」

「ろくでなしやけど、辻にたたせたら稼ぐっていう意味ですわ。漬物屋つぐよりはね」

「やめてや」と、彦八は悲鳴をあげた。

「もう、勘弁してくれ。咄は、二度とやらへんって決めてん」

きびすを返して、走りだした。

「おい、彦八、お前、どこいくんじゃ」

かまわずに、彦八は足を動かしつづける。

「あっ」と、何かに気づいた兄の声が聞こえてきた。

「お前、漬物樽ほったらかして、逃げる気か。こらぁ、もどってこい」

四

棒をもった兄が、肩を怒らせて難波村を歩いている。時折、苛立たしげに木々を打ちつけて、枯れ葉を不必要に舞わせていた。

「おい、彦八を見いひんかったか」

畑で遊んでいた童に詰問する。恐る恐る首を横にふったので、大きな舌打ちをして、ふたたび歩きだす。その様子を、藪《やぶ》の陰に隠れつつ彦八は見ていた。頭をかかえる。京で露の五郎兵衛のもとから逃げた後、兄はひとりで漬物樽を担ぎ、料理屋をめぐることになった。当然のごとく激怒し、帰ってからは彦八を追いかけることになる。兄だけでなく、丁稚や番頭までもが棒をもって彦八を探しているほどだ。

「はあ、参ったなぁ」

兄の声が聞こえなくなるのを待って、彦八は藪からでた。辺りを見回しつつ、彦八はとぼとぼと歩く。畑の多い難波村は、隠れるところがすくない。あちこちに棒をもった米沢屋の人間の姿が見える。ときには、木陰から木陰へ移動するようにしないといけない。

「まさかこの年になって、こんな折檻《せっかん》うけるとはなぁ」

我ながら情けなくなってくる。

だが実家以外をたよろうにも、江戸から帰って以来、彦八は友人たちと疎遠だ。

「旦那様、いました。彦八さんが隠れてますよ」

思案している彦八に、声が追いかけてきた。首を回すと、仁王のような形相で走る兄の姿が飛びこんでくる。彦八は、逃げる。童たちが指さして笑う隙間をときに縫い、畑を飛びこえた。どこをどう駆けたかも思いだせぬが、気づけば彦八の目の前に赤い鳥居があった。

荒い息を吐きつつ辺りを窺う。棒をかまえる兄の姿が遠くに見えた。まだ、こちらには気づいていない。横腹を押さえつつ、ふらつく足取りで鳥居をくぐろうとしたときだった。

「なんや、これは祭りか」

思わず声にだしてしまった。

境内には、大勢の人々がひしめいている。

あわてて、通りすぎた鳥居の前にもどった。掲げられた扁額には『生玉』と書かれており、ここが生國魂神社だと悟る。

鳥居をはいってすぐの両側には、小屋が建ちならび、本堂の手前までずっとつづいていた。長屋のように八畳程度の広さで区切られており、境内に面した部分には壁がない。


——これは、もしかして舞台か。


小屋のなかでは、太平記の講釈語り、三味線を担いだ辻浄瑠璃、役者の物真似をする辻狂言、あるいは芝居そのものまでもが行われていた。

舞台の前には長椅子がいくつも設《しつら》えられ、客たちが喝采や手拍子を送る。一際《ひときわ》賑やかな一角には、笑声が満ちていた。彦八は素早く目をやった。舞台にたつ男が何事かをいうたびに、聴衆たちがくすぐられるように笑っている。

これは、辻咄だ。

境内には、様々な人たちがいる。百姓や商人、職人、武士、浪人、僧侶、尼さん、女房や女中、老人もいれば大人や童もいる。豪華な羽織をきた者もいれば、継《つ》ぎ接《は》ぎだらけの単《ひとえ》をきた人もいる。

江戸の辻が全て集まっても、この盛況には遠くおよばない。

すぐ近くで客たちが仰《の》け反《ぞ》るようにして笑い、武士と町人が互いの肩を叩きあって喜んでいた。冬の冷気を忘れさせるような熱気に満ちている。

気づけば彦八の肌が粟立《あわだ》っている。全身にふるえが走った。

「彦八はん」と呼びかけられて後ろをむくと、あごの角ばった男が笑みをむけていた。

「どや、なかなかのもんやろう」

よろず屋竜兵衛が、まるでわが子を誇るかのように、小屋掛けの舞台を示した。

「江戸の座敷比べがいくらすごいゆうても、笑かすのはせいぜい十人かそこらでしょ。けど、この生玉さんの境内はちがうで。相手する客の数、桁違いや」

いくつかの小屋では、入れ替わりを待つ客たちがひしめいている。

彦八は足を止めた。ひとつの小屋があり、そこだけ客がいなかった。枯れ葉が数枚落ちる、無人の舞台があるだけだ。

竜兵衛が彦八の横にならびつつ、しみじみと口にする。

「わし、この生玉さんの境内、日ノ本一の舞台やと思てます。武士や百姓、職人、商人、全ての民が笑うんでっせ。江戸の座敷がなんぼのもんじゃ、って思いません。六文あれば、誰でも喜ぶことができる。どこの神社仏閣でも、そんなん無理でっせ。けどね、ひとつもの足りへんことがあるんです。それは笑いですわ。つまり辻咄」

竜兵衛は、無人の舞台を見つめた。

「生玉さんで一番大きな花咲かせるのは、笑いであるべきなんや。ほんで、わし、最初は鹿野武左衛門はんに声かけたんですわ。わざわざ、江戸までいきましてん」

「けど、駄目やったんか」

「へえ、江戸は離れられへん、いうて。かわりに米沢彦八はんのこと、教えてくれました。江戸での災難も聞かせてもらいました。けど、大坂では江戸の噂なんか関係あらへん。何より鹿野武左衛門はんも、おれを超え……」

「なあ、上がってみてもええ」

竜兵衛の言葉をさえぎり、彦八は無人の舞台を指さした。

「どんな景色が見えるか、知りたいねん」

「も、もちろんです。なんなら、咄のひとつや、ふたつやみっつや、よっつも……」

「そんなしたら、喉嗄《か》れるわ」

両側からはみでた客を見つつ、舞台へと進む。手をかけ足をのせて、一気にあがった。振りむいて、人のいない客席を見る。

十数脚の長椅子が、ならんでいるだけだ。たまに鴉《からす》や鳩が飛びおりてきて、毛づくろいをしている。

――もし、ここに客が入れば、どんな光景が広がるんやろか。

彦八は想像する。

土に汚れた百姓の童、道場帰りで傷だらけの武士の息子、墨で服を汚した商人の跡継ぎ、木屑にまみれた職人の子、赤ん坊を背に負った女の子。

初めてなのに、どこかで見たような気がする。

湯をそそがれたように、胸が熱くなった。

広がるのは、里乃と催した難波村での滑稽芝居の風景とまったく同じだ。

両隣の咄に、客たちが大きな笑声をあげた。喝采をその身に味わうかのように、彦八は息を大きく吸いこむ。両側からはみでた客の何人かが、怪訝そうな目で彦八を見た。

「おれは、阿呆やなぁ」

人のいない客席にむかって話す。

たった十人いるかいないかの座敷にあがることに、血まなこになっていた。

「ほんま、阿呆や。めっちゃ、遠回りしてもた」

生まれ育ったこんなすぐ近くに、己の目指す舞台がある。

「竜兵衛はん、おれやるわ。ここで、辻咄やらしてもらうわ」

彦八の決意を言祝《ことほ》ぐかのように、左右の客席から喝采が沸きおこった。

五

隙間なくならべられた料理の数々に、彦八はただ呆然とするばかりだ。

「さあ、彦八さん、どうーぞ」

怖い兄嫁が、酌をしてくれるのも気味が悪ぃ。普段なら〝したみ〟と呼ばれる卓の上にあふれた酒を飲ませてくれる程度なのに。

「いやぁ、しかし、まさか彦八が生玉さんの舞台にたつとはなぁ。わしの目に狂いはなかった」

つい先日まで棒を振りあげていた兄が、小太りの体をゆらして喜んでいる。いつも、蔑《さげす》んだ目をむける丁稚や番頭も、お得意様を迎えるようなえびす顔だ。

「さあ、彦八、はよ食べ。お前が手ぇつけな、みんな食いにくいがな」

兄が、魚の煮つけのはいった大皿を突きだしてきた。砂糖をたっぷりと使ったのか、甘くいい匂いがする。箸をもった手をのばそうとすると、「下にぃ、下にぃ」という声が聞こえてきた。みんなが吹きだす。三歳になる兄の子の彦太が、彦八の前を横切ったのだ。両肩で円を描くように腕を振りまわして、偉そうに歩いている。

参勤交代の大名行列の真似をしているのだ。西国大名のほとんどは、大坂を通る。新町の遊郭では、お忍びで遊ぶ殿様も多い。大坂の民にとって、殿様というのは案外に身近だ。彦八も、小さいころから何度も町人姿に変装した大名を見た。

「ははは、彦太のぼん、天下の生玉さんの辻咄の前でっせ。滑稽芝居をするやなんて、怖いもの知らずでんなぁ」

番頭の言葉に、みんなが笑う。

敵わんなぁ、と彦八は頭をかく。場の笑いを、童に全てもっていかれてしまった。

「こいつ、案外、お前に似てるんかもな。彦八も小さいころ、手習いの師匠の真似して、よう怒られたんや」

兄がだきあげつついうが、甥は嫌がってすぐにまた床の上に逃げた。

「今でも、兄貴に怒られてるけどな」

先日、兄にどつかれた後頭部をなでると、番頭や丁稚が手を打って喜ぶ。

心地よい喧噪につつまれて、宴は進む。兄の昔話に兄嫁が絶妙なあいの手を入れ、さらに喝采が濃くなった。

甥が「下にぃ、下にぃ」といいつつ、跳ねた彦八の鬢の毛を抜きとろうとする。それを振りはらうのは正直鬱陶しかったが、気分はおおむねよかった。

「まさか、彦八が、笑話で飯食えるようになるとはなぁ」

兄はしみじみとした口調だ。手酌で盃を進めている。背後には、両親の仏壇があった。

何度も振りかえりつつ、酒を呷る。

「下にぃ、下にぃ」

腕で大きく円を描きつつ、甥が近づいてきた。

「しゃあない。御三家のご一行やったら、頭下げなな」

ほかの大名と違い、紀州、尾張、水戸の徳川御三家の大名行列は、土下座をするのが決まりである。「下にぃ、下にぃ」は、その合図だ。

彦八は手をついて、「へへぇー」と、大げさに額を床につけた。米沢家の人たちが仰け反るように笑う。

「兄貴、今までおおきにやで」

下をむいたまま、彦八は口のなかだけでつぶやいた。

生國魂神社の彦八

一

夜が明ける前に、彦八は家をでる。白い息を吐きながら、歩いた。東の生駒山《いこまやま》の山際にかかる闇は、徐々にうすくなりはじめている。

彦八が足を止めたのは、祠《ほこら》のある広場だった。まばらに木立が囲っている。

「こんな、小さかったっけ」

里乃と一緒に滑稽芝居をした舞台を、ゆっくりと見回す。昔は木肌が見えていた祠は、昨年彦八の兄が中心になって塗り直した。まるで新築したかのように綺麗だった。

腰に結びつけていたものを、彦八は取り外す。巾着《きんちゃく》袋である。ぎっしりと貝や石ころがつまっている。

穴を掘り、もう一枚の布で丁寧に巾着袋をつつみ、埋める。

——神様、今度、いっぱい賽銭払うさかいに、大切なものをあずかっといてくれ。
そして、かつての舞台に祈りを捧げる。
おれは天下一の辻咄になる、と。
今度は何があっても、けつを割らん、と。
陽が昇ったのか、彦八の背中が温かくなる。
「うっし」と叫んで、巾着袋を埋めた場所に手をおいた。
「まずは、今日の初舞台や。しっかり、笑かしたるからな」

生玉さんの境内のひかえ小屋のなかは、江戸の座敷比べのひかえの間のように重苦しい雰囲気だった。朝四つ（午前十時ごろ）の鐘が鳴れば、小屋の舞台が一斉に開演される。強張った表情で、芸人たちが鐘を待っていた。
彦八は湯飲みに口をつけ、何でもない風を演じているが、ほかの芸人たちの目差しはひしひしと感じる。今日が顔見世の彦八を、みなが露骨に意識しているのだ。特に、同じ辻咄の芸人は、額をよせ小声で話しこんでいた。

えらのはった男が、大股でひかえ小屋にはいってきた。興行主の竜兵衛である。

「彦八はん、神様のいる境内やからって、遠慮したらあかんで」

竜兵衛が欠けた歯を見せるように笑った。

「ああ、せや。彦八はんに紹介したい人いるねん。生玉の辻咄の筆頭ですわ。おーい、耕雲斎《こううんさい》はん」

髪を後ろで結った総髪の男が、近づいてきた。

「どうも、山田耕雲斎と申します。彦八さんの隣で、小屋掛けしとる辻咄ですわ」

一見すると医者のような風体の男である。笑顔を浮かべつつも、本当に医者が病人を見るような目で彦八を観察してくる。

「米沢彦八です。よろしゅうお願いします」

「おもろいでんなぁ、その鬢。これで客の目ぇひくつもりですか」

耕雲斎は彦八の側頭部を指さした。

「あー、ちゃいます。ちゃいます」

彦八はあわてて手で鬢の毛を撫でつける。

「これは癖毛ですねん。おかしいな。油たっぷりつけて、整えたのに」

警戒するような目つきだった耕雲斎の顔が和らいだ。

「なんや、ほなら、わしの荷に油あるさかい、使ぃなはれ。てっきり、客の目ぇひくためにに、わざとやってるんかと思った」

「そんなわけあるかい」

とつぶやきつつも、「ありがとさんです。お言葉に甘えます」と一礼した。

耕雲斎らに背をむけて、荷のなかを探る。

「なんや、びっくりした。あの髪の毛も考えてのことやと思っとったら、ただのうっかりかいな。それやったら、怖ないわ」

後ろから声が聞こえてきたので、振りむく。何人かの辻咄がかたまっていた。

誰がいったのかは、わからない。何人かのなかに、耕雲斎の総髪姿があった。まさか、新入りが発言を問いつめることもできない。

江戸なら行儀が悪いと怒られる鬢の毛を、なぜ上方の芸人が警戒するのかが不思議だった。

二

一旦、立ちどまるものの、客はすぐにどこかへと消えていってしまった。

止まっては去り、止まっては去りを、彦八の舞台の前の客は繰り返している。たまに長椅子に腰を下ろす客もいるが、隣の舞台で笑いがおこると、すぐにそちらへ席を移してしまう。

――なんで聞いてくれへんの。

客が去るたびに、殴られたような痛みが心中に広がる。冬だというのに、首筋や脇の下を脂汗がしきりに流れる。唾を呑みこもうとしたら、口のなかは乾ききっており、喉がひくつくだけだった。

花壇に生えた煙草に驚く、とぼけた男の咄、『花だんすにはへた煙草』。

主人のいぬ間に、田楽をたのんだ奉公人たちの滑稽なやりとり、『でんがくの取りちがえ』。

伏見行きの船で乗りあった三人が、それぞれの出身地を教えあう『ふしミ船ののり合』。

渾身《こんしん》の笑話を披露するが、ことごとく不発に終わった。最後などは、無人の客席にむかって、さげを言いはなつ屈辱を味わった。

日没を知らせる暮れ六つ（午後六時ごろ）の鐘が鳴って、生國魂神社の興行は閉幕となる。気づけば竜兵衛が腕を組み、難しい顔で睨んでいた。

――嘘やろ、なんでなん。


呆然とする彦八をよそに、隣の辻咄たちが意気揚々と舞台から飛び降りる。

「今日は笑わせたで、これまでで一番の稼ぎちゃうか」

そういったのは、総髪をなびかせる耕雲斎だった。

「稼ぎでは負けたかもやけど、べっぴんの客は、こっちの方が多かったわ」

別の芸人が嬉しげに口にする。

彦八は、まだ舞台の上でたたずんでいた。何が悪かったのか、わからない。咄の内容、拍子や間のとり方、全てが完璧だったはずだ。


――もしかして、おれの身につけたこと、全て間違ってたんか。

氷を背負わされたような寒気が走り、あわてて首をふった。

「彦八はん、ご苦労さんです」

　上気した声で、耕雲斎が話しかけてくる。しかし、彦八は正視できない。促されるまま、舞台を降りた。

「今日は、ちょっと厳しおしたな」

　耕雲斎の声に、思わず拳をにぎりしめてしまった。

「まあ、けど最初はこんなもんですわ。隣で聞いてましたけど、中身は悪うおませんよ」

「ほんまに」

　耕雲斎の顔を覗きこむ。

「もちろんですわ。やはり、江戸で鍛えた芸でんなぁ。うちの客とられるんちゃうかって、冷や冷やものでしたわ」

「じゃあ、なんで客は止まってくれへんの」

　片側の頰を下品に持ちあげ、耕雲斎は笑った。

「それはわしも不思議ですわ。けど、思い当たる節がないわけでもありまへんで」

　思わず耕雲斎の肩に、彦八はしがみつく。

「心配せんでも、教えますがな。まあ、ここでは何やし、みんなと酒でもひっかけながらね」

　彦八たちは生國魂神社をでて、道頓堀の近くの酒場まで繰りだした。どうやら、売れない役者たちが、贔屓《ひいき》にしている店のようだ。芝居論や芸能論を戦わせる声が、あちこちで飛びかっていた。

「さて」と、両肘をついて耕雲斎は身を乗りだす。

「知ってるとは思いますけど、小屋掛けするにあたっては、上がりの何割かは竜兵衛はんにわたさなあかん。そもそも、実入りがすくない芸人は、ひと月でお払い箱や。わしら、そんな芸人をたくさん見てきた。なぁ」

　耕雲斎が周囲に目を配ると、みなが一斉にうなずいた。

「ちなみに、彦八はんがたってる舞台も、前は艶物《つやもの》が得意な辻咄やったけど、あきまへんでした。大体ひと月で、しっかりした稼ぎをださな、追んだされます」

「なあ、耕雲斎はん、教えてや。おれの何があかんかったん」

「そこですわ」

　耕雲斎は、したり顔で卓をかるく叩いた。

「彦八はんの芸は、実に素晴らしい。ただ、それが活かしきれてへんのちゃうやろか」

「それ、どういうことです」

さらに耕雲斎に詰めよった。肘に隣の辻咄の盃が当たり、こぼれる。

「あーあ、〝したみ〟になってもた」

「そうなる前に、飲め飲め」

芸人たちがふざけて、卓の上のこぼれた酒を吸い取ろうとする。

「おい、お前らふざけるな。えっと、彦八はん」

耕雲斎は、彦八をまっすぐに見る。

「あんたの咄は、将棋や囲碁に似てるんですわ」

「将棋ですか」

思わぬ言葉に、彦八は首をかしげる。

「王将をつめるみたいに、笑かす」

箸を一本取りあげて、彦八に突きつけた。

なるほど、と彦八は納得する。まず咄の最初に頭があるが、これが伏線になっている。さらに中盤でもうひとつ伏線をはり、さげが来て笑いになる。これが、彦八の咄のつくりだ。

逆にいえば、さげだけ聞いても、それほどおもしろくはない。枕や中盤にさりげなく配した伏線を聞かないと、笑いどころがわからない。

「わしらとは、咄の質がちがう。わしらは、二言三言で笑わすのが主です。まあ、立ちどまれば、すぐに笑ってくれるけど、大きくうけることはない。逆に、彦八はんは長い咄やけど、決まれば大きく笑ってくれる」

羨ましそうな顔を、耕雲斎がむけてきた。

「これを活かさん手はないと思いますねん」

耕雲斎の言葉に、彦八は腕を組んで考える。

「将棋や囲碁のように、伏線をはる笑いを追求するのが、ええと思いますねん。つまり、さげまでに、もっと丁寧に咄を運んだらどないやろ。将棋でいうたら、あわてて王手するんやなくて、もっと手駒を増やしたり、相手の逃げ道なくすように駒を打ったり、そんな感じですわ」

彦八だけでなく、ほかの仲間も首をかしげた。

「つまり、今日やった味噌屋の蔵が焼けるっていう咄で、いいましょか。味噌の田楽が焼けたのを、店主が火事と勘違いするわけでしょ。ほなら、もうすこし店主を嫌な奴にしたら、客もさげで火事と間違える店主を見て、ざまあみろと思うんちゃいますか」

組んでいた腕を解き、あごに手をやって彦八は黙考をつづける。

「さらに例をいうと、店主の吝嗇《りんしょく》に、奉公人や身内がいじめられてるとかどうやろ。聞いてる人は、奉公人が可哀想やと思って咄に引きこまれる。何より、さげで店主が勘違いするところで、客は奉公人の気持ちになって鬱憤を晴らせる」

「なるほど」と、口から言葉がこぼれた。

耕雲斎のいうことも一理ある。

「そこに、彦八はんの仕方があわされれば、鬼に金棒ちゃいますか」

「おいおい」と口を挟んだのは、ほかの仲間たちだった。

「ちょっと、親切がすぎへんか。そこまで助言せんでも……」

耕雲斎は、相手の肩を叩いて黙らせる。

「せやな、耕雲斎はんのいうとおりや」

顔をあげて彦八はいっていた。

「もっと、頭の方にふりを入れたらええねん。何がええやろ。店主の嫁はんでもだすか。嫁はんが吝嗇に泣かされてることにしたら、客は咄に気持ちいれてくれるんちゃうやろか」

彦八の独り言に、耕雲斎が手を打った。

「そうです。彦八はんの芸は、もっと長い方が客も気持ちがはいりやすいはずですわ」

彦八は勢いよく立ちあがる。

「耕雲斎はん、悪いけど帰らしてもらうわ。いわれたように、咄を変えてみたいねん。明日の舞台は無理やけど、できるだけ早く試したい」

いいながらも、懐に手をやり、財布を探る。

「さすが、彦八はんや。ええですよ。一杯しか飲んでへんから、今日の勘定は顔見世祝いで払っときます」

「ありがとさんです」

卓にぶつけそうなほどの勢いで、彦八は頭を下げた。

倒した椅子に臑を打ちつけながらも、彦八は客をかきわけ、店を後にする。

三

彦八が去っても、酒場の入口の縄暖簾はまだゆれていた。やがて、静かに垂れ下がるだけになったのを見届けて、耕雲斎は口を閉じたまま笑う。くすぐられたように腹が痒いが、かろうじて声をあげるのは我慢した。

「おい、どういうつもりやねん」

　横にいた辻咄が、拳で卓を叩きつけた。

「わしらは仲間かもしれんけど、それ以上に競いあう間柄やろ。それを、敵に塩送る真似しやがって」

　唾を飛ばし、別のひとりが耕雲斎を詰る。

「阿呆か、お前ら」

　耕雲斎の放った一言は、みなをたじろがせる力に満ちていた。なめるように、仲間の顔を睨みつける。

「あの小僧に親切にしてやるような男やと、わしのこと思ってるんか。まがりなりにも、生玉さんの境内で三年やっとんねんぞ」

　耕雲斎の言葉に、みなは押し黙る。

「彦八の咄で、なんで客が立ちどまらんかったんか、理由わかってへんのか」

　戸惑いつつ、みながうなずいた。

　鈍い奴らだと苛つく反面、耕雲斎はすこし誇らしくも感じる。この察しの悪さなら、彦八さえ生玉さんの境内から追いだせば、地位は安泰だ。

「ええか、よう聞け」

箸を鞭《むち》のようにふり、みんなを見回す。

「彦八の咄は、あれは江戸の水に染まった芸や。大坂では——すくなくとも生玉さんでは通用せえへん」

意図が理解できないようで、何人かが頭をかかえこむ。

「奴の芸は、座敷を目指して鍛えられたもんや。つまり、長尻の客相手の咄や。たしかに、おもろい。それは悔しいけど認める。けど考えてみい、生玉さんの小屋は、すぐ隣で芸人がおもろいことしてるねんぞ。座敷でやるような、じっくりした芸してたら、隣に客をとられてまうがな」

「あっ」と、みなが同時に声をあげた。

やっとわかったんか、というかわりに、箸を上下に激しくふる。

「あいつの咄は、座敷でこそ活きるもんや」

「そうか、だから耕雲斎はん、あんた、今日は短い咄ばっかりしてたんか」

耕雲斎は、彦八の芸が長いと見抜き、二言三言で笑いどころを迎える咄を意図的に多くしていた。

「奴は、客の足止める大切さ、わかってへん。今朝、鬢の毛が跳ねてたとき、必死に直したやろ。あれ、お前らやったらどうする」

「逆におもろいから、そのままにしとくかも」

教え子を褒めるように、耕雲斎はうなずいてやった。

「そういうこっちゃ。で、わしは、なんとか彦八に短い咄をさせへんようにしたかった。客の足が止まってしまうからな。そうなったら、奴のおもしろさに気づかれてまう。だから、敵に塩送るふりして、長い咄を考えさせるよう、仕向けたんや」

「つまり、どつぼにはまらせたんやな」

耕雲斎以外の全員が笑った。

「よっしゃ、おれも短い咄をもっとしたる。彦八の舞台を邪魔したる」

耕雲斎とともに彦八を挟む位置に小屋掛けする男が、鼻息とともに宣言した。

「せや、できれば、あいつの笑いどころがくる前に、とっておきのやつ、かませよ」

心得たもので、ほかの者が耕雲斎のいうことを代弁してくれた。


――まあ、けど彦八も阿呆やないから、いつかは気づきおるやろな。


心中で、耕雲斎はつぶやく。

だが、半月騙せれば、御の字だ。短い咄の重要さに気づいても、すぐに対応することはできない。座敷芸が染みついた彦八は、短い咄では持ち味を活かしきれない。

すぐにひと月がたって、生玉さんの境内を追われるはずだ。

「けど、彦八の芸、ほんまもんなんでしょ。いつか、客がそれに気づくってことは……」

おずおずときいたのは、とちってばかりいる気の弱い辻咄であった。機嫌よくふっていた、耕雲斎の箸が止まる。

「せや、怖いのはそこなんや」

みなの顔がたちまち曇る。

「けど、それは頭から最後まで、しっかり咄を聞いてくれな無理や。彦八の咄は途中から聞いても、おもろさがわからん。頭から聞いてても隣で笑い声がして、途中で客が席をたったらおしまいや」

何人かがうなずいた。

「だから、客が彦八がおもろいと気づくことはないやろ。けど、彦八が客に気づかせることはできる」

耕雲斎のいったことを理解できないようで、芸人たちは頭をかかえた。

「それは、彦八が長い咄とは別に、客の足を止める短い芸を思いつくことや。それで客を釣って、頭からじっくりと咄を聞かせる。それされたら、こうや」

両手をあげて、降参の格好をしてみせる。みなの顔色がさらに悪くなった。

その様子を鼻で笑いつつ、耕雲斎はつづける。

「お前ら、お通夜帰りの芸人か。安心せい。ひと月で、そんな都合よく芸を思いつくわけあらへん」

青ざめた芸人のおでこに、耕雲斎は箸を叩きつけてやった。みなの緊張が解けて、笑いが沸きおこる。

「ほな、わしらの座は安泰やな」

「せや、長い咄しかできん彦八は、ひと月後にはおらへん」

さきほどの不安をとりかえすように、盃をさかんに呷りはじめた。ひとり一番若い芸人だけは、不安気に耕雲斎を見つめつづける。

「もし、彦八が、客の足止める短い芸を思いついたら、どないしはるんでっか」

耕雲斎の視界がゆがむ。

「安心せえ。そんなことでける芸人は、この世におらん。江戸の鹿野武左衛門や、京の露の五郎兵衛でも無理や」

いいつつも、苦い唾が耕雲斎の口のなかに満ちた。

もし、たったひと月でそれができたら——と耕雲斎は黙考する。

なぜか、ぞくりと背が粟立ちさえした。

奴は——彦八は化け物や。正真正銘の笑話の天才かもしれん。

手にもった箸が、みしりと音をたてる。

「きっと、あの伝説の安楽庵策伝《あんらくあんさくでん》以上のな」

思わずつぶやいた言葉は、幸いにも他の芸人たちには聞こえなかったようだ。

四

ぼんぼりが、彦八の影を壁に淡く映しだす。新町遊郭の一室の布団の上で、彦八は頭をかかえていた。

「くっそう、耕雲斎め。よくも、おれをはめやがったな」

壁に映った影を、睨みつける。生玉さんの舞台にたってから、二十日ほどがたとうとしていた。いまだ、彦八の客席は閑古鳥が鳴いている。五日ほど前に、耕雲斎の助言で取りいれた長い咄を披露した。だが、客の足はさらに遠のくだけだった。

最近では、耕雲斎らが極端に短い咄をつづけ、露骨に彦八の客を奪っていく。

ここにきて、さすがの彦八も騙されていたと気づかざるをえない。
では、対抗して短い咄を考えるか。首を横にふった。
江戸から帰って、辻咄を再開するまで、三年間笑話から遠ざかっていた。完全に勘がもどらないのに、新しい芸に手をつけても耕雲斎の思う壺だ。短い咄では、生玉さんで鍛えられた耕雲斎らには敵わない。
今は、咄の笑いどころがくる前に客が去るだけだ。だが、出来の悪い短い咄を披露すれば、悪評が広がり、二度と客がよりつかなくなる。

——客の足を止める芸を考えるんや。

彦八は唇を噛んで、考えこむ。

——なんか、あるはずや。今まで手習いも漬物屋の手伝いもろくにせんと、人を笑かすことばかり考えて生きてきたんや。絶対、おれのなかに、客の足を止める何かがあるはずや。

両手で頭を強く摑むが、一向にいい案が思い浮かばない。

「ちょっと八さん。あんまり考えすぎたら、阿呆になってまうで」

布団の上に寝転んでいた遊女が、声をかけた。竜兵衛がくれた手付け金で、やっと遊郭遊びができるようになり、馴染みになった女だ。丸い顔はあまり好みではないが、情が厚くて気にいっている。

だが、このまま舞台で閑古鳥が鳴きつづければ、遊女とも別れなくてはならない。いや、実は手付け金も全部使ってしまい、今は借金で遊びにきている有り様だ。

――まずい、ちょっと調子乗りすぎた。なんとか、せな。大坂にも、おられへんようになる。

頭を両手で締めつけるが、一向にいい案が思い浮かばない。

すると、左右の部屋が急にざわつきはじめた。

「えー、嘘、もうはじまるの。ちょっと、八さん、そこのいて」

女ははだけた夜着を直しつつ、彦八を押しのけた。素早く窓へと歩みよる。

「ちょー、なんなん。おれ、客やぞ。えらいあつかいやな」

お尻を指でつついていたら、思いっきり頭を平手で殴られてしまった。

「すこし、静かにし」

窓の外を見たまま いう姿に、彦八は不審を感じ立ちあがる。女の背中ごしに、外へと目をやった。路地にならぶ遊郭の窓という窓から、客や遊女たちが顔をのぞかせている。

「お、もしかして、参勤交代の大名がおんのけ」

「そう。桐生《きりゅう》家の殿様が、町人に変装して遊びにきてんねん」

新町では、お忍びで遊びにくる大名は多い。こっそり隠れて遊ぶ彼らに、大坂の民も妙な親近感をもっている。

「音たてんと。そーっとやで、そーっと静かに」

「お殿様、はよでてきてやぁ」

話の種に、一目大名を見ようとする客と遊女の会話が、彦八のいる部屋にも聞こえてくる。通行人を装って、道を何度も往復している猛者《もさ》も何人かいる。

「どうも、おおきに。ご主人、またきてくださいね」

遊郭の女将《おかみ》の声に、「うむ」と重々しい返事が聞こえてきた。

思わず手を口にやり、彦八は笑いを押しとどめる。

——何が、うむ、やねん。町人や商人が、そんな声だすか。

下級の侍でも装えばいいものを、妙な遊び心をだしているのがまたおもしろい。暖簾をかきわけ、一目で大名とわかる男がでてきた。胸を反らした歩き方は武士そのものだ。

「ぶっ」と、彦八はさきほどより何倍も激しく吹きだしてしまった。まずい、と思いつつ、腹をかかえる。

「ちょっと、静かにしてよ。ばれたら、お叱りをうけちゃうでしょ」

遊女が小さく叫ぶが、彦八の腹は激しくよじれる。耐えるために、大きく足をばたつかせなければならなかった。

——なんや、あの手のふり方は。

両肩で円を描くように、露骨に腕を振りまわして歩いている。

「どうしたん。そんな、笑うとこちゃうやん」

遊女に背を叩かれて、はたと疑問が湧いた。

――そうや、なんで、こんなに可笑しいんやろ。

答えはすぐにわかった。

彦太である。米沢家の晩餐で、小さな甥が肩を振りまわすようにしていたのを思いだした。「下にぃ、下にぃ」といいつつ、小さな体を必死に大きく見せて歩いていた。

――あいつ、殿様の真似しとったんか。

きっと、参勤交代の途中で駕籠《かご》からでる殿様を見たのだろう。長時間の駕籠移動は疲労が大きく、途中で馬に乗る大名もいる。なかには、駕籠から降りる場所が決まっている大名もおり、そこに見物人が集まることも珍しくない。御三家でなければ土下座する必要はないので、見物も比較的自由だ。

大名の歩き方が、手足の短い彦太の体と重なり、また激しく吹きだしてしまった。

「もう、大丈夫やで。駕籠乗らはったわ」

手を口から離して、大きく笑った。目尻に涙が溜まる。しばしのあいだ、悩みを忘れ、手足を広げて体全体で喜ぶ。遊女が怪訝そうな表情を浮かべて、丸い顔を近づけたときだった。猛然と、彦八は起きあがった。頭をぶつけそうになった遊女が頰を膨らませるが、彦八は無視する。

皮膚が、かすかに戦慄《わなな》いていた。

「こ、こ、これか。これ、ちゃうんけ」

叫ぶと、さらにふるえが増した。鳥肌が、体のあちこちにあらわれる。

客の足を止める芸、見つけたかもしれへん、と拳をにぎりしめた。

——これが武者震いってやつなんか。

拳を、掌に打ちつけ。

「見とけよ、耕雲斎っ。難波村一のお伽衆、彦八様の怖さ、思い知らせたるからな」

「八さん、熱でもあんの」

横で聞いていた遊女が、恐る恐るおでこに手を当てようとする。

熱はあるかもしれないが、決して風邪を引いたわけではなかった。

五

彦八は歩いていた。にぎりしめた拳が痛い。歩みは速いが、何回かつまずきつんのめる。今日、彦八は新町遊郭で思いついた新しい芸をする。自信はある。にもかかわらず、彦八の胸は不安でひしゃげてしまいそうだった。

――思いついたはいいけど、ほんまにこんな芸が通用するんやろか。

呑みこんだ唾のあまりの苦さに、思わず足を止めてえずいた。

大坂はおろか、江戸でも誰もやったことがない、まったく新しい芸である。成功するという自信は正直なかった。

もし、これがあかんかったら、と考えると総身にふるえが走り、またつま先をとられてこけそうになる。

「彦八はん」と呼びかけられたのは、生玉さんの鳥居をくぐろうとしたときだった。

柱の横で、ひとりの男が太い腕を組んでいる。よろず屋の竜兵衛だ。

「なんや、あんた、その顔は。そんな気の弱い死神みたいな顔相で、笑いとるつもりか」

「ほっといてくれ。おれは耕雲斎におちょくられて、散々な目に遭ったんやで。こっちの身にもなってや」

竜兵衛は大きなため息を吐《つ》いた。

「彦八はん。ちょっとこっちきてくれ。客のいりのことについてや」

太いあごをしゃくった竜兵衛に、鳥居の陰に誘われる。

「薄々勘づいてると思うけど、今日あかんかったら、あんたが上がる舞台はもうないで」

何かをいおうとして、彦八はやめる。

「わしは彦八はんの咄は好きやで。けど、いつまでもこの客のいりではな」

竜兵衛は頭をかきつつ、言葉をつぐ。

「生玉さんの舞台の法度《はっと》はたったひとつや。客を喜ばせるか否か。その法度の前には、貴賤も貧富も老若男女も身分も関係あらへん。せやないと、わしはいつまでもこの世のなかに復讐できへんのや」

分厚い掌で肩を叩かれながら、彦八は竜兵衛の発したある言葉にひっかかった。

「彦八はん、くれぐれも悔いのないようにな」

竜兵衛は背中を見せようとする。

「ちょっと、待ってや」

体を斜めにして、竜兵衛は止まってくれた。

「勘違いせんといてや。客きてへんのに、舞台にあげてくれなんてたのまへん。それより、ちょっと気になってん。あんた、さっき〝復讐〟っていうたやろ。復讐のために、生玉さんの舞台をつくったんか」

竜兵衛は向きなおる。

「まあ、彦八はんは今日が最後の舞台かもしれんし、送別の品がわりに教えたる。わしはな、昔お武家様の家で小者として働いとったんや」

「あんた、武家勤めしとったんか」

てっきり遊侠の出だと思っていた。

「なんで、それが今は興行の親方やってるねん」

「ええか、開演前やからはしょっていうで。わしはな、奉公先の娘さんとできてもうたんや」

「できたって何が」

「男女の仲に決まってるやろ」

「男女の仲って、残念石みたいな顔したあんたがか」

「誰が残念石やねん。しばくぞ」

残念石とは、城造りの途中で遺棄された石のことである。特に大坂は、大坂城普請《ふしん》のときの残念石があちこちに落ちている。

竜兵衛は咳払いをひとつして、息を落ちつかせた。

「まあ、それでやな。お互いに若かったこともあり、つまり、そのあれや」

「駆け落ちしたんか」

すこしだけ顔を赤らめて、竜兵衛はうなずいた。

「駆け落ちゆうても上手くいかんのは、彦八はんも知ってるやろ。取っ捕まって、ぼこぼこにされた」

欠けた歯を見せつけるように苦笑した。

「ほんで、姫さんの方は片付けるように縁談決められて、九州へ嫁がされてもうた」

「そうか」といいつつ、複雑な気分だった。こういう駆け落ち話では、連れもどした武家の娘に両親が自害を強要することもある。それが武家の美徳だ。生き長らえているのなら、まだましなのかもしれない。

「無論のこと、もう武家勤めはできひん。色々な職をへて、今にいたるわけや」

「じゃあ、復讐いうんは武家にか」

竜兵衛は首を横にふる。

「武家というより、この世のなかの仕組みに対してやな。わしの想い人は、いつも村娘が祭りで踊るのを羨ましそうに見つめてた。逆に村娘は武家の娘さんが習い事する姿に憧れてた。わしは小者の身分やから、どっちとも口きけたから、わかるねん。もし、今の身分の仕組みがもう少しちがってたら、みんなもっと仲良うなれたのにってな」

童のような仕草で、竜兵衛は地にある石ころを蹴った。

「だからわしは生玉さんの舞台をつくってん。ここだけは身分や出自は関係あらへん。けど、そのかわり厳しさは日ノ本一や。武士みたいに何もせんでも身代をつげるみたいな、楽な抜け道はない」

竜兵衛は強い眼光を彦八へとそそぐ。

「そういうわけやから、彦八はん、追いだされたかて恨まんとってな」

今度こそ竜兵衛は完全に背をむける。その右肩に、彦八はあわてて腕をのばした。

「もうひとつきかせてくれ」といって、強く摑む。

「じゃあ、おれが、その世のなかの仕組みに風穴開けるような笑いを披露したらどうなるん」

　首をひねり顔をむけた。

「ほら吹かんとき。そんなん夢物語や。けど……」

　目を空にやって、竜兵衛は言いよどむ。

「上手いこといえへんけど、みんなこの世のなかに不満をもってる。ここで興行打ってたらようわかる。部屋住みの武士の次男坊や水呑《みずのみ》百姓だけやない。かつてのわしの想い人のように、恵まれた地位にいるお方でさえや。身分っていうどうしようもないもん割り当てられて、しんどいって思いつつ、みんな口を噤《つぐ》んでる」

「じゃあ」

「せやな、もし、の話やで。万が一、そういう笑いができたら、この世のなかの仕組みが生む不平不満に、すこしでも風穴を開けることができれば、あんたはきっと天下一の辻咄や」

　ふたたび前へ向きなおり、竜兵衛は歩を進めた。

　小さくなる背中をじっと見る。

「竜兵衛はん、おおきに」と、つぶやいた。

「その言葉を聞いて自信ついた、勇気も湧いた」

耕雲斎への対抗心で強張っていた体は、いつのまにかほぐれていた。もう心にも体にも気負いはなかった。

生玉さんの鳥居を、彦八はゆっくりと確実な足取りでくぐる。

いつものように、彦八の舞台は誰もいない。ただ、人が通りすぎるだけである。左右の舞台からあふれた客が、こちらにお尻をむけている。

「とうざぁいぃ、とうざぁいぃ」

彦八の口上に誰も足を止めない。すこし顔をむける程度である。だが、それで十分だと思った。通人風の商人が通るまで、彦八は「とぅざぁあいぃ」と喉を鳴らしつづける。

頭巾をかぶった商人が、こちらをむいたのが合図だった。

えっへん、と聞こえるほどに大きく咳払いして、彦八は舞台の端から端へと横切るように歩く。左右の肩を円を描くように回し、足の裏を見せつけるように大股で体を動かした。

頭巾をかぶった商人が立ちどまり、つられて何人かの歩みが緩む。

えへん、おっほん、と咳払いをうるさいほどにしつつ、胸をはり肩が千切れるかと思うほど回す。通りすぎる人々の足が確実によどみ、十数人が立ちどまった。

——誰か、はよ気づいてくれ。

訝《いぶか》しげな目で、人々は彦八を見る。思い出せそうで出せないのか、何人かは気持ち悪そうな顔をしている。

——そや、そや、もっと頭使《つこ》て、思いだしてや。

「あ、あれ、播磨守様ちゃうか」

若い女中がいったのが合図だった。

「はりまのかみ？」

「そう、桐生家の殿様の……」

「桐生播磨守様か」

誰かが叫んだ瞬間、夜空に打ちあげられた花火のように通行人のなかで何かが轟いた。

今まで凪《な》いでいた舞台に、それは吹きつけるように襲ってくる。

彦八がよろめいたのは、快感のためにほかならない。

人々が口を開けて、こちらを指さして笑っているではないか。

「おれ、見たで。山陽道の西宮で、播磨守様が駕籠から馬に移るとき、あんな姿で歩いてた」

「おれなんか、昨日まさに、本人を新町遊郭で見たがな。そっくりやで」

なかには、「えっ、そうなん」とききかえす人もいるが、顔は柔らかく綻んでいた。

「よっしゃ、次や」と、心中で叫ぶ。

肩を回す動きを止めて、まっすぐにたつ。笑い声が小さくなるのを、じっと待つ。次の芸を求める無言の期待が芽吹いてくるころ、彦八はまた歩きだした。

今度は右の股関節だけを大きく動かす仕草である。犬が小便をするようにして、動く。

しばしの沈黙の後に、客が一斉に歓声をあげた。

「うわぁ、次は陸奥守《むつのかみ》様やんかぁ」

「ほんまや」

「知ってるわ。前の相撲興行のとき、お忍びできはったもん。あないして歩いてはった」

相撲興行と聞いて、閃《ひらめ》いた。否、反射で彦八の体が動く。

大げさに右下手でまわしをとり、振りまわしていた足を蹴るようにしてあげて、力士が投げを打つ真似をする。最後はあえて客席に尻をむけて、ぶるんとふってみせた。

大波が押しよせるかのような笑いだった。ゆっくりと振りむく。客席の長椅子を求めて、何人もの客たちが移動していた。

陸奥守が相撲をする真似をしつつ間をもたせ、椅子が埋まるのを待った。

大名物真似をやめて、舞台の中央にたつ。

「さて」と、詰めかけた客たちを見る。

立ち見は壁をつくるようにしており、それが徐々に分厚くなっていた。

何気ない風を装いつつ、彦八は口を開いた。

「どうされたんですか。今日は、えらい、たくさん人いてますね」

今まで通りすぎた客たちへの軽口は、皮肉よりも滑稽の方が勝った。風にふかれる稲穂のように人々が体をよじり、笑っている。

わざと大げさに後ろをむく。

「今から、なんかすごい芸でもはじまるんかな。かなんなぁ、おれのが終わってからにしてくれ」

背中をこするような強い笑いが襲ってきた。振りむかなくても、客がどう破顔しているかはわかる。

もう、こっちのもんやと客席に向きなおる。次の大名物真似はなんやろ、という表情でみなが見つめている。これなら、少々長い咄をしても大丈夫だ。咄と咄のあいだに、大名物真似をするといっておけば、席をたたれる心配はない。

微笑みとともに、彦八は客席を見回す。

隣の舞台から顔をのぞかせる男がいることに気づいた。風になびく総髪は、耕雲斎だ。歯ぎしりが聞こえてきそうな表情で、睨んでいる。

耕雲斎の客の半分ほどが、彦八の舞台に注意をむけていた。

本来なら客席にすえる視線だが、あえて耕雲斎へむけて口上を述べる。

「えー、さて、これから米沢彦八めの芸を見ていただきます。さきほどやりました、そうですね〝仕方〟といいましょうか〝俄《にわ》か〟といいましょうか、お大名の物真似につづいてですね、お口直しに、馬鹿馬鹿しい軽口咄などをひとつ」

「ほお」と、感嘆のため息が漏れる。

この男、軽口もできるのか、という視線が濃くなる。

「実は、これから披露する咄、私めひとりの力ででけたもんやないんです。こちらの左右の舞台のご先輩方のご助言があって、生まれたものです」

手を左右にやって、さし示すと、耕雲斎の顔がひしゃげた。

彦八は満を持して、目を客席にむける。乳をねだる赤子のような顔をした聴衆に宣言した。

「では、聞いたってください。『味噌蔵』です」

六

酒場の卓の上におかれた皿を、耕雲斎は苛立たしげに箸で叩いた。

「糞ったれ」と、仲間たちも酒を呷っている。

彦八が大名物真似をはじめてから、三月がたった。まったく新しい物真似芸は好評で、「彦八の俄か大名」と、大坂中の人々に知られるようになった。俄か大名で客の足を止め、長い咄で笑いを根こそぎかっさらう。左右にいる耕雲斎らの席にまで客があふれるほどだった。

「どうすんねん、耕雲斎はん。このままやったら、わしらじり貧やで」

耕雲斎とともに、彦八を挟む舞台にたつ辻咄が頭をかかえこむ。

「いやぁ、どうも、どうも」

明るい声で、縄暖簾をくぐる男がいる。ひょろ長い痩せた体、左右の鬢は猫の髭のように飛びでていた。

「おう、彦八はん、今日の俄か大名と咄、どっちも最高やったで」

たちまち周囲の役者や浄瑠璃師たちから声がかかった。

「なあ、彦八はん、わし、俄か大名、今日は見逃してもうてん。悪いけど、やってくれへんか」

そう声をかけたのは、大部屋役者のひとりだ。どうしたことか、たちまち彦八の顔色が変わる。

「ふざけんといて」

大部屋役者を険しい顔で一喝した。

「こんなとこでやったら、わざわざ生玉さんの境内にきてくれたお客さんに申し訳ないやん。あんた、役者やのに、そんなこともわからへんのか。芸をなんやと思ってけつかんねん」

たちまち場の喧噪が萎《しぼ》む。

「すんまへん、たしかに場をわきまえてへんかったかも」

「ほんまに、気ぃつけてくれや」

彦八が背中をむけたときだった。

「ちょ、ちょっと彦八はん」

取巻きがあわてるふりをして、呼び止める。が、彦八は気づかないふりをして歩く。

三歩に一回、鳥のように首をひねる仕草は、今日やった俄か大名のひとりではないか。

萎んだ喧噪を倍に取りもどすかのように、酒場が沸騰した。

「なんやねん」

やっと気づいたふりをして、彦八は取巻きの声に応える。

「歩き方、俄か大名になってますで」

「え、嘘、しもた。つい、やってもうたわぁ」

わざとらしく頭をかかえる彦八。

耕雲斎の仲間たちが、体を戦慄かせた。

忌々しいことに、ほとんどの客が笑っている。飲んだ酒を口からこぼすのでは、と思うほど腹をよじらせている。

だが、そんな客ばかりではない。そのことに、耕雲斎は目敏《めざと》く気づいた。

奥の卓に、不機嫌そうな表情を浮かべている者たちがいる。羽織袴姿で、腰には二刀を差していた。

にんまりと、耕雲斎は笑う。

――あいつら、たしか今日の彦八の舞台にもいたはずや。


「あんたまで、笑ってんのか」

誤解した仲間が、睨みつける。

「ちゃうわ。彦八の天下は長くないって、わかったんや。せやから、可笑しくて笑ってたんじゃ」

せわしなかった耕雲斎の箸の動きが、かろやかになる。

「あれ見てみい。あっこに、笑ってへんお侍さんたちがいてはるやろ」

仲間たちは首をひねり、酒場のすみへ目をやった。

「あの人ら、今日の彦八の舞台でも、あんな顔しとったで」

仲間たちは耕雲斎の意図するところがわからず、首をひねる。

「実はな、さっき厠へいくとき、お侍さんたちの話が聞こえてん。あの人ら、彦八に俄か大名の材にされた家中の侍や」

仲間たちは耕雲斎と武士の一団を交互に見る。

「お前ら、大名を馬鹿にするような芸して、お侍さんが黙ってると思うか」

「あっ」と、みなが声をあげた。

盃を持ちあげ、たっぷりと時間をかけて飲み干す。今まで溜まった鬱憤を放りだすように、息を吐いた。

「いずれ間違いなく、彦八の芸はお武家から咎められるで。まあ、お上からお達しがある前に、血の気の多いお侍さんたちが、どうでるかやで。きっと黙ってへんやろなぁ」

奥にすわる武士たちを、箸でさす。血走った目で、陽気に騒ぐ彦八を睨んでいた。

「彦八の芸を、わしらが邪魔する必要はない。いや、逆やな。もっとやれって、けしかけたらええねん。真似された大名の大坂屋敷にいって、声高に彦八を褒めるのもええかもしれへんなぁ」

仲間たちが、嬉しげに手を打つ。

耕雲斎は、奥の武士たちを見た。

ひとりは、狼のように吊りあがった目をしている。彦八を睨みつつ、分厚い掌をやって削るかのように眉からあごにかけてなでて、唇を突きだした。その仕草をするたびに、男の表情は硬く険しくなる。

「わしらは何もせんかてええ。偉くて、こわぁいお侍さんたちが、彦八を始末してくれるわ」

七

今日も笑かしたなぁ、と彦八はかるい足取りで生玉さんの鳥居をくぐりぬけた。陽気に跳ね回ろうとする足を、必死に押しとどめる。手にもつ提灯《ちょうちん》も楽しげに躍っていた。温かみを伴いはじめた風が、実に気持ちいい。横の畑では、芽吹きはじめた作物の気配を感じる。きっと朝になれば、点描のように緑の芽があちこちに生えているはずだ。

今日は新しい大名の俄かをひとつ披露した。無論のこと、大好評だ。

日の暮れた道を、ぶらぶらと歩く。いつもの店なら誰かおるやろと、鼻歌を唄いつつ道頓堀を目指した。

むこうの方から、提灯の灯りがみっつ近づいてくる。影の腰には、長い刀が二本差してあった。どうやら、侍のようだ。

道幅は広い。彦八が左に避《よ》けようと、端によった。すると、提灯も同じように動く。右へ避けようとすると、また提灯の灯りが尾をひいて彦八の前に立ちふさがった。

そんなことを何回か繰り返すうちに、武士の顔相がわかる間合いになっていた。先頭の男の吊りあがった目は、まるで仁王のようだ。その背後には、ふたりの武士がつづいている。柔術の遣い手だろうか、一方は耳が潰れ、いまひとりは鼻が横におれている。

仁王のような目つきの男が、歯茎を見せるように彦八に笑いかけた。顔を、掌で上から下にゆっくりとなでる。癖だろうか、手をどけると蛸《たこ》のように唇を突きだす異相になった。

彦八は立ちすくんだ。同じ側へ避けたのは偶然でないと気づいたとき、後ろのふたりが彦八を左右から素早く挟む。

「米沢彦八だな」

仁王のような目をした男が、また眉からあごにかけて掌でなでる。唇を突きだし、臭い息を吐きかけた。

「ちょ、なんですの」

武士たちは歯茎を見せつけて笑っているが、目はますます鋭さを増す。

さらに問いただそうとした彦八の喉が、硬く強張った。武士たちの左手は、すでに刀の鯉口《こいぐち》を切っていたからだ。大声をだせば斬られる、と本能で察した。

先頭の武士の腕がのびる。彦八の髷《まげ》を荒々しく摑んだ。

「い、痛い」

小さく悲鳴をあげた。頭皮がもげるかと思うほどの強い力で、引っぱられる。ぶちぶちと、髪の毛が音をたててぬける。

「さっさとこい。俄か大名などと、武士を愚弄《ぐろう》した報いを思い知らせてやるわ」

畑を踏みにじりつつ、侍たちは彦八を道から追いやった。

彦八はなす術《すべ》もない。すこしでも抵抗しようとすると、首の骨がおれるかと思うような力で髷を振りまわされた。たまらず、畑に顔をめりこませる。口のなかに砂がはいるが、吐きだす暇も与えてくれない。両脇と髷を掴まれて、引きずられた。

畑のすみへときたときに、「ここでいい。さっさと立て」と命令されて、やっと髷が解放される。

「彦八とやら、用件は簡単だ。俄か大名をやめろ」

目尻をさらに吊りあげて、武士は恫喝《どうかつ》する。

両脇を掴む男たちの指が深く食いこみ、彦八は悲鳴をあげそうになった。

「答えろ、彦八、俄かをやめるのか。それともつづける気か」

提灯が顔のすぐ横にきて、うぶ毛を炙《あぶ》る。

「い、嫌です。やめません」

必死に声を絞りだすと、さらに提灯が近づく。正視できずに、彦八は片目をつむった。

紙ごしに、炎の熱が伝わってくる。

「いいか、わしらはな『舞台にたつな』といっているのではない」

目尻をさらに吊りあげ、男は掌で眉からあごをなでてから、最後にまた唇を突きだす。

「大名の真似をするな、そういっているだけだ」

真っ黒いものが急速に近づいてくる。衝撃とともに、彦八の片目を射貫《いぬ》いた。仰け反った体は、途中で止まる。摑まれた両脇のせいだ。反動で、無理やりに前へおれた。

眼孔から生温かい液がにじみでて、急速に視界がぼやけはじめる。

拳をにぎる武士が、うすら笑いを浮かべていた。喧嘩や折檻とは異質の暴力だった。痛めつけるなどという生易しいものではない。明らかに目を潰そうとしてきた。

武士は彦八を殴った拳を、ぺろりとなめる。

「もう一度、いうてやるぞ。大名の真似はするな。それさえやめれば、好きなだけ舞台にたってかまわん」

ぶんと、空を切る音がした。

対面する武士が手を横に薙《な》いだのだ。

衝撃が喉に走り、気道が押し潰される。

全力ではなかったが、無駄のない動作は喉仏をめりこませるのに十分だった。咳きこもうとしても、できない。吐きだされるはずだった空気が体のなかで鎌鼬《かまいたち》に変じ、暴れるかのようだ。

また武士は頬をなでて、唇を突きだした。そして、手刀を彦八の目の前にかざす。

「嫌というなら、声を出せぬようにするまでだ」

今まで感じたことのないふるえが、彦八の足下から迫《せ》りあがった。

喉を潰される以上の絶望を、彦八は知らない。

踏んばっていた両足から、急速に力がぬけていく。崩れ落ちようとするが、両脇をかかえるふたりがそれさえも許さない。

武士の目は、彦八の喉をふたたび捉えていた。手刀がゆっくりと振りあげられる。

「ま……まっ、て……」

声をだすと、焼かれるような痛みが走った。

「待って、ではわからん。俄か大名をやめるのか」

男は振りあげた手を彦八の喉までもってきた。潰しどころを探るように、手刀を彦八の喉にかるく何度も当てる。

腰がぬけるかと思うほど、彦八の下肢のふるえが大きくなった。大きく開いた侍の両足が、次は渾身の手刀を喉にめりこませるといっている。

「や、やめ……ます。俄かは、やめます。だから、喉だけは……」

彦八が決断するより早く、口は助けを乞うていた。

手刀をかまえていた男が、素早く彦八の両脇を摑む仲間と目配せする。

三人の武士は、嘲《あざけ》りの笑いを一斉にあげた。

脚だけでなく、全身から力が奪われていく。


——おれは、何をいうたんや。

さきほど、口走った言葉を思いだし、愕然とした。

——怒れ。武士に屈して、天下一の辻咄になれるんか。


だが、喉の痛みが、彦八のわずかな勇気を嘲笑う。こびりついた漆のように、恐怖が彦八の心身を汚す。

両膝が地についた。ふたりの武士が、彦八の両脇を解放したのだ。

「さすが、大坂一と評判の米沢彦八。ものわかりの良さも、大坂一。否、天下一かもな」

鼻の曲がった武士の一言に、男たちは口を天にむけて哄笑《こうしょう》する。斬り刻まれたかのように、彦八の胸が痛んだ。潰れかけた喉の苦しさよりも、何十倍何百倍も鋭く胸を抉る。

「そうだ。明日の舞台はわしらもしかと検分する。わかっているな、俄かをやればどうなるか」

耳の潰れた武士が、自分の喉を指でさし示す。

「いや、待て。俄かが急になくなれば、客も怪しもう。そうだ、道頓堀の端に物乞いの女がいたろう」

仁王のような眼光の男が、語りかけていた。また掌で眉とあごをなでて、唇を突きだす。

「おお知っているとも。先代は大尽だったが、旦那の放蕩で身を持ちくずし、今は施しをうける境遇らしいな」

「まあ、先祖代々の禄を食《は》む、我ら武士には無縁の話だがな」

三人が楽しそうに嘲っている。

「彦八、明日の俄かでは、その物乞い女の真似をしろ」

「え」と、喉から掠《かす》れた声がでた。恐る恐る、三人を見回す。

にやついているが、冗談では決してない。

「武士が気持ちよくなるような俄かならば、わしらも許してやらんでもない」

「奴の旦那が豪商を気取る姿に、我らはいつも忌々しい思いをしていたのだ」

「そうとも、商人風情が大きな顔をしおって。いい憂さ晴らしだ、彦八、わかっているな」

今まではちがうふるえが、彦八の体をはう。つま先から頭のてっぺんへと、何度も駆けあがる。

気づけば、拳を砕けんばかりににぎっていた。

「わかりました」

口から漏れた声は低く険があったが、三人は気づかない。

「ははは、急に素直になりおって、こいつめ」

「辻咄が武士のための慰め芸とやっとわかったか」

「明日の舞台を待つまでもありませぬ」

武士たちの笑いがやんだ。

「その物乞い女の俄か、今、ここでやってみせましょう」

彦八は静かに、だが素早く立ちあがる。武士たちが戸惑っていたのは、暫時の間だけだった。やがて三人は目を見合わせて、にやりと笑う。

「お恵みください。お恵みください」

彦八はうずくまって、物乞いの真似をした。顔を伏せ、経を唱えるようにつぶやくと、下品な笑いが飛んできた。

上目遣いに見ると、三人は唇をめくりあげるようにして笑っている。

ゆっくりと首を持ちあげ、弱々しい素振りで両手を突きだす。

「お恵みください。お恵みください」

何度も同じ台詞をつづけたのは、機会を窺っていたからだ。目つきの鋭い男の所作を、彦八は油断なく凝視する。

いつもの癖で、男が顔を掌でなでようとしたときだった。

彦八は、片掌で素早く眉からあごへなめるようになでる。その後に、唇を蛸のように突きだした。

その瞬間、男たちの顔が凍りつく。

彦八は、ふたたび同じ俄かをする。物乞いの真似をしつつ、掌で顔を上下になでて、蛸のような唇をつくった。

目が吊りあがった男は、何をされたか理解していない。いや、したくないのだ。

なぜなら、いつもの癖で、男は顔を今まさになでていたからだ。掌はあごの先端にあり、口は接吻するように突きでている。

彦八が「お恵みくださいぃ、お恵みくださいぃ」とやりつつ、仁王のような眼光の男の真似をふたたびしてみせる。さきほどよりも何倍も大げさに、唇を下品に突きだした。最後には舌もだして、なぶる。

「ぶふっ」と吹きだしたのは、後ろにひかえるふたりの武士だった。

耳の潰れた男は手を口にやって、鼻の曲がった男は腹を押さえて、必死に笑いをこらえている。武士ふたりの肩が波打っているのが、着衣の上からでもわかった。

「お恵みくださぃ」

次に掌でなでるとき、唇だけでなく眉や目、頬も盛大にゆがめた。あらわれたひょっとこのような表情を見て、こらえていたふたりの自制心は限界を迎える。

「ぶぅうはっ」

弾けるようにふたりが笑いをこぼした。口を大きく開けて、肩を叩きあう。

耳の潰れた男は尻をついて地を叩き、その肩に鼻の曲がった男が額を押しつけ、涙を流している。

一体、どれくらい笑っていただろうか。武士ふたりは、急に笑顔を硬直させた。

彦八は、ゆっくりと顔をもうひとりの武士へとやった。総身を激しく戦慄かせている。吊りあがった目は、赤くにじむほどに血走っていた。

「き、貴様、町人の分際で武士を……わしを愚弄するのか」

発せられた言葉に、思わず彦八の身がすくむ。

ふるえがほとばしる手が、刀の柄をにぎったからだ。明らかに、理性が消え失せている。

や、やばいと思ったときには、遅かった。背後のふたりでさえ、にじり下がるような怒気、いや殺気を放っている。

鞘《さや》から引きぬいた刀が、彦八の鼻先をかすった。そして、生温かいものが鼻から唇へと垂れはじめる。

「ば、馬鹿、やめろ。いくら町人とはいえ、斬れば大事だぞ」

「そうだ。刀を鞘に納めろ」

あわてて制止しようとしたふたりが、悲鳴をあげた。

近寄る朋輩《ほうばい》に対して、刀を横にひと薙ぎしたのだ。耳の潰れた武士の袖が、見事に両断されている。

「止めれば、この彦八同様、わしを愚弄したとして斬る」

この一言で、武士たちの体は金縛りに遭ったかのようにかたまった。目を、ゆっくりと彦八へむける。黒い満月のような瞳からは、正気の色が消え失せていた。

——本気や、本気でおれを殺す気や。


逃げようとしたら、足がもつれた。剣風が顔の横を吹きぬける。

「ひぃぃぃ」

己の悲鳴を聞きつつ、よろめく体を必死に動かす。足がもつれていなければ、間違いなく斬られていた。

男の刀が次々と閃く。彦八の着衣のどこかが切れたのか、脇腹を夜気が冷やす。さらに武士が一閃すると、いくつもの髪の毛が舞った。

急に、視界が傾《かし》いだ。足首に痛みが走り、窪《くぼ》みにはまったことを悟る。体勢が大きく崩れ、こめかみを鈍い衝撃が襲う。頬がべたりと地面についている。

「おのれ、逃げるな。成敗してやる」

見れば、さきほどまで彦八のいた地面に、深々と刀が突き刺さっていた。引きぬくのと彦八が立ちあがろうとするのは、同時だ。

あれ、とつぶやいた。まっすぐ進んでいるはずなのに、左へとよろけている。足は酩《めい》酊《てい》したかのようにもつれていた。

意思とは関係なく、両膝と両手をつく。視界が激しくゆれる。

——あ、あかん、頭打ってもうた。

振りむくと、武士がふたたび刀を頭上にかまえるところだった。唇をめくりあげる笑みから、どんな一太刀を浴びせられるかを理解した。

本能でつむろうとした目が、見開かれる。

——なんや、あれは。モモンガか。

黒い影が、彦八と武士のあいだに飛びこんできたのだ。振りおろされる凶刃を、影が二本の腕で受けとめる。いや、刀をもつ手首を押さえたのか。

次の瞬間、武士の体が宙を舞っていた。

「おのれ、曲者が」

戸惑っていた武士ふたりが我に返り、腰の刀に手をやろうとした。

だが、ぬくよりも速かったのは、影の動きだ。

ひとりの腹に当て身を深々と打ちこみ、振りかえる所作のついでのように、もうひとりの首の後ろに手刀をめりこませた。

刀を鞘から半分ほど引きぬいた状態のまま、ふたりが悶絶する。

――誰や、あれ、天狗《てんぐ》か。誰が助けてくれたんや。

彦八はゆれる視界を必死に持ちあげようとしたが、無理だった。朦朧《もうろう》とする意識が視界を白く濁らせ、やがて糸が切れるように気を失った。

八

彦八は寝返りを打った。柔らかい布団につつまれていることを、夢うつつの頭で理解する。

まぶたが跳ねあがった。

「どこや、ここは」

起きあがると、かけられていた布団が足下にずり落ちる。豪華な錦布団は、雲をつめたかと思えるほど柔らかい。

彦八の四方には、勇壮な松林の絵が描かれた襖《ふすま》があった。ふんだんに使われた金箔が、彦八の視界に色を塗るかのようだ。釘隠しなどの金具にさえ、細かい意匠と金箔が施されている。目を上にやると、漆を塗った黒い天井があり、彦八を呑みこむかのように雲龍の図が広がっていた。

「極楽やろか」

半開きにした口をそのままに、左右を見回した。そして、記憶をたどる。

武士三人に襲われた。これはたしかだ。実際に体を見ると、あざがあちこちにあり喉も痛い。そして武士に殺されそうになったとき、正体不明の影が助けてくれた……ような気がする。

「お目覚めでございますか」

いつのまにか襖が開いて、小姓と思《おぼ》しき少年が伏し目がちに座していた。背後には庭が広がり、太鼓橋のかかる池がある。朝の陽光が射しこみ、薄紫の木蓮《もくれん》や白と朱がいり交じる沈丁花《じんちょうげ》が輝いていた。

「あの、ここは……」

「主人がお待ちです。どうぞ」

質問をさえぎるようにして小姓は立ちあがり、彦八を案内した。誘《いざな》われたのは、漆塗りの格《ごう》天井がある座敷の間だった。縦横の格子で区切られた天井の数々の正方には、花鳥風月の絵が描かれている。

畳は奥が一段高くなっていた。将軍の謁見の間のような上座にいるのは、天鵞絨《ビロード》の脇息《きょうそく》に肘をあずけるひとりの貴人だ。中背で痩せ気味の体を、紅一色の小袖と金襴《きんらん》の柄のはいった袴でつつんでいる。年齢は二十代の後半か、三十代の初めであろうか。元は端整な顔だったのだろうが、目の下の濃い隈《くま》とこけた頬が、陰鬱な雰囲気を与える。

「お主が、米沢彦八か」

前にすわらされ、なめるように見つめられた。大身《たいしん》の武士であることは間違いない。寝室やこの部屋の調度品を見る限り、数十万石の大名か。あるいは、その大坂屋敷をあずかる家老ではないか。

加賀前田家、薩摩島津家、仙台伊達家、尾張徳川家……、彦八の頭に次々と著名な大名家の名前が浮かんでくる。

「こたびは災難であったな。狼藉者どもめには、きつく灸《きゅう》をすえてやったゆえ安心せい」

礼をいうべきだろうが、何者かわからぬという戸惑いが彦八の口を重くさせる。

「どうした。なぜ、何も申さぬ」

あわてて命を救ってもらった礼を言上し、つづいて喉から迫りあがる疑問を素直に口にした。

「な、なにゆえ、彦八めを助けてくれたのでございますか」

ふん、と口を動かさずに鼻だけで笑われた。

「彦八とやら、わしは退屈で死にそうなのじゃ。世にあいておる。こんなわしを見事、笑わせてみせろ。そちを救ったのも、わしを笑わせるためよ」

上座の貴人は、手を大きく叩く。小姓が檜《ひのき》造りの三方《さんぽう》をもってきて、彦八の前においた。

「こ、これは……」

彦八は絶句する。三方には、塩でも盛るかのように無造作に砂金が盛りあがっていたからだ。

「見事、わしを笑わせれば、これをくれてやるぞ」

痛む喉もかまわずに、彦八は唾を呑みこんだ。上座の貴人は、紙くずでも見るかのような目で砂金を眺めている。

「どうした、なぜ黙っておる。おもしろ可笑しい咄をしてみせよ。座してやるのが難しいなら、たってもかまわん」

失礼と知りつつ、彦八は貴人を凝視した。隈が縁取る目とこけた頬は、そこだけ見れば病人のようだ。

「恐れながら、お殿様はお苦しみやお悩みがおありなのでしょうか」

貴人の表情にさらに険しさが付加された。隈の黒さが増すかのようだ。貴人は素早く横に視線をやった。そのさきには、大人の背丈の半分ほどの扉があり、房紐が垂れている。護衛がはべる武者隠しの間の扉だろう。

武士たちから救ってくれた影はこの貴人ではないと、彦八は思った。影はもっと逞しく大きかった。あるいは、警護の者がはべる武者隠しの間にいるのか。

彦八の思考をさえぎるかのように、貴人の返答があった。

「苦しみだと、そんなものがあるわけがなかろう。見ろ、この贅を極めた間を。わしの心を悩ませるものが、この世にあるように見えるか」

貴人の視線を、彦八は正面から受けとめる。武士たちに痛めつけられた喉が痛むが、かまわずに言上した。

「恐れながら、彦八めの芸をご覧になりたければ、生國魂神社へお越しくださいませ」

しばしの沈黙があった。

「なに」と貴人がつぶやいたのは、本当に彦八のいったことが理解できなかったからのようだ。目を天井にやり、耳にはいった言葉を思いだすかのようにしている。

「今、なんと申した」

「彦八めの芸、見たいとおおせであれば、ぜひ生國魂神社へお越しください。かならずや、退屈の気を散じさせてみせまする」

貴人の目つきが鋭くなる。

「ここでは咄ができぬと申すか」

「はい。このお部屋でひとり咄を聞いても、厭世《えんせい》の気がいたずらに増すだけでございます」

かすかに声はふるえていたが、彦八はかまわずにつづける。

「なにより笑いと申すものは、奇妙なものでございます」

彦八は貴人にもわかるように、辺りに視線を配った。

「このようなお座敷で一対一で咄をやっても、可笑しいものは可笑しいのですが……」

上座の貴人は三白眼《さんぱくがん》で睨みつける。

「生玉さんの境内で、みなと一緒に咄を聞いてともに笑う方が、いく万倍も楽しゅうございます」

貴人のまぶたが持ちあがった。

「無論、お忍びで結構でございます。下々の者に交じり、ぜひ彦八めの咄をお聞きください。命を救ってもらったご恩をお返しするために、そのときは力の限り咄を披露させていただきます」

彦八の顔を、貴人は不思議そうに見つめている。

「お主、正気か。お忍びでならば、この金はくれてやることはできぬぞ」

三方の上の砂金の山を指さした。

さすがにちょっと惜しいとは思ったが、腹に力をこめて誘惑をねじ伏せる。

「六文もあれば、木戸銭は十分でございます。その上で、彦八の咄がおもしろいと思うのであれば、小玉銀でも丁銀《ちょうぎん》でも、あるいは小判でも、存分にお投げいただければ嬉しく思います」

あちゃあ、ゆうてもた、と内心で頭をかかえたが、顔はなんとか平静を装う。

いらぬと宣言すると、目の前の砂金の輝きが増すかのように感じられるのが憎たらしい。

「おもしろい男だ」

　上座の貴人は、いつのまにか口元を綻ばせていた。さきほどまでの冷たさはどこかへ消え、温もりを感じさせる微笑だった。

「もう、下がってよい。今日も舞台があるのだろう」

　展開の早さに、彦八の頭はついていかない。

「何を愚図愚図しておる。まだ、いるというのなら、力ずくでここで咄をさせるぞ」

　彦八はあわてて頭を下げた。

「では最後に御名をお教え……」

「それはよい」と、言葉を投げつけられる。

「秘すれば花、と申す。教えぬのも座興だ。庭に駕籠を用意している。そのままわが名を知らずに帰れ」

　駕籠に押しこめられて難波村まで連れていかれれば、手がかりがなくなる。途中で駕籠の戸を開けてのぞかせてくれるような隙を、この貴人が与えるとも思えない。

「わしの前で咄をせなんだ罰よ。それとも名を知るために、ここで咄をやるか」

　いつのまにか三方は下げられていた。

上座の貴人は、意地の悪い笑みを浮かべている。きっと、負けず嫌いなのだろう。

「わかりました。では、いつか生玉さんの舞台でおあいできる日を、心待ちにしております」

もう一度、深々と頭を下げて、彦八はこの不思議な貴人のもとから立ちさった。

九

彦八がいなくなってから、男は天鵞絨の脇息に身をあずけた。彦八がすわっていた座敷を上座からじっと眺め、さきほどのやりとりを反芻する。己が並でない財力と権力をもつと知りつつ、彦八は屈することがなかった。唇が微笑みを象《かたど》っていることに気づき、あわてて口元を隠した。

錠を外す小さな音がして、横の武者隠しの扉が開く。なかから、長身の武士があらわれた。贅肉のない引きしまった体に長い手足、髪には白いものが多い。目尻や口元にはしわができているが、所作に無駄はなく、老いはほとんど感じられない。上座の端をとおり、下座の彦八が座していた場所へいき、尻を落とす。一礼して頭をあげたとき、南蛮人のような茶色い瞳と正対した。

「さすがだったな。二代目安楽庵策伝を名乗ったお主が認めるのもうなずける。このわしにむかって、境内へこいといいおったわ」

元二代目安楽庵策伝こと田島藤五郎《たじまとうごろう》は、茶色い瞳をすがめるように微苦笑を浮かべた。

彦八を三人の武士の凶刃から救ったのが、この田島藤五郎である。飛騨《ひだ》高山の麒麟児《きりんじ》と呼ばれた文武は、いまだに健在だ。

「申し訳ありませぬ。彦八め、咄のひとつやふたつ、面倒なことをいわずとも左京様《さきょう》にご披露すればよかったものを」

そういうわりには、田島藤五郎は晴れ晴れとした顔をしている。茶色い瞳が、涼しげな光彩をさらに強める。

ここは、飛驒高山金森家が大坂にもつ屋敷である。わずか七万石とはいえ、金山をもつがゆえに、その調度品は将軍家もかくやと思うほど豪華だ。

「このわしが、一町人にああまでかろんじられたというのに、どうしてかな。なぜか、心が晴れやかだ」

今度は手で隠すことなく、声をだして笑う。

「対面するお方が飛騨高山の金森左京様と知れば、彦八め、腰をぬかしおったでしょう」

金森〝左京〟近供《ちかとも》──先代の飛驒高山金森家当主の弟である。兄である先代が早逝《そうせい》し、二歳で飛驒高山の金森家六代目をついだ甥を必死に守《も》りたてる後見役だ。隣国加賀百万石の前田家と境界争いがおきたときに、見事に勝訴せしめた政治手腕の持ち主でもある。田島藤五郎同様、飛驒高山にこの人ありといわれる人物だ。

「どうだかな。彦八めは、侍に殺されかけても信念を曲げなかった。大名でもない、名代のわしの名前ごときにはたして屈するかな」

金森左京の言葉に、田島藤五郎の顔に誇らしげな笑みが咲いた。

「莫大な金銀をもつ飛驒高山の名代のわしでさえ、老中や大奥のご機嫌を伺い、賄賂《わいろ》を贈り、いいたくもない世辞をならべねばならぬ。にもかかわらず、彦八め、山ともった金もいらぬといった。賄賂に狂った幕閣めがこの話を聞けば、腰をぬかすぞ。これほど痛快なことがあろうか」

闊達にいった金森左京とは対照的に、田島藤五郎の笑みが翳《かげ》り、瞳に寂しげな色がさす。

「彦八めは、権勢にも財にも屈しなかった。見事な男だ。きっと将軍に詰めよられても、ここで咄をしなかっただろう。それに比べ我らは……」

金森左京は唇を嚙む。

飛騨高山の金山を手中にしようとする幕閣に対して、金森左京と田島藤五郎は必死に抗《あらが》った。老中の無理難題、大奥への賄賂、暗躍するお庭番との死闘。幼君をかかえ、改易の危機を何度も乗り越えた。

金森左京は長いため息を吐く。

飛騨高山の金森家は限界に近い。四年前に徳川綱吉が五代将軍となり、その懐刀の柳沢吉保《よしやす》が重用されてから、飛騨高山領乗っ取りの計略が苛烈さを増した。将軍と柳沢吉保は、金森家の要《かなめ》となる人物を籠絡《ろうらく》することに成功したのだ。それは幼い当主・金森頼時《よりとき》、その人である。人質として頼時は常に江戸にあり、一方の左京は、名代として参勤交代で江戸と領国を一年ごとに行き来しなければならない。左京の江戸不在のあいだに、金森頼時に柳沢吉保らが近づき、金森左京と田島藤五郎が金山の富を横領していると吹きこんだのだ。

幼かった金森頼時は、もうすぐひとり立ちする。きっと、金森左京や田島藤五郎は閑職に追いやられる。そして将軍家は金森頼時に信頼をよせているふりをして、側用人《そばようにん》などの重職につけ、ささいな失策を足がかりに改易か移封を言いわたすはずだ。

金森左京と田島藤五郎らが要職についていない金森家に、それを防ぐ術はない。

「いずれ、我らは金山を失う」

金森左京の言葉に、田島藤五郎は顔をあげた。

「先代のご当主様は、遺言でおっしゃっておりましたな。幕府にくれてやるぐらいなら、金山の金を名物や宝に替えろと」

周りを囲む襖絵や天井画に、金森左京は目をやった。

「そうだ。あるいはわが兄である先代は、若君が将軍家に籠絡されることを読んでいたのかもしれぬな」

金森左京は天井の美しい絵の数々に目をやる。

「だが、遺言どおりに名物や宝を集めてみたが、存外に虚しいものだ」

数々の調度品が、金森左京の心を癒すことはなかった。

「あるいは改易になれば、これらの名物を失うことになるかもしれんが、これっぽっちも惜しいとは思わぬ」

昏から自嘲の笑みが漏れて、自覚できるほどに金森左京の顔がゆがむ。

「だが、彦八の芸を失うのは惜しい」

金森家は代々、諧謔《かいぎゃく》を楽しむ家系だ。お伽衆として高名だった開祖金森法印《ほういん》（長近《ながちか》）、その弟の安楽庵策伝、そして血は繋がっていないがその後の金森一族たちも、茶道の一流派を打ちたてたり、和歌の世界で名をあげたりしている。

「強者に屈せぬ奴の心意気は、どんな宝にもかえ難い」

脇息をにぎりしめると、美しい天鵞絨の生地にしわがよった。

「ですが、彦八はこのままでは、きっとどこぞの大名家の怒りを買い、牢にいれられてしまうでしょうな」

なぜか田島藤五郎は他人事《ひとごと》のようである。

金森左京はもう一度「惜しいな」とつぶやいて、懐から一冊の書物を取りだした。『醒睡笑』と墨書された表紙を、ゆっくりとなでる。

「老中や大奥に賄賂をばらまいた後、わしは決まってこの本を開くことにしている。笑話はいい。疲れた心を癒してくれる」

著した金森家始祖の弟君に思いを馳せつつ、目を閉じた。

「安楽庵策伝和尚のように生きられればと、何度思ったことか」

「某《それがし》もお庭番と戦い、老中の謀と対峙《たいじ》したとき、同様のことをしておりました」

田島藤五郎の声に、金森左京はまぶたをあげた。

茶色い瞳と正対する。

兄である先代の当主から、金山の富をどうするかは一任されていた。そして、先代自身も『醒睡笑』を愛するひとりだった。

決断を口にする前に、大きく息を吸いこむ。二代目安楽庵策伝こと、田島藤五郎を見すえる。

「家中一の――いや、江戸にさえも知恵藤五郎と名を轟かせるお主に、金山の富の全てをゆだねる。米沢彦八の芸を、つまらぬ武士の面目のために殺させるな。できるか」

田島藤五郎の茶色い瞳が、強い光で彩られた。

片頬を持ちあげて、不敵に笑いかけてくる。

「笑話の腕は彦八や策伝和尚に遠くおよばねど、飛騨高山の麒麟児と呼ばれたこの田島藤五郎、見事に彦八の芸を生かしてみせましょう」

金森左京は大きくうなずいた。

初代以来の金山はいずれ失う。しかし、もっと大切な何かを、この太平の世にのこせるかもしれない。

何度も読んだ『醒睡笑』を、金森左京は懐のなかにゆっくりとしまった。

十

彦八の目の前の客席の一角に、いかつい武士が数人たむろしていた。笠をかぶり、顔は見えない。腕を組んで、彦八の咄にじっと聞きいっている。

武士に襲われた夜のことを思いだし、背筋が寒くなる。

――あ～ぁ、なのにおれ、なんでこんな咄してるんやろぉ。

彦八が披露しているのは、ある臆病な侍の咄だ。町人と喧嘩になり、『刀をぬけるものなら、ぬいてみろ』と馬鹿にされて、すごすごと退散する内容である。

喉に叩きこまれた手刀の痛みは、まだ記憶に新しい。にもかかわらず、なぜか武士たちをからかうように饒舌《じょうぜつ》だ。

何より咄の合間の俄か大名は、いつもよりたっぷりと時間をとって、大いに笑わせてしまった。

――くそったれ、なるようになるわ。

やけになればなるほど、咄の出来は鋭くなるから不思議だ。

『では、お主はその刀をいつぬくのじゃ』

右を見つつ侍の友人の仕方をしてから、逆をむいて眉を八の字にして気の弱い侍になりきる。

『失敬な。拙者も男。刀をぬくときはぬく』

『だから、それはいつなのじゃ』

『このように飯を食うときじゃ』

膳の前にすわり、腰の二刀を帯からとって床におく仕方で、雷雲が轟いたかのような笑いがおこった。何人もの客が立ちあがり喝采を送ったので、笠をかぶった武士たちがどんな反応をしたのかまではわからない。

生玉さんのひかえ小屋の入口をふさぐようにして、二刀を腰に差した人影があらわれた。何事かを、親方の竜兵衛へと伝えている。

とうとうきよったか、と彦八は腹の底に力を入れる。夜道で襲わないのは、正々堂々と彦八を弾劾《だんがい》するつもりか。それとも、彦八が考えているより、もっと大きな後ろ盾がいるのか。例えば、大坂町奉行所のお達しをうけてのものだとすれば、一町人の彦八には抗いようがない。

武士たちの歩調と拍子をあわせるように、彦八の心臓が不安気な音をたてる。

——ええい、そのときはそのときや。旅の芸人になって、全国行脚して笑わせたるんや。


「米沢彦八殿か」

武士が重々しくいうと同時に、横の男がすかさず袖に手をやった。

身をかたくする彦八をよそに、武士は太い腕を袖からゆっくりと引きだす。

「なんや、これ」

彦八は、目の前のものに指をやった。広げた風呂敷の上に、数枚の小判と書状がおかれているではないか。

「彦八殿が、わが主を俄かに取りあげていただいたことへのお礼でござる。些少《さしょう》なれど、お納めいただきたい」

両手の指をそろえて、小判を押すようにして彦八へと近づけた。

「いや、ちょっと待って。意味わからへんのですけど。なんで？　なんでですか。お叱りにきたんとちゃいますの」

武士たちは大仰《おおぎょう》に首をかしげる。

「これは奇なることをおっしゃる。彦八殿が俄かに取りあげてくれたおかげで、殿が側用人に抜擢されたのじゃ」

側用人とは江戸にいる将軍の側近で、なかには老中並みの権勢をもつ者もいる。この侍の殿様が側用人になったのと、彦八が俄かで取りあげることに、どんな因果があるのかがわからない。

呆然とする彦八の耳に、「おお、いたいた」と大きな声がやってきた。入口に、もうひとりの武士があらわれたのだ。彦八の前の小判を見て、血相を変える。

「おのれ、さきを越されたか」

なぜか怒りつつ、こっちへ走ってくる。そして顔を険しくしつつ、懐から同じく数枚の小判をだした。

「彦八殿とお見受けした。何とぞこれで、わが殿を俄か大名として取りあげていただきたいのじゃ」

はあ、と不遜《ふそん》にもききかえしてしまった。

「ほんまに意味がわからへんのやけど。どういうことでっか。なんで、俄か大名のお礼をもらったり、小判積まれてやってくれといわれたりせなあかんのでっか」

さきほどはいってきた武士が、最初に小判をだした男たちを睨む。

「さては、側用人に抜擢された山根家か、いやちがうか。見事に吉原の傾城《けいせい》を落籍《ひか》した羽崎家か、あるいは、屋敷から黄金の菩薩像が見つかった高田家か」

どれも彦八が俄かで取りあげた大名の名前である。一体、江戸で何がおこっているのだ。

「我らは側用人に取り立てられた方よ。ただし山根家ではなくて、生駒家だがな」

「そうか、そっちの方か」

武士は手を打ってひとり納得している。

「実はな、彦八殿……」

最初にやってきた武士たちが、重々しく口を開いた。

男の語るところによると、ここ何月かのあいだに、彦八が俄かで取りあげた大名に、次々と奇妙な僥倖《ぎようこう》が舞いこんでいるという。

ある大名は側用人に抜擢されたり、ある大名は江戸屋敷の縁側の下から黄金の菩薩像が都合よく発見されたり、ある大名はなぜかもっていた二束三文のかけ軸を千両で引きとりたいという謎の商人があらわれたり、ある大名が落籍そうとした吉原の傾城の額がなぜか急に十分の一になったり。

それらはみな、彦八が取りあげた大名たちで、江戸では彦八に俄かで取りあげられると、幸運が舞いこむと大評判になっているという。

「まさに生き菩薩のごとく、彦八殿は江戸では崇《あが》められているのでござる」

ほうっておけば両手をあわせかねない勢いである。

後からきた侍が先客の男たちを押しのけて、彦八に顔を近づけた。

「だから、お願いじゃ。わが殿のために、何とか俄かをやってほしいのじゃ。そうだっ。わが殿の癖はな、家来を叱るときに、こうやって右の腕をな……」

男は自分の主の真似をしはじめた。

「あのうぅ」と、控え目な声がまた入口からした。頭巾をかぶった商人がたっている。

「加賀前田家の御用商人をやっているものです。彦八はんはおりますか。ああ、そんなとこで、囲まれて」

小気味よい足音とともによってきて、風呂敷包を卓におき、慣れた手つきで開く。なかからあらわれたのは、黒光りする茶碗だった。

「あの、まさか、これで前田の殿様の俄かを」

ゆっくりと商人はうなずく。

「はい、無骨な家中の方が説得されるよりも、私の方がよろしいでしょうと。お殿様から、直々にご指名を賜《たまわ》りました」

「ちょ、ちょっと待ってください。そんな話はうけれまへん。もって帰ってください」

「なにゆえです」

全員に一斉に問われても、彦八は上手く答えられない。

彦八は笑いで銭を稼ぎたい。俄かの笑いで客席から小判が飛ぶなら、望むところだ。喜んで、懐にいれる。

だが、この小判や名物の茶器はちがう。大名の見栄が払わせたものだ。受けとってしまえば、間違いなく彦八の芸は腐る。そして、聴衆は恐ろしいほど敏感に彦八の芸の堕落を感じとる。そう考えれば、彦八には大名や武士たちよりも、市井《しせい》の客の方がはるかに恐ろしい。

だが、とっさのことで彦八は説明することができない。

「と、とにかく、受けとることはできまへん」

音がするほど、勢いよく立ちあがった。

「お大名を出世させるために、やってるんやないんです。だから、受けとるわけにはいきまへん。お引きとりください。あ、けど、さっきやってくれた、殿様の真似はおもしろかったから、使わせてもらうかもやけど。金はいりまへん。いやいや、だから、もらわれへんってゆうてますやんか」

押しつける小判と茶碗を、必死に押しもどす。

「そういうことです。生意気いいまっけど、察してください」

小槌《こづち》をふるように頭を三回下げてから、彦八はひかえ小屋の出口へと脱兎《だっと》のごとく駆けだした。

「彦八殿、わが殿の口癖は〝でごじゃる〟で、ござるぅ。何とぞ、次の俄か大名によろしくお願い申しあげますぅ」

未練がましい声を、必死の思いで引きはがすのであった。


汗をふきつつ彦八がやってきたのは、祠裏の広場である。かつての、彦八と里乃の思い出の場所だ。

「ほんまに、けったいなことになったで。まさか、俄かやってくれって、大名からたのまれるやなんて」

首をひねりつつ、その場にへたりこんだ。

大きく息を吐く。今頃になって、体がふるえてきた。彦八の俄か大名が、天下御免になったのだ。また武士たちに襲われるのではないかと、ずっと気をはっていた毎日を思いだす。もう、怯《おび》える必要はない。

「よかったぁ」とつぶやいて、額を地面につけた。この下に里乃との約束の巾着袋がある。

どのくらい、そうしていただろうか。

「ねえ」という、可愛い声が聞こえて、彦八は上体を持ちあげた。見ると、彦八の着物をつまむ童女がいる。年のころは、十には満たないようだ。青洟《あおばな》を垂らし、粗末な服をきている。

「ねえ、彦八はんやろ。なんか、芸してや」

「芸って、ここでか」

細い首をおるようにして、童女はうなずいた。

「すまんな、お嬢ちゃん。芸見たいんやったら、生玉さんに来てや。ひとり、六文やから」

童女はうつむいて、急に押し黙る。

「どないしてん」

しわができるほど、彦八の着物を強くにぎりしめている。

彦八は気づいた。童女のきる服の袖は擦《す》りきれて、糸があちこちでほつれている。

「もしかして、六文ないんか」

洟をすすりながら、うなずかれてしまった。

「そっか、ほな、しゃあないな」

童女の指をほどくようにして、彦八は外した。

「すまんな、嬢ちゃん。おれは笑かして、銭稼いで飯食うてるねん」

いいつつ背中を見せて、ふたたび地面の上にしゃがみこむ。両手のさきを、柔らかい土のなかにめりこませた。

「飯屋にいって、無一文で飯食うか。笑いも同じじゃ。お代なかったら、聞いたらあかん」

背中ごしに、童女が動揺する気配が伝わる。彦八は振りかえらない。かまわずに両手を動かして、土中から何かを掘り当てた。

「せやから、これやるわ」

童女へと振りむいて、埋まっていたものを突きだした。

里乃との約束の巾着袋だった。不思議そうに、童女は首をかしげる。

「開けてみ。ええもん、はいってるから」

恐る恐るなかを開いて、丸い小石と貝殻を小さな指でつまみあげた。

「彦八はん、これ何」

「何って、銭やがな」

童女の目が満月のように丸くなる。

「ええか、石ころが一文で、貝殻がそうやな、五文にしとこか。この銭もってくれば、生玉さんでおれの咄聞かせたる」

「ほんまに」

陽が射したように、童女の顔が明るくなった。

「嘘はつかへん。けど、この銭はおれの舞台でしか使えへんからな。ほかの芸人に使ったら、怒られるから気ぃつけろよ」

童女は何度も大きくうなずいた。

「よっしゃ。ほな、今日はもう家帰れ。明日はごっついおもしろい咄、聞かせたるさかいにな。楽しみにしとけ」

髪を乱すようにして、乱暴に童女の頭をなでた。

何度も手をふりながら小さくなる童女を、彦八は見つめる。

「あーあ、里乃にばれたら、しばかれるやろな」

小さくため息を吐いた。

けど、と彦八は思う。怒られるかもしれないが、きっと最後には「ええことしたやん」と、里乃は認めてくれるはずだ。

十一

元二代目安楽庵策伝こと田島藤五郎は、頭巾で顔を隠した金森左京を誘って、生國魂神社の赤い鳥居をくぐった。

「これは、まことに神社の境内なのか」

頭巾の隙間からのぞく、金森左京の目が大きく見開かれた。

「はい、私めも、初めて見たときは驚きました。あるいは、道頓堀を超える盛況といってもよいでしょう」

わがことのように誇らしげにいってしまうのを、藤五郎は自制することができない。両側には小屋舞台だけでなく茶屋までもがならび、詰めかける客で境内はひしめいている。一際多い人だかりは、間違いなく米沢彦八の舞台だ。

人垣の最後尾から、ふたりは舞台をのぞく。

長煙管《ながギセル》や立て烏帽子《えぼし》、湯飲みなどの道具を使い分けつつ、次々と何人もの大名を演じ、彦八は場を温めている。客の尻が長椅子に根をはるころ、彦八は咄へと移った。

伏見の乗合船に乗った、上方と江戸のふたりの老僧の様子を、彦八が仕方つきで熱演している。

上方の僧が、大坂で有名な女形役者のあやめを褒めれば、花の名前と勘違いした江戸の僧が『菖蒲《あやめ》よりも、杜若《かきつばた》の方がよいでしょう』と、頓珍漢《とんちんかん》な答えをかえす。

そんなやりとりを繰り返した後に、上方の僧が『では、宇源次はご存じか』と、畿内《きない》一の人気の若衆役者の名をあげた。江戸の僧は『なんと、京に二十日ほどもいたが、うげん寺という寺は知り申さず』というさげで、客を大いに笑わせる。

江戸と大坂で笑話を鍛えたという、彦八ならではの咄だ。

ふと、田島藤五郎が横を見る。金森左京の顔をおおう頭巾が、風にふかれたかのように優しげにゆれていた。隙間からのぞく目の隈は、心なしかうすくなっている。

「藤五郎、わしは江戸詰の家老たちに、江戸の辻咄や座敷をつぶさに検分させたのじゃ」

「それは、また、手のこんだことを」

さすが、加賀百万石前田家の恫喝にも屈しなかった男だ。驚くべきことを、平然とという。

「そして、わしは今日、彦八めの芸を聞いて、悟った。奴めの咄は、間違いなく天下一だ」

「なぜでございます」

「鹿野武左衛門や伽羅小左衛門らの芸は、安楽庵策伝和尚の著した『醒睡笑』から材をとった咄が多いと聞く」

それは真実である。

「だが、彦八の咄はちがう。策伝和尚の『醒睡笑』にもない、己独自の咄ばかりだ」

先行笑話集の二番煎じがすくなく、新作が多い。これが、米沢彦八の最大の特徴だった。この点でほかの辻咄たちよりも、彦八は間違いなく一歩も二歩も先んじていた。

「それにしても、まさか彦八の俄かで取りあげられれば、僥倖が訪れるなどとは。よくも、そんな馬鹿げた噂を広めたものだ」

金森左京と目があい、ふたり同時に含み笑いを漏らす。

一方、客席では、笑いがあちこちで噴きだしていた。百姓、武士、浪人、町人、商人、丁稚、職人、女房、童を肩車した翁《おきな》、杖をついた老婆、僧に尼に神官に巫女《みこ》もいる。ありとあらゆる大衆が、彦八の舞台にひしめいていた。

十二

田島藤五郎は、金森左京と別れてあるところへとむかった。瑞々《みずみず》しい新緑が茂る畦道《あぜみち》を歩く。田島藤五郎の視界に、朱の塗料で彩られた祠があらわれた。かつては色がはげて木目が見えていたが、誰かが新しく塗ったようだ。まるで生まれ変わったかのようである。その裏には、木々に囲まれた広場があるはずだ。

かつて、そこで彦八とひとりの娘を笑わせようとした。

「ちょ、ちょっと待ったってください」

背後から声がしたので、振りむく。

背ばかり大きくて、肉付きのうすい青年が走ってくるではないか。左右の鬢からは、毛が飛びでている。

米沢彦八が、飛ぶように駆けてくる。

藤五郎の前で立ちどまり、両膝に手をついて荒い息を整えた。ふるえる腕で、田島藤五郎を指さす。

「すんまへん。あんた、策伝和尚やろ」

大きく心の臓が跳ねた。

「やっぱりや。舞台にいるときから、どっかで見た顔やなって思ってってん。立派な髷をつけてるから、ちょっと自信なくて」

そうだ。彦八と初めてあったときは、僧形《そうぎょう》であった。

ゆっくりと、彦八が体をおこす。同じ高さに懐かしい顔がきた。

「大きくなったな」

思わず口走ってしまった。肩に手をおくと、年甲斐もなく彦八ははにかんでいる。

「ありがとうございます。舞台見にきてくれはったんです……よね。ど、どないでした」

語尾が硬くなるのが、可愛い奴だと思った。

「腹が痛くてしょうがないわ。笑いすぎだ。具合が悪くなったら、彦八のせいだからな」

わざとらしく腹をさすると、彦八は大きく安堵の息を吐いた。

「見事だぞ、彦八。お主は、まことの天下人のためのお伽衆となった。亡き初代安楽庵さく……」

「それは、ちゃいます」

真剣な表情で言葉をさえぎられた。

「おれは、天下人や大名のために芸はしまへん」

まっすぐに彦八は見つめてくる。

「大衆を、民百姓を笑わせてこその彦八やと思てます」

藤五郎は大きくうなずきつつも、「それはちがう」といった。

肯定の仕草と否定の言葉が同時にでたことに、さすがの彦八もたじろいでいる。

「わしのいう、まことの天下人とは、将軍様や大名のことではない。ましてや、大尽と呼ばれる商人のことでもない。天下の人、つまり天下の民こそが、まことの天下人という意味だ。そして、わが師、安楽庵策伝和尚が希《こいねが》いつつ、叶えられなかったことだ。それを、お主はやってのけた」

藤五郎は、懐から一冊の書物を取りだした。

「あの、それは、もしかして……、『真筆《しんぴつ》』の『醒睡笑』でっか」

音をたてて唾を呑みこんだ。

「ああ、そうだ。免許皆伝だな。受けとってくれ」

彦八はしばらく黙って見つめていたが、やがてゆっくりと首を横にふる。

「お気持ちは嬉しいけど、いりまへん」

彦八の言葉に、書物をもつ策伝の手がゆれた。

「おれは大名の真似はしても、芸人の真似はしたくありまへん。見たないといえば嘘になるけど、見てしまえば絶対に芸がぶれてまいます」

虚空に『真筆　醒睡笑』を差しだしたまま、藤五郎は「そうか」とつぶやいた。

「そ、そこまでいうなら、わたすのはよそう」

懐にはしまわずに手にもったままの己の、なんと未練がましいことか。こみあげる苦笑を、田島藤五郎は必死に打ち消した。

「かわりといっては何やけど、これ受けとってもらえまへんか」

彦八の手には、藤五郎と同じように一冊の書があった。表紙には『軽口男』と題されているではないか。

「今度、敦賀《つるが》屋さんと柏原屋さんでだしてもらえることになりました」

大坂でも有名な書林（版元）だ。開けようと思って、やめる。

「すまん。宿に帰ってじっくりと読んでいいか」

「もちろんです」

童のころのような大きな声だった。

「じゃあ、策伝和尚、お名前を教えてください。今は、策伝ではないんでしょ」

しばらく考えてから、口を開いた。

「よしておこう。お主とは身分関係なく、語りあいたい」

「そ、そうですか。わかりました」

すこし戸惑いつつも彦八はうなずいた。

「これからも、咄好きの策伝和尚で結構だ」

「咄好きやなくて、咄下手でしょ」

「こいつめ」と笑ったつもりが、上手くいかなかった。

いつのまにか、ふたりの影は長くなっている。

「ほな、おれ帰ります。策伝和尚、明日も舞台にきてくれますよね」

「ああ、大坂にいるあいだは、できるだけ足を運ぶ」

「じゃあ、次の木戸銭は小判でお願いします」

憎たらしく一礼して、去っていく。

小さくなる背中を見つめた。手には『真筆　醒睡笑』と『軽口男』の二冊の笑話集。

馴染んだ『真筆　醒睡笑』を開く。

あらわれたのは、白紙の頁だった。丁寧に一枚一枚めくる。一筆一文字たりとも書かれていない。


——己の独自の芸を開拓せよ。

そんな意味をこめて、初代安楽庵策伝和尚は一文字も記すことなく、『真筆　醒睡笑』

を製本したのだ。

その上から、『軽口男』を開いた。軽妙な挿絵付きで、文字がびっしりと埋まっている。

茜色ににじむ文章を目で必死に追いかけると、思わず吹きだしてしまった。彦八らしく全てが新作で、聞くのも読むのも初めての咄ばかりだ。

夕陽のなかに没しようとする背中にむかって、かつての二代目安楽庵策伝は声を投げかける。

「彦八、お前の著した『軽口男』こそが、『真筆　醒睡笑』にほかならぬのじゃ」

だが、細長い影は反応しない。

やがて、溶けるようにして、夕陽のなかに消えていった。

第四章　彦八、名古屋へ

二代目安楽庵策伝《あんらくあんさくでん》こと田島藤五郎《たじまとうごろう》との運命の再会をへて、米沢彦八《よねざわひこはち》は見事に大名物真似と天性の笑話の才を開花させたわけでございます。

顔もようない、頭も悪い、喧嘩も弱くて、女癖も悪い、どケチの親不孝で甲斐性なしの大嘘つきですが、米沢彦八の笑話の才能だけは本物やったわけですな。

まあ、笑話の才能いうても、わてほどやおまへんけど。

その名声は、ここ名古屋のお客様にもしかと届いているのは、目の前の光景を見ればわかります。おかげで本邦初の咄小屋に、こんなにも人が集まるのですから。

さて、そんな彦八ではございますが、あるものが欠けておりました。

そう、大切なあるものです。

わかる方、手をあげて。

はい、そこのお客さん、答えてください。

里乃《さとの》？　誰ですか、それ。

ああ、あの幼馴染みの女の子ですね。すっかり忘れてました。

あれ、なんか、嫌な視線を感じるなぁ。なんでやろ。

冗談ですやん。怖い顔せんといてください。

喜太郎《きたろう》の旦那も、助けてくださいよ。何、黙って見てるんですか。

もちろん、べっぴんで気立てのええ里乃さんのことも忘れてはいけませんが、もっと大切なことです。

それは、芸を継承する弟子でございます。

やはり、いかに芸が珠玉とはいえ、それを受け継ぐものがおりませんと画《え》に描いた餅《もち》でございます。

そんな彦八のもとに、あるひとりの男がやってくるのでございます。

はたして、彦八の笑いの芸は後世に受け継がれるのか否か。

そもそも、そんな天才がこの世にふたりと存在するのか。

では、皆様、今回は声をあわせていきましょう。

さあ、ご一緒に。

とぉおざぁぁいぃぃ
とぉうざぁあいぃいい

彦八の復讐

一

「冗談じゃねえよ、まったく」

男は忌々《いまいま》しげに土間を見た。

「毎日働いているのに、ちっとも銭がたまらねえじゃねえか。それもこれも、全部手前のせいだぞ」

買ったばかりの煙管《キセル》を、男は乱暴に床に叩きつける。弱々しい声が、土間の暗がりから聞こえてきた。

「そんなことといったって仕方ないじゃゃん。だって、おいらは……」

「うるせえ、黙ってろ」

土間の暗がりに怒鳴りつける。拍子で持っていた煙管が、ポキリとおれた。

「ああ、またじゃねえか。これ、いくらしたと思ってやがんだ」

怒りのあまりだろうか、男は煙管を投げつけ、大股で土間に下りる。

「な、なにするつもりなの」

「もう勘弁ならねえ。これだけ働いて、どうしてこんな暮らしを送らなきゃならねえんだ。おっぽりだしてやる。でていけ、この貧乏神め」

「やめて」

男は悲鳴を無視して、襟を掴む。暗がりから引きずりだしたのは、灰色の襤褸《ぼろ》をまとった老人だった。ねずみを思わせる無精髭《ぶしょうひげ》が口元をおおっている。

「勘弁してよ。そんなことをしたら、またばちがあたるよ」

老人とは思えぬ甲高い声で抵抗するが、男はかまわずに土間を引きずり戸口へいく。

「さあ、でていけ」

だがどうしたことか、老人の体はぴくりとも動かない。開けた戸口を、透明な壁がふさぐかのようだ。

「畜生、動け、でてけよ」

突然だった。ケケケと、老人は甲高い声で笑ったのだ。

「無理無理。人間の力じゃでていかないよ。だって、おいらは貧乏神だからね」

とうとう男は力つきて、尻餅をついた。

「畜生、どうして、おれが貧乏神に取り憑《つ》かれなきゃいけないんだよ」

男の泣き言に、耳障りな声で笑う老人——貧乏神の声が重なる。

男が貧乏神に取り憑かれたのは、一年前のことだ。以来、どんなに銭を稼ぎ節約しても、お金がでていくばかり。だけでなく、食べた魚にあたったり住んだ長屋が雨漏りしたりと、薬や修繕のために借財までする始末。

ふと見ると、竈《かまど》の上にある鍋が割れているではないか。どうやら、無理やりに貧乏神を追いだそうとして、ばちがあたったようだ。これでまた、借財が増えてしまう。

「どうすりゃ、お前はでていってくれんだよ」

「あきらめなよ。貧乏暮らしも悪いくないもんさ。命をとられる疫病神よりはましだろう」

男はそこで考えた。

「待てよ、じゃあ、この貧乏神に自らでていきたいって言わせればいいのか。おーい、安」

男は隣の長屋の住人に声をかける。そして、町の辻にたっている説経語り（音曲《おんぎょく》つきの物語）を呼ぶようにいう。

「どうしてだい。その説経語りはとんでもなくつまんないって、兄貴はいってたじゃないか」

隣人の安は不思議そうにしながらも、法外な駄賃を要求した後に辻へと走ってくれた。

「じゃあ、自分からでていきたいっていわせてやる。覚悟しろよ、つまんねえ説経を一晩中聞かせてやるからな」

いっているうちに、説経語りが安に連れられてやってきた。

「この貧乏神がどっかいくまで、説経しつづけてくれ」

説経語りは、不思議そうな顔で男が指さす先に目をやった。当然のごとく貧乏神は見えないので、首をかしげるだけだ。男が財布の銭をぶちまけると、不承不承ながらも説経をはじめてくれた。

題材は『安寿姫《あんじゆひめ》と厨子王《ずしおう》』。平安時代の悲劇の姉弟の説経である。案の定、調子外れの声はやすりで鼓膜を削るかのようで、男は鳥肌を浮かべつつも我慢した。

一方の貧乏神はどうかと、目をやる。

「やった」と、男は歓声をあげた。貧乏神は両手を目にやって、おんおんと泣いているではないか。どころか貧乏神は自分の足で立ちあがり、戸口へとむかおうとする。

「で、でていくんだな。やっと、おれを解放してくれるんだな」

「いえ、あまりにいい説経だったので、仲間の貧乏神も呼んでやろうと」

二

肥えた腹からずり落ちそうな帯をかかえて、伽羅四郎斎《きゃらしろうさい》は座敷のひかえの間に腰を落とした。伽羅一門の証《あかし》である黒羽織の襟を太い指で整える。

今日は、久々にかかった大きな座敷だ。心して咄《はなし》をせねばならない。

「四郎斎の兄貴、いよいよ我らの時代がやってきますな」

取巻きがもみ手で語りかけてくる。

「あの鹿野武左衛門《しかのぶざえもん》がいなくなったのです。今年の座敷比べの東の大関は、兄貴で間違いなしでしょう」

「いわれんでもわかっておるわ」

東西の両大関を独占した鹿野武左衛門と伽羅小左衛門《こさえもん》は、もういない。引退した師匠である伽羅小左衛門にかわり、伽羅一門を四郎斎は引っぱっていかねばならない。そのためにも、今回の座敷はしくじってはいけない。

今まで伽羅一門には声がかからなかった、玉戸屋という船問屋からの初めての座敷である。なんでも、もうひとり辻咄を呼んできて、四郎斎と勝負をさせるという趣向だ。座敷比べの今年の大関候補を占うという意味がある。

だが、なぜだろうか。

四郎斎の体からは力が湧いてこない。手首にできた湿疹の痕をかきむしる。米沢彦八という若造の計略でできた蚤《のみ》にかまれた痕は、もう十年以上たつのに痒《かゆ》みがたまにぶり返す。今もそうだ。

思えば、あのころが辻咄や座敷咄の最盛期だった。

鹿野武左衛門と伽羅小左衛門がいなくなってから、座敷咄は急速に活況を失いつつある。かつては隆盛をほこった伽羅一門も、櫛《くし》の歯が落ちるようにひとりふたりといなくなっている。

「それにしても、今宵《こよい》の座敷比べの相手はまだこんのか」

手首をかきむしりつつ、四郎斎はいう。

「なんでも、呼んだのは大坂の辻咄らしいですね。案外、道に迷っているのでは」

そうだったのか。てっきり江戸の辻咄だと思っていた。

両雄のいなくなった江戸には四郎斎の敵はいないと高をくくっていたので、相手の名前さえもきかなかった。

だが、大坂の芸人が相手ならば腹をすえてかからねばならない。忌々しいが、大坂生《いく》國魂《くにたま》神社での辻咄の隆盛は、口にするのも忌々しい男の名前とともに四郎斎の耳にも入ってきている。

「今宵の相手の名前はわかるか」

「さあ、たしか出羽山彦」

「でわやまびこ？」

「いや、陸奥《むつ》彦根とか、彦七とか、そんな名前でした」

ぶわりと、四郎斎の巨体に鳥肌がたった。

「ま、まさか、米沢――」

「ああ、そうそう、出羽でも陸奥でもなく、屋号は米沢でした。たしか、名前は彦九でしたかな」

「誰が、彦九やねん」

よく通る声が障子のむこうからして、四郎斎は思わず腰を浮かした。

障子に背の高い男の影が映っている。鬢《びん》の毛が気になるのか、しきりに頭を撫《な》でつけていた。

「まさか、お前は──」

がらりと障子戸が開く。

ひょろ長い背丈は相変わらずで、咄で使うのか長煙管と編笠を脇にかかえている。目元や口にうすく入ったしわが、年月の流れを感じさせずにはいられない。よく見れば、飛びでる鬢の毛は一本だけ白くなっていた。

「久しぶりやなあ、四郎斎。だいぶと肥えたんちゃうけ」

米沢彦八が、白い歯を見せて笑いかける。

「き、貴様、何しにきた」

「何しにきたはないやろ。座敷に呼ばれたんや」

どかりと四郎斎と正対する位置に、彦八は腰を落とす。

「お大尽《だいじん》の座敷に呼ばれるのは性にあわへん。けど、玉戸屋はんがどうしてもって、しつこうてなあ。ほならゆうことで、条件をひとつつけた」

「それが、わしとのさしの座敷比べということか」

「せや、やらっれぱなしも癪《しゃく》やしな。十四年も前の遺恨やったけど、四郎斎も覚えててくれたようで嬉しいわ」

火がついていない長煙管を口にくわえ、彦八はなぶるように上下にふる。

「おい、そんな顔すなって。これでも結構大変やってんぞ。生玉《いくたま》さんの舞台に穴開けるからな。竜兵衛《りゅうべえ》はんに頼みこんで、無理くりにここまできたんやから。船酔いするから、東海道を一生懸命歩いてきてんぞ」

「貴様、なぜ彦八だと知らせなかった」

取巻きのひとりを睨むと、「い、いや、まさかあの彦八とは思わなかったので」としどろもどろになりつつ弁解する。

米沢彦八の大坂での盛名は、江戸の四郎斎にも聞こえている。米沢流を名乗るまがい物の辻咄も、江戸の辻にちらほらいるほどだ。

「くそ、執念深い男め」

四郎斎は吐き捨てた。

「だが、江戸の座敷を甘く見るなよ」

何より、今回の座敷比べの客のなかには、彦八の盗作騒動を知る者もすくなくない。

「俄《にわ》か大名は、江戸の土地では通用せんぞ」

「んなもん、やるまでもないわ。江戸の長尻の客笑かすのやったら、咄だけで十分じゃ」

上下させる煙管が、四郎斎の鼻先をかすめた。

「では、両人そろったようですので、そろそろ座敷比べをはじめたいと思います」

襖《ふすま》が開き、商家の番頭風の男が声をかけてきた。

「先だってお伝えしたように、両者交互に二回ずつ咄をして、その点数を競います。では先攻めは、彦八殿から」

「どっこらしょ」と、彦八は立ちあがる。

「そーいや、四郎斎よ」

彦八が見下ろす。

「お前の十八番は『貧乏神開帳』らしいの」

四郎斎の顔がゆがむ。『貧乏神開帳』は、彦八から盗んだ咄だ。

「数日前から江戸におるけど、お前の弟子が辻でやってるの聞いたぞ。懐かしかったわ」

四郎斎の表情を十分に堪能した後、彦八はかかとを回し背中を見せた。

「いよ、待ってました」

「彦八さんよ、まさか、また盗作咄をするつもりじゃないだろうな」

好悪《こうお》相半ばする歓声のなかへと、彦八は悠々と飛びこんでいく。

襖がぴたりと閉まった。

そして、彦八が枕を語りだすのが聞こえてきた。

どうやら、題材は貧乏神のようだ。

「馬鹿め」

四郎斎は、吐きすてた。

『貧乏神開帳』の咄をして、自分が本家だと主張するつもりか。浅はかな考えもいいところだ。

盗作とはいえど、四郎斎は辻や座敷で何千回も『貧乏神開帳』を演じた。その呼吸の様々を、この肥えた体が知りつくしている。

しかし、彦八の咄がはじまると、四郎斎の嘲《あざけ》りの気はいっぺんに霧消してしまった。

『もう勘弁ならねえ。これだけ働いて、どうしてこんな暮らしを送らなきゃならねえんだ』

聞こえてきた台詞《せりふ》は、『貧乏神開帳』ではない。

長屋の男のもとに、貧乏神が棲《す》みつくという筋の咄だ。

だが、原型は『貧乏神開帳』であるのはたしかだ。

なんとか長屋から追いやろうとする男と貧乏神とのやりとりが、客を爆《は》ぜるような笑いへと導く。

『待てよ、じゃあ、この貧乏神に自らでていきたいって言わせればいいのか』

小癪なことに上方言葉を封印していることに、今さらながら気づいた。そこまでして、四郎斎に復讐しようというのか。

そして、さげを迎えた。

『貧乏神開帳』では貧乏神が寺から去っていく。彦八が今やる咄もそうなるかと思った。きっと、客もそう考えていたのだろう。

貧乏神が、長屋の戸口へとむかう。

しかし、その期待は裏切られた。

『でていくんだな。やっと、おれを解放してくれるんだな』

彦八の懇願する声が聞こえてきた。

『いえ、あまりにいい説経だったので、仲間の貧乏神も呼んでやろうと』

襖が外れるかと思うほどの笑いが、四郎斎を襲った。

「くそ」

四郎斎は、床をなぐりつける。だが痛いとは思わない。それよりも、耳に注ぎこまれる喝采のほうがはるかに苦痛だった。

襖が開き、彦八が肩をそびやかせて戻ってくる。

うっすらと肌を上気させた彦八が見下ろす。

「おもろいやろ。『貧乏神開帳』のさげの展開をひっくり返したんや。最後に寺が得する『貧乏神開帳』より、こっちの方が断然、笑いがでかい」

四郎斎は、歯ぎしりでしか答えられない。

「次、後攻め、四郎斎殿」

幸いにも彦八から返事を求められる前に、声がかかった。勢いよく立ちあがったつもりが、なぜかのろのろとしか動けない。

『貧乏神開帳』は、四郎斎がこたびの座敷で演ずるつもりでいた咄だ。が、彦八に先にやられた。無理にやれば、恥をかく。

それほどまでに、彦八の咄は洗練されていたのだ。

では、かわりに何をする。混乱する頭では、咄は容易に思いつかない。

ふと、気づいた。なぜか、四郎斎を迎える客たちの表情が硬い。

そうか、と四郎斎はつぶやいた。

彼らは悟ったのだ。

米沢彦八と伽羅四郎斎、一体どちらの芸が本物かを。

着衣が脂汗でぐっしょりと濡れていた。なんとか咄を終えて、彦八と入れ替わるようにして四郎斎はひかえの間にもどる。

二回目の彦八の咄がはじまった。声が、嫌でも四郎斎の耳にはいってくる。

もの患いする男の相談にのると、男は橋の擬宝珠《ぎぼし》をなめたいと告白する。そんな突拍子もない筋だ。

彦八が擬宝珠をなめる仕方の声が届くと、かぶせるように笑声が襲ってきた。

橋の擬宝珠をなめたことで、男の望みを叶えられたかと思ったが、ちがうという。本当の望みは、四天王寺五重塔のてっぺんにある相輪《そうりん》をなめることだという。

何人かの客が感心する声が届く。

五重塔の相輪など、仏塔の頂上にあるものは宝珠と呼ぶ。橋の擬宝珠は、宝珠を擬したものだといわれているからだ。

実は、もの患いの男の両親も擬宝珠をなめる癖があるとわかる。だけでなく、一族みんながそうであるという。

両親も五重塔の相輪をぜひなめたいと言いだし、親族たちがそろって四天王寺に陳情し、とうとう五重塔に巨大な足組が建造される。

四郎斎の全身から血の気がひく。新作に思えたこの咄もまた、四郎斎が盗作したものがもとになっている。世の中の臭いを全て嗅《か》いだと豪語する男が、四天王寺の五重塔の相輪の臭いを嗅ぐ『鼻自慢』ではないか。

彦八の咄は、佳境を迎える。はしごをつたって、ひとりひとりが相輪をなめる。あるものは山葵《わさび》をつけ、あるものは塩を塗り、あるものは醬油を……。

親族たちが相輪をなめるたびに、花火が爆ぜるかのような笑いがおきた。

「どないしてん。次は四郎斎の番やぞ」

いつのまにか、彦八の咄は終わっていた。

汗を心地よさげに流す彦八が、冷然と四郎斎を見下ろしている。

立ちあがろうとするが、腰はぴくりとも動かなかった。

「どないしてん。咄せえへんのか」

何も答えられない。

「四郎斎よ、ようも、わしの咄を盗んでくれたな」

鞭《むち》打たれるように、太い肩が跳ねた。

「けど、それ以上に許せんことがある。どうせ、盗むんやったら、わしの咄をもっとおもしろうしてみせえ」

「はあ」と、四郎斎は声をだしてしまった。

「なんで、わしのねたのひかえ帳どおり咄するねん。どうせやったら、わしが思いつかんすごい筋にしてみせろや。人のふんどしで相撲とるんやったら、化粧回しは豪華にせんかい」

　ますますわけがわからない。

「四郎斎殿、次は後攻めのそなたの番ですぞ。はよう、座敷にあがられよ」

　番頭風の男が声をかけるが、やはり腰をあげることができなかった。

「四郎斎殿」

　叱声がして、がくりと両手をついた。

　客たちのざわめきが、背の上を通過するのがわかった。

　彦八の勝ちを宣言する商人の声を聞きつつ、四郎斎はいつまでもうずくまりつづけたのだった。

三

　座敷比べの店を早々に後にして、十四年ぶりの江戸の町を、彦八はふらふらと歩いていた。

建ちならぶ料理屋からは、唄や三味線の音が降ってくる。

かつては、音曲とともに笑話がうるさいほど漏れ聞こえていたが、今はずっとすくなくなっている。辻で咄を披露する芸人もほとんどいない。

江戸で辻咄が下火になったのには、訳がある。

鹿野武左衛門が、大島に流刑になったのだ。

きっかけは一年前のコレラの大流行である。一万人以上が死ぬ大惨事となった。そんなとき、「南天の実と梅干しを煎じて飲めば、コレラが治る」と出鱈目《でたらめ》を書いた冊子が出板《しゅっぱん》された。人語を喋る馬から教えられたという触れ込みもあり、売れに売れた。

だが、虚言を弄《ろう》したとして、すぐに執筆者の浪人は奉行所に捕まってしまう。厳しい尋問の末、人語を喋る馬という触れ込みを思いついたのが、鹿野武左衛門の咄『堺町馬の顔見世』だと浪人は白状する。事態を早く収束させたい奉行所は、過剰に反応した。鹿野武左衛門は浪人と面識がまったくなかったにもかかわらず、同罪として大島へ流罪となったのだ。

座敷仕方咄を確立させようとしていた鹿野一門は散り散りになるだけでなく、江戸では辻咄そのものが一気に下火になった。

そして、鹿野武左衛門がいなくなったことは、大坂にいる彦八の心境にも変化を与えた。

今まで幾度となく江戸の商人からは座敷の声がかかっていたが、ことごとく断っていた。盗作の濡れ衣を着せられたとき、鹿野武左衛門や石川流宣《とものぶ》は助けてくれなかった。それがわだかまりとなり、彦八の胸深くにこびりついていたからだ。

しかし、鹿野武左衛門の流刑を聞き、彦八の心境に変化があらわれた。

それとあわせるように、江戸の商人から座敷の依頼がきた。下火になった江戸の辻咄を盛りあげるためにも、ぜひと頼みこまれた。

彦八は江戸行きを決心する。

そして、伽羅四郎斎と座敷比べをして勝った。

勝ちほこる気分は、町を歩いていると吹きとんでしまった。

なぜだろうか。

目に懐かしいはずの江戸の街並みは、彦八にはひどく他人行儀に感じられる。

笑話の聞こえぬ路地をひたすら歩いた。

ため息をひとつ吐《つ》く。

――己は、若きころにここで何と戦っていたのだろう。

――何を創りあげようとしたのだろう。

――一体、今後、何を残せるのだろうか。


首を左右に大きくふった。

「何を高尚なこと考えてんねん。ただ、目の前の客を笑かすだけやろう。それがわしの仕事や」

かつて一時期とはいえ、恋い焦がれた江戸の座敷にたち、わかったことがある。

やはり、彦八にとっての舞台は、座敷ではない。

あらゆる民がひしめく生玉さんの境内《けいだい》だ。

「帰るか」

石を蹴って、足を西へむけた。

きた道をなぞるようにして、彦八は東海道をもどっていく。

彦八の弟子

一

難波《なんば》村の木々は、浮世絵の顔料を塗りつけたかのように美しく色づいていた。そのなかを彦八は、腰をさすりつつ生玉さんの境内を目指す。昨夜は芸人仲間たちとたっぷりと飲み、新町で馴染みの芸者と明け方まで遊んだせいで、腰が痛くて足取りも重い。なんでもなかった不摂生が、最近はやけに体にこたえる。

四年前、伽羅四郎斎への復讐のために江戸と大坂を往復したときはそうではなかった。長旅でも体はびくともしなかったが、今はちがう。

そろそろ、杖でも買うべきだろうかと、思案する。いや、まだまだ、そんな年ではないと、無理やりにいい聞かせて歩いた。

いつもは気持ちのいい朝陽が、彦八の目をしきりにまばたかせる。何度か立ちどまり、深く呼吸した。冷気を含んだ空気を肺のなかにいれる。

酒で濁った頭が、ようやく目を覚ました。

『生玉』と書かれた扁額と鳥居が見えてくる。根元にたたずむ人影を認めて、力を取りもどしつつあった彦八の足がまた重くなった。影はこちらに気づいたのか、足踏みするようにそわそわと体を動かしている。

年のころは、十代後半、少年と青年のあいだといった具合だ。そう、ちょうど彦八が二十年ほど前に、辻咄の芸人を目指し、江戸へでたぐらいの年齢である。

「彦八師匠、お待ちしてました」

裏門から境内へはいろうかと思案していたら、大きな声が飛んできた。人懐っこいというより、図々しい笑みをむけてくる。頬骨のでた顔は、たじろぎそうな迫力があった。

「誰が師匠やねん。わしは弟子なんか、とらへんぞ」

手をふってどかそうとすると、「またまたぁ」と訳のわからぬことをいう。

「こういうのは、十日つづけて待ってたら弟子にするもんでしょ」

「誰がそんなん決めてん。それに、お前まだ今日で三日目やろ」

「その前の七日間もいてましたけど、声かける勇気がおませんでしてん。耕雲斎《こううんさい》はんに弟子入りするのも捨て難いなあって」

「それは勇気やのうて、優柔不断っていうんや」

こういう無礼な若者をぶん殴るためなら、杖を買ってもいいかもしれない。

「さあさあ、荷をおもちしましょうかねぇ」

老人を介抱するような声色に、頭痛がさらにひどくなる。

「盗まれたらかなわんから、ええ」

「大丈夫ですわ。おいら、盗むのは畑の野菜だけって決めてますから。あ、もちろん弟子入りしたからには、師匠の芸はあんじょう盗ませてもらいます。えへ、気の利いたこというでしょ」

荷をなかば強引に奪った若者とともに、彦八は鳥居をくぐる。ほかの芸人仲間が笑いつつ、こちらを見ていた。朝の境内は興行主の竜兵衛の部下たちが用意を整えているだけで、まだ客の姿はない。

「もうええから、どっかいってくれ。これから、今日やる芸をさらうねん」

「へえ、ほなら、なんかお手伝いしまひょか。昨日からの客を見るに、単純に笑いをとるだけの咄は難しいと思いまっせ。『ぎおん景清《かげきよ》』みたいな、ほろりとさせるんがええかと」

盲目の男の哀しみをあつかった『ぎおん景清』は、まさに今日の舞台で彦八がやろうとしていた咄だった。これから『ぎおん景清』をさらうと、まるでこの若者のいいなりになったみたいではないか。悪くなる機嫌を悟られぬようにしていると、若者はさらに言葉をつぐ。

「滑舌ようゆえてはるか、おいらが確かめてあげますよ」

思わず足を止めてしまった。

「黙れ、邪魔すんな。ど阿呆、しばくぞ」

口走る罵声《ばせい》を、彦八は抑えることができない。芸の拍子がすこしでも狂うようなことをいわれると、つい頭に血が昇ってしまう。

さすがの若者も、これには狼狽《うろた》えたようだ。肩をすぼめながら後ずさる。その隙に、彦八は荷物を奪いかえす。

「くそ、調子狂うこといいやがって、ほんまに」

ひかえ小屋に急ごうとしたら、また腰が鈍い音をたてた。ひきずるようにしか、足を運べない。

後ろで笑う声が聞こえた。振りむくと、大きな頬骨の若者が、必死に笑いを噛み殺している。

「あ、すんまへん。決して笑ったわけやないですよ」

あわてて真面目な顔をとり繕《つくろ》うのが、また憎たらしい。

「とにかく、わしは弟子とらん。今度きたら、杖買ってぶっ叩くからな」

二

一日の舞台が終わり、馴染みの道頓堀の酒場に芸人たちが集まっている。いつもは満席に近いが、今日はなぜかまばらだ。店を貸し切るようにして、彦八たちは飲んでいる。

「彦八はん、どうして弟子とらへんの」

「あの押しかけ、頭は悪そうやけど、たしかに十日くらい前から境内にはずっとおったで」

「ああ、それはほんまやで。わしも見てたから」

仲間たちの問いかけに、彦八は口に運ぶ盃を途中で止めた。

「彦八はんは家族もおらんやろ。身の回りの世話してくれはる人をおくと思てやな、ここは素直になった方が楽やで」

彦八の周囲が、みなの心配顔で埋められた。

「あんなぁ、わしは偏屈やから弟子とらんのちゃうで」

「たしかに、あんたは偏屈やなくて、狭量で意地悪で吝嗇《りんしょく》で尻の穴が小さいだけや」

「なんでやねん。まあ、いうたことのよっつくらいはあってるけど」

彦八は盃にのこっていた酒を飲み干して、間をとった。

「鹿野武左衛門はんの流刑の顚末を考えたら、あの押しかけを弟子にできへん。流罪のことは知ってるやろ」

彦八の言葉に、みなが「あぁぁ」とため息を漏らした。五年前に大島に流罪になった一件は、大坂でも話題になっている。

「わしらの商売は、天気みたいに先が読めん。武左衛門はんにおこったことが、いつ明日のわが身におこるかわからへん。それ考えたら、弟子なんかとれん」

そう、彦八にとっても他人事《ひとごと》ではない。流罪の原因になった『堺町馬の顔見世』を考案したのは、鹿野武左衛門のもとにいたころの彦八なのだ。いつ自分にも累がおよぶかと考えると、弟子はとれない。

ふと気づくと、みなは押し黙り、不味《まず》そうに酒をなめていた。

「おい、そんな顔せんといてくれ。暗いことといったのは悪いけど、明るくやろうや」

彦八はあわてて盃を持ちあげるが、場の空気は重いままだった。

「すまん、わし帰るわ。子供を寝かしつける当番やったん思いだした」

「せや、おれも婆の世話せな」

「わしも、はよ帰らな嫁はんに叱られる」

みなが次々と立ちあがる。

「ほな、彦八はん、またな」

道頓堀の近くの長屋にひとり暮らす彦八だけが取りのこされた。顔を左右にやるが、店にはほとんど客がいない。退屈そうにあくびをする女中の姿があるだけだ。

「なんやねん」と独りつぶやきつつ、盃を傾けた。水でうすめたかのように、酒の味がしない。舌打ちをして、銭を卓の上に放りなげて店をでた。

夜の空気は冷えていて、彦八の肌が強張《こわば》る。月明かりもまばらな道を歩き、家へとむかう。

闇に沈む長屋があらわれた。両隣の住人は最近引っ越してしまったので、静かで暗い。扉に手をかける。建てつけの悪い戸は、体の重みをあずけて、やっと三分の一ほどが開いた。体を斜めにして、自分のねぐらへとはいる。

土間から畳の間へとあがるときに、開けっ放しの簞笥《たんす》の抽出《ひきだ》しにつま先を打った。痛む足をひきずりつつ、奥へとはう。弱い月明かりで行灯《あんどん》がかろうじて見えたが、火はいれない。目が慣れてくると、万年床と壊れて閉まらなくなった箪笥が視界に浮かびあがってきた。彦八は布団のなかへと体を潜りこませ、猫のように丸まった。

こういう夜は、梟《ふくろう》の声さえもしないのはなぜだろう。そう思いながら、眠くもないのにまぶたを強く閉じた。


その夜、彦八は夢を見た。

朝陽が射しこむ台所で、里乃が鼻歌を唄いつつ野菜を切っている。彦八は起きあがり、あくびをひとつする。笑いつつ里乃が膳をもってきてくれた。夢だというのに、温かい味噌汁の匂いが鼻をくすぐった。

里乃が土間に下りて、竈の横にある壺の蓋を開ける。白い釉薬《ゆうやく》が、上半分を富士山のように彩っている。片手に箸をもって、なかにある漬物を取りだし小皿の上においた。

「なあ、彦八、この漬物いけるかな。お義兄《にい》さんに教えてもらった漬け方でやってみたんやけど」

小皿にのった大根は、美しい黄色に色づいていた。ごくり、と彦八は喉を鳴らす。どんな味がするんやろ、と思い、指でつまんで口にいれようとした。竈の火加減を見る里乃が彦八の気配に気づいたようで、火吹き竹をもったまま振りかえる。

あわてて、口のなかに放りこむ。

「こら、彦八、ちゃんと箸使って食べ」

叱りながら、里乃が破顔しようとしたとき、彦八は夢から醒めた。

起きあがり、指で目をこする。しばらく、ぼんやりと衾の上にすわりこんだ。首を土間にめぐらす。竈の横に、倒れた壺があった。白い釉薬で、雪化粧のような意匠がある壺だ。蓋が外れ、そこから丸い小石や貝殻が散らばっていた。

生國魂神社の舞台にたった最初の年、貧しい娘に与えた小石と貝殻だ。毎日のように見にきて、彦八との約束どおり小石の見料を払っていった。すぐに与えた分はなくなり、自分で小石や貝を探してくるようになった。

娘が大きくなり分別がつくころになると、かつて里乃からあずかった分の何倍もの小石と貝殻が集まっていた。ちなみに富士山のような壺は、その娘が今までのお礼にとくれたものだ。

いつのまに壺が倒れたんやろ、と思いつつ衾から這いだす。腰を屈《かが》めて、こぼれた小石や貝殻を集めて、壺のなかにいれた。たったそれだけのことなのに、ひどく疲れている。

まだ眠り足りないのだろうか。

彦八はあくびをしようとしたが、重いため息しかでなかった。

三

生國魂神社の参道にある、色づいた紅葉の様子はいつもと変わらなかった。朝、夢で見た里乃の姿を思いだす。お歯黒もせずに、江戸であったころと同じ格好をしていた。

――里乃、何してるんやろか。

そんなことを考えつつ歩いた。きっと、もう嫁にいっているはずだ。彦八が江戸を離れてすぐに祝言《しゅうげん》をあげていたら、成人した子供がいてもおかしくない。四年前の伽羅四郎斎への復讐のための江戸行きでは、座敷比べが終われば早々に立ちさったので消息はわからない。

紅葉の隙間から、生國魂神社の鳥居が見えてきた。彦八は気を引きしめる。昨日と雰囲気がちがうように感じる。理由はすぐにわかった。鳥居の下が無人なのだ。あの若者はいない。

竜兵衛が大きなあごをせわしなく動かして、部下たちに指示をだし、舞台の仕掛けを造っている。すこしだけ立ちどまり、通りすぎた鳥居の下に目をやった。

やはり誰もいない。

根性なしが、あれぐらいでへこたれてどないするねん、と内心で毒づきつつ、彦八は芸人たちが三々五々やってくるひかえ小屋へといく。

「彦八はん、押しかけの若造はおらへんかったな」

小屋のなかで咄をさらっていると、後ろから声をかけられた。飲み仲間の芸人数人が、湯飲みを手に語りかけてきたのだ。

「ああ、やっとあきらめてくれたみたいで清々したわ」

愛想よく返事をする。

「やっぱり、彦八はんに怒鳴られたんがきいたんかな」

「まあ、大きな声だした彦八はんの気ぃもわかるわ。わしも嫁さんに『あっちの咄の方がええのに』とかこの前いわれて、大喧嘩や」

「わしも、小さな息子が、泣かしどころの間が悪いとかいいやがってよ。思わずどやしつけてもうたわ」

「あー、だから、あんた最近、間のとり方変えたんか。泣かしどころで、ちょっと待つような間があるもんな」

「ゆっとくけど、子供のいうこと聞いたんちゃうで。その前から、そうしようと思ってたんや」

話しかけたにもかかわらず、芸人たちは彦八そっちのけで談笑している。

苦笑を浮かべつつ、また咄をさらおうとしたとき、入口から誰かがのぞいているのに気がついた。もう七十に近い翁《おきな》がたっている。頭は綺麗に剃りあげ、大きな目鼻口がよく目立つ。

「ちょっと、おじいはん、ここはひかえの小屋やで。のぞいたら、あかん」

若い芸人が座したまま、声をかけた。

うん、と彦八は思う。この老人を、どこかで見たことがある。

「あの」と翁が大きな口を開いて、彦八は「あっ」と指を突きだした。翁は禿《は》げた頭をなでつつ、笑いかける。

「彦八はん、お久しぶりです」

みなが彦八に顔をむける。

「このおじいはんと知り合いですか」

追い払おうとした若い芸人がいうのを、「阿呆っ」と一喝した。

「この人は、露の五郎兵衛《ごろべえ》はんやがな。京で辻咄やってはった方や。どうして、こんなとこまで」

露の五郎兵衛――京の辻咄の開祖で「世にいう辻咄の元祖なり」とまで人々に称される人物だ。

「こちらこそ、えらいご無沙汰してます。一度おあいしたはずですが、ここまでの芸人さんにならはるとは。鹿野武左衛門はんのいったことは、まことでしたな」

若い芸人は目を見開いて、翁を凝視する。

「嘘でしょ。露の五郎兵衛って、あの『露鹿懸合咄《つゆしかかけあいばなし》』の露の五郎兵衛でっか」

動揺のあまり、若い芸人は肘で湯飲みを倒してしまった。

「あほ、ねた帳がぬれる」

すかさず別の芸人が卓の上にあった大福帳を避難させる。『根太帳』と書かれており、過去に芸人がやった咄の全てが書かれている。ほかの芸人とのねたかぶりをさけるためのものだ。

「へえ、今はこの頭でもわかると思いますが、入道して露休と号してます」

大島に流罪となった鹿野武左衛門の仇をとるかのように、露の五郎兵衛は『露鹿懸合咄』というふたりの合作本を昨年、五巻出板していた。単なる合作笑話集ではなく、ふたりの笑話の優劣をつけるという試みがなされている。勝負は一勝一敗一引分の熱戦で、最後の二巻はそれぞれの小咄十話を一巻ずつ収録し、評者が勝負とは無関係に採点している。無論のこと、ここにいる全ての芸人が読み、腹をよじらされた一冊だ。

「どうぞ、どうぞ。あがったってください」

彦八は、露の五郎兵衛を丁重に請《しょう》じいれる。

「では足腰も弱なったので、遠慮のう」

腰は曲がっていないが、たしかに足取りはすこし弱々しかった。小屋にはいったところで、入道露休こと露の五郎兵衛は振りかえった。「おい」と、外へむかって声をかける。

「なにを、もじもじしてるんや。お前を彦八はんにあわせるためにきたのに。さあ、さっさとはいっといで。挨拶しなはれ」

気になって彦八も入口までにじり、顔をだす。手足の長い青年が、ひとりたたずんでいた。大工仕事をする竜兵衛の部下たちの仕事を、興味深げに眺めている。切れ長の目や口元は凜々《りり》しく、芝居の舞台にあげたら映えそうだ。

「誰ですか、あれ」

「梅春ゆう若者です。弟子にしてやってもらえへんやろかと思って」

「弟子って誰の」

露休がじっと彦八を見るので、己を指さすと、当然だといわんばかりにうなずかれてしまった。

「聞けば彦八はん、もうすぐ四十になるのに、弟子もとってへんとか。後進を育ててこその名人でっせ」

「そっ、そんなん、困りますわ。昨日、やっとひとりことわったとこやのに。それに五郎兵衛……やなかった、露休はんが弟子にして育てたらよろしいやん」

「あんた、こんな爺にそんな大仕事押しつける気か。育てるのにも、体力がいるねんで」

「けど、あんまりにも急でっせ」

梅春と呼ばれた若者がこちらを見て、あわてて頭を下げた。素直そうだが、機転はききそうにない。あまり、咄も上手くなさそうだ。

露の五郎兵衛はんには、正味の話、滅茶苦茶世話になったわけでもないんやけどなぁ、と薄情なことを考える。面倒を押しつけられるのはご免だ、と決断しようとしたときだった。

脳裏に浮かんだのは、彦八の長屋である。万年床と抽出しを開けっ放しの箪笥、風にふかれて舞いあがる埃《ほこり》などが次々とよみがえる。今夜もあのねぐらにひとりで帰るのか、と考えていると、露休こと露の五郎兵衛が両手をあわせて懇願してきた。

「たのみますわ。詳しくは教えられへんけど、世話になった人の子ぉですねん。何とか辻咄で、一人前にしてやりたいんですわ」

気持ちが傾いていることを、彦八は自覚した。だが、決心がつかず腕をかたく組む。

「京の辻咄にこの人ありといわれた露休が、これだけたのんでもあきまへんか。ゆっとくけど、わし、松尾芭蕉一門とか俳人をたくさん知ってるねんで。もし、無理っていうたら、みんなに彦八はんがどれだけ殺生な男かいいふらしまっせ」

大きな目をむくようにして、彦八に言いよってくる。

「あ、せや、あんた、わしの名前を咄のなかでだしたらしいな」

たしかに客席から京都の言葉が聞こえたときの定番の咄があり、そこには露の五郎兵衛の名がでてくる。

「どんな咄やったっけ。そうそう、思いだした。『大坂では最近、水が物申す珍しきことあり』っていうたら、『水が物申すのは珍しくない。京では露が咄をする』っていうさげでしたっけ。この『露』って、どう考えてもわしのことでおすなぁ」

わざとらしい京言葉で責めてきたので、こめかみを挟むように彦八は頭をかかえこんだ。

「あんた、人の名前を勝手にお使いになっといて、わしのたのみをことわるんでっか」

そこまでいわれると、「わかりました」と答えざるをえない。

「とりあえず一年だけ面倒見てみます。それでもう勘弁してください」

露休こと露の五郎兵衛は、満面に笑みを浮かべる。

「おおきに。さすが彦八はんや、たよりになるわぁ。あ、お礼にわしがでる咄、どんどん使ったってくださいや。なんなら、次に笑話集だすときに、のせてくれてもええで。お代の方は、彦八さんならいらんわ」

いうだけいって、若者に顔をむける。

「梅春、というわけや。これでええな」

上目遣いにうなずく姿は、やはりどこか不器用そうだ。承諾したことを、早くも彦八は不安に感じるのであった。

四

路地を吹きぬける風は、もう冬の冷気を孕《はら》みはじめている。いつもなら彦八はさらに一軒、二軒と酒場をはしごをするが、最初の店だけでみんなと盛り場を後にした。

「なんや、彦八はん、若妻のもとに帰る旦那みたいやで。弟子とったら、えらい真面目になってもうて」

同じ町内に住む芸人がにやけながら話しかけてくる。

「阿呆、いわんといて。しっかり稽古してるか、見るために帰るんや。怠けてたら、叱りつけたらなあかん」

「へー、そうか。けど心配せんでも、あの梅春ゆう子は真面目やで」

他愛もないやりとりをしつつ次の辻で芸人と別れ、長屋を目指す。いつもは暗い路地に灯りが落ちていた。彦八の長屋から漏れる光だ。ここまでくれば、稽古の声がかすかにでも聞こえてこないとおかしい。が、かわりに木槌《きづち》で叩くような音が途切れ途切れに届く。


——梅春、あいつ何をしとんのや。


不審に思い、足音を忍ばせて長屋へ近づき、戸の隙間からのぞいた。

ぼんやりとした灯りのなか、梅春が箪笥にむかって何事かをしている。両の手をせわしなく動かして、何かをまさぐっていた。

「おい、こら、お前っ」

あわててなかに入りこむと、のんびりとした動作で梅春が振りむいた。

「あ、お師匠、お帰りなさい」

「お帰りやないがな。こんな夜中に、簞笥にかぶりついて何しとんねん」

口調が強くなるのは止めようがない。

「いえ、あの、抽出しの閉まりが悪いので、ちょっと」

梅春が体をずらすと、ずっと開けっ放しだった抽出しが床におかれていた。やすりと木槌、布があり、木屑が小さく集められている。

「こんな夜中に、簞笥を直してたんか」

「はい。音がでないように、布を当てて木槌を使ったんですが、うるさかったですか」

「いや、まあ、ちょっとは聞こえてたけど。気になるほどではないけど……」

梅春と簞笥をじっと見つめる。特に不審な様子はないが、何かひっかかる。

「あの師匠。なら、やりきってしまっていいでしょうか。あと四半刻（約三十分）もかからなそうなんですが」

「ああ、かめへんで。せやけど、さきに水くれ。喉が渇いた」

梅春は瓶《かめ》から水を汲み、湯飲みに満たしてわたしてくれた。口にいれると、喉にこびりついた酒が洗われる。唇を手の甲でふいて、灯りに照らされたわが家を見た。万年床は綺麗に畳まれて、その部分だけすこし床の色がちがう。が、ふき掃除をよほどしっかりしてくれたのか、色のちがいは気にならない。里乃と娘との思い出の小石や貝殻をいれた壺も行儀よく竈の横においてあった。

梅春は抽出しを両手でもち、底板や側板を手でなでるようにして角の部分を整えている。時折、布でつつんで木槌でかるく打ち、やすりを丁寧にかけた。ゆっくりと両手をそえて抽出しを動かすと、音もなく簞笥のなかにしまわれていった。

「よし」と、額の汗を梅春はぬぐう。

口は真一文字に結ばれていたが、行灯の灯りに照らされる目は輝いていた。

五

綺麗になった長屋を彦八が当たり前に感じられるようになったころ、梅春は緊張した面持ちで土間の上にたっていた。窓からは、葉を完全に落とした枝が見えている。

「それでは、お師匠、今からいって参ります」

硬い顔のまま頭を下げる。両手にもつ笠を潰しかねない勢いだ。心配しつつも、何でもないように声をかける。

「おう、しっかり気張れよ。いつもの道頓堀の酒場におるさかいにな」

今日は、梅春を初めて辻にたたせる日だ。まあ、上手くいくわけがない。逃げださなければ、御の字だ。可哀想だが、辻咄黎明期の彦八の若いころとはちがう。客の目は肥えている。初日の辻咄に銭を投げる酔狂な人間はいないだろう。

「みんな、期待してるからな。今日は梅春の奢《おご》りやろうってな。師匠のわしの顔を潰すなよ」

軽口のつもりだったが、しくじったと思った。梅春は、さらに身をかたく強張らせる。

「は、はい。力の限り、わ、わ、笑わせます」

頭を落とすように下げて、路地へとよろけつつ飛びだしていった。

いつもは心地よい道頓堀の酒場の喧噪が、今夜はなぜか耳障りだった。彦八は盃を何度も口にもっていくが、そのわりには中身が全然減っていないことを自覚している。

「彦八はん、梅春の奴、どないやろなぁ」

若い芸人がしきりにきいてくるのが、さらに彦八の気持ちをざわつかせる。

「まあ、ぼうずやろな」と、釣果《ちょうか》に喩《たと》えていったのは彦八の隣にすわる芸人だった。

「最初の辻で銭投げてもらったとしても、お情けやろ」

彦八のむかいにいる芸人が答えると、みながうなずいた。

「おれが最初に辻にたったときもせやったわ。全然笑ってくれへんかった。死にかけのばあちゃんが、『がんばりやあ』って、いれてくれた六文きりやった。三途《さんず》の川の渡し賃に見えたわ」

「おれは自分の財布から四十文ほどいれて、かっこつけた」

「それ、嘘ってすぐにばれるやんけ」

「わしは、おかんが十文いれてくれた」

「親不孝もんやなぁ」

初めてたった辻の思い出話に、みなが花を咲かせている。彦八の江戸での最初の辻は盗作と詰《なじ》られた苦い思い出なので、あえて黙っている。

「けど、ちょっと遅ない」

ひとりの言葉にみなが我にかえった。

「さすがに、もう切りあげてもええころやのになぁ」

「もしかして、梅春の奴、けつまくったんちゃうかな」

聞こえてきた言葉に、思わず彦八は盃を落としそうになった。

いたたまれなくなって辻から逃げだすのは、みなの予想のうちだ。ここにいる何人かが、最初の辻でそれを経験している。ただ、けつをまくるとは、それだけの意味ではないだろう。落胆のあまり大坂から逐電《ちくでん》したのではないか、といっているのだ。

「まさかなぁ」

誰かが反論するように口にしたが、後につづく者はいない。

「あの、彦八の兄さん、おれ、ちょっと様子見てきましょうか」

一座のなかで、一番若い芸人が尻をあげた。

「ええ、余計なことすんな」

斬り捨てるように答えてしまった。

「ああ、ごめん。もうすこしだけ、待っとこうと思ってるねん」

改めて盃に口をやり、酒をなめる。みなが顔を見合わせた。

「彦八はん、初めての弟子やさかい、ちょっと気負いすぎやで。こういうもんは、十のうち九はものになれへん。早うにけつまくるんは、逆にめでたいぐらいに考えんと」

「わしらの年まで愚図愚図と辻におって、生玉さんにも座敷にも呼ばれへんのが一番悲惨や」

何人かが慰めるように声をかけてくれるが、逆に苛立つのはどうしてだろうか。盃を乱暴に呷《あお》り、手酌で酒を満たそうとした手が止まった。

「彦八兄さん、いてるかぁ」

生玉さんの芸人仲間のひとりが、店に飛びこんできた。

「おお、彦八兄さん、おった、おった。探したで」

男は彦八たちの卓には近づかずに、手招きする。不穏にざわつきつつある店内を静めるためにも、彦八たちは路地にでざるをえない。

「なによ、何があったん」

縄暖簾《なわのれん》をくぐりながらきくと、「梅春の奴や」といわれた。思わず、彦八は身をかたくする。

「あいつ、まだ、辻にたっとんねん」

「はぁ」と、彦八につづいて店にでた仲間が素っ頓狂な声をあげた。

「こんな夜更けになってもか」

「せや、ぼうずやから、師匠の酒代溜まるまでは去れへんって。木戸門番と、去れ、去らへんの、ちょっとした口論になってもうてな」

何人かが「あちゃあ」と頭をかかえ、何人かは悪のりして手を叩いている。

六

「すみません」

寒さで耳や頬を真っ赤にした梅春が口にした。差しだした笠のなかには、数枚の銭があるだけだった。立ちつくす梅春を避《よ》けるように、女中たちが盆にのせたお銚子を運んでいる。

「今日もこれだけでした」

頭を下げるというより、顔を隠すといった風情で梅春は謝る。最初に辻にたってからひと月がたとうとしているが、梅春の芸は一向に上手くならない。一日が終わると、道頓堀の酒場で結果を聞くが、ぼうずがほとんどで銭を投げいれられた今日はいい方かもしれない。

「まあ、酒を飲め。はじめは誰でもこんなもんや」

むかいの芸人が空いている椅子をひいて、すわるように促す。下をむいたまま、梅春は尻を落とした。胸に笠をだきしめ、唇を嚙んでいる。

「せやせや、梅春、気にすんなよ」

芸人仲間たちが盃に酒を満たしてくれるが、見つめるだけで手もつけない。

「おいおい、人笑かすもんがそんな顔してどうすんねん」

盃を無理やりに肩のところに押しつけると、梅春は我にかえったように受けとる。

「とにかく、嫌なことは酒で洗い流せ」

大げさな動作とともに、彦八は酒を飲み干してみせた。

梅春もあごをあげて、盃を飲み干す。

「おお、豪快」

「若いだけはある」

卓の上においた盃に、仲間たちがすかさず酒をつぐ。また、一気に呷った。

空元気なのは明らかだが、かまわないと彦八は思った。

「それでこそ、わしの弟子や。もっといったらんかい」

あえて彦八は、梅春をけしかける。弟子を担いで長屋に帰る覚悟は、最初からできていた。

空の銚子が梅春の前に数本ならぶようになったころ、隣の卓では総髪頭の山田耕雲斎とその仲間もやってきて飲んでいた。昔は敵のように思っていたが、今はちがう。

相手の思惑はどうあれ、耕雲斎の助言で彦八の咄が飛躍的によくなったのはたしかだ。そんな助言ができたのは、芸を見る耕雲斎の目が肥えていたからである。その点は、彦八は素直に敬服していた。好きとはいい難いが、生玉さんの舞台で鎬《しのぎ》を削るよき相手だと思っている。

耕雲斎は、芸人たちと頭をこすりつけるようにして何事かを弁じていた。ここにくる前にすでに飲んでいたのか、顔は酒気で赤くそまっている。

「このままやったら、若い芸人は育たん。なんとか、生玉さん以外の新しい舞台を開拓せなあかんねん」

酔いでいつもより大きくなった耕雲斎の言葉に、みなが頭を縦にふる。

大坂で辻咄の芸人は多いが、上々の舞台は生玉さんの境内ぐらいしかない。そこに彦八や耕雲斎ら古参の芸人が居座り、なかなか若い芸人が上にあがれない状況がつづいている。

「そこでや、今が好機やと思うねん。何人か芸人を江戸に送って興行を打つのはどないやろ。腕はあるのに、生玉さんにあがれん奴に声かけるねん」

なるほどその手があったか、と彦八は感心した。たしかに伽羅四郎斎に復讐するために滞在した江戸では、辻咄が一気に下火になっている様子がありありとあった。今なら、競争相手はほとんどいないはずだ。

彦八の肘が、仲間の指でつつかれた。示された先を見ると、梅春がまぶたを閉じて舟を漕いでいる。

「どうする、帰らすか」

「いや、もうちょっと待ってくれ」

耕雲斎たちの話が気になる。卓を移る踏ん切りがつかないので、聞き耳をたてる。

「けど、あの流刑になった鹿野武左衛門が罪を許されて江戸に帰ってきたらしいぞ。あいつがおったら、さすがに興行を打つのは難しいんちゃうか」

思わず彦八は身を乗りだしてしまった。

「そ、それ、ほんまでっか」

総髪をゆらして、耕雲斎が彦八に振りむいた。

「ああ、彦八はんか。なんでもな、恩赦かなんかで、大島から江戸にもどってきたらしいで。そういえば、あんた、もとは鹿野武左衛門の一門やったらしいな」

耕雲斎の仲間のひとりが体をずらしてくれたので、彦八は椅子をもって卓を移った。

鹿野武左衛門は大島からもどることが許され、以前のように辻咄で生計をたてているという。

「難儀やな。江戸に鹿野武左衛門みたいな大物が健在なら、大坂から芸人送って興行打つのは難しいんちゃうか。なんちゅうても、仕方咄の元祖やで」

鹿野武左衛門の座敷仕方咄は、流刑前にさらなる進化を遂げていた。鼓打ちや三味線弾きの若衆を一門に引きこんだのだ。音曲も取りいれた、唯一無二の芸へと昇華させていた。

「音曲つきの仕方咄は手強いな。もうちょっと慎重にやった方がええんちゃうか」

仲間たちは腕を組んで考えこんでいる。鹿野武左衛門の近況をたずねる機を窺いつつ、彦八は相槌を打っていた。

「阿呆か、お前ら。鹿野武左衛門なんか、大したことあらへんやろ」

言いはなったのは、耕雲斎だった。いつのまにか、顔だけでなく耳や首も真っ赤にしている。

「鹿野の奴、見る影もないって噂やで。やつれてもうて、辻にたってても辻咄には見えへんらしい。大島の暮らしがきつかったんやろな。物乞いと間違えられて、銭投げられる始末や」

「ちょっと」といおうとしたら、「まあまあ」と隣の芸人に宥《なだ》められた。

「堪忍したって。酒飲みすぎてるねん。明日、耕雲斎はんにはきちんと謝らせるさかい」

両手をあわせられたので、渋々怒りを身の内にねじ伏せた。

「鹿野武左衛門なんか、大したことあらへんいうてるやろっ。聞いてるんかぁ」

耕雲斎が大きく箸を振りまわしたので、おいていた銚子が倒れた。

「おい」と声が落ちて、彦八たちは振りむく。

耕雲斎同様、顔を真っ赤にした青年がたっていた。手には笠をもっているが、潰すほど強い力でにぎっている。

「なんや、えーと、お前、誰や。ああ、そうか、梅なんちゅうたっけ。梅若か？　いや、ちゃうな、そうか、梅春や」

耕雲斎は、梅春に箸を突きつける。

「聞こえたぞ。誰のことを、大したことないっていったんだ」

眉間《みけん》にしわをよせて、梅春が睨んでいる。

「お、おい、どないしてん」

彦八の言葉にかぶせるように、罵声が飛んだ。

「誰って、鹿野武左衛門のことじゃ。罪人あがりの辻咄なんか、雑魚《ざこ》やゆうてんねん」

唾《つば》を飛ばす耕雲斎の口に、梅春の拳《こぶし》がめりこむ。総髪を結っていた紐が飛ぶほどの一撃だった。

「お、お前、何しとんじゃ」

彦八たちが立ちあがるより早く、梅春は倒れた耕雲斎に飛びかかった。

「謝れっ。鹿野武左衛門は日本一の辻咄だっ」

馬乗りになって拳を振りまわす。

女中が悲鳴をあげて、運んでいた銚子を落とした。

「ふ、ふざけんな。流刑あがりの芸人が、なんで日本一やねん」

下から、髪をふり乱す耕雲斎も罵声と拳を飛ばす。

「おい、やめえ」

芸人仲間たちがとり押さえようとするが、若い梅春の力は案外に強い。

羽交い締めにしようとした彦八は肘を頬にもらい、尻餅をつく。

「謝れ、謝れ。鹿野武左衛門は日本一だ。伽羅一門にも、西東《さいとう》にも休慶にも負けない天下一の芸人だ」

梅春が殴る様子を、彦八はじっと見つめた。まるで知っている童《わらべ》が泣いているみたいだと、なぜか彦八は懐かしく感じる。

七

彦八は部屋のなかで、漆器の椀を手にもちじっと見ていた。蒔絵《まきえ》などの装飾はなく、ただ黒一色である。地味ながらも、艶《つや》や塗りの濃淡は申し分ない。

「これを梅春がやったんか」

椀をひっくりかえして、裏側を検分する。

耕雲斎との喧嘩の後、罰として彦八は梅春に辻にたつことを禁じた。といっても稼ぎのすくない辻にたてないのが、どれだけ梅春に苦痛かはわからない。そのあいだ、彦八の家の家事だけでなく、近所の手伝いなどもさせていた。建てつけの悪くなった引き戸を直したりと、随分と住人から重宝がられているようだ。昨日は、漆塗りの工房から人が足りないからと呼ばれたらしい。

「遅くなりました」という言葉とともに、戸が開いた。梅春が帰ってくる。手にもった籠には、野菜がはいっていた。耕雲斎と取っ組み合いの喧嘩をした翌日は、顔のあちこちが腫《は》れていたが、もうほとんど目立たなくなっている。

「おい、梅春、そろそろ、謹慎解いたろか」

最初から、謹慎は顔の腫れがひくまでと考えていた。

「本当ですか」

「ああ、顔も大分と綺麗になったしな。ああ、こっちきて、すわり。ただな、ひとつだけ嘘つかんで教えてくれ」

すわった梅春の前に漆器の椀をおいた。

「お前、漆塗りの手伝いするとき、たって塗ったらしいな」

「はい。それが何か」

「江戸の漆はすわって塗るはずや。なんで、江戸生まれのお前が、上方のたって塗るやり方を知ってるんや。どこで覚えた」

「え、いや、けど、道具がそれしかなかったので」

たしかに江戸と上方の漆塗りの道具はちがう。大坂はたって塗るので、柄《え》が長いのだ。

「もち方を教えんでもでけたって、親方が驚いてたで。上方と江戸ではにぎり方がちがう。あの子はきっと上方の職人に教えてもろたことがあるって、親方はいうとった」

「偶然ですよ」

目を逸《そ》らしつつ、梅春は答える。

「梅春……いや、梅若」

呼びかけると弟子の体が、一気に強張るのがわかった。

「お前、鹿野武左衛門はんの息子の梅若やろ」

彦八はじっと待つ。否定の返事がないということは、図星ということだ。

二十年ほど前、江戸で出会った鹿野武左衛門のひとり息子梅若のことを思いだす。小舟町の路地でひとり立ち、漆を塗る真似をしていた。上方流の塗り方は、きっと父親に教えてもらったのだろう。

「やれやれ、露の五郎兵衛はんも意地悪いわ。それならそうといってくれればええのに」

わざとらしくため息を吐《つ》くと、弟子は床に打ちつけるように頭を下げた。

「すみません。露の五郎兵衛師匠には、黙っててもらうように、私からたのんだのです」

床に額をつけたまま、言葉をつづける。

「もし、父の名をだせば、弟子にしてもらえないかと。何より、ここは父の故郷です。だからこそ、余計に父の名は……」

「気持ちはわかる。鹿野武左衛門の名前だしたら、ややこしいことも多いやろしな。おい、いつまで、そうしてるねん。さっさと顔あげろ」

「けど、師匠、いつ気がつかれたのですか」

まっすぐな目で見つめられた。細面の鹿野武左衛門とちがい、顔はすこし丸みをおびているが、切れ長の目はよく似ていた。

「馬鹿にしたら、あかんで。露の五郎兵衛はんが連れてきたときから、ぴんときてた」

ふふんと、鼻で笑ってやると、

「そ、そうだったんですか」と、伸びあがるようにして驚かれてしまった。

「さすがですね。露の五郎兵衛師匠も一目見て、見破りました」

「嘘や」といおうとした言葉を、彦八はあわてて呑みこむ。

「父とそっくりだって。馬鹿でない限り、わかるって」

引っこめた言葉が、出口を求めて彦八の体のなかで暴れはじめる。

「あ、当たり前やろ。生玉さんの彦八を見くびんなや」

居心地が悪くなった尻を動かして、彦八は姿勢を正した。

ひとつ咳払いをして、息の調子を整えて弟子を正視する。

「梅若、お前、なんで芸人になりたいんや。まさか、武左衛門はんが望んだんか」

いや、鹿野武左衛門が、流刑にされた自分と同じ職につくことを望むとは思えない。

「父は望んでいません」

「じゃあ、なんでや」

「父の仇をとりたいんです」

思いつめた言葉だった。

「流刑になった父を、大勢の人が笑いました。いや、喜んだ芸人さえいます」

梅若の目は、かすかに血走っていた。

「父のかわりに座敷にあがった芸人は、みな、鹿野武左衛門など大したことはない、といっていたそうです」

奥歯を嚙みしめる音が聞こえてきた。

「私が父のかわりに、天下一の芸人になることで、馬鹿にした奴らを見返したいんです」

「そのために、わしの弟子になったんか」

無言でうなずいた。

「なあ、父の仇をとりたいって、そんな気持ちだして、客が笑ってくれると思うか」

梅若の眉間がかたくなる。

「笑いゆうのは、そんな棘《とげ》のある心を持ってやるもんやない」

「けど、師匠も何年か前に、仕返しのために伽羅四郎斎と同じ座敷にたったじゃないですか」

「…………」

こほんと咳払いした。

気まずい沈黙が流れる。

「あれは、ええんや」

「けど」

「と、とにかくや。ほかに、やりたいことないんか。客笑かすだけが、全てやないやろ」

口を真一文字に結び、梅若は答えない。

彦八は、ふたりのあいだにおいた漆器を見る。

「ふん、師匠の問いに答えへんのか。とんでもない弟子やな」

自分のことを棚にあげて、彦八は容赦なく責める。

「まあええ。さっきいったように、謹慎は終いや。明日から、舞台にたて」

彦八の言葉を嚙み砕くように聞いた後に、「ありがとうございます」と梅若は頭を下げた。

「また、辻にたち、頑張ります」

「辻やない」

梅若はゆっくりと顔をあげて、不審気な表情をあらわにした。

「生玉さんのわしの舞台にたて。三日やる。そのあいだに、ちゃんと客を笑わせ。無理やったら……」

梅若に目をやると、真剣な表情でこちらに正対していた。

「弟子はやめろ。まあ、破門と思ってくれてもええ」

梅若の瞳が泳ぎだす。「はもん」とつぶやいて、意味をやっと理解したようだ。

「む、無茶です。いきなり、生玉さんの舞台だなんて。いくら、私を追いだしたいからって……」

彦八は床に勢いよく手をついて、弟子を黙らせた。

「何をいうてんねや。天下一の芸人になるんちゃうんか。生玉さんの舞台ぐらいでびびって、父ちゃんの仇とれんのか」

彦八の言葉に、梅若の表情がゆがむ。何かをつまらせたかのように、喉を何度かせわしなく動かした。しばしのときをおいてから、口を重々しく開く。

「わ、わかりました」

敵を見るような目で彦八を睨む。

「ありがとうございます。明日、生玉さんの舞台にたたせてもらいます」

　ふたたび、床にむかって頭を下げた。

「よっしゃ、ただし名は、梅春やなくて、梅若や。屋号は米沢でも鹿野でも、どっちでもかめへん。親父からもらった梅若という名で、舞台にたて。ええな」

八

　いつもは彦八がいる舞台に、梅若が直立不動の姿勢でたっていた。硬い顔で必死に口を動かしている。汗をかきつつ、身振り手振りを使って、必死に客席に声を届ける。

　その様子を、彦八は腕を組んで見ていた。あえて梅若の舞台の前の客席ではなく、隣の芸人の笑話を聞くために集まった聴衆のなかに紛れこみ、聞き耳をたてていた。

『本町に源という男がおりました。大変けちな性分なのですが、にもかかわらず吉原の色街が大好きという有り様』

　彦八の弟子と聞き、物珍しさで集まった聴衆たちが、ざわつきはじめた。大坂で江戸の遊郭・吉原をだしてどうするのだ。これでは、客が咄の世界にはいっていけない。せめて枕を工夫すればいいが、それさえもなかった。

『あるとき、吉原で遊んだついでに宴会とあいなりました。乱痴気騒ぎとなり、酒があふれることおびただしいという有り様』

腕を左右にふっているのは、きっと徳利《とっくり》を倒す仕方なのだろうが、誰も気づかない。

「なんだありゃ」

「何かの仕方じゃねえのか」

客たちのささやきは、どんどん大きくなる。

「おら知ってるぞ。吉原じゃ、芸者とああやって踊るのさ」

客の軽口に、みなが大きく笑った。舞台の上の梅若を置き去りにして、勝手に喜んでいる。

梅若は体を硬直させ、目だけを左右にせわしなく動かした。

「なに、しとんねん、さっさと咄せえや」

野次が飛んで、梅若はやっと我にかえった。

『さっ、さて、この男、にわかに吝嗇の気質が頭をもたげ、芸者に対してこう申したのでございます』

肩をすくめつつ、聴衆は離れていく。目の肥えた生國魂神社の客たちは、早くも梅若の力量を見切ったのだ。のこっているのは、無様な芸を逆に話の種にしてやろうという意地の悪い者だけだ。

『台や膳におびただしき〝したみ〟があるが、やはりこれは捨てるのか』

右をむいて吝嗇の男の仕方をするが、体を横にむけすぎだ。これでは顔の表情がわからない。

『むざむざ捨てませぬ。台や膳の〝したみ〟を、瓶に集めます』

上ずった声で遊女の真似をしようとするが、見ていられない。

『集めた〝したみ〟をどうするのじゃ』

『酒として売ります』

『なに、そんな酒があるのか。きっと安かろう。どこで売っておる』

ここで身を乗りだす仕方でもすれば客も食いつくが、梅若はそこまで機転がきかない。

『橋の袂《たもと》の酒屋で売っております。帰りに看板をご覧ください』

『看板とな』

『はい。〝上々したみ諸白《もろはく》〟と』

名酒『上々いたみ諸白』とかけた洒落は、もしほかの芸人がいえば喝采がおこっただろう。

「ああ、伊丹の諸白のことか」

誰かが発した一言に、侮蔑の笑いがおこった。

彦八の隣にいた男が小刻みにふるえている。肉のほとんどない痩せた体は、羽織の上からでも、鎖骨が浮かんで見えるほどだ。目には深い隈《くま》があり、髪は真っ白だった。肌は荒れて水気はないが、しわはすくなく年齢が読みづらい。

「彦八」と、男はしゃがれた声をだす。肩にかけていた子持縞《こもちじま》の紺羽織が風にゆれた。

「どうして、おれに梅若の舞台を見せたんや」

よく見れば役者のような切れ長の目をもち、若いころはきっと美男としてもてはやされただろうと察せられた。紺羽織の下の臙脂《えんじ》の着流しが、艶《あで》やかな姿の名残かもしれない。江戸の大尽や大名たちを笑わせてきた男——鹿野武左衛門である。

「わざわざ、江戸から呼びよせたんは……さらしもんにされた息子を見せつけるためか」

目は血走り、黒い瞳さえも充血するのではないかと思わせた。梅若が喧嘩をした翌日、すでに彦八は江戸に文を送り、鹿野武左衛門を呼びよせていたのだ。

「武左衛門はん、これ見たってください」

彦八は懐から漆の椀を取りだした。

「これ、梅若が塗った椀やねん」

鹿野武左衛門は目を見開く。両手でつつむようにして、顔の前にもってきた。

「皮肉なもんやな。漆塗りの家業を捨てたあんたの子が、こんな見事な塗りをするやなんて」

鹿野武左衛門はなでるようにして、表面の肌触りをたしかめる。

梅若の客席から、うすい笑いがおこった。さきほどまでの嘲りの笑いではない。梅若の笑話の内容は悪くない。なぜなら、鹿野武左衛門の笑話集『鹿の巻筆』からとったものだからだ。

話術はともかく、内容のよさに気づいた客の何人かが顔を綻《ほころ》ばせはじめた。だが、舞台の上の芸人は、かたい唇を動かすのに必死で気づいていない。

「見て。梅若の奴、客が笑ったのに、いっこも喜んでへん」

漆器にやっていた目を、鹿野武左衛門は引きはがした。

「わしらは職人と一緒や。職人がええ仕事でけたとき、思わず顔を綻ばすように、客がすこしでも笑えばわしら芸人も嬉しいはずや。けど、梅若はちゃう」

悪戦苦闘しつつも、梅若はひたすら咄を客席に届けようとしている。父、鹿野武左衛門考案の笑話を必死にぶつける。すくないが、たしかにさげで笑う客が現れはじめた。

にもかかわらず、梅若は苦しげで、呼吸さえも満足にできぬかのような表情だ。

「あの子が好きなんは、お父さんの鹿野武左衛門であって、笑話ではないんや。このまま梅若が芸人つづけても、幸せにはなれへん」

漆器を手に、鹿野武左衛門は立ちつくす。

「あの子、漆塗るとき、笑いながら仕事したらしい」

鹿野武左衛門が、ゆっくりと彦八に顔をむけた。

「露の五郎兵衛はんに弟子としてあずかれいわれながら、けつ割るようですまんけど、あんたの口から梅若にいってやってくれへんか」


——辻咄はあきらめろ、と。

——父と同じ道は歩むな、と。


「父親であるおれに、そんなこと、いわせる気か」

「あいつ、あんたの仇討つために芸人になりたいらしい。あんたやないと駄目やねん。わしや露の五郎兵衛はんがいっても、聞かんやろな」

手にもつ椀を、鹿野武左衛門は顔の高さにもってきた。その顔に彦八は語りかける。

「もし、梅若が笑いが好きやっていうなら、どんなにぼんくらでも、わしは弟子として面倒見たる。一生な。けど、あかんねん。好きでない道に進む辛さは、あんたがよう知ってるやろ」

彦八の目の前を、ゆっくりと子持縞の紺羽織が通りすぎる。細く長い髷《まげ》と左肩をさげ気味の姿勢は、昔のままだ。風に煽《あお》られてのぞく、格子柄の臙脂の着流しが目に焼きつく。梅若の前のまばらな群衆を縫うように、鹿野武左衛門が歩く。

「なんや、こいつ」という声に、必死に喋っていた梅若の体もかたまる。

群衆が、次々と道を開ける。長椅子をまたぎ、舞台の前まできた。

「よっこらせ」と両手をついて、舞台にあがる。途中で手を滑らせて、したたかに体を打ち、嘲笑が巻きおこる。

人をかきわけるようにして彦八は走り、舞台の前まできた。

「どうして、ここに」

鹿野武左衛門は、息子の問いかけを無視した。前をむき、聴衆の訝《いぶか》しげな視線を一身に集める。

「梅若、端っこで大人しくしとけ」

息子は見ずに、彦八がかぶりつく舞台の端を鹿野武左衛門は目で示す。

「なんや、おっさん、何者や」

野次とともに、不穏な空気を察した客たちが集まりだした。十分に好奇の目を惹《ひ》きつけた後に、鹿野武左衛門は口を開く。

「何者と問われれば、こう答えさせてもらいますわ」

舞台のすみに追いやられた梅若を指さす。顔を大げさに崩して困惑の表情をつくった。

「この、ぼんくらの親父ですわ」

瞬間、地が割れたかのような笑いが沸きおこった。

「ええぞ、息子の仇討ちか」

「お前のぼんくら息子のせいで、耳に苔《こけ》生えたやないか」

「そうじゃ、責任とって笑かせ」

野次のなかに、好奇の声が混じっていた。すでに聴衆の心を、鹿野武左衛門は摑んでいる。

膝を落とし、床にすわった。客たちがどよめく。なぜなら、彦八たち大坂の辻咄は芸をやるときすわらないからだ。

子持縞の羽織を、鹿野武左衛門はさりげなく脱ぐ。

「えー、では、ぼんくらの息子の父親ができる芸など、たかが知れてるかもしれまへんが、まあ、ぼんくらにも、ぼんくらなりの名人や素人ゆうんがありまして」

ゆっくりと聴衆を見回す。「ぼんくら」と鹿野武左衛門がいうたびに、含み笑いがあちこちでおこる。

「そんなですな、ぼんくらのなかのぼんくら、このわたくしめの咄、ぜひお聞きください」

いつのまにか取りだした扇子で掌《てのひら》を打って、心地よい音をたてた。

「では、とうぉうざぁいぃ、とうざぁあいぃ」

鹿野武左衛門が、咄の開演を高らかに告げる。

喝采と手拍子が、同時に沸きおこった。

『ある晩のことでした。男がひとり、寝床でまんじりともせずすごしております。

どうにも眠れぬゆえに、朋輩《ほうばい》の家を訪ねることにしました。

その朋輩、洒落《しゃれ》た男なので、きっと退屈の気を散じてくれると思ったのでございます』

鹿野武左衛門は、肩と腰を左右に動かして、夜道を歩く仕方をいれた。やがて、友人の家の前についたのか、拳で目の前を叩く。なぜか、戸が鳴る音が聞こえてきた。

見れば、手にもつ扇子の尻で床を叩いている。

『これは、これは、ようこそ、お越しくださいました。夜長なれば、ゆるりとお話でも。そうだ、お腹は空いてなさるか。ほう、そうか、そうか。その様子では、腹ぺこのようですな。では〝鬼子〟など、振るまいましょうか』

主人が戸を開き男を招きいれる仕方をした。

『さて、図々しくも夜中に訪れた男、上手く家にはいったものの、ひとつ不審なことがありました。

そうです。亭主がいった〝鬼子〟でございます。

親に似ない子を、鬼子というのは知ってはいましたが、それを振るまうとはどういうことか。

しかし、それをたずねるのも、無知と思われるようで恥ずかしいという有り様』

同じように、鬼子の正体がわからぬ客たちは首をかしげる。

『ささ、どうぞ、どうぞ、お食べくだされ』

『おお、これは吸い物ですな。どれどれ』

　左手で器をもち、箸に見立てた扇子を動かす。唇を突きだし、ずるずると吸いはじめた。客席のあちこちで、喉を鳴らす音がひびく。

『いやまあ、今度は松茸ではございませぬか』

　そういいつつ扇子で松茸をつまむ仕方をし、顔を近づけて香りを嗅ぐ。聴衆も鼻を前にだして、ひくひくと動かしはじめた。聞くのは耳だけではない。目と舌と鼻さえも耳に変じたかのように、聴衆は五感の全てを使い、咄を堪能している。

『それにしても、鬼子とはどういう料理だったのだろう。それらしいものはなかったが』

　そういえばせやなぁ、と何人かの聴衆が相槌を打った。

『ご亭主、そなたは嘘つきじゃ。鬼子を振るまうといっておきながら、それらしい料理がなかったではございませぬか』

　何人かの客が「そうだ、そうだ」とあいの手をいれる。

『そなたも鈍《どん》な人じゃ。鬼子という料理を知らぬのか。さきほど食べた松茸がそうじゃ』

『それは納得いかぬ。どうして、松茸が鬼子なのじゃ。仔細《しさい》を教えてくだされ』

『されば、親に似ぬ子は、鬼子という。松茸の親は何じゃ』

『わからぬ、松茸の親は松茸じゃろう』

『では、松茸はどこに生える』

『どことは赤松の根元じゃ』

『そう、なれば赤松こそ、松茸の親』

これほど似ぬ親子はおらぬゆえ、鬼子と申す』

客たちの何人かはなるほどと納得し、さらに何人かは屁理屈だろうと首をひねる。

『松茸を鬼子とは、まことに上手いことを申される。これは、一本食わされましたな』

美味《うま》い松茸を一本食った、という洒落だった。

一瞬だけ間をおいた後に、客たちが手を叩いて喜ぶ。彦八も、思わずあごに手をやり
「やるなぁ」と、つぶやいた。

すこし考えてから、じわじわとくる笑いである。呼吸をする暇もなく笑わせる大坂とは、またちがう。それを初見の客相手に見事に通用させたのは、仕方が抜群に上手い鹿野武左衛門だからだろう。

彦八は、舞台のすみでうずくまる梅若へと目をやった。

「親父の顔をよく見ろ」

鹿野武左衛門は、もう次の咄へと移っていた。客を笑わせつつ、自身が笑っている。目は輝き、汗が心地よさげに頬で線をひいている。乾いていた肌も、かすかに潤っていた。

「あれが、お前と親父のちがいや。わかるか」

返事はない。ただただ、梅若は見入るだけであった。

「客を笑かして、親父さん自身が喜んでる。客席の誰よりもや。これが芸人なんや」

梅若はうつむいて、唇を嚙んだ。

鹿野武左衛門のさげの一声が轟《とどろ》き、場が激しく沸きたった。もう梅若は父の舞台を見ていない。己の手をじっと凝視している。指にやすりや鋸《のこぎり》を使った傷があちこちについているのを、彦八は見逃さなかった。

それは芸人というより、職人の手に近いように思われた。

九

いつのまにか隣の舞台の客さえもひしめいていた。万雷の喝采のなか、鹿野武左衛門は舞台の裏へと姿を消す。

「おーい、名前はなんちゅうねん」

「また、やってくれ」

「明日もくるぞぉ」

客の声をかきわけ、彦八も裏へ回る。竜兵衛が、鹿野武左衛門に必死に何事かを喋りかけているところだった。そういえば、竜兵衛は過去に鹿野武左衛門を生玉さんの舞台にあげるために江戸までいき、交渉したといっていたのを思いだした。

「竜兵衛はん、あかんて。今日、おれが笑いをとれたんは、名無しの権兵衛やからや。島流しの鹿野武左衛門では、誰も笑ってくれへん」

「そんなこといわんと、舞台にたってぇな。名前なんか、変えたらええがな」

太いあごを必死に動かして懇願している。

「やめとくわ。このごった煮のような大坂の舞台よりも、江戸の座敷が性にあってる」

竜兵衛が「そんなあ」と泣き言を漏らす。

鹿野武左衛門は、すみでひかえる梅若を見た。顔面蒼白で突ったっている。

「わかったやろ」と、言葉を投げかけた。

「お前はおれの息子かもしれんが……」

ここで躊躇《ちゅうちょ》するように、鹿野武左衛門は間をとった。

「芸人の子ぉではない」

潰すようにして、梅若が拳をにぎりしめる。

「彦八に最後の挨拶をせえ。芸人の子ぉやなくても、弟子やったんはたしかや」

梅若は動かない。

「おれの舞台見ても、まだわからへんのか」

彦八の頭に浮かんだのは、さきほどの鹿野武左衛門の咄だった。赤松が鹿野武左衛門だとすれば、鬼子の松茸は梅若のことではなかったのか。

ゆっくりと顔をあげ、梅若が彦八を見た。何かをいわんとしたが、声にはならなかったようだ。ただ、頭を下げる。あとはきびすを返し、逃げるように走りだした。

「おおきに。あとの面倒は、竹蔵《たけぞう》に見てもらうように話はついてる」

懐かしい弟の名を聞いて、鹿野武左衛門は苦笑を口の端に浮かべた。弟の志賀屋の竹蔵は、難波村で漆塗りの家業をついでいる。

「それはそうと彦八、お前にわたさなあかんもんがあるねん」

鹿野武左衛門は、懐《ふところ》から古びた一冊の帳面を取りだした。受けとり紙面をめくる。彦八は息を呑んだ。

「こ、これは……」

体がふるえだす。帳面には、彦八が江戸にいたときに盗作された咄が書き連ねられているではないか。あわてて顔をあげると、鹿野武左衛門が渋い表情をつくっていた。

「実はな、江戸の盗作騒ぎ、あれは石川はんが糸ひいてたんや」

「石川って、石川流宣はんか」

「ああ、せや。お前がおったらおれが江戸一にはなれへん思たらしい。お前の荷から帳面盗んで、書き写してたんや。これが、その証拠や」

彦八はゆっくりと紙をめくった。貧乏神の寺宝開帳、小舟のように大きい大根、好色な仙人、温泉に棲む鯉、五重塔の相輪の臭いを嗅ぐ男、懐かしい咄が次から次へとあらわれる。

「ほんまはもっと早うわたすつもりやったんやけど、露の五郎兵衛はんから、俄か大名でえらい気張ってるゆう話を聞いてな。大事なときにあまり心が乱れるもんもっていかん方がええやろ、考えてるうちに……」

「流罪になってもうたんか」

鹿野武左衛門は苦笑で応えた。

「じゃあ、石川はん今はどうしてるん」

「お前にとっては仇かもしれんが、おれには恩人でもある。許したってくれへんか。今は反省してはる。だから、罪滅ぼしに、おれにその帳面見せて白状しはった。ただ、おれが流罪になってもうて、彦八にはいえずじまいやったけどな」

しばらく、帳面と鹿野武左衛門の顔に目線を往復させた。不思議と怒りはない。どころか、じわじわと脇腹が痒くなってくる。

「なんや、何をにやにやしとんねん」

「いや、このころから、わしはおもろかったんやな思て。読んでたら、なんか、石川はんのことはどうでもようなったわ」

「お前、めでたい奴やな」

「それに――」

「それに、なんや」

「いや、ええわ」

今思えばだが江戸で挫折したからこそ、大坂で自分の居場所と芸を見つけられた。もし、あの時、座敷で成功していたら、彦八は一生天下の民のための芸には目覚められなかったかもしれない。

「せや、武左衛門はん、餞別《せんべつ》の品をわたすから、石川はんに届けてくれへんか」

「どうしてん、お前、そんなに器でかい人間ちゃうやろ」

「なんだかんだで世話になったしな」

彦八は空へ目をやった。

胡散臭《うさんくさ》そうな目で、鹿野武左衛門が覗きこむ。

知り合いの猫の蚤取りが、古い狼《おおかみ》の毛皮を処分したいといっていたのを思いだしていた。それを襟巻きに仕立てて、石川流宣に贈ってやろう。もちろん、贈る前にはたっぷりと猫の蚤を移すのだ。

襟巻きを巻いた石川流宣が悶絶する様を想像し、彦八はほくそ笑んだ。

「なんや、その気味悪い笑いは。お前、絶対によからぬことを考えてるやろ。聞けば、四郎斎にもきつぃお灸《きゆう》すえたらしいの」

「なにいうてんの。大坂ではわし、仏の彦八いわれてんねやで」

「嘘つけ、仏がそんな悪人面で笑うか。それより彦八、お前はいつまで生玉さんの舞台にたつつもりや」

あまりにも急な展開に、「へっ」と無様に彦八はききかえした。

「今日、おれが笑いをとれたんはたまたまや」

奇妙な男の出現に聴衆の関心が惹きつけられたから、上手い具合に咄が転がった。

「もし普通にやったら、おれの座敷芸は通用せえへん」

鹿野武左衛門の座位の仕方咄は、体の動きに派手さがない。一方の生玉さんで練られた彦八らは、立位の状態で大きな仕草、ときには舞台を横切りつつ咄をする。そうやって客の目を惹き、隣の舞台に笑いを奪われないようにしているのだ。

鹿野武左衛門が今日のような芸をやっても、隣の芸人に客を奪われるだけだ。

「けどな、彦八、お前がおれと江戸の座敷比べで客笑わせたら、どっちが勝つと思う」

己の表情が強張るのを、彦八は自覚した。

「お前は、おれには勝てへん」

鹿野武左衛門の芸は、伽羅四郎斎の芸とは比べるべくもない。彦八は、反論することができなかった。

「座敷やなくてもええ。芝居小屋のようなところで、ひとりずつ咄を披露するのでもええ。お前の芸は通用するか。おれよりも笑いをとれるか」

絶句する彦八に顔をむけたまま、鹿野武左衛門は竜兵衛に目差《まなざ》しをむける。

「生玉さんはええ舞台や。難波村一のお伽衆《とぎしゅう》ゆうて、百姓の子も武士の子もまとめて笑わせてた彦八らしい場所や」

いつのまにか周囲には辻咄たちが集まり、ざわつきはじめていた。

「隣の芸の声が聞こえる舞台で、どれだけ深いおもろい咄ができる。彦八、お前の芸は百年後ものこるか。目ぇ肥えた客を楽しませつづけることができるか」

座位の姿勢で仕方咄をする鹿野武左衛門の芸が脳裏に浮かぶ。動作は小さいが、客の頭のなかに人物が浮かぶかのような不思議な味わいがあった。長い余韻となって、楽しむとでもいうべきか。

一方の彦八らの芸はちがう。太陽を直視したように目には焼きつくが、四半刻もすれば印象がうすまる。

「別に江戸の座敷にたてとはいわん。お前も商人や大名の相手は望まんやろう。何より、今は江戸の笑話は下火や。けどな、このままやったら彦八の名はのこらんぞ。いや、名はどうでもええ。お前の芸は消えてまうぞ」

みなはしわぶきひとつたてずに聞きいっている。

「まあ、かといっておれみたいに気張りすぎてもあかんけどな。島流しの目に遭ってまう」

十

月もでていない暗い夜道を、彦八は歩いて家路につく。火の灯っていない長屋の扉を開ける。沈黙が、夜の帳《とばり》をさらに重くするかのようだった。

梅若を志賀屋の竹蔵にあずけてから、十日ほどがたっただろうか。彦八はもっていた提灯《ちょうちん》を部屋のなかにかざした。またもとの万年床にもどり、簞笥の抽出しも開けっ放しになっている。

瓶からすくった水を喉にいれるが、やけに埃っぽい。

土間から部屋にあがった。

しわだらけの万年床に、彦八は着替えもせずに身を投げだす。目を閉じずに、窓から外を見ていた。じっと横たわりつづける。耳をすますと、誰かの寝息が聞こえそうだが、無論のこと錯覚にすぎない。

浅い眠りは、異音によって終わりを告げた。

錆《さ》びた鋸で鉄を切断するかのようなひびきだ。

いつのまにか朝を迎えて、部屋のなかは明るくなっている。

「な、なんやねん。何の音や」

寝床から起きあがり、陽の光で温まった土間に足をつけて、入口へと近づく。まさか、熊でも寝ているのか。早まる鼓動を必死に宥めつつ、戸を開いた。

足下にいたのは、ひとりの男だった。

大きな頬骨に厚い唇があり、口の端から涎《よだれ》を垂らしている。

ぐごごごっご、と鼾《いびき》をまき散らしていた。

「こいつ」と、つぶやいた。

生國魂神社の境内で、彦八の弟子になりたいと押しかけてきた若者ではないか。家のなかにもどり、瓶から柄杓《ひしやく》をとって、また戸口へもどった。

「こらっ」といって、頭を叩く。

「あ、いてっ。誰や。あぁ、師匠、おはようさんです」

「おはようやあらへん。お前、最近、見んなぁと思ったら、また押しかけてきよったんか」

もうひとつ柄杓で殴ると、木魚を叩いたような心地よい音が朝の路地にひびいた。

「えへ、おいらがおらんかったから、寂しかったでしょ」

「阿呆」

柄杓をふたたび打ち下ろすが、憎たらしいことに避けられてしまった。

「まあ、怒らんといてください。師匠をほってたのは悪かったです。実は、奉公にださされてましてん」

「なんで、わしがお前にかまってもらわなあかんねん」

彦八の愚痴《ぐち》を、若者は無視する。

「聞いたってくださいよ。おいら、豆腐屋の丁稚《でっち》奉公にいかされたんですわ。あれはきついでんなあ。朝早くて、夜遅い。まあ、けど、美味い豆腐食わせてくれるからええかって思ったら、師匠、それがおからしか食わせてくれへんのですわ」

喋りつづける若者を見るうちに、彦八は察しがついた。

「ははぁん、お前、さては奉公先で無駄話ばかりして、追いだされたんやろ」

「無駄話ちゃいます。めっちゃ、大切な話です。あっこの茶屋の娘がべっぴんとか、どこぞの宿屋の女中が好色やとか、あっこの寺の坊主の衆道《しゅどう》（男色）の技はえげつないとか」

彦八でさえ呆れる無駄話だ。

「まあ、そんなこんなの大事な話を、おいらの軽口にのせてですな、おもしろ可笑《おか》しゅう話したんです。つまり、滑稽《こっけい》咄ですな」

「お前、芸人でもないのに、滑稽咄したんか」

「そうでんねん」と、彦八に指を突きつけた。

「びっくりするくらいうけたんですわ。けど、ちょうど大事な豆腐こさえてるとこで。兄弟子笑かすのに夢中で、けつまずいて豆腐に頭から突っこんで、仕事全部駄目にしてもうたんですわ」

　深刻そうな表情をつくって、自分の頭を平手で何度も打っている。

「それで奉公先を追んだされた、と。けど、そんなおもろい咄をお前がしたんか」

「へえ、腹、千切れまっせ」

　彦八が興味をもったのが心底嬉しいのか、目尻を極限まで垂らす。不細工な顔がますます不細工になり、思わず彦八は吹きだしそうになった。

「そうか、ほなその腹千切れる咄聞かせてもらおか。ほら、はいれ。ひとりで朝飯食うのも味気ないと思っててん。笑かせたら、飯奢ったる」

「へへへへ、師匠、朝飯よりもですな、おいらの咄がおもしろかったら、弟子にしてくれまへんか」

「なんや、まだあきらめてへんかったんか」

　一転して、男は情けない表情をつくる。

「というより、もう師匠の弟子になるしかおまへんねん。奉公先のしくじりは町中に知られてもうて、大坂ではどこも雇ってくれまへん」

「なんや、わしの弟子になりたいゆうんも、しゃあなしかいな」

ため息を吐こうとしたが、彦八の緩む口元では上手くいかなかった。

「まあ、ええやろ。とりあえず、そのごっついおもろい滑稽咄とやらをわしに聞かせてみい」

手をふってなかにはいれと指示した。

「おおきに。あ、師匠、おいら、漬物は大根が好きで、梅干しは食われへんから、あんじょう覚えてくださいね」

敷居を踏み越えながら、そんな図々しいことをいってのける。

「朝餉《あさげ》の用意は、弟子のお前の仕事じゃ」

柄杓で頭を思いっきりひっぱたいて、戸を閉める。

梅若が手をいれた戸板は、心地よい音をたてて戸枠のなかに納まった。

最期の咄

一

満月のようにまん丸な顔に、大きな笑みが浮かんでいる。

「じいさん、ごっついおもろいなあ」

「すごい、すごい、次、おいらのお父さんの俄《にわ》かして」

童たちが腰帯に摑まってせがむ。

「よさんかい。帯緩むがな」

いいつつも、童のするがままにまかせる。

「お前の父ちゃん、何の仕事しとるねん」

「鍛冶屋やで」

よっこらせと、しがみつく童たちをだいて引きはがす。最後の童をだいたところで、大きく咳きこんでしまった。腰も痛い。

痰が喉にからむ嫌な感じはのこっていたが、かまわずに鎚をふる真似をする。

「すごい、そっくりや。次、力士さんやって」

兎《うさぎ》のように飛び跳ねながらいったのは、十歳に満たぬ女の子だ。

「それ、昨日やったやろ」というと、女の子が唇を尖らせる。

「昨日は船頭さんの俄かやで、力士さんは次の日にやるっていうたもん」

せやったかなぁ、と首をひねりつつも、四股《しこ》を踏んでやる。

「わあ、すごい。錦絵みたい。じいさん、すごいなあ」

さっきの何倍も高く飛び跳ねて喜ぶ。

「彦八師匠、なにしてまんの」

呆れた声で呼びかけられた。右足を高くあげた姿勢で俄かを止める。途端に均衡が崩れて、尻餅をついてしまった。

見ると、生玉さんの鳥居の下から男がひとりやってくる。

「師匠、そんな銭にもならん童相手に、何を真剣に俄かをやってまんねや」

頬骨のでた弟子が、呆れ顔で手を差しのべた。咳をしつつその手をとろうとしたが虚空をかく。手首を摑まれて、起きあがらされた。

「わしが弟子入りしたころとは、体の気張りもちゃいまんねんから。あまり無茶な俄かはやめときなはれ」

尻餅をついた拍子に腰を痛めたようで、彦八はしきりに体をさする。

「なあ、じいさん、もう終わりなん」

「じいさんちゃう。生玉さんの俄か大名で有名な米沢彦八師匠や」

弟子の声に童は不思議そうに首をかしげた。

「知らんのか。『風流三味線』にも書かれるほどの偉い芸人さんや。自分ちのじいさんみたいに、気安う呼んだらあかん」

弟子は腕を組んで睨むが、童は「しらーん」と声をそろえる。

「ほな、『浮世草子』は知ってるか。偉い辻咄の芸人さんって、彦八師匠のこと書いたるぞ」

「『浮世草子』は聞いたことあるけど、彦八はしらーん」

童たちがまた口をそろえた。弟子は頰骨をひくつかせて、必死に怒りを抑える。

「ほな、あれや。近松門左衛門の『曾根崎心中』は知ってるやろ。あっこに、生玉の俄か見にいく場面あるやろ。その俄かやってはる人や」

「近松は知ってるけど、彦八はしらーん」

「お前ら、ほんまに知らんのか」

「しらーん」

「生玉さんの米沢彦八やぞ」

弟子は手で彦八を示してみせる。

「しらーん。難波村の漬物屋に生まれて、生玉さんの舞台で俄か大名してて、『軽口男』やら『軽口御前男』やら『軽口大矢数』やら、笑話集をだした彦八はしらーん」

「知っとるやないけ、この糞餓鬼が」

弟子が腕を振りあげると、蜘蛛の子を散らすように童たちが逃げていく。

「彦八を知らんわけないやろ、あーほー」

「そうや、鹿野武左衛門や露の五郎兵衛とならぶ三大辻咄ぐらい、赤子でも知ってるわ」

背中を見せつつも、へらず口だけはしっかりとのこして童たちは逃げ散っていく。

鹿野武左衛門に露の五郎兵衛か、と彦八はつぶやいた。しわのよった自分の手を見つめる。

もうふたりは、この世にはいない。

鹿野武左衛門は息子梅若と大坂であってから江戸にもどり、しばらくして流行病《はやりやまい》で呆気なく世を去った。これにより江戸の辻咄は長い低迷期にはいってしまう。その四年後には、露の五郎兵衛こと露休が死去した。近松門左衛門が、『曾根崎心中』を上演した年だ。

「虚仮《こけ》と軽口を一荷《いっか》にし（中略）、数万の聴衆の腹筋よらす都の名物入道露休」

遺稿集『露休置土産』に書かれた文句に何の誇張もない。

そろそろわしの番かもなと、彦八は思う。座敷仕方咄を確立した鹿野武左衛門、数万の客を笑わせた露の五郎兵衛らに比べて、自分は何をのこしたかと自問すると、答えられない。

のこされた時間を勘定すると、焦りがにじむ。その反面、以前ほどは舞台に執着していないのもたしかだ。そんな矛盾が、ますます童たちを笑わせることにむかわせる。

「あの餓鬼ども、ほんまになめやがって」

「彦蔵《ひこぞう》、お前が童にええように相手されてどうすんねん」

かつて豆腐屋を飛びだして、彦八のところへ転がりこんできた弟子に語りかける。もう所帯をもち、ひとり立ちをして、今は米沢彦蔵と名乗っている。生國魂神社でも舞台をもらい、咄を演じているほどだ。勢いのある笑話は、若い男衆《おとこし》のうけがいい。

「よういいますわ。さっきの『しらーん』を仕込んだんは、師匠でしょ。あ、それより、そろそろ舞台はじまりまっせ。用意してくれな困るわ」

弟子の芸は上達したが、口の悪さは若いころと変わらない。

「わぁーとるがな」

童みたいな口調でいい捨てて歩きだすと、また腰が鳴った。

「あんねえ、師匠、わしは心配しとるんでっせ。冬にこじらせた風邪、治ってへんでしょ」

いわれると、喉が疼《うず》いた。たしかに春になってもまだ肌寒さがのこるせいか、咳は止まらず痰がからまっている。舞台が終わると、体が鉛に変じたかのように重い日も度々だ。にもかかわらず、開演前には童たちを相手にせずにはいられない。

「まだ寒いんやから。ひかえの小屋で火鉢にでも当たっててくれな。小屋見たら、師匠おらへんから探したがな」

乱暴な口調だが、弟子の気遣いが身にしみる。

「すまんな。なんか、ひと月ほど前につまらなそうに遊んどる子供ら見つけてな。笑わせたろって思ったら、案外にこれがおもろくて」

「もう」と、弟子はため息を吐く。

「とにかく養生したってくださいね。ほら、はよいきまひょ。今日もようさん客きてまっせ」

まだ開演前だというのに、鳥居のむこうには境内からあふれだしそうな客たちがいた。

二

長老ともいうべき彦八の舞台は、ほかの芸人とは離れた本殿横にある。木の下に縁台のような台をおいて舞台とし、その前に筵《むしろ》を何枚も敷いている。まるで花見をするような風情である。筵の横においた茶釜で、弟子たちが客に茶を振るまうので、余計にそう感じるのかもしれない。

ひとしきり俄か大名で笑わせた後に、彦八はゆっくりと膝をおって正座をする。鹿野武左衛門の芸を意識してのことであった。竜兵衛に無理をいって、ほかの小屋とは離れた本殿横に舞台をかけさせてもらったのも、客に彦八の芸にだけ対峙《たいじ》してもらうためである。

隣の舞台の声を横耳で聞きつつ鎬を削る芸も嫌いではないが、そこにとどまっていては進歩はない。扇子などの小道具を使いつつ、大きくはないが余韻がのこるような仕方をいれつつ咄を展開する。といっても、ほかの芸人の声が聞こえないわけではない。すぐ隣でやるよりも小さいだけだ。ほかの舞台の笑いに、客の注意が削がれることも度々ある。座位の姿勢では、どうしても大きな動きに負けてしまう。

離れた舞台から喝采が飛んできて、またしても客の集中が散じる。

誰の芸や、と思って視線だけを動かす。弟子の彦蔵が躍動する姿が飛びこんできた。頬骨のはったいかつい顔を見せつけるように、元気よく舞台を歩いている。

笠を手にとり、「はい、みなさん、これ何かわかりますかぁ」と大声をあげている。

「そうです。木戸銭《きどせん》いれる笠ですわ。けど、わしはこんなもん使いまへんでえ」

手首だけを使って、客席に放りなげる。かわりに舞台の後ろからもってきたのは、荷物をいれる大きな行李《こうり》だった。

「お客さん、たのんまっせぇ。こっちがいっぱいなるくらい、木戸銭投げたってや」

舞台の一番前に勢いよく行李をおいた。どっと客たちが喜ぶ。

「この前、天王寺の辻で咄やったら、銭でいっぱいになりましてん。あっこのお客さんは気前ええねえ」

客たちの視線が一転して強くなる。まるで生玉と天王寺の客を競わせるかのような彦蔵の口ぶりに、上手く焚きつけられてしまっている。

「わかってはると思うけど、笠がいっぱいになったんちゃいまっせ」

わざとらしく、足下の大きな行李へ目をやった。

「これが木戸銭でいっぱいになりましてん」

懐からだしたのは、小さなお猪口《ちょこ》だった。

天王寺への対抗心で前のめりになっていた客が、身を仰《の》け反《ぞ》らして喜ぶ。

「まさか、生玉のお客さんがお猪口やなんて、思ってません。こっちでお願いします」

手で大きく行李を叩いた後に、咄にはいる。

彦八は、安堵の息を静かに吐いた。

咄はまずまずなのだが、彦蔵は客の足を止めることに苦戦していた。彦八や彦蔵の芸はさげを重視するため、どうしても長い。普通にやれば、隣の舞台に客をとられてしまう。

枕でしっかりと笑わせて、客の足を止める必要がある。そのために彦八は俄か大名を考案したのだ。演じる大名を次々と変えることで、毎日くる客でもあきさせない利点がある。

今日の彦蔵の行李を使った枕はよかったが、ひと月もすればあきられてしまうだろう。

弟子のことを心配しつつ目の前の客たちに咄のさげを言いはなつと、控え目な笑いがたち昇った。

境内のすみにある厠《かわや》へいこうとした彦八は、足を緩める。見ると弟子の彦蔵が若い芸人仲間と話しこんでいた。聞くつもりはなかったが、耳をすませる。

「彦蔵、お前なんで、俄か大名をやらへんねん。行李で客の足止めるのも、そんなに長くは保《も》てへんぞ」

芸人仲間にそういわれて、彦蔵は大きな頬骨に手をやって考えこんだ。

「お前、天王寺の辻では俄か大名やっとったやんけ。いや、大名だけでなく、役者や浄《じょう》瑠《る》璃《り》の俄かもして、えらい客に評判よかったやん」

彦八は完全に足を止めてしまった。幸い、木陰にいるので彦八の姿は見えない。

「声色変えて、見事なもんやったで。咄せんでも、あれだけで食えるんちゃうけ」

同業者にそこまでいわせるとは大したものだと、彦八は感心した。たしかに、彦蔵は修業時代も俄かはなかなかのものだった。彦八との最大のちがいは、声色も変えられることだ。役者や浄瑠璃の声を、本人と見紛うほどに何十人も真似ることができる。

「そこやがな」

彦蔵は仲間に指を突きつけた。

「俄かは師匠が考えたもんや。それを同じ境内の舞台でやるのは、正直しんどい。気ぃ

んのか」

「けど、あの行李の芸では、遠からず客にあきられるぞ。ほかに客の足止める芸でもあが重い」

腕を組んで、彦蔵は盛大に首をひねった。

「それに、このまま俄かをずっと封印すんのか。天王寺の客きたらどうする。俄かしてへんかったら、がっかりするぞ」

「いうことはもっともやけど、踏ん切りがつかへんねん。考えてみいや。生玉さんの境内で、あっちは彦八師匠の大名の俄か、こっちは彦蔵の役者の俄かをやってるんやで」

今度は芸人仲間が困惑する番だった。

「ほんまや。飯のおかずに飯みたいな感じやな」

「せやろ。そしたら、どっちがひくねんって考えたら、弟子のわししかないがな」

たしかに、彦蔵と彦八が互いに俄かをやっても、食いあうだけで利はない。

「じゃあ、彦八師匠にいって、一日交代でするとかどないや」

彦蔵は首を横にふる。

「師匠の俄か大名は、太い客がついてる。一日交代にしたら、わしが反感買うだけや」

彦蔵は、苦いものを嚙んだような表情をつくった。

「けど、お前、一生俄かをせんつもりか」

「師匠が生玉で健在のあいだは無理やな」

仲間はため息を吐いた。

「お前、ほんまにそれでええんか。鞘《さや》に仕舞いっぱなしの刀は、錆びんのも早いぞ」

彦蔵は仲間の言葉に何もかえさずに、ただ腕を組んで一点を見つめるだけだ。

三

酒場の座敷には、米沢一門ともいうべき弟子たちが卓を囲んでいた。十人ほどはいるだろうか。前髪のとれぬ小僧から、三十半ばをこえて貫禄を増した彦蔵まで、年や背格好も様々だ。

まだ二十代の弟子が、彦蔵に芸の相談をしているのを聞きつつ、彦八は酒を飲んでいた。米沢一門の番頭格として彦蔵はよくやってくれている。

「おい、彦蔵、こっちこい。酒をついだる」

相談が一段落するのを待ってから、彦八は手招きして一番弟子を呼びよせた。

「どういう風のふき回しでっか。師匠が酒ついでくれるやなんて」

軽口を叩く彦蔵を、入門したての弟子たちが羨《うらや》ましげに見つめる。両手でもった盃に酒をつぎつつ、なんでもないことのように彦八は口にした。

「実はな、そろそろ隠居しようと思うねん」

「えっ」とみなが声をあげて、彦八を見る。

彦蔵は、両手に盃をもった姿勢でかたまっている。

「銭は十分稼いだしな」

「けど、まだまだ、いけますやん。太い客もいるし」

盃を手にもったまま、彦蔵は詰《なじ》るようにいう。

「正直にいうとやな、最近は客笑かすよりも、童けしかけて大人からかう方がおもろいねん」

偽らざる気持ちだった。

「まあ、生玉の舞台は彦蔵がおるから、安泰やろ」

「いえ」と口にして、彦蔵は弱々しく首を横にふった。

「それでや、彦蔵にわしの名をついでほしいねん」

「いえ」と、また首を横にふって彦蔵はうつむいた。何かに気づいたのか、一番弟子はゆっくりと顔を持ちあげる。

「師匠、今なんていいました」

「お前に、米沢彦八の名前をついでほしいねん」

「お前って、わし？」

彦蔵は自身を指さした。

「せや、若いころ、絹ごし豆腐に頭から突っこんで、わしとこに泣きついてきて、しゃあなしで弟子にしてやったお前や」

彦蔵の太い指がふるえだす。

「け、けど……」

「米沢彦八の名で、俄かを思う存分にやってくれへんか」

彦蔵は彦八から視線を逸らす。

「お前が名乗らへんかったら、わしが隠居した後にどこの誰ともわからん奴が彦八って騙《かた》るかもしれへんぞ」

驚いたように彦蔵は顔をあげた。瞳がにじむのではないかと思うほど、長いあいだ彦八を凝視する。やがて、ゆっくりと唇をこじ開けて、「わかりました」と言葉を絞りだした。

「そこまでいってくれはるなら、正直、荷は重いですが、彦八の名をいただきます」

もちっ放しだった盃を口にもってきて、彦蔵は一気に飲み干した。

ぷはぁ、と息をこぼし彦蔵は口元をぬぐう。

「よっしゃ、めでたい。ちゅうてもすぐに生玉の舞台に穴開けるわけにはいかへんから、襲名式は四月くらい後ってとこやな。それまでにあんじょう用意しとけよ」

「はい、ご贔屓《ひいき》の客には明日にもこのことを伝えて、襲名式の用意をさせてもらいます」

居住まいを正して、彦蔵は深々と頭を下げた。

「彦八の名前なんて、そんな大層なもんやないけどな。難波村のぼんくらの名前をもらってくれるんやから、わしとしてはこんなに嬉しいことはない。よっしゃ、もっとええ酒で祝おうか」

彦八は襖を開けて、女中に声をかける。

「師匠、もう胸も腹もいっぱいですわ」

「遠慮すな。おーい、この店で一番ええ〝したみ酒〟もってきて」

「なんで、こぼれた酒で祝うねん」

彦蔵の突っ込みに弟子たちが笑う。女中も心得たもので、伊丹の諸白を「はい、昨日こぼしたばかりの新鮮なお酒」ともってきてくれる。

目を真っ赤にした彦蔵の盃に、次々と伊丹の諸白がそそがれていく。

「こんな美味い〝したみ〟、今まで飲んだこともないわぁ。どうしてかな」

叫びつつ、彦蔵は酒を喉に流しこむ。

案外、本当に〝したみ〟かもしれないな、と彦八は思った。

今宵ならば道頓堀の水を飲んでも、銘酒のごとく心地よく酔えるはずだからだ。

四

「なあ、『彦八祭』ってどないやろか？」

竜兵衛が太いあごをなでつつきいてきた。

開演を間近にひかえた生玉さんの境内には、客が三々五々と集まりつつある。

「なに、それ」と、彦八はききかえす。

「なにて、あんたの最後の舞台の興行やがな。彦蔵の襲名式はもちろんやけど、その前に最後の舞台の興行をばっちりとやらな、ご贔屓衆に申し訳ないやろと思てな」

「それで、彦八祭か」

「せや、屋台もいっぱい呼んで、盛大にやろうや」

竜兵衛は、両手で大きく円を描いてみせた。

「師匠、それ、ええですやん」

顔を突きだしていうのは、彦蔵だ。

「米沢一門で生玉さんの舞台を埋めるっていうのはどうですか」

「それええな」

すかさず、竜兵衛が同調する。

「お前はわがのこと心配せえ。襲名式の手筈は順調なんかい」

彦八は彦蔵をたしなめた。

「万事滞りおまへん。襲名式のぴかぴかの幕も看板も羽織も手伝いの衆も、みんな段取りしました。お知らせの高札《こうさつ》も大坂のあちこちにたてています。全部ばっちりです。なんなら、師匠、今日、隠居しまへんか。明日からでも襲名式できまっせ」

彦蔵はもみ手で嫌らしい顔をむけてくる。

「ほんまに、阿呆なこというて。けど、それやったら大丈夫そうやな」

彦八は竜兵衛に向きなおる。

「わしの最後の舞台を、そんなに豪勢にしたら、気恥ずかしいけど。まあ、若いもんを舞台にたたせてくれるんやったら、好きにしてくれてええで。細かいとこは、竜兵衛はんにまかせるわ」

「わかった、あんじょうやったるわ」

二の腕を強く叩いて竜兵衛は、たのもしく請け負う。

「師匠、どこいきますねん」

「開演まで、まだ間あるやろ。童、からかって遊んでくるわ」

彦蔵が大げさに肩をすくめるのがわかった。

「あ、せや、彦八はん、あんたに会いたいいう人がおるねん。朝の舞台が終わったら、社務所までできてくれへん」

竜兵衛の言葉に、彦八は首だけで振りかえる。

「客って誰」

「なんや、名古屋の商人で榊屋さんっていう米商いの主人らしい。名前は喜太郎ゆうたかな。神主さんの紹介やから、ことわることできへんねん」

喜太郎か、知らんなぁ、と首をかしげる。

「えーで、じゃあ朝の舞台がはけたら社務所いくわ」

そう言いおいて、境内の外でふざける童たちのもとへと彦八は歩いていった。

——喜太郎って名前のわりには、えらい硬い顔した人やなあ。

彦八は目の前の男を見て、そんなことを思った。顔は丸いが、皮膚の下の骨は太く硬そうだ。年のころは彦八と同じくらいだろうか。軽やかな黒羽二重《くろはぶたえ》の羽織には、控え目に背中の部分にだけ紋がはいっていた。

小柄だが体つきはがっしりとしていて、上半身は開いた扇のような形をしている。袖からのぞく腕も逞《たくま》しい。店主というより、よく働く老手代といった雰囲気だ。

「彦八師匠におあいできて光栄です。大坂商用のおりには、何度も生國魂神社で咄を聞かせてもらいました」

丁稚のように丁寧に灰色の頭を下げる。

「もうすぐ私の家内や孫も大坂に到着します。彦八師匠の咄が聞けるのを、楽しみにしています」

硬い頬を動かして、口をこじ開ける。どうやら笑いかけたようだ。下手な彫師が彫った阿吽《あうん》像のような顔だが、彦八は実直さを感じた。嘘はつきそうにない。

聞けば若いころは江戸の米商人のもとで修業をし、そこのひとり娘を嫁にもらい、今は名古屋の店をついでいるという。江戸の米商人の娘とは一男一女をもうけ、話ぶりからすると孫もいるようだ。

「ほー、そうでっか、それはそれは。ぜひ、奥さんやお孫さんと一緒に楽しんでってください。で、話というのは」

「単刀直入にいいますと、名古屋で彦八師匠に舞台をやっていただきたいのです」

やはり、そういうことかと思った。ただ神主の紹介なので、無下《むげ》にことわることはできない。

「生玉さんにはたくさんの芸人がいてはるのに、またなんでわしなんでっか」

「はい、そこです」と、喜太郎は手をついて膝をすこしだけにじらせた。

「何度か彦八師匠の芸を見させていただきました。数年前から芸が変わったように感じたのですが」

きっと、ほかとは離れた舞台にすわるようになったことをいっているのだろう。

「私は江戸で修業していたころに、何度か座敷で咄を聞きました」

江戸という言葉に、彦八の胸に苦いものがにじむ。

「江戸の座敷芸と大坂の舞台芸はちがいます。彦八師匠はここ数年、座敷で映える芸を目指しているようにお見受けしました」

堅物そうな顔だが、なかなかよく見ている。

「生國魂神社の舞台は、とても素晴らしいと思います。天下の民が等しく長椅子にすわり、笑う。左右の舞台の芸人と技を競うわかり易さもある」

言葉ほど、喜太郎の口調には熱がこもっていなかった。

「失礼を承知でいいます。五十を越えると、生國魂神社の舞台は少々賑やかすぎるように感じるのです。彦八師匠の咄に集中したいのに、隣の辻咄の言葉が耳に飛びこんできて、笑いどころを失ったのも、一度や二度ではありません。今の本殿横の舞台でも、大差がないと感じています」

喜太郎の語る内容に納得しつつも、彦八は心中でどうことわるかを算段していた。

「そうなると不思議なもので、若い時分に見聞した江戸の座敷が懐かしく思われるのです。客がひとりの芸人の咄を、なににも邪魔されずにじっくりと鑑賞する。ああいう形で、彦八師匠の咄を楽しめればと、何度考えたことか」

やっと喜太郎が話を区切ったので、彦八は言葉を挟む。

「つまり、名古屋の座敷にわしを呼びたいと」

「いいえ、すこしちがいます」

喜太郎は即座に首を横にふった。

「こちらをご覧ください」

後ろの荷から、巻物を取りだして広げる。そこには、一幅の普請図《ふしんず》が描かれていた。舞台があり、桟敷席《さじき》のようなものが描かれている。

「なんでっか、これは。芝居小屋？」

喜太郎が硬い唇の両端を持ちあげたのは、微笑したのだろうか。

「いえ、ちがいます」

分厚い掌で、ゆっくりと普請図をなでた。

「これは咄小屋です」

「咄小屋」と、素《す》っ頓狂《とんきょう》な声で彦八は復唱してしまった。

「はい」と、喜太郎はまっすぐに彦八を見つめる。

「芝居小屋のように、咄を演ずる小屋です。ここに生國魂神社のように多くの客を呼びます。そして、江戸の座敷のようにじっくりと、誰にも邪魔されずにひとりの芸人の咄を聞くのです」

喜太郎は、普請図にひとつだけある舞台を指でさし示した。

「つまり、生國魂神社のよさと座敷のよさをあわせた舞台です」

彦八は手をついて普請図を凝視した。生玉さんの三倍ほどの広い舞台に、大きな客席、雨風を防ぐ壁と屋根、入口の方には茶屋らしき空間もある。

ごくりと彦八は唾を呑みこむ。

「今、江戸では辻咄が廃《すた》れてしまったことはご存じでしょう。鹿野武左衛門の流刑がきっかけといわれていますが、私はそうは思いません」

彦八が顔をあげると、喜太郎がまっすぐに見つめてくる。

「限られた商人にだけ見せる座敷芸は、流刑がなくとも遠からず廃れたはずです。お大名を相手にするお伽衆が廃れたように」

彦八は喜太郎の言葉を聞き、思わずうなってしまった。

「笑いは芝居や歌舞伎、浄瑠璃と等しく、素晴らしき芸能だと思います」

異論はまったくない。膝を叩いて同意したいほどだ。

「ただ、考えてみてください。芝居や歌舞伎、浄瑠璃が戦国の世のように、ずっと河原で演じられていたら、今のような芸能に育ったでしょうか」

眉間に手をやり、考えこむ。いうことはもっともだが、ひっかかることもある。

「つまり、このまま生玉さんの野ざらしの舞台でやっとったら、大坂の辻咄は江戸と同じように廃れるいうんですか」

「廃れるとはいっていません。歌舞伎のような芸能に発展できないのではと、危惧しています」

かつて鹿野武左衛門も同じようなことをいっていた。お前の芸は百年後ものこるか、と突きつけられて、何も言いかえすことができなかった。

「私は咄が好きです。妻も幼いころに苦労しましたが、咄に救われたといっています。妻とそい遂げたのも、辻で咄を聞いたのがきっかけです。芝居や浄瑠璃のような立派な小屋を造り、咄や笑話を次の芸能へ育てる手助けがしたいのです」

それは、彦八がやろうとしてもできないことだった。

「そして生國魂神社の舞台を見る限り、小屋の舞台でじっくりと客に咄を聞かせる芸をもつ人は、彦八師匠しかおられぬと感じました」

また奇妙な形に喜太郎は口角をゆがめた。どうやら、こちらに微笑をむけたようだ。


——ぎこちなくしか笑えんけど、気持ちのええ男やな。


彦八は頭のなかで勘定する。彦蔵の襲名式は四月後だ。そのあいだ、生玉さんの舞台を離れ、新しい舞台で新しい咄に挑むのもいいかもしれない。

久しく忘れていたものが、静かに彦八の体のなかを駆けめぐる。

「こちらの小屋が完成するのが五月の下旬、きっと朝顔が咲きはじめる時期です。そのときのこけら落としに、ぜひ彦八師匠を看板にしたいのですが」

何気ない喜太郎の口調だったが、熱しかけた心身に冷水を浴びせるかのようだった。

五月はまずい。四月に襲名式があり、もう隠居してしまっている。すでに様々な手筈を整えているので、日取りを延ばすのは不可能だ。かといってことわるには、この話は彦八には魅力的すぎる。

「実は、四月に弟子に彦八の名をゆずることにしたんですわ」

「えっ」と、喜太郎の顔に狼狽の色が走った。

「襲名式にあわせて、弟子は贔屓衆に色々と動いてもうてます。すでに高札では知らせてまして」

なぜか、喜太郎と咄小屋の普請図が遠ざかっていくかのような錯覚があった。

――やはり、この話は逃したらあかん。芸人として一生、後悔する。

「せやから、弟子にやった彦八という名では無理かもしれんけど、喜太郎はんの咄小屋の五月の舞台にたちたいです」

手をついて名古屋の実直な商人を見上げた。

どうしたことか、喜太郎は眉間を強張らせ、腕を組んで思案をしはじめた。

「それは、ちょっと困りましたね」

うめくように喜太郎は漏らした。思いもよらぬ言葉に彦八は戸惑う。

「どうしてですねん。名は変わっても、中身は彦八のままでっせ」

喜太郎はうつむいて、さらに黙考する。

「彦八師匠、私は商人です。銭を稼ぐより大切なのは、身代を潰さぬことと思っています」

喜太郎は普請図を睨みつついう。

「米沢彦八という名前は、名古屋にも聞こえています。だからこそ、客が呼べます。それ以外の、聞いたこともない名前の芸人に客がくるかどうかわかりません」

「名前変えたら、客がこおへんっていうんでっか」

思わず手で床を叩いてしまった。

「こない、ではなくて、くるかどうかわからない、といったのです。もちろん、くると信じたい。けれど、それでは博打《ばくち》になってしまう」

悔しそうにいう喜太郎に、彦八は言葉をかけられない。

「彦八師匠、私も家をついだからこそわかります。襲名するにも様々な段取りがあるでしょう。まさか、襲名披露を延ばすわけにもいきますまい。かといって、咄小屋のこけら落としを襲名式前に早めるのは、無理なのです。今でも大工衆には十分に無理をいっているもので」

そういって喜太郎は、彦八とのあいだに広げていた咄小屋の普請図の巻物を、丸めはじめた。

「え、あ、ちょっと」

彦八の制止も聞かず、ふたたび荷にしまう。

「失礼は重々承知の上です。この話はなかったことにしていただきたい」

喜太郎は額をこすりつけるようにして、頭を下げた。

五

芸人たちが鎬を削り客たちがひしめく境内を、彦八はゆっくりと歩いた。

喜太郎にあった翌日から彦八は舞台を休み、かわりに若い弟子をたたせることにした。どうにも気力が湧いてこない。治ったと思った咳がぶりかえし、彦八を苦しめる。

目を細めて快笑する人々を眺めた。

いつも笑かしてばかりの人生やったなあ、と思う。

――舞台やなくて、そろそろあっちにいけって生玉の神様がいうてるのかもしれへんな。

あっちとは、客席のことだった。

鬢に手をやると、毛が跳ねている。そのなかの何本かは真っ白のはずだ。

今まで十分に客を笑かしてきた。今度は自分が辻咄を聞いて、楽しませてもらうのもいいかもしれない。

晩春の夕陽が、老いた彦八の肌を優しくつつむ。

十歳くらいだろうか、女児が腹をかかえて笑っている姿が目についた。目を糸のように細めて、米粒のような涙を浮かべていた。

胸がきしむように痛む。かつての娘によく似ている。女児を挟むように、老夫婦がたっていた。ひとりは小柄な体に広い肩幅が印象的な老夫だ。背中にひとつだけ紋がはいった黒羽二重の羽織に見覚えがある。榊屋の喜太郎ではないか。

隣の老婦人は舞台を見ていなかった。孫と思《おぼ》しき女の子の頭をなでつつ、頬を柔らかくして笑っている。

全身が心臓に変じたかと思うほど、激しく鼓動した。老婦人の右目尻にはうっすらと笑いじわがのび、その先の髪との境目のこめかみには目立たないが傷があったからだ。

「嘘やろ」と、目の前の風景に問いかけていた。

答えたのは、笑う女児だった。

「なあ、里乃ばぁば、彦八って芸人はこの人よりも本当におもしろいの」

里乃と呼ばれた老婦人は、目を糸のように細めて「これ」と女児を叱る。

「そんなんいうたら、あかん。この芸人さんも、頑張って咄してはるんやから」

女児が目を丸くした。

「あかんって何。はるんって可笑しいわ。どうして、ばぁばは喋り方が変わったの」

目尻を柔らかく下げて、老婦人は口を開く。

「それはね。昔、このへんに住んでたからやねん。ここはな、ばぁばの故郷やねん」

「じゃあ、どうやって名古屋にいたじぃじとばぁばは一緒になったの」

隣にいた喜太郎が孫娘に何事かを教えようとしたとき、彦八と目があった。

「あぁ」と、声をあげる。里乃も気がついて、彦八の方へとゆっくり顔をむけた。ふたりのあいだを風が吹きぬける。彦八の鬢の毛がさらにほつれるのがわかった。

喜太郎がゆっくりと里乃の横にならぶ。

「彦八師匠、申し遅れました。家内です。といっても、紹介は不要でしょうが」

里乃は、はにかんだような困ったような微笑を浮かべる。ぺこりと喜太郎が頭を下げたのを見て、すこし他人行儀に頭を沈めた。息のあった仕草に、やはりふたりは夫婦なんだと妙に腑に落ちた。

不思議と悔しくはない……そんな己がなぜか腹立たしい。

「彦八……さん、久しぶりやね。喜太郎の家内の里乃です」

顔をあげてまっすぐに見つめた後に、里乃は口調を一変させる。

「聞いたで。名古屋の舞台のこと。残念やわ」

今、胸を刀で切りさいたら、心臓は絞った雑巾みたいによじれているはずだ。

ふるえる手を押さえつつ、彦八は口を開く。

「久しぶりやな。江戸……以来か」

「なあ、ばぁば、この人誰？」

彦八の言葉にかぶせるように女児がきく。

「この人はね……」

「天下一のお伽衆の米沢彦八や」

答える前に彦八がいうと、孫娘がくすりと笑う。

「変なの。今時、お伽衆とかいるんだ」

孫娘の素直な返事に、里乃は目を糸のように細め口を手で隠して笑う。

「ねえ、どうして天下一なのに舞台たたないの」

不思議そうに見つめられて、彦八は頭をかいて苦笑する。

「そうか。じぃじの名古屋の舞台にでるから、力を溜めているんだ」

「童はいうこときついなぁ」

彦八は喜太郎と里乃に目をやる。

「嬢ちゃん、名古屋の舞台にはたたへんねん」

彦八の言葉に里乃の目が翳《かげ》る。

「うん、聞いてるで。色々と人生はままならんね」

孫をなでる里乃の手がすこし鈍くなったような気がした。

「お前にいわれると、ほんまにこたえるわ」

喜太郎と里乃には聞こえないように、彦八はそう小さくつぶやいた。

六

「あら、彦八師匠、珍しい、おひとり」

「彦八先生、なんで今日は舞台にたってへんかったん」

いつもの道頓堀の酒場の縄暖簾をくぐると、左右からたちまち声がかかる。

曖昧に会釈しつつ席について、彦八はひとり酒を注文した。目の前の盃にはいった酒を凝視する。箸を一本だけもち、かき混ぜてみた。ゆがむ水面に浮かぶのは、里乃の微笑だ。孫娘と一緒に、目を糸のように細めていた。

――ああいう風に笑えるようになったんやなぁ。

まだ一口も飲んでいないのに、酔いが体中を駆けめぐるようだった。

「よかった」と、唇から自然に言葉がこぼれ落ちる。にもかかわらず、彦八は苛立たしげに膝をゆらしていた。時折、喉を削るような咳が吐きだされ、そのたびに胸を押さえる。

――なにを苛ついとんねん、わしは。

酒のなかに映る自分に問いかけた。せわしなく動いていた彦八の膝が静止する。

「お前、何を惚《ほう》けとんじゃ」

叱責の声が飛んできた。首を左右にふり辺りを窺うが、誰が放った言葉かはわからない。

「よかったやあらへんがな」

つづく罵声は目の前から聞こえた。酒のなかに映る己が、目を怒らせて彦八を叱っているではないか。

盃のなかの彦八が、盛大にため息を吐く。

「お前、何を惚けとんじゃ。それでも天下の米沢彦八かい」

「別に、惚けてなんかないわ」

盃にむかって叫ぶ。

「好いた女が、他人の芸で笑っとんのやぞ。それを見て、何を喜んどんねん。お前は、里乃を笑かすって誓ったんちゃうんか」

「せ、せやから、笑かすがな。明日、里乃が生玉さんにきてくれるんや。そこで、ちゃんと舞台にたって笑わせるがな」

「ただ、笑わせるだけでええんか」

盃のなかの自分の罵声に、彦八は思わずたじろいだ。

「お前は、里乃と何を約束した。江戸で何を契《ちぎ》ったんや」

息と唾を同時に吞みこむ。


――里乃には、辻とかやなくて、最高の舞台で咄を聞いてほしいねん。


何十年も前に口走った言葉が、ありありと彦八の脳裏によみがえった。

「初めて呼ばれる座敷の晴れ舞台で――最高の場所で、里乃に芸を披露するんやなかったんか」

彦八の喉はふるえるばかりで、何の言葉も紡ぐことができない。

「今みたいなふやけた心と中途半端な離れの舞台で、ほんまに好きな女を満足いくまで笑かすことができんのか」

いつのまにか、彦八は拳を強くにぎりしめていた。

「お前は、何年里乃を待たせたんや。自分の納得してない芸見せて妥協すんのか、このぼんくらがっ」

一際《ひときわ》大きな声が轟いて、盃が倒れる。酒が卓の上にこぼれて、木目を湿らせた。

その瞬間、彦八は我にかえる。

頬を突っこむようにして、こぼれた酒のなかで寝ていた。

いつのまにか、微睡《まどろ》んでいたようだ。上半身をおこし、激しく首をふる。銚子を掴み、空になった盃につぎ、一気に飲み干した。途中で酒が気道にはいり、弱った喉をかきむしる。


――わしは……いやおれは、今まで何万人ちゅう人間を笑かしてきた。


「腹ちぎれるから、もう可笑しいこと喋らんといて」

そう何千人にいわせてきた。

彦八の拳が小刻みにふるえだす。

なのに、一番大切な人を笑かすこともできずに、隠居しようとしている。

たしかに里乃は屈託なく笑っていたが、それは己の手柄ではない。このままでは、彦八はあの喜太郎とかいう、ただ実直で誠実で温厚で力も強そうで顔もよくて商売の力量もたしかなだけの男に負けたことになる。

――里乃を笑かすのは、最高の舞台やないとあかんねん。

自分の思いに、何度もうなずいた。

――最高の舞台で、目を糸のように細めさせて、嬉し涙を浮かべさせるんや。

そう決意したとき、酒場の戸が開いた。何人もの男たちがはいってくる。大きな頬骨を盛りあげるように笑う先頭の男は彦蔵で、後ろには弟弟子が高札をもってつづく。

彦八を見つけて「師匠ぉ」とよってきた。

「聞いてください。彦八祭と襲名式の高札なんですが、大評判でっせ」

弟弟子のひとりから高札をひったくって、彦蔵は彦八に見せる。たしかに彦八の最後の舞台となる彦八祭とつづく襲名披露興行について、日付け入りで詳細に書かれている。

「竜兵衛はんも気ぃよくして、大坂三郷《さんごう》中の辻という辻にたてろって。奉行所にはおれの方からいうとくからって。だから、明日は舞台の前に……え、師匠、今なんていいました」

高札をにぎる彦蔵の手がふるえはじめる。

彦八はさきほどいった言葉をゆっくり復唱した。

「すまん、彦蔵。米沢彦八の名前をお前にやるのは、やんぴや」

目を潰すように頬骨を迫《せ》りあげていた彦蔵の顔がかたまった。

「し、師匠、今、なんていいました」

「しつこいな。隠居すんのやめた。米沢彦八って名前で、ある女を笑かさなあかんねや」

下がっていた彦蔵の目尻がたちまちあがりだす。

「え、じゃあ、わしの襲名式は？」

「すまん、なしで。名古屋にいって、新しい舞台に米沢彦八って名前でたつねん」

「じゃあ、わしは何と名乗れば」

「知らん、彦九とかどないや」

「どないやややあるけぇ」

彦蔵は高札を床に叩きつけた。

「このぼんくら師匠、襲名やめるってどういうことやねん」

「そのぼんくらの一番弟子は誰じゃ。お前がぼんくらの品評会にでたら、東の大関間違いなしや。誇れ」

「全然、嬉しないわ。わしの襲名式はどないするんじゃ」

「すまん。襲名式は六月か七月にしてくれ。おれは——米沢彦八は、五月に名古屋の舞台で、どうしても笑わせなあかん女がおるねん」

彦蔵はこめかみに血管を浮かべて怒っていたが、やがて顔から血の気がひく。彦八の決意が、気まぐれではないと悟ったのだ。

「わし、とんでもない男の弟子になってもうた」

ぼんくらの一番弟子は、その場にへたりこんだ。

「こんなことやったら、豆腐に頭突っこんだとき、死んどったらよかった」

そういって、豆腐に頭を突っこむように泣き伏した。

「ひとでなしの、糞ったれの阿呆師匠」

彦蔵の罵声を背に聞きつつ、彦八は酒場をでた。もつれそうになる足を必死に動かして、まずは自分のねぐらの長屋の戸を開ける。竈の横にあるものに駆けよった。昔は雪のようだった釉薬は、灰色にくすんでいる。担ぐと、ずしりと重い。

彦八は壺をかかえて、童のように走った。閉まろうとする木戸の門番に「ちょっと待ったってぇ」と悲鳴をあげ、大坂の夜の町を駆ける。途中で新町遊郭の灯りを横目に見る。背中にからみつく「彦八師匠、今日は遊んでかへんの。ええ娘おるで」という声も無視して、宿場を目指す。

宿の坊主に、「榊屋の奥さんを、里乃を呼んでくれ」というころ、壺をかかえる両手は限界を迎えた。尻餅をつくように、石と貝のつまった壺を玄関の土間におく。

肩で息をしようとしたら、咳きこんで上手くいかない。腹がねじれるように苦しくて、何度もえずいた。そんな彦八の背中に、そっと手がおかれる。

暴れていた息づかいが平静になり、かわって心臓が高鳴りだす。

ゆっくりと彦八は顔をあげた。

目尻にしわをよせて笑う里乃がいる。

「彦八、どないしたん、こんな夜遅くに」

五つ数えて鼓動を宥めてから、彦八は口を開く。

「どないも、こないもあらへん。ああ、ありがとう。もう大丈夫や」

里乃は優しく手を引きはがした。背にある余韻を惜しみつつ、彦八はつづける。

「約束を忘れるとこやったわ」

里乃の前に壺をおいて、手で叩いた。蓋を開けると、幼馴染みの目と口が丸くなる。ゆっくりと手をやり、里乃はなかのものをひとつ取りあげた。貝をつまむ指がふるえて見えるのは、決して彦八の勘違いではない。

「あずかったときより多いんは、利子やと思ってくれ」

鼻の下を指でかきつつ、彦八はいう。

「ずっともっててくれたんや」

里乃の声が湿っている。

「ああ、ほんで、もうひとつ約束したんを覚えてるか」

目元をふきつつ、里乃は首をおってうなずいた。

「忘れるわけないやん」

里乃は言葉をつづける。

「一体、いつまで待たせる気ぃなん」

里乃の口調には怒りが含まれていたが、対照的に瞳は溶けそうなほど柔らかく湿っていた。

「最高の舞台で芸を見てほしいって、おれはいうたな」

「だから、明日、生玉さんにいくやんか」「もう、生玉さんでは駄目なんや」

ふたりの言葉は、ちょうど真ん中でぶつかった。

「悔しいけど、喜太郎はんの咄小屋見たら、あかん。あれは、すごい。あれこそは江戸の座敷はもちろんのこと、生玉さんも超える、最高の舞台や」

落ちた言葉を拾うように、彦八は目差しを地にやる。

「おれの咄を、喜太郎はんの咄小屋で里乃に聞いてほしいねん」

「けど」

「せやから、喜太郎はんに伝えてくれ。彦八の名前、弟子にやるのはやめたって。朝顔の咲くころに、絶対に舞台にたつって。米沢彦八は、名古屋の民をめっちゃ笑かすって」

いつのまにか身を乗りだして、彦八はまくしたてていた。

「彦八、あんたはほんまに変わらへんな」

貝をにぎる里乃の手から、きゅっと音がする。

「手習いを追いだされたころと、ちっとも変わってへん」

「せやねん」と、指を突きつけた。

「実は、さっき弟子からも破門っていわれたとこや」

胸をはっていうと、里乃が吹きだした。

危ない。あやうく快笑させてしまうところだった。とっておきの笑いを引きだすんはまだ先でええねん、と彦八は胸を撫でおろす。

「じゃあ、ええな。ちゃんと喜太郎はんに伝えてくれよ」

背をむけたのは、宿場の廊下の奥から人の気配がしたからだ。喜太郎だとまずいと思った。今の話をすれば、あまりにも無謀だと反対される。ならば、一方的に言いおいた方が都合がいい。

「彦八、ちょっと待って」

玄関をくぐろうとした彦八の足が止まる。「これ」といって、里乃が腕を突きだした。

彦八は両掌をだして、受けとる。掌に落ちたのは、貝殻だった。

「なに、これ。まさか、おれの取り分か」

里乃は首を横にふる。

「ちがう。この貝はすこし形悪い。ちゃんとしたのを、拾いなおしてきて」

一瞬だけ絶句した後、今度は彦八が吹きだす番だった。

「お前、変わらんなあ」

「まあ、名古屋の米商人の大女将《おおおかみ》やからね」

彦八は、里乃の温かさをつつむように貝をにぎりしめる。

「ちゃんとしたやつ、見つけてきてや。私は名古屋で待ってるから。それでええんやろ」

「おお、まかせとけ」

貝をにぎった手で胸を勢いよく叩いた。

はたして、廊下の奥からぼんやりとあらわれた人影は喜太郎だった。

「よっしゃ」

「じゃあ」

「約束やぞ」

「うん」

ふたり同時にうなずいて、彦八は背をむけた。玄関口をくぐりぬける。夜風が涼しい。

喉仏をのばすようにして、顔を上にむけた。冬の気配をのこした空には満天の星があり、群衆が笑うかのようにまたたいている。

七

「参ったなぁ。一雨くるかもしれへん」

息切れの合間に、彦八は深くため息を吐いた。田んぼと畑がぽつぽつとしかない、田舎道でのことである。杖をつく彦八の頭上には、天を埋めるかのような黒い雲が湧きたっていた。

次の宿場町まで、あと半日ほどかかるはずだ。肩にのしかかる荷を担いで先を急ごうとするが、足はなかなか前に進まない。

彦八はひとり名古屋を目指していた。

彦八祭と襲名の興行を反故《ほご》にしたことで、弟子たちからも愛想をつかされたのだ。何人かは老齢を心配して同行を申しでてくれたが、ことわった。竜兵衛の顔を潰してしまった彦八についてくれば、その後の舞台にも支障がでるはずだからだ。

「あー、こんなことやったら船でいけばよかった」

船酔いが苦手なために選んだ陸路は、思いの外、彦八の体にこたえた。本当なら昨日のうちにふたつ先の宿場町へついていたはずである。ときに疲労で、一日中寝込むこともあった。

水滴が彦八の笠に当たった。顔をあげると、天は厚い雲におおわれている。しばらくすると、水滴がひとつふたつと落ちてきた。

「嘘やろ、勘弁してくれよ」

いい終わる間もなく、帳を下ろすように雨が降りそそいだ。彦八はきた道を振りかえる。

もどろうか、と思案する。雨宿りできる次の宿場町までは大分先だ。

首を横にふると、水滴が左右に散る。

――あかん。ここでもどったら、名古屋につくのが遅れてまう。

すでに笠の編み目から雨は浸入し、ひと筋ふた筋と頰を伝っていた。

雨霞《あまがすみ》も地から這いあがり、彦八の臑《すね》や膝をおおうとしている。

「もどるくらいやったら、この道をもともと選ぶかいな」

杖をたよりに、彦八は力強く足を前にだした――つもりだった。ふやけた地面につま先をとられて体がかしぐ。踏んばる彦八の四肢を嘲笑うように前のめりに倒れ、盛大に泥水を跳ねあげた。

叩きつけるような雨のなかを、彦八は歩く。途中で何度も咳きこむ。口元を幾度もぬぐって、垂れる洟をふいた。

「あかん、しくじったかもしれへん」

つぶやいたつもりが、喉からは音として発せられなかった。咳きこんでしまい、体をおってなんとか耐える。蓑《みの》や笠だけでなく、その下の旅の着衣も雨に濡れ、重く冷たい。

時折、横殴りの風がふいて、雨滴が乱暴に顔をなでる。

杖をもつ手がふるえている。いや、足もだ。立ちどまり、額に掌をやると熱い。にもかかわらず、体は寒い。

びゅうっと音がして、彦八がかぶっていた笠が吹きとんだ。たちまち、視界の奥へと消えていく。

――もどるか、いや、こっからなら次の宿場町の方が早くつくはずや。

歯を食いしばろうとしたが、あごがふるえて上手くいかない。彦八は杖にしがみつくようにして、足をひきずる。道の脇に老木があるのが目についた。

――あっこまでいけば、雨宿りできる。

後ろを見ると、足をひきずった跡が轍《わだち》のようになっている。

あれ、とつぶやいた。

目指す老木が、右へと逃げていく。どうしてやろ、と思った瞬間、大地と木が右に傾いでいることに気づいた。

杖の先はすでに虚空を彷徨《さまよ》っている。

反対側から泥まみれの大地が迫っていた。めりこむようにして彦八は倒れこんだ。

泥を吸ったかのように、体が重たい。

意識が朦朧《もうろう》としている。

激しく雨滴が降りそそぐなか、微睡むように彦八の視界が黒くなった。

八

激しく咳きこんで、胸がゆがむような痛みが走った。

ううぅとうめくと、顔が火照《ほて》っていることに気づく。胸が苦しいのに、胸骨を迫りあげるようにしないと呼吸ができない。まるで水のなかに閉じこめられたかのようだ。

「よかった、彦八師匠、気づきましたか」

目やにでふやけたまぶたを押しあげると、そこに丸く骨太い顔があった。逞しい肩を黒羽二重の羽織でつつんでいる。名古屋の米商い榊屋の喜太郎ではないか。

枕の上に彦八の頭があり、体には布団がかかっていた。

「心配しましたよ。三日もうなされていました」

「き……喜太郎はん、こ、ここ、どこ」

首を横にむけるだけで、山をひとつ越すかのような辛さがこみあげてくる。

「伊勢の庄野《しょうの》です。山中で倒れているのを、村人が見つけてくれました。荷の手紙から私に知らせがきたのです」

喜太郎は労《いたわ》るように視線をむけてくる。

「すんまへん。すぐにようなって、名古屋へいきます」

そういったのは、喜太郎の隣に迷惑そうな表情を浮かべる宿の主人がいたからだ。

「彦八師匠、船で大坂へ帰った方が」

表情を硬くして、喜太郎がいう。

「い、いやや、名古屋へ……おれはいくんや」

痰がからんだ喉では上手くいえなかったが、険しくなった喜太郎の顔つきから、彦八の意志は正確に伝わったようだ。

「あなた、わがままいうもんじゃないですよ。榊屋さんのおっしゃるとおり、帰った方がいい」

宿の主人が彦八を覗きこんだ。彦八は首を必死に横にふる。

「ふむ」と、喜太郎がつぶやいた。

「たしかに大坂よりも、名古屋の方が近いですね。大坂へ船で帰ろうにも、人をつけないと心配ですし」

宿屋の主人が顔をゆがめ、「うちには大坂に送るだけの人手も面倒を見る暇もないですよ」と、手を横に盛大にふる。

「わかりました。お呼びしたのは、こちらです。ひとまずの療養として、私たちの屋敷に引きとらせてもらいましょう」

宿屋の主人と彦八が、安堵の息を吐いた。

「で、いつ、うちの宿を発つんですか」

「雨があがり地面がかたまったら、名古屋から駕籠か荷車をだしましょう」

喜太郎と宿の主人が打ち合わせる言葉を聞きつつ、彦八は目やにが粘つくまぶたを閉じる。井戸の底に落ちるように、また眠りの世界へと沈みこんでいった。

「彦八ぃ」

どこからか呼びかける声が聞こえたので、顔をあげた。手を前にかざすと、小さく細い指がある。立ちあがり、自分の体を見ると童のころにもどっていた。

周囲に目をやる。

赤い塗料がまばらにこびりつく小さな祠《ほこら》がある。その裏には広場を囲むように、木立がならんでいた。

「ひこぉはちぃ」と、木立のなかの広場から聞こえてくる。鈴を鳴らすような心地よい声は、彦八のよく知る娘のものだ。よたよたと歩きだす。

「彦八ぃ」と耳元で声がして、視界を真横に割るように光が射しこむ。祠裏の広場や木立が消えていく。

ふやけた目やにをこぼしつつ、まぶたがあがる。老婦人が心配そうに見つめていた。

「里乃か」とつぶやいて、記憶がよみがえってきた。

梅雨《つゆ》の合間の晴れの日を見つけて、大八車《だいはちぐるま》で名古屋まで運ばれたことを思いだす。

「どうしたん。うなされてたで」

里乃が水を含んだ布を手にとって、目元をふいてくれた。こびりついた目やにがとれて、視界がすこしばかり明るく広くなる。

「昔の夢見てた。難波村や」

「そう」

額の上に掌をおかれると、じんわりと温かくなり、ふたたびまぶたが重たくなった。

——あかん、何してるんやろ。寝てる場合やないのに。

思えば思うほど、手足は重くなり、意識は朦朧としてくる。

「祠の裏の舞台で呼んでてん」

「誰が」

「里乃や」

そういっただけで、彦八は己の口元が柔らかくなるのがわかった。額や鬢の毛を優しくなでられる。

「きっと、滑稽芝居のはじまる昼八つ（午後二時ごろ）が近かったんやろな。一生懸命、おれのことを……」

それだけいうのが限界だった。里乃の掌に吸いこまれるように、彦八はふたたび眠りについた。

いつのまにか、床の間には朝顔の花が生けられていた。空気ににじむような淡い青や赤紫の色を見て、彦八は床のなかでため息を吐く。

「なあ、彦八のじいちゃん、今、大丈夫」

襖を開けてはいってきたのは、里乃の孫娘だった。

「ああ、かめへんで」

孫娘は四つん這いになって近づいてくる。

「嬢ちゃん、綺麗な朝顔やな」

「うん、ばぁばと一緒に育てたの。最初に花開いたのを、彦八じいちゃんにもってってあげた」

朝顔が咲くころに咄小屋のこけら落としをするといっていたが、とうとう間に合わなかったか。

「また、お咄、聞かせてよ。最近、ずっと眠ってばっかり」

娘は頬を膨らませる。

「ああ、ごめんな。ちょっと辛いから、寝たままやけど、ええか」

娘は髪をゆらして、こくんとうなずいた。

枕に頭をすりつけて、顔を天井にむけて、彦八は咄す。

『あるところに、占い師のばあさんがおりました。旅の途中で、道に迷い、みっつに道が分かれた辻にでたのでございます。さて、みっつの道のうち、どちらに進むべきか思案していると、後ろの方から牛飼いの若者がやって参るではないですか』

ここで彦八は大きく咳をした。

やっと静まってから、ふたたび口を開く。

『これ、おたずね申す。村へは、みっつのうちどの道をとおって参るのか』

『ばあさんは、占い師であろう。人の将来を八卦《はっけ》で占うというのに、なぜ我にきく。どの道をいくかは、八卦にきけ』

彦八は息をつぐ。ごくりと汚れた唾を呑みこんだ。

『占い師はそれを聞いて、こう申したのです』

意識がぼやけてきた。この次の台詞は何であったろうか。

『八卦にきいてみたところ「牛飼いの若者にきけ」とでた』

さげの言葉をいったのは彦八ではなかった。里乃の孫娘だ。小さな眉間にしわをよせている。

「彦八じいちゃん、つまんない。それ前に聞いた」

布団の端を小さな掌で、どんどんと叩く。

「そうか、前に誰かから聞いたんか」

髪をふり落とすかのように首を横にふった。

「ちがう。四日前に聞いたの、彦八じいちゃんから。これで三度目」

小さな指をみっつたてた。

「この前、床の間に初めて咲いた朝顔をもってきたときに、咄してくれた」

もう一方の小さな手で、床の間の朝顔をさした。彦八はゆっくりと顔をむける。

いつのまにか、朝顔の花弁には茶色い染《し》みがいっぱいついて、今にもしおれそうになっていた。おかしい。ついさきほどは、摘みとったばかりのように美しかったのに。

「覚えてないの。あの朝顔をもってきた日に咄してくれた」

「はははは」と、乾いた笑いを彦八は口端からこぼす。怪訝《けげん》そうに孫娘は首をかしげた。

「そうか、三度目か。すまんな。じゃあ、『ご進物の大根』の咄はどや。これはな、里乃が子供のころにな……」

「それも三回聞いた」

娘の声は聞こえていたが、何をいっているかよくわからなかった。彦八は小舟ほどもある大根がとれ、それを御所へと運ぶ様子を途切れ途切れの意識のなかで語りはじめる。

九

「ほんまに手間のかかる師匠やで」

上から落ちてきた声にうっすらと目を開けると、頬骨が突きでたいかつい顔が覗きこんでいた。

「なんや、彦蔵か」

そういうだけで、口のなかに痰があふれた。一番弟子の目は一気に潤みだす。あわてて腕を目のところにもってきて、乱暴にこすりはじめた。

見ると、枕元にずらりと人がならんでいる。彦八の弟子、生玉さんの興行師竜兵衛、喜太郎に里乃と孫娘もいる。みな、不安そうに彦八のことを見つめている。

――こんな、ぼんくらのために集まってくれたってことは、どうやらこれで最期みたいやな。

彦八は静かに悟った。床の間の朝顔はしおれて、うなだれるようだ。

「喜太郎はん、里乃」

口を動かすだけでは、声がでなかった。喉から吐きだすようにして呼びかけると、喜太郎と里乃が膝を使って枕元へと近づいてくれた。

声をふり絞り、必死に言葉をつぐ。

「す、すんまへん。どうやら……舞台は無理みたいですわ。迷惑、かけても、た。ほんまに、おれは阿呆や」

喜太郎が首を横にふりつつ、彦八の胸の上に手をおいてくれた。

首をずらし、眼球を動かして里乃を見た。湿った手巾《しゅきん》をもち、顔を半分ほど隠している。

「里乃……ごめん。興行、わやにしてもうた」

里乃は目頭を押さえつつ、「もう、ええねん。今まで、よう頑張ったやん」と声をかける。

「十分に笑わせてもうたで」

何とか動かそうとしていた手をとって、優しくにぎってくれた。

――十分に笑わせてもうた、か。きついことというなぁ、そんな言葉かけられたら、死に切れんわ。

そういったつもりが、喉からはぜいぜいと呼吸の音しか発せられなかった。手巾の陰からのぞく里乃の顔に、暗い影がさしているではないか。

――こんな顔させるために、今まで死にもの狂いで、阿呆なことしてきたんとちゃうねん。

そう思った瞬間に、頭がすこしばかり枕から浮いた。衰えていた喉に、わずかばかりの力が漲《みなぎ》るのがわかる。

「き、喜太郎はん」

喜太郎があわてて、上体をもってきた。彦八は力つきて、また枕のなかに頭を沈める。が、これで十分だ。みなが、自分を凝視している。

喜太郎も彦蔵もほかの弟子も竜兵衛も。

そして、里乃とその横にすわる孫娘もだ。

——もっと気張らんかい、彦八。

心で怒鳴りつけないと、また眠ってしまいそうだった。きっと、まぶたを閉じてしまえば、もう二度と目を覚ますことはないはずだ。

喉と舌に渾身の力をこめて、やっとか細い声が放たれた。

「お、おれが死んだら、み、みな、わやになった興行のことを……やいのやいのいうやろなぁ」

「何をいってるんです。気をしっかりともってください」

「ほんまやで、師匠。あんた散々迷惑かけてきたんやろ。もっと、仰山《ぎょうさん》ぼんくらなことして、みんなを困らせたりぃや」

喜太郎と彦蔵が詰るようにいう。

ふたりの声の余韻が静まるのを、彦八はじっと待つ。目はうっすらとしか開かない。たよりない視界のなかで、みなが彦八の最期の言葉を待つ態勢になっていることを確認する。

片手にはにぎってくれている里乃の温かみを感じていた。現世とを繋ぐ、か細い糸のようだ。

口をゆっくりと動かす。

これが、きっと最期の言葉になる。

「喜太郎はん、おれの葬式のときはこういいなはれ。『せっかく天下一と評判の彦八はんを口説き落としたのに、死んでしまうやなんて』ってな」

不思議そうに、喜太郎と里乃が彦八の顔を覗きこむ。

彦八は唇を閉じて、間をとる。

ふたりがさらに顔を近づけた気配がしたので、口を開いた。

「それをやな、仏頂面《ぶっちょうづら》のまま、一本調子でいうんや。ええか、決して、変な間ぁを溜めたり、気合いいれたらあかんで。ほんで、こうつづけなはれ」

訝しみつつ、ふたりはさらに顔を近づける。

『おかげで、えらい損してもうた』

彦八の声が静かに空間に染みわたった。

ぷっ、と吹きだした者がいる。

眼球を動かすと、里乃の孫娘が口に手を当てて笑っているではないか。出しつくしたと思った力がふたたび湧いてくる。里乃の手を握りかえすことができた。

「どないだす。これを、おれの葬式の場でいうんや」

彦八は絶句する喜太郎を見て、つづいて横にいる里乃に目をやる。

「絶対に、みんな笑うで」

里乃は目を糸のようにしている。隙間からのぞく目は、潤んで溶けてしまいそうだ。

「阿呆」といって、目は完全な線になった。

目尻の端に涙が浮いて、筋をひいて頰からあごへと落ちる。


——あれ、里乃、顔が若《わこ》なったな。しわがどんどんなくなっていくやん。


右のこめかみにあった傷も、いつのまにか消えていた。

長い髪を後ろに結わえ、白い稽古着に紺の袴《はかま》を身につけた里乃がいる。後ろには、百姓の子や商人の跡継ぎや武士の倅《せがれ》たちがずらりとならんでいた。そのずっと背後には僧《そう》形《ぎょう》の男がたっている。茶色いすんだ瞳を、じっとこちらへむけているではないか。

彦八は立ちあがる。

細く短い指を一本、天にむけた。

「難波村一のお伽衆、米沢彦八なぁりぃい」

地がゆれるかと思うほどの大喝采が沸きおこった。

息を胸いっぱいに吸いこむ。

そして、声とともに解き放つ。

「とうぅざぁいぃ、とぉうざぁいぃ」

彦八の開帳の合図に、昼八つを知らせる鐘が心地よく和した。

というわけで、天下一の軽口男、以上で終了でございます。

何分、名古屋は初めての土地でございまして。お客様のうけが心配だったのですが、お陰様をもちまして、なんとか最後までやりきることができました。

御礼申し上げます。

本日は、拙《つたな》い芸におつきあいいただきありがとうございます。

え、なんですか。

わたくしが誰か、ですか。

ああ、これは失礼しました。

お咄に夢中になるあまりに、自己紹介を忘れておりました。

実は、わたくし、今回の物語にも登場しておりました。

はい、そうでございます。米沢彦八……ではございません。

彦八の弟子の米沢彦蔵でございますぅ。

いやあ、ほんまにぼんくらの師匠で困りましたわ。榊屋の喜太郎はんが、ここ名古屋で本邦初の咄小屋をつくるいうたら、年甲斐もなくはりきりまして。

それだけならいいんですが、わしの襲名式までわやにしちまいやがって、ほんまにあの阿呆師匠が。

挙げ句のはてに、皆様もご存じやと思うんですが、おっ死んでしまったんですねぇ。

あのぅ、そこのお客様、笑いごとやおまへんで。

問題は、本邦初の喜太郎はんの咄小屋です。あれだけ大々的に宣伝しといて、やっぱ閉めますや、話にならへん。

そこで、まあ、ぼんくら師匠の見舞いにはるばる名古屋まできていた、このわたくし米沢彦蔵めが代演を務めさせてもらうことになったのでございます。

あー、もうひとつ、いい忘れてましたが、実はわたくしこれを機会に、二代目米沢彦八を襲名せてもらいます。

ぼんくらではございましたが、芸にはまっすぐだった先代に追いつきますように、精一杯精進していく所存でございます。

皆々様のご声援、ご鞭撻《べんたつ》をちょうだいできれば、これ幸いです。

本日は、お忙しいなか、まことにありがとうございました。

ああ、ご祝儀のほうですが、入口に行李をおいてますので、じゃんじゃん入れたってください。足りなければ、天水桶《てんすいおけ》も用意してますよって。

なんなら、手わたしでも結構ですよ。

あれ、お客様、お帰りですか。

なんで、行李を素通りしまんねん。

お金、おいていきなはれや。

あんたも素通りって、名古屋の客は愛想なしかいな。

ほんまに、ちょっと、ちょっと、そこのねえさん、さっさと帰るのはええけど、明日も同じ咄やりまっさかいにかならずきてやぁ。

二代目米沢彦八の笑話、聞き逃したら一生後悔するでぇ。

参考笑話

「小姓が茶を挽く笑話」「小僧が星を落とす笑話」（『醒睡笑』巻之二「鈍副子」を改変）
「唐伝来の野菜の笑話」「妹婿の舅の笑話」（『醒睡笑』巻之六「詮なひ秘密」を改変）
「柘榴の笑話」（『醒睡笑』巻之四「以屋那批判」を改変）
「てうづのこの笑話」（『戯言養気集』上巻「知らざるを問はずして面目を失ふ事」を改変）
「刺すような名前の笑話」（『鹿の巻筆』巻一「田舎者どうわすれ」を改変）
「モモンガの笑話」（『鹿の巻筆』巻二「夢中の浪人」を改変）
「馬の足の笑話」（『鹿の巻筆』巻三「堺町馬の顔見世」を改変）
「小便屋の笑話」（『軽口御前男』巻之四「有馬の身すぎ」を改変）
「貧乏神の笑話」（『軽口御前男』巻之五「貧乏神開帳」を改変）
「料理を褒める笑話」（『露休置土産』巻之一「物を褒めてほめぞこなひ」を改変）
「刀を抜かぬ侍の笑話」（『軽口御前男』巻之五「抜かぬに物がある」を改変）
「江戸と上方の僧の笑話」（『軽口御前男』巻之一「領解ちがひ」を改変）
「吉原の酒の笑話」（『鹿の巻筆』巻三「吉原酒の行方」を改変）
「松茸の笑話」（『露鹿懸合咄』巻之一「鬼子」を改変）
「占い師の笑話」（『軽口御前男』巻之二「まがひ道」を改変）

参考文献

『噺本大系』（武藤禎夫 編／東京堂出版）
『浪速叢書』（船越政一郎 編／浪速叢書刊行会）
『江戸笑話集』（小高敏郎 校注／岩波書店／一九六六）
『日本小咄集成』（浜田義一郎・武藤禎夫 編／筑摩書房／一九七一）
『名古屋叢書 続編』（名古屋市教育委員会 編／名古屋市教育委員会）
『江戸時代の事件帳』（檜谷昭彦 著／PHP研究所／一九八五）
『醒睡笑 全訳注』（安楽庵策伝 著・宮尾與男 訳注／講談社／二〇一四）
『定本金森歴代記 初代〜七代』（森本一雄 著／松雲堂書店／一九九三）
『飛州志』（長谷川忠崇 著／岐阜新聞社／二〇〇一）
『飛騨史考 近世金森時代編』（岡村守彦 著／桂書房／一九八六）
『飛騨金森史』（高山市制五十周年・金森公領国四百年記念行事推進協議会 編／金森公顕彰会／一九八六）
『安楽庵策伝和尚の生涯』（関山和夫 著／法藏館／一九九〇）
『未刊軽口咄本集』（武藤禎夫 編／古典文庫／一九七六）

巻末特別対談

駿河太郎×木下昌輝

――お二人は同世代。しかも彦八の出身地、大阪・難波の近くで生まれ育ってきたのですね。

木下昌輝（以下、木下）　同じ関西圏ではあるけれど、僕は奈良で、駿河さんは兵庫県西宮市。ええとこに住んではったんやなと、ちょっとコンプレックスはあります。三都って言えば、京都、大阪、神戸やから、ちょっと負けてたまるか感があります（笑）。

駿河太郎（以下、駿河）　奈良や滋賀の人はそういうの、けっこうありますよね。逆に和歌山は独立国家みたいで、関西圏はそういう文化も面白い（笑）。先生と僕は四歳違いやから、テレビ番組とか享受して来たものは近いですよね。ダウンタウンさん、ウッチャンナンチャンさんが一世を風靡したバラエティ番組『夢で逢えたら』を観てた世代ですよね。

木下　僕は高校時代、バレーボールをやっていて、それが忙しくて、テレビを観る暇がなかったんです。でも高校の終わりくらいから漫才に興味を持ち始めて、中田カウス・ボタンさんが好きでしたね。それから駿河さんのお父さん（笑福亭鶴瓶）がやっていらした番組『らくごのご』に夢中でした。

駿河　ああ！　親父と桂ざこばさんの。二人がトークをしつつ、お客さんからその日のお題を三つもらうやつですね。たとえば「天下一」とか、「舞台」とか、お題を入れ込みながら、即興で落語をつくっていく。

木下　あの番組は画期的でした。その頃から僕は小説家になりたいと思っていたので、あの創作の過程がリアルタイムでわかるものにすごく惹《ひ》かれたんです。ゼロから何かをつくるというのに憧れましたね。お父さんが落語の稽古しているとこ、小さい頃から家で見てました？

駿河　まったく見てないんです。落語に拒否反応、起こしていたので（笑）。小学校五年の時、親孝行したい一心で、たまたまされた新聞取材に「落語家になりたい」と答えたら、その記事を見た親父に「お前だけは絶対落語家にさせへんからな！」とガチ切れされたんです。そこまで言われるんやったら、「絶対、やるか！」と（笑）。それと、親父が本気で落語やり出したのって五十歳からなんですよ。

木下　へぇ！　五十歳からですか。

駿河　落語は叩き台があって、それをその人なりに演じていくわけじゃないですか。役者と近いところがあるんですけど、演《や》る人の人生が詰まっているものなので。古典でも話す人によって伝え方が違う。たとえば立川談志さんとお弟子さんでもまったく違う。最近、たまに聞くようなったんですけど、親父の古典は現代の人にもわかりやすく変えているところがありますね。

――「見てみぃ！　子供の頃の俺を叱った罰や」「せやなあ」という微笑《ほほえ》ましい会話が、米沢彦八を演じることが決まった際、父子の間ではあったそうですね。二〇一九年二月には大阪松竹座で『天下一の軽口男　笑いの神さん米沢彦八』が上演されますね。

駿河　大阪松竹座での座長、しかも初めての喜劇。この舞台は自分に対する挑戦でしかないんです。このお話をいただき、原作である本作を読ませてもらいました。笑かせば笑かすほど、彦八さんの真っ直ぐさが伝わってきて泣けましたね。この物語って、ひとりの女の人をどうにか笑かしたいっていう想いでずっと動いてはるでしょう。そこがええなって。

木下　駿河さんが彦八を演じると聞き、これまで出演された作品、観させてもらったんです。いろんな役を演じられてますよね。頭のおかしな役もやれば、いい兄ちゃんの役もバリバリの武闘派も。あまりにも振り幅が広いので、彦八をどう演じるかがいい意味で想像がつかないところがええなぁと思いました。

駿河　あまりイメージをつけたくないんです。

木下　だから役柄によってあれだけ違うんだ。

駿河　役者として武器になるような役柄はあった方がいいけど、自分のなかの新しいものを拓《ひら》いていくという作業の方が面白いんです。今回の舞台は初めて尽くしやから楽しみです。

――上方落語の祖・米沢彦八。彼を主人公に小説を書いたきっかけとは？

木下　以前、ライターをやっていた時、「なにわ大坂をつくった100人」という大阪の歴史上の偉人のルポルタージュ企画に参加したことがきっかけなんです。百人のひとりに彦八がいて、調べてみたらすごく面白くて。身分制度の厳しかった当時、絶対にありえない大名の物真似をしたと。僕が見た史料には、そんな彦八を役人が捕まえに来たけど、役人もその芸を見て笑い、捕まえられなかったというのが書いてあって。でも基本的に史料はあまり残っていないんですよ。大名の物真似をしたというのと、千客万来を見込んでいた名古屋での公演直前に死んだことと、難波村出身ということだけ。最初に思ったのは、これは大阪の笑いやなと。庶民の味方で権力と戦う笑い。だから江戸に行き、そことの違いも書きたいなと。そういう風にして物語をつくっていきました。

駿河　その三つしかキーワードなかったんですね！　よう、ここまで書かれましたね。文献に則《のっと》って書かれてはるのかなと思ってました。

木下　そういう意味では、三つのお題で落語をつくる『らくごのご』と似てるかもですね。それ以外には、彦八が書いた笑話本は残っているんですよ。あとは江戸落語の祖・鹿野武左衛門、京落語の祖・露の五郎兵衛を調べて。

駿河　そのあたりはほんまなんですね？

木下　鹿野武左衛門が、彦八と同じ難波村出身というのもほんまです。調べたら年代が近いので交流あったやろな、とか想像して。本作にも書いてるように、露の五郎兵衛をネタにした笑いというのも実際、彦八の笑話に残っているんです。

駿河　へぇ！

木下　その笑話からは、彦八の性格がなんとなくわかるんですよ。貧乏神を出してきたりとか、空想家っぽい性格なのかなって。

駿河　それができるのがすごい。小説家と役者との圧倒的な違いは、ゼロから1にするか、1あるものをどうするかっていうことだと思うんです。僕は十代から二十代にかけ、十年以上、バンドマンをやってきたんです。自分で詞も曲も書き、ゼロから1にする作業をずっとやってきた。でも諦めたんです。

木下　それはなぜ？

駿河　若い時って自分が一番やと思ってるでしょう？　でもひとつのことを突き詰めていくと、人のことを認め、他人の凄さがわかってくる。音楽という土壌で、自分が凄いなと思っている人と、これからずっと戦っていかなあかんのかと思ったとき、無理やと思ったんです。三十歳手前ですね。そのとき二年以上、「役者をやらないか」と声をかけてもらっていたのがうちのマネージャーで。けどやってみて、自分には役者の方が向いてると思いました。人から求められたことを撃ち返すほうが性に合ってる気がする。

木下　それは演出の人にこういう演技をしてくれと言われ、自分なりのアレンジをするということですか？

駿河　そうです。俺テイストを入れます。

木下　たとえば？

駿河　台本があるということは、答えはそこに載っているわけです。こう演じてほしいということが。でもそのまま演じるなら誰がやっても同じ。自分がやる意味って、そこに駿河太郎のテイストをいっこ乗せて、提案することやと思うんです。1あるものを5でいいと言われたら7出してみるとか、ちょっと別の角度で出してみるとか。

木下　そういう意味では、歴史小説というジャンルはゼロからなのか1からなのかよくわからないですよね。これも、彦八の人生ありきのもの。ただ芝居に似ていると思ったのは、自分が創った人物と脳内で打ち合わせしてストーリーが変わることがあるんです。たとえば本作でも、鹿野武左衛門ってはじめは悪者やったんですよ。

駿河　え!?　ほんまですか？

木下　でもね、最初に彦八と出会わせたとき、鹿野に鼻くそほじらせたんです。それが可愛げがあって。ああ、こいつはもう悪者じゃないな、その方が面白いなって。そうした部分ではゼロを1にしているかもしれないですね。

——彦八をどう演じたいと考えていますか？

駿河　めっちゃ元気に演りたいなと思っています。ひとりの女性に対して、笑いに対して、真っ直ぐなところを。

木下　おっしゃる通り、彦八は元気、そして多分、迷惑な男なんです（笑）。でも思いやりもあるし、その迷惑は可愛げになると思う。そして何もないこの時代に新しい芸能を思いついたわけだから、彦八は恐ろしいアホか天才か、もしくはエネルギーだけで突っ走ったか。

駿河　僕はそのエネルギーやと思いますね。

木下　でもこれ実は成功譚ではなく失敗した人の話なんですよね。

駿河　そうなんですよね。

木下　僕の親父、大阪で町工場をやっていたんです。そこで倒産した人とか、不渡り手形を出した人とかをいっぱい見てきたんだけど、大阪って、金を稼いだ人より、失敗から這《は》い上がってきた人の方が偉いみたいな価値観があるでしょう?

駿河　ありますね。

木下　完全に勝つ話より、どこかで負けてる方が断然面白いなって。僕自身もなぜか勝ち切れない人に感情移入してしまうんです。苦しくても、そこで頑張っている人が好きですね。

駿河　僕がかっこいいなと思う上の世代の方々って答えがないことをずっとやっているんですよ。勝ち負けとかではなく、これ、死ぬまでやらはるんやろなって感じでもがいている。そこ、彦八さんとも一緒やなって。

木下　彦八も、晩年になっても新しい芸を生み出そうともがいているんですよね。結局、うまいこといかないけど。でもそっちの方が人間として面白いなって。

駿河　完璧じゃないということが、僕は一番、美しいと思うんです。自分はもっと何かできるのではないかと、もがく姿は魅力的ですよね。もがくというと苦しいことのように聞こえるけど、自分がやってることのもっと先が見たいということなんでしょうね。

木下　もがいてたらわかることもありますよね。この小説も、文庫化の際、めっちゃ平仮名多くしたんです。読んでくれた友だちに「どうやった?」って聞いたら、「漢字多いな」って言われて(笑)。

駿河　ははははは(笑)。

木下　そこで、司馬遼太郎さんの作品を再読してみたんです。するとたしかに漢字、少ないんです。

駿河　へぇ!

木下　文庫化のときは単行本ではできなかったことがいくつかできるようになりました。彦八が江戸で、武左衛門と共にいる石川流宣《とものぶ》に騙《だま》されるくだり、単行本ではやられっぱなしなんです。どうやり返していいかわからなくて、そのままになっていたんですけど、やっとやり返すシーンを書くことができたり、各章の頭には、落語の前口上を入れられた。それがあることで物語のオチを面白くすることもできました。

駿河　これはもう一度、文庫で読まなあかん（笑）。

木下　もがいていると、できなかったこともできるようになってくる。もちろん満足のいかないところはあるけれど。

駿河　それ、僕もいつも一緒です。でも「これで満足！」って言ってしまったら、「それでもう、ええやん」って話になるじゃないですか。今回、満足できなかったところを、満足するために次のものに取り組む。そのやり方を続けていくことで、自分の色にも変えていくことができるんでしょうね。この文庫、読んでから観にきていただけたら、舞台をもっと楽しめるんじゃないかな。

木下　僕は舞台を観た後でもいいので、ぜひ読んでほしいですね（笑）。お笑いって身近だけど、昔はそうじゃなかったというのが史料に書いていて驚いた。当たり前にある文化をつくるのに、こんなに苦労したんだという先人のもがき方を楽しんでいただけたらなと思います。

（構成・河村道子）

この作品は二〇一六年四月小社より刊行されたものに加筆修正したものです。

天《てん》下《か》一《いち》の軽《かる》口《くち》男《おとこ》

木下《きのした》昌輝《まさき》

平成30年12月10日　初版発行

発行人――石原正康
編集人――袖山満一子
発行所――株式会社幻冬舎
〒151-0051東京都渋谷区千駄ヶ谷4-9-7
電話　03(5411)6222(営業)
　　　03(5411)6211(編集)
振替00120-8-767643
印刷・製本―中央精版印刷株式会社
装丁者――高橋雅之

幻冬舎時代小説文庫

ISBN978-4-344-42820-1　C0193　き-34-1

幻冬舎ホームページアドレス　http://www.gentosha.co.jp/
この本に関するご意見・ご感想をメールでお寄せいただく場合は、
comment@gentosha.co.jpまで。